文春文庫

熱　源

川越宗一

文藝春秋

目次

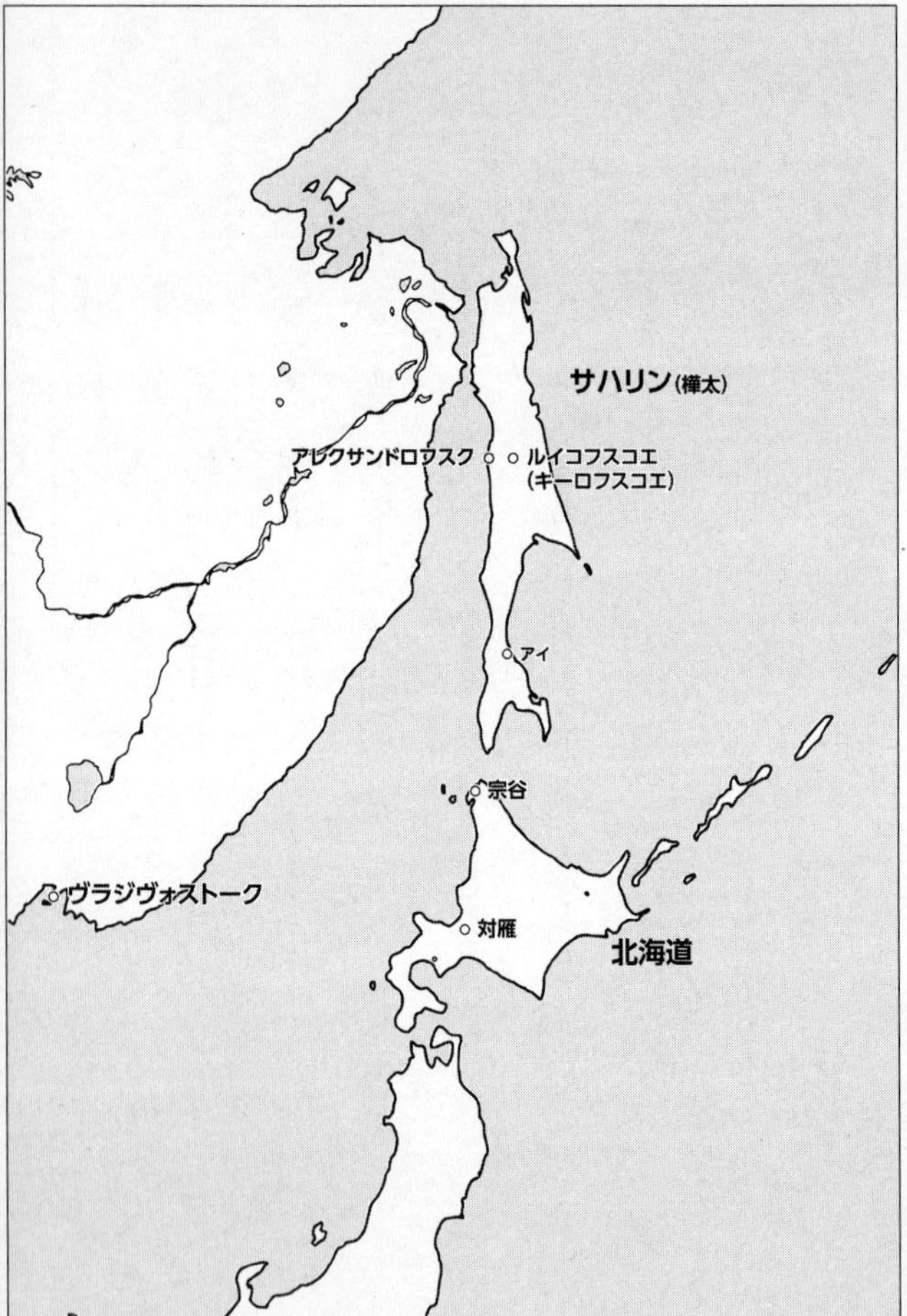
サハリン(樺太)
アレクサンドロフスク
ルイコフスコエ
(キーロフスコエ)
アイ
宗谷
ヴラジヴォストーク
対雁
北海道

熱源

登場人物

ヤヨマネクフ（山辺安之助《やまべやすのすけ》）　樺太出身のアイヌ。幼少時に樺太から北海道・対雁《ツイシカリ》に移住する。

シシラトカ（花守信吉《はなもりしんきち》）　同じく樺太出身のアイヌ。

千徳太郎治《せんとくたろうじ》　ヤヨマネクフ、シシラトカの幼なじみ。和人の父とアイヌの母を持つ。

キサラスイ　対雁村で一番の美人と呼ばれる女性。五弦琴《トンコリ》の名手。

チコビロー　対雁村に住むアイヌの頭領。

バフンケ　樺太、アイ村の頭領。数か所の漁場を経営する実業家。

イペカラ　バフンケの養女。五弦琴を弾くことを好む。

チュフサンマ　バフンケの姪。流行病で夫と子を失う。

ブロニスワフ・ピウスツキ　ポーランド人。ロシア皇帝暗殺を謀った罪でサハリン（樺太）に流刑となる。

アレクサンドル・ウリヤノフ　ブロニスワフの大学の先輩で、革命思想の持ち主。

レフ・シュテルンベルグ　テロ組織〝人民の意志〟の残党で、サハリンに住む民族学者。

ヴァツワフ・コヴァルスキ　ロシア地理学協会の会員。アイヌの民族調査のため北海道を訪れる。

ユゼフ・ピウスツキ　ブロニスワフの弟。兄に連座してシベリアに流される。

金田一京助《きんだいちきょうすけ》　東京帝大の学生（のちに助教授）。アイヌ語を研究している。

白瀬矗《しらせのぶ》　陸軍中尉であり、探検家。世界初の南極点到達を目指す。

序章　終わりの翌日

一

トラックが荒い運転に揺れ続けている。

幌《ほろ》が張られた荷台は薄暗い。ひしめく十二名の兵士の汗、饐《す》えた体臭、遠慮ない八月の熱。それらが混交した、粘つくような蒸気が充満している。

寒い。

私は掌《てのひら》で首の汗を拭いながら、間違いなくそう感じる。正確には、凍えるような寒さに骨を掴《つか》まれているような、妙な感覚がずっと体から離れない。いつからそうなったかは覚えていない。けど戦場に出るまではなかった。

両手を、肩にもたせ掛けた銃へ抱くように回した。この数年間、敵兵や女だからありえる面倒から私を守ってくれたのは、この銃だけだった。

誰も何も話さない。エンジンの唸りと不整地に転がるタイヤの音だけが、ただ続く。

無理もない。私は他人事《ひとごと》のように思う。五月にドイツを下したばかりの私たちソヴィエト連邦の兵士は、これから新しい戦場へ駆り出される。

新しい戦争の相手は、日本《ヤポーニヤ》という。いまやたった一国で世界と戦う極東の帝国。すでに満州とサハリン島で、戦闘が始まっている。

外から喧騒が荷台に差し込んでくる。目的地が近付いてきたらしい。解放感に駆られたのか、兵士たちはぽつぽつと会話を始める。

「クルニコワ伍長」

私の右隣に座る兵士が囁《ささや》いてきた。大柄な上体に載せた角ばった赤ら顔は、煉瓦《れんが》のように見える。

「もし自分が死にそうになったら——」

赤ら顔はいかにも哀れっぽい声を使った。

「キスしてもらえませんかね」

周りで、品と悪気のない笑いが薄くさざめく。

「伍長くらいの美人とキスできるんだったら、命の一つや二つ惜しくない。伍長の赤褐色の髪はきっと美しい。せっかくなんだから男みたいに刈り込まず、伸ばした方がいいです。その珍しい紺色の瞳はどんな男も一目見ただけで——」

「黙ってろ、ルィバコフ上等兵」

感じた煩《わずら》わしさを、私はそのまま言葉にした。

赤軍には女性の兵士も少なくない。とはいえ数は男のほうが圧倒的に多い。自分の女性的な特徴をあげつらわれるのは慣れていたし、言った奴に常に圧《の》し掛かっている死の不安を思えば、別に腹も立たない。ただ、面倒であることは否めない。

引き裂くようなブレーキ音と共にトラックが急停止した。男たちは姿勢を崩す。

「到着だ。降りろ、もたもたするな」

助手席を降りてきた軍曹が怒鳴る。無言で硬質な表情に戻った兵士たちは背嚢《はいのう》を背負い直して銃を担ぎ、舟型の略帽を被《かぶ》り直してぞろぞろと降車していった。

地面に降りると、まとわりつく熱気を潮風が一気に拭《ぬぐ》ってくれた。夏の眩《まぶ》しさに思わず目を眇《すが》める。霞《かす》む視界に澄んだ藍色の海が広がり、戦場の泥や埃から解き放たれたように感じたが、もちろん錯覚だった。

コンクリートで舗装されただだっ広い一帯は騒然としている。クレーンが戦車や各種の車両、大小の砲を次々と吊り上げ、隙間なく接舷された輸送船に下ろしている。続々と到着する兵士たちが船のタラップを上り、あるいは艀《はしけ》で運ばれる。

タタール海峡（間宮海峡）に臨むソヴィエツカヤ・ガヴァニ港の埠頭《ふとう》は重機の唸り、軍靴《ぐんか》の足音、作業を阻む強い潮風への悪態、苛立った号令で溢れている。

「整列、気を付け」

軍曹が吠える。指示通りに小隊は並び、踵《かかと》を鳴らす。

背筋を伸ばした私たちの前に、中隊長のソローキン大尉が長靴《ちょうか》を鳴らして現れた。物憂げな眉目《びもく》をしていて、削《そ》げた頰と青髭《あおひげ》がどこか冷たい印象を与える。

「諸君、いよいよ戦闘が始まる」

中隊長は細い顎《あご》を震わせて、勇ましく演説を始めた。その脇で中隊附《づき》の若い将校が、持って来た木材をイーゼルのように三脚に組み上げ、大きな地図を掲げた。口に針を引っ掛けて釣り上げた魚のような形の南北に細長い陸地の図に、私はまだ知らされていない戦場の大体の見当をつけた。

サハリン島。ここソヴィエツカヤ・ガヴァニ港からタタール海峡を挟んで百キロほど東にある。かつては全島がロシア帝国の領土だったが、四十年前の戦争で島の真ん中あたり、北緯五十度から南を日本が領有している。

「八月九日の開戦以来、満州へ侵攻した我が軍は順調に進撃を続けている。サハリン島でも国境地帯で優勢にある」

つまりサハリンの我が軍は、国境で釘付けになっているらしい。

「我々はこれより船でサハリン島へ向かう。今日の夜に出航して明日の朝、国境から九十キロほど南、日本軍前線の後背にあたる塔路《トウロ》なる港町に奇襲的に上陸し、一帯を制圧する。重要な役目である、勇戦すべし」

そこで中隊長はいったん言葉を切り、兵士たちを見回した。

「ひとつ伝えておく。昨日十四日、日本は降伏した。本日正午には皇帝自ら、ラジオ放送で国民にも知らせている」

ざわめき始める兵たちの機先を制するように、中隊長は声を張り上げた。

「だが、奴らは不法にも我が軍との戦闘を停止していない。我々も容赦はしない。地球に残った最後のファシストどもが死を望むならば、我々はそれを与えるだけだ」

戦争とは、どうやったら終わるものなのだろう。私は不思議に思った。

「これは正当な戦いだ。四十年前に奪われたサハリンの半分を、我らの手で取り返すのだ」

勇ましい口調で、言い訳がましく中隊長は付け足す。戦争を続けたいのはソヴィエト連邦のほうかもしれない。

以上、と中隊長は締めくくる。兵士たちがばらばらと敬礼すると、続いて下士官たちが「乗船だ、支度をしろ」と威張り始める。兵士たちは機械のように無表情に動き出した。

「クルニコワ伍長」

いつのまにか横に立っていたソローキン中隊長の声に、私の体が勝手に動く。背筋を伸ばし、軍靴の踵を鳴らす。

「話がある、ちょっといいかね」

中隊長は青く細い顎を撫でながら言った。中隊長が兵隊に直接話しかける機会は稀だ。けれど、何の用か訝《いぶか》るような人間らしい心の動きは兵隊には許されない。

「はい《ダー》」と答えて、先に歩を出した中隊長の背中についていく。「進め」という号令と、気怠《けだる》げな行軍の足音が背後から聞こえた。

「きみは後から合流すればいい」

私がわずかに感じた心配を先回りするように中隊長は言った。兵隊たちの前で空疎《くうそ》な言葉を並べていたさっきと違い、口振りに理知的な雰囲気があった。

船積みの喧騒の中を、私たちは無言で歩く。潮風はなお強く、クレーンにぶら下げられた戦車が大きく揺れる。作業員たちが悪態を吐《つ》き、白地に青い横縞のシャツを着た水兵が歩兵と言い争っている。乗船を待つ兵隊たちに政治将校《ポリトルク》が戦争の意義を熱心に説いている。

「兵隊になる前はレニングラード大学の学生だったそうだな。何を学んでいたのかね」

不意に言いながら中隊長は歩速を落として、私の右に並んだ。それから、私の表情に気付いたのか苦笑した。

「きみが魅力的であることに異論はないが、他意もない。新しい部下のことを知りたいだけだ。百七人だったか、きみが撃ち殺したファシストどもは」

一週間ほど前に上官になったばかりの男は、パンの数でも数えるように言う。私は「はい」とだけ答えた。

「百八人目に手を挙げる勇気は私にはないね。で、大学では？」

「民族学です」しかたなく答える。「卒業はしませんでしたけど」

「なぜ民族学を」

「なんとなく」

素っ気なく答えたのは、説明がいやだったからだ。中隊長もそれ以上は聞かなかった。

その時に相思相愛だった蒙古系《タタール》の若者について、より深く知ることができるかもしれない。今となれば何の意味もない理由だった。深く知る前に恋人は死んでしまった。

「卒業しなかったのは」

「軍に志願したからです」

大学に入学した翌年、一九四一年の六月。ドイツ軍がソヴィエト連邦に濁流のようになだれ込んで来た。国中がとつぜん祖国愛に目覚め、無数の若者たちが軍に志願した。彼らは続々と前線に送られ、ドイツ戦車のキャタピラに残らず踏みつぶされた。その中には私の恋人もいた。あの混乱の中、戦死の報が届いたのは奇跡だったろう。

ドイツ軍は九月にはレニングラードの近郊に到達した。男がほとんどいなくなった街で大学の女友達四人と徴兵事務所に飛び込んだのは、その時だった。

ソヴィエト連邦の各地で、私のような女たちが前線を求めた。戦争の熱狂、突撃の号令、重砲の援護、機関銃のうなり、敵の断末魔、そして復讐の許可を望んだ。男のように髪を刈り、粗製濫造《そせいらんぞう》の見本のような軍服に袖を通し、雪解けのぬかるみに転がり、爆風をくぐり、銃を撃ち、手榴弾を投げ、吠え、泣き、戦った。

ドイツ軍はまるで中世の城攻めのようにレニングラードを包囲した。増援も燃料も食糧も途絶えた街を、砲弾と冬と飢餓が襲った。かつてはロシア帝国の帝都サンクトペテルブルグだったこの街に遺された貴重な家具や図書の類は、食べ物でないものを食べるための煮炊きや一時の暖のために、あらかた燃やされた。すぐに摘発されたが、人肉を売る店も出た。私の両親の命を奪ったのは砲弾だったが、避難できるだけの体力は飢えと寒さがとっくに奪っていた。

言った本人に直接聞いたわけではないが、ヒトラーはレニングラードを住む人ごと地上から消滅させせようとしたらしい。スラブ人などソヴィエト連邦の諸民族は劣性民族で、適度に間引いて奴隷にするのがちょうどよいと思っていたそうだ。

こうして私が生まれ育った街から、私を生み育てたものは無くなってしまった。死体と瓦礫《がれき》と廃墟の中を駆け回り、私はファシストの金ぴかの階級章を撃ち抜いていった。寒い。そう感じながら足掛け三年の月日を持ちこたえるうち、戦況は逆転した。ドイツ軍は包囲を解いて後退し、いつのまにか私たちの砲弾がベルリンに降り注ぐようになり、戦争は終わったはずだった。

視界が眩しく拓《ひら》けた。輸送船が出港して行ったばかりの岸壁に、私と中隊長は立っていた。空は曇《くも》りがちだが、晴れ間が青白く光る。ひっきりなしに船舶が往来する細い入江の先に海が広がり、水平線が薄い靄《もや》に霞んでいる。

「アレクサンドラ・ヤーコヴレヴナ・クルニコワ伍長」

改まった呼び方に振り向くと、ソローキン中隊長は手を後ろに組んだ将校らしい姿勢で私を見つめていた。

「はい」

何度目かわからない返事をすると、中隊長は辺りを見回した。船を見送ったばかりの作業員や水兵たちはあらかた引き揚げていて、太いロープを始末する数人が遠くにいるだけだった。

「ベルリンで政治将校を射殺したらしいな」

「はい」

事実だから、答えは端的になる。

二

三か月前、五月の夜、私はベルリンの街を歩いていた。形式的な機密書類を上級司令部に届けた帰りだった。

欠けた月の光が、かつて壮麗な建築だったろう瓦礫や街路樹だったろう焼け焦げた列柱を漂白していた。神殿のような荘厳さを帯びたベルリンの隅で細い、だが確かに人の声がした。

瓦礫の中、月の光に人影が見えた。顔見知りの政治将校があたふたと立ち上がり、私を「アーリャ」と慣れ慣れしく呼んだ。次に「アレクサンドラ・ヤーコヴレヴナ」と丁寧に言い直し、「同志《タヴァリシ》ヤーコヴレヴナ」と諂《へつら》い、しまいには「クルニコワ伍長」と居丈高に呼んだ。やや着崩れただけの上衣は政治将校らしくきっちり折り目正しいものだったが、靴下の他に一糸もまとわぬ白い下半身にはうんざりした。

将校の後ろの暗闇から、女の泣き声が聞こえる。擦り傷だらけの剝き出しの片足だけが、月明かりに浮かんでいた。ドイツ語はさっぱりわからなかったが、彼女が護ろうとしたものが奪われたことは理解できた。

「わたしに〝恋人〟がいることは、黙っていてくれないか」

こいつがどんな辞書で勉強して政治将校になりおおせたのか、確かめてみたかった。体が、勝手に動いていた。護身用に渡されていた拳銃を抜き、眉間《みけん》に向ける。引き金を引くと火薬が爆《は》ぜ、政治将校はがくりと崩れ落ちる。

引き裂くような女の絶叫を聞きながら、私は考えた。

この数年間に死んだ数百万の人たちは一体なんだったのだろう。このドイツ女性が政治将校と出会うための道の舗装に、あれだけの死体が必要だったのだろうか。

兵舎に帰り、上官に拳銃を返した。弾倉を抜いて確かめた上官は「何に使った」と穏やかに尋ねた。正直に話して数日間を懲罰房で過ごした後、すでに極東へ出発した部隊への転属を言い渡された。あの政治将校には横領か横流しの、せこいが銃殺ものの別の嫌疑がかかっていたらしく、また政治将校らしからぬ情けない死にざまにより、私の罪は不問となった。

こうして、先に出発した配属先を追いかけて船とトラックと鉄道を乗り継ぎシベリアを越え、私は極東に辿り着いた。

「確かに自分はベルリンで政治将校を射殺しました」

八月のソヴィエツカヤ・ガヴァニの岸壁で、ほとんど言われたそのままの言葉を使って、私はソローキン中隊長に答える。身を潜めて敵を射殺する機械になりはてたはずの私に、かつて人間だったころに持っていた感情が湧き上がる。

「だったらどうだっていうんです。あの男には当然の報いです」

苛立っていた。

「私に彼を裁く権限はありませんでしたが、彼には裁きを受ける義務がありました」

「まだ、戦えるのかね。きみは」

中隊長はゆっくり区切りながら、予想外のことを聞いてきた。

「きみの言葉を借りて言うなら私には、きみの除隊を申請する権限と、部隊から足手まといを出さない義務がある」

除隊する。帰る。想像もつかずただ見つめる先で、中隊長が眉をひそめた。

「泣くことはない。きみはもう十分戦い、祖国に尽くした。それこそ当然の権利だ」

「違います」

声が裏返り、鼻の奥が痛んだ。待ってくれている人も、会うべき人も、もうどこにもいない。

「戦います。私はもう、戦うことしかできない」

束の間に取り戻した人間らしさは、私にそんなことを言わせた。

ソローキン中隊長は青い顎を一つ撫でると「期待している」と頷《うなず》き、「伍長は具合が悪いようだな」と続けた。

「わが隊は掃海艇《そうかいてい》バイカル号で十七時に出港する。休憩を許可するから、出港の三十分前までに乗船したまえ」

聞き様によっては脱走を唆《そそのか》すような指示を事務的に言うと、中隊長は踵《きびす》を返して去って行った。私は背嚢を下ろしてその上に座り、潮風が涙を乾かしてくれるのを待った。

水平線の向こうにある新しい戦場について、知らないでもない。

サハリン島は多様な先住民が住まう地であり、私が学ぼうとした民族学の分野では注目され続けていた。また、多民族国家だったロシア帝国のころから盛んな民族学の伝統は、ソヴィエト連邦にも脈々と受け継がれている。卒業しなかった私の母校では、サハリン島のギリヤーク（ニヴフ）という民族の研究に尽くしたシュテルンベルグという泰《たい》斗《と》がたくさんの弟子を育てた。

だから、島についても多少の知識はあった。

もとは無主《むしゅ》の地であったサハリン島は、やがて帝政ロシアと日本が共同で領有するようになった。その後にロシアの単独領有となり、四十年前に露日戦争で島の真ん中あたり、北緯五十度から南が日本へ割譲された。ロシアに取って代わったソヴィエト連邦では、南サハリンは回復すべき失地と見做《みな》されていた。日本もサハリンには関心が深かったようで、ソヴィエト連邦の草創期の混乱に乗じて五年ほど北サハリンを占領した。

西の大国と南の新興国のあわいで揺らぎ続ける島。そこにはどんな人々が暮らしていたのか。

専攻を決めるべき時期だった私は、漠然《ばくぜん》とした興味でサハリン島にまつわる資料をいくつか引っ張り出した。エキゾチックな写真に心を躍らせ、膨大な論文に挫折の予感を覚えたあと、蠟《ろう》の円筒に記録するタイプのレコードを手に取った。

ブロニスラフ・ピルスドスキー。円筒の外装に記された録音者の名が、暗記しただけの無味乾燥な記憶を呼び起こした。誕生したばかりのソヴィエト連邦は、独立を回復したばかりのポーランドと戦争をしたことがある。その時のポーランドの指導者が確かピルスドスキーといって、独裁者として知られている。まさか同一人物ではないだろうが、ポーランドの姓の多様さは有名だ。同姓の人は少なそうだから、親類かもしれない。そのポーランドは私が大学に入る前の年に、ドイツとソヴィエト連邦に占領されて地図から再び姿を消した。

また円筒にはシスラトカ、ヤシノスケと読める字もあった。声を吹き込んだ先住民の名だろうか。

発条《ぜんまい》で駆動するエジソン式の録音再生機を借り出した。円筒を装着してスイッチを押すと、誰もいない資料室に掠《かす》れた雑音混じりの男の声が流れた。

――サハリン・アイヌの歌《ペスニャ》と琴《アルファ》です。

ピルスドスキー氏のものだろうか、深く柔らかい声の向こうでは、男性の歌と撥弦《はつげん》楽器らしい演奏がすでに始まっていた。初めて聞く音の響きには興味をそそられたが、美しさや巧拙はわからなかった。

別の円筒を再生する。「サハリン・アイヌの昔話です」というさっきの男の声があり、次いで抑揚を帯びた知らない言葉がラッパ型のスピーカーから流れた。民族学をやるには言語学の知識もいりそうだと溜め息をつき、また円筒を替える。さっき琴に合わせて歌っていた声が、今度は訥々《とつとつ》としたロシア語を話し出した。

――私たちは滅びゆく民と言われることがあります。

外装に書かれた録音年は一九〇四年。四十年近くも前だ。録音に関わった人は生きてはいないだろう。あるいは今サハリンで起こり、私が起こそうとする戦火に焼かれるのかもしれない。

あのレコードが録音された時代、彼らは幸せだったのだろうか。時々の矛盾や理不尽はあるだろうと思いつつ、考えずにはいられなかった。

私は立ち上がる。背嚢を背負い、百七人を撃ち斃《たお》した銃を担ぐ。

戦争が終わったはずの翌日、私は凍えるような寒さを覚えながら、新たな戦場へ向かう。

第一章　帰還

一

「好きだ、キサラスイ！」

目があった瞬間、吸い込まれるようにヤヨマネクフは叫んだ。

三月の青空の下、雪解けで騒々しく膨らんだ石狩《いしかり》川の川辺は、まだ肌寒い。だが体は灼《や》けるような熱を感じている。

「なんでお前が言うんだ！」右に立つシシラトカが悲鳴を上げる。

「へえ、話が違うね」小さい背丈で追いついてきた千徳太郎治《せんとくたろうじ》は、幼い声でしかつめらしく言う。

――俺は、何を言っているんだ？

思わぬ自分の行動に、ヤヨマネクフは恐怖した。

三人の目の前、ちょうど頃合いの大きさの石に腰掛けていたうら若き乙女は、抱くように五弦琴《トンコリ》を弾いていた手をぴたりと止めた。

乙女の、やや硬《こわ》く艶やかな黒髪は幅広の鉢巻で優雅に整えられている。海豹《あざらし》の皮で作った銀色の衣に、飾り金具やら小刀《マキリ》やらを下げた帯を締めている。大人びた秀麗な眉目と入墨《シヌイエ》がないため幼くも見える口元は、何かの境界線に漂うような儚《はかな》さがある。

キサラスイ。当年数えで十七歳の彼女は、八百人を超える人《アイヌ》が暮らす対雁《ツイシカリ》村でも一番の美人《ピリカメノコ》であるともっぱらの評判だった。

「こいつの話はいい」

シシラトカが、ヤヨマネクフをぐいと押しのけて一歩前に出た。太く豊かな眉を吊り上げ決然たる顔つきをしている。つんつるてんの絣《かすり》の裾から露出する白い脛《すね》が、いたいけにも情けなくも見えた。ただしヤヨマネクフも、同じような恰好をしている。

「俺の話を、いや、百年の恋の叫びを聞いてくれないか、キサラスイ」

「数の勘定が合わないね」

ごく自然に水を差したのは、太郎治だった。

「シシラトカはヤヨマネクフと同じ十五歳だし、キサラスイは十七歳。誰も百年前には恋なんかできないよ」

母譲りの、二重瞼《ふたえまぶた》の大きな目をくりくり動かしながら言う太郎治は、まだ十歳だ。元はサムライだった和人《シーサン》の父の言いつけか、それともアイヌの母の心づくしか、恰好だけはいつも、ぴしっと折り目のついたサムライのような袴姿《はかますがた》をしている。

うつむき加減だったキサラスイが、少しだけ顔を上げた。

「消えて」

吹雪の風鳴りのような低い声が聞こえた。表情は恐ろしく冷たい。端正な造形と合わせて、未踏の雪嶺《せつれい》を思わせる。

女性は十八歳ごろが結婚の適齢とされていて、彼女には婿の立候補が殺到している。曰く、漁が上手い、貴重な宝物をたくさん持っている、男ぶりがいい、犬を飼うつもりだ、酒は適量を心がけている、今はこんななりだけどいつかきっと、などなど、技巧や情熱を凝《こ》らした求婚が絶えない。

キサラスイはそのすべてを、ただその表情だけで冷厳と拒絶している。あの凛《りん》とした感じがいいんだ、などと心の凍傷を癒やしながら言う者もいて、男とはかくも愚かな生き物なのかと、同類のはずながらヤヨマネクフは常々あきれていた。まさか自分もその仲間になるとは、露ほども思っていなかった。

ヤヨマネクフは対雁村でも有数の、何の取り柄もない少年だった。周りより少し高い上背、形だけはりゅうと男らしい鼻筋が目を惹く程度だ。同い歳のシシラトカと二人、時に太郎治を加えた三人で学校《ガッコウ》と野っ原の間を漂って暮らしていた。キサラスイにまつわる村の騒動には、関わりはもちろん興味もないはずだった。

だが。この河原でキサラスイを見つけた時、急に胸が高鳴り、口が動いた。

「なんで」いましがたの自分を思い返す。「なんで俺が言っちゃったんだろう」

「知るか！　この裏切り者め！」

シシラトカは灰色の絣《かすり》を翻《ひるがえ》し、憤然と摑みかかってきた。

まったく正当な抗議だとは思う。キサラスイに思いの丈《たけ》を伝えたいと言い出したのはシシラトカで、ヤヨマネクフは付き添ってきただけのはずだった。

「さて、シシラトカはどうするの。ヤヨマネクフに譲るの？」

太郎治はしげしげとシシラトカを見つめる。

「譲るものか。キサラスイ！」

シシラトカは裏切者の襟《えり》から手を離すと、薄気味悪いねっとりした声を使いだした。

「俺は今ここで、きみに求婚する。俺ならきみを幸せにできる。受けてくれるかい」

求婚されたほうの表情はさらに凍てつく。石狩川は再び結氷するのではないかと思えた。

「キサラスイはどっちがいいの？　ヤヨマネクフとシシラトカと」

あまりに恐ろしい質問を、太郎治が無邪気に発した。いや、十歳という年齢を狡猾《こうかつ》に利用したようにヤヨマネクフには思えた。

「ぜひ俺と、きっと俺と」

シシラトカが身を乗り出す。キサラスイは、珍しくも路傍《ろぼう》の木石《ぼくせき》が話し出したぞ、とでも言わんばかりの目をした。拍子にくっと傾げた首から、まだ年端もゆかぬヤヨマネクフも面食らうほどの色気が漂う。

ただし面食らいながらも、ヤヨマネクフはそこに魅力を感じない。好きだと言った今もそうだ。

「どうして俺はキサラスイを好きになったんだ？」

ヤヨマネクフが自問するように言う。不思議な沈黙のあと、「なんなんだ、お前は」とシシラトカは唸《うな》り、飛び掛かってきた。

二

「親友よ。俺は――」

シシラトカがヤヨマネクフに打ち明けて来たのは今日の昼休み、学校でのことだった。壮絶極まるキサラスイの夫の座の争奪戦に参入する。そう親友に聞かされたヤヨマネクフは即座に止めた。シシラトカは短慮に手足をくっつけたような為人《ひととなり》だったから、血を見ずには収まらぬ事態になると憂慮したからだ。さらに言えばこの親友、ヤヨマネクフから見ても決して眉目が整ったほうではない。

顔なら俺のほうがいい。気のおけぬ親友に対して、それはずっと秘密にしていた。

ところがシシラトカは珍しく、「まず、話ができる仲になりたい」などという周到な計画を話し始めた。短慮を自ら封じた親友にヤヨマネクフは不退転の決意を感じ、「一人じゃ怖い、ついてきてくれ」という切実な要請には二つ返事で応じた。

キサラスイは毎日、村の製網所《せいもうじょ》で漁師たちの網を編んでいる。そこで働くのは老若の女性で、家事で忙しくなる昼過ぎには終業となる。その後の彼女の足取りは炊事のはじまる夕刻まで、杳《よう》として知れない。

キサラスイは家の手伝いを放擲《ほうてき》し、石狩川を眺めてひとり琴を弾いているという事実を摑みえたのは、まったくシシラトカの執念のみによる。

琴を弾くキサラスイの前へ、シシラトカたちは偶然を装って通りがかる。同じ村の住人だから顔くらいは知っている。挨拶程度はしても不自然ではない。そこから世間話に持ち込み、和気藹々《わきあいあい》とした交歓へ発展させ、いつ親しく話しかけてもおかしくない関係を作る。

これが、シシラトカの定めた今日の目標であった。

「たしかに奇策でも名案でもない。だが正しき道は長く険しいものだ。そうだろう、親友よ」

農業の実習で掘り返された学校の校庭の隅で、シシラトカは干魚をかじりながら遠くを見つめた。

「けどさ」同じく食っていた干魚の最後のかけらをヤヨマネクフは口に放り込んだ。「俺たちそんなに話し上手じゃないぜ。それにキサラスイは、男とは話さないんだろ」

「考えてある。お、ちょうどいいところに」

ところがシシラトカは、自分のこめかみを数回、指先で得意げに叩いた。

シシラトカが手を振ると、下半身を袴で膨らませた千徳太郎治がとことこと歩いてきた。

「何やってんの、勉強もしないで」

こいつはほんとうに可愛げがないと、ヤヨマネクフは改めて思った。もともとの才能と、サムライだった父に一通りの教育を施されていたことから、五歳の年齢差を超えて太郎治は学校の成績がよい。それを鼻にかけることがない美点と、鼻にかけているとしか思えないほど可愛げがないという欠点を太郎治は併せ持っている。

「お前、キサラスイと話したことはあるか」

シシラトカが問うと、太郎治は「天気の話くらいだけど」と答える。再びヤヨマネクフに向けられたシシラトカの顔には、狡猾《こうかつ》な笑みが浮かんでいる。

「キサラスイは子供とは普通に話すらしいんだよ。太郎治がいけば、まあ話は持つ」

子供すら己の野心のために利用する親友の執念に、ヤヨマネクフは戦慄を覚えはじめた。

シシラトカの情熱的な説明を受けた太郎治は「面白そうだね」と快諾し、それから午後の授業があり、暇を潰し、合流して学校を出たのは午後の三時過ぎ。シシラトカの居残り補習が終わってすぐだった。

石狩川に並行して、一本の大きな道が通っている。その両側に樹皮を葺《ふ》いた家《チセ》を並べた一帯が対雁村と呼ばれる。人家が途絶えたあとも道は広大な河原を突っ切ってさらに続き、屯田兵が住まう隣の江別《えべつ》村へ至る。三人はその道を、意気揚々と進んだ。

「おっと、危ねえ」

成功を確信しているためか、楽しげにシシラトカが馬糞を避ける。このあたりでは往来や荷役でひんぱんに馬が使われ、出歩く際は多少の注意を要する。

やがて、ごうごうという川の流れの向こうに、光のかけらのような音が混じる。

琴だ。

神々しい何かが天降《あまくだ》ってきたように感じ、思わずヤヨマネクフは立ち止まった。それは記憶の片隅にある音だった。

陸地の国土《ヤンケモシリ》。ヤヨマネクフたちは生まれ故郷のことを、漠然とそう呼んでいた。対雁村がある北海道の北に浮かぶ、南北に細長い大きな島だ。続々とやってくるロシア人はサハリン、漁で足繁く訪れる和人《シーサン》は樺太《カラフト》と呼ぶ。和人たちの国で暮らすうちに対雁村でも、樺太と呼ぶようになった。

針葉樹の森に覆われ、一年の半分が雪と海氷に閉ざされる地。トナカイを飼うオロッコ（ウィルタ）、熱心に犬橇《いぬぞり》を駆るニクブン（ニヴフ。当時はギリヤークとも）、ロシア人、和人、そしてアイヌ。様々な人々が住み、あるいは訪れる島だった。

島のアイヌが北海道へ移り住んだのは、ヤヨマネクフが九歳の時だ。振り返って懐かしむには記憶が短すぎたが、覚えているものはいくつかあった。凍てつく雪原、その上を駆ける橇犬、みっしり曇った空、琴の音。

気付いた時には、石狩川の河原を駆け出していた。「どうした親友」「歩いてよう」などという声を振り切って、まるで橇犬のようにヤヨマネクフは走った。

果たして、そこにいたのはキサラスイだった。気付いたのか、こっちに向いた目は、すでに恐ろしく冷たい。雪原に迷い込んでしまったように思えた。

体に、熱が生じた。それはヤヨマネクフの故郷の記憶と同じ感触だった。

「そうか」と気付いた時、目の前に拳が迫っていた。衝撃とともに数歩よろめく。

「この裏切り者め！　お前の不正義を俺が教えてやる！」

シシラトカが吠える。

「待て！　分かったんだ」

「知るか！」

ほとんど泣いているようなシシラトカの顔に、さすがにヤヨマネクフは自分の非を悟った。親友を裏切ったのは、たしかに自分だ。それに容姿はヤヨマネクフのほうが良い。キサラスイの思惑次第ではさらに裏切りを重ねてしまうかもしれない。ならば報いを受けて当然とも思った。

「いいぜ」ヤヨマネクフは静かに言い、胸を張った。

「あと一発だけ殴らせてやる」

友情の清々しさに浸《ひた》った瞬間、目の前が真っ白になる。いつ鍛えたものか、シシラトカの一撃は思ったより効いた。

「お前！　やりすぎだろ！」

思わず殴り返すと、シシラトカが「痛っ！」と叫んで転がる。

「殴らせてくれるんじゃなかったのか！」

「程度があるだろ！」

「裏切りの上にだまし討ちか。卑劣なやつめ！」

かくして、友情の地割れを挟んだ殴打と罵声《ばせい》の応酬が始まる。

「何やってるの」と呆れたのは太郎治で、「ほっときなさい」と琴を弾き始めたのはキサラスイだった。

決闘は、やがてシシラトカがヤヨマネクフを押し始めた。

「正義とキサラスイが俺に力を与えてくれる。卑劣な裏切りものを叩き潰せとな!」

その力の出所が不思議なくらい、シシラトカの拳は一撃ごとに速さと重さを増していた。ヤヨマネクフは両腕を上げて乱打に耐えながら、機会を待つ。

反撃の時は唐突に、そして全くもって不本意な形で訪れた。

同じくらいの年頃の少年たちが通りすがった。ケンカダ、ケンカダ、と和人の言葉で色めき立っている。シシラトカが気を取られた瞬間、ヤヨマネクフは滑るように一歩踏み出す。腰から上体を捻《ひね》る。右腕の先で握りしめた拳が理想的な軌道で飛び出す。

「〝あ、犬《イヌ》〟か」

その時、和人の一人がすっとんきょうな声を上げた。

三

聞こえた瞬間、体じゅうの血が沸騰するかと思った。

こういうときに学校で和人の言葉を習ったことを後悔してしまう。シシラトカと目が合う。何か言いたげだなと気付いた時には、拳は綺麗に親友の顎に入っていた。シシラトカは転倒し、「相手が違うだろ!」と抗議する。

「なんだ、犬の喧嘩か」

げらげらと笑い声が上がる。

和人どもは男ばかり五人。こっちは男二人に女と子供。数を恃《たの》んでからかってきているらしい。なかなかに根性が悪い。

「なんだってキサラスイは、こんなところで琴を弾くんだ」

ふとヤヨマネクフは尋ねた。往来に便利なため、ここにはなんとなく道ができている。とうぜん和人も使うから、今のような面倒にも遭いやすいはずだ。

「家にいると、手伝えってうるさい。村にいると男たちがうるさい」

キサラスイは声まで冷たかったが、答えるには答えてくれた。

「からまれるよりはましじゃないのか」

「小刀《マキリ》、持ってるから」

日常の用のために小刀を携帯するのはアイヌの女のたしなみでもあるが、思ったより物騒な答えが返ってきた。

「おい、太郎治」

いつのまにか立ち上がっていたシシラトカの背中は、すでに殺気立っている。

「お前、ちょっと前に和人にいじめられたって言ってたな。あいつらか」

「言ってない」

太郎治は珍しく色をなした。そう、確かに太郎治は言わなかった。

数日前、ヤヨマネクフとシシラトカは地球の形について議論しながら村はずれを歩いていた。学校の地図が四角いんだから地球は四角い、などとシシラトカが言い放った時、強張った顔の太郎治に出会った。その頰には大きな青いあざがあったから訳を聞こうとしたが、太郎治は「河原でちょっと」と繰り返すばかりで、らちが明かない。

「和人か」

シシラトカが急に勘を働かせると、太郎治はわっと泣き出した。答えたようなものだったが、それでも何が起こったのかは言わなかった。憤慨したシシラトカとヤヨマネクフが急行した河原にはすでに人気がなく、地団太を踏んだ。

「あの中に、見覚えのある顔はあるか」

騒ぎ立てる和人たちを一睨《ひとにら》みしてからヤヨマネクフが聞き方を変えた。太郎治はしぶしぶ、見定めるように目を細めた。

「目が二つ、鼻と口がひとつずつある。たしかに見覚えはある」

物事を常に理路整然と考えようとする太郎治は良く言えば慎重だし、悪く言えば間が抜けている。

「もうちょっと特徴はないのか」

シシラトカが苛立つ。ええと、と太郎治が唸っていると和人の方から声が飛んで来た。

「何をしゃべってるんだ、犬」

その声に覚えがあるのか、太郎治の顔がさっと曇った。

シシラトカは目を好戦的に光らせると、雄叫《おたけ》びを上げて和人に飛びかかる。満を持して振り下ろした拳はするりとかわされ、勢い余ってすっ転んでしまった。たちまち和人に囲まれ、足蹴《あしげ》にされる。

「痛い！　痛い！」

いかにも憐れな絶叫が聞こえる。

そこへまた、光るような音が差し込んだ。男どもの馬鹿げた争いなぞ知らぬように、キサラスイの琴の音《ね》が鳴る。

不思議と、体に力が湧く。ヤヨマネクフは駆け出した。「喰らえ」と拳を振り上げた時、不快な柔らかさを持つ何かを踏んづけた。

「うわわわわ！」

ずるりと足が滑り、体勢が崩れる。手足をばたつかせて何とか踏ん張るが、奇妙な姿勢でヤヨマネクフは突っ込み、数人を巻き込んで転んだ。

「こいつ、うんこ踏んだぞ！」

ヤヨマネクフから逃れた和人が悲鳴を上げる。こんなところで用を足した馬を憎み、踏んだ足に気味悪さを感じながら素早く立ち上がってそいつを殴る。すぐに別のやつに殴り返される。羽交《はが》い絞《じ》めにされる。まずいと思った時、頭の後ろから「ぐぇっ」という鈍い呻《うめ》きが聞こえる。

「かかってこい、和人ども！」

いつの間にか立ち上がっていたシシラトカが吠える。二人は五人にもみくちゃにされながら、殴り、蹴る。雄叫び、鈍い音、地を蹴る足音、全ての感覚が吹き飛ぶほどの痛み。それらを割って、キサラスイの琴の音は滔々《とうとう》と流れる。

五対二の勝負に勝ち目は薄いが、蔑《さげす》まれた上に敗《ま》けてはいられない。手足がばらばらになりそうなほどの疲れ、骨が割れそうなほどの痛みを抱えてなお、ヤヨマネクフは立ち上がり続けた。もうちょっと根性がないと思っていたシシラトカも、殺意に満ちた絶叫を止めない。

その時、別種の悲鳴が上がった。

「うんこだ！」

騒ぐ和人の向こうで、太郎治が黒い塊《かたまり》を投げつけていた。ヤヨマネクフたちの不利を悟って、辺りの馬糞を掻き集めてきたのだろう。

ところが狙いがよくない。次々と放たれる馬糞は敵味方の隔てなく降り注ぐ。鹿児島《カゴシマ》の戦争に従軍していたという学校の先生の「大砲の弾は怖いぞ」という話を思い起こしたヤヨマネクフの顔面にも、馬糞が炸裂《さくれつ》した。

やがて和人たちは悪態を吐《つ》きながら、逃げていった。

手から肘まで糞がこびりついた太郎治が駆け寄ってくる。

「すごい顔だよ、二人とも」太郎治が大人のように目をすがめた。

「勝ったのかな、俺たち」

不恰好に膨れ上がり、糞のかけらがこびりついた何かが、シシラトカの声色を使って首を傾げた。

「勝っただろう」

自分の顔もシシラトカと大差ないだろうなと思いつつ、ヤヨマネクフは強い声で言い切った。

「あっちは逃げた。俺たちは逃げなかった」

「あの、そのさ」もじもじと、太郎治が口を開いた。

「ありがとう」言い終わる前にはもう、太郎治は泣き出していた。ありがとう。ありがとう。泣きながら、なおも言い続けた。

少し前までは目であったろう細い線を、シシラトカはヤヨマネクフに向けた。ヤヨマネクフは笑おうとしたが、うまく表情を作れたか自信がなかった。

琴の音はいつの間にか止んでいた。琴を抱くように抱えたキサラスイが、木石を見るような凍てついた目を一瞬だけ向けてすたすたと去って行った。

「やっぱり綺麗だよなあ」

不恰好に膨れ上がった肉塊から、陶然としたシシラトカの声が洩れる。

明治十四年（一八八一年）、故郷の島を離れて七年目の春、ヤヨマネクフは北海道で、馬糞にまみれていた。

四

トウ！　トウ！　トウ！

ヤヨマネクフの過去は、その声から始まる。

耳を澄ませるように記憶をたどると、規則正しい犬たちの吐息が聞こえてくる。

眼を凝らすように思い起こした景色は、ごく簡素だ。海は白く凍ってどこまでも続き、遠くには森が黒く横たわっている。空は薄い灰色の雲に覆われている。

色彩すら凍りついたような広大な世界を、ヤヨマネクフを乗せた犬橇だけが走っていた。

「進《トゥ》め！」

目の前に犬皮衣《セタルシ》を着た御者《ぎょしゃ》の大きな背中がある。その声に煽《あお》られた犬たちは全身をしなやかに使って雪を蹴り、橇は加速していく。凍った風が頰をかすめる。

「寒いか」

御者が振り向いた。頰骨と鰓《えら》の張った硬質な顔に、若々しい笑みを浮かべている。

「ううん」ヤヨマネクフは答える。「熱《セーセへ》い」

暑《シヒセーセへ》い、ではない。言葉を知らなかったからでもない。確かに熱を感じていた。

吹きすさぶ風は、頰を凍らせてたたき割るのではないかと思うくらい冷たかった。けれど外気が凍てつくほど、自分の体の熱を自覚する。

記憶を生んだ自分の事情は、覚えていたのではなくて後から教えてもらった。

ヤヨマネクフは樺太の南端にあるヤマベチという村《コタン》に生まれ、四歳か五歳の時の流行病で両親を亡くした。村人と親戚たちは、手厚い葬儀を出してくれたあと、誰がヤヨマネクフを養育するかで揉めた。押し付け合いではなく、取り合いだった。樺太のアイヌには孤児《みなしご》を我が子と同様に慈《いつく》しむ風があり、また親戚筋には責任感があった。

紛糾の末、ヤヨマネクフは遠縁の、アツヤエークという大頭領が預かることとなった。その長男のチコビローが犬橇を駆って、ヤマベチにヤヨマネクフを迎えに来た。記憶の始まりは、その帰りのことだという。

「暑い寒いが分からないような妙な子を預かったもんだと、俺も親父もその時は呆れた」

ヤヨマネクフより十二歳年上のチコビローは、思い出話をするたび硬質な相貌を柔らかく崩した。

次の記憶は、もう少しはっきりしている。やはり雪の中にあり、そして熱を帯びている。

養父アツヤエークの村に、沢山の人が集まった。最も多いのはアイヌだが、ぱりっとフロックコートや着物を着た和人、きりりと軍服を纏《まと》ったロシア人もいた。遠くからニクブンが屈強な犬に、オロッコが大きなトナカイに橇を曳《ひ》かせてやってきた。

熊送り《イヨマンテ》。熊の体を権《か》りて現れる山神《キムンカムイ》を、たくさんのお土産を持たせて神の国《カムイモシリ》へ鄭重にお送りする儀式がこれから行われる。

前日の酒宴の興奮を残した群衆が作る輪の中に、熊が招き入れられる。熊は積もった雪を踏み散らしながら咆哮《ほうこう》する。その一瞬だけ静まり返ったあと、群衆は声を上げる。

ホウ！　ホウ！　ホウ！　ホウ！

思い思いの騒《ざわ》めきが熱狂的な掛け声に合流していく。戸惑っていた和人もロシア人も、いつのまにか掛け声に和している。

「さあ、お連れせよ」

アツヤエークが豊かな灰色の髭を揺らして、古い大樹を思わせる声で命じた。真新しい、白い草皮衣《テタラペ》をまとった若者たちがいっせいに太い革紐を引く。革紐で縛《いまし》められた熊は吠え、唸り、四肢を震わせて耐えようとするが、抗《あらが》えず引かれていく。

ホウ！　ホウ！　ホウ！　ホウ！

声を上げながら熊とともに歩く群衆に交じって、幼いヤヨマネクフは熱気に当てられていた。その横にはチコビローがぴったりついて、新しい弟がはぐれてしまわぬよう手を引いてくれていた。

拓けた場所に、祭場が設けられている。模様を織り込んだ茣蓙《ござ》を敷き、また壁のように巡らし、背後には無数の木幣《イナウ》（丸木の肌を薄く削って房を作った祭具）を並べてある。祭場の手前に立てられた二本の柱の間に、熊は繋がれる。

アツヤエークが小さな木幣を持って熊の前に立つと、掛け声がぴたりと止んだ。

ふだんは聞き分けない幼子《おさなご》も従う厳粛な静寂の中、熊の荒い呼気だけがあった。やがてアツヤエークは木幣をゆっくり振りながら、熊に向かって神の国への旅程を静かに告げる。

言い終えるとアツヤエークは振り返り、群衆を眺め渡した。

「お送りする役はおぬしじゃ、チコビローよ」

名誉ある役の指名を聞いて群衆はどよめく。ヤヨマネクフが思わず見上げると、チコビローは「身内びいきが親父の欠点なんだよな」と苦笑していた。

弓と二本の矢を渡されたチコビローが、進み出る。何かを感じたのか熊は猛然と暴れ出し、ふたたび雪が舞い上がる。革紐が軋《きし》み、繋がれている柱が揺れる。チコビローは熊のすぐ前に立つ。考えるように頰を撫でると、もう一歩前に進んだ。感嘆の声と、殺意に満ちた咆哮が上がる。目前を荒々しくかすめる鋭い爪にも動じず、静かに矢を引き絞る。

熊が立ち上がった瞬間、矢はその胸に突き立った。引き千切るような声を上げて熊は倒れ、雪に塗《まみ》れてのたうち回るが、やがて動きを止める。長老たちが駆け寄り、確かめる。

「とどめの矢は要《い》らぬ」一人の老人が立ち上がり、枯れた声を振り絞った。

「見事なり、チコビロー」

わあっという歓声が上がる。男たちが熊の解体のために集まる。つられて女も子供も騒ぎながら集まり、場は歓喜と興奮と混沌が渦巻いた。もみくちゃになりながらヤヨマネクフが見たチコビローは、照れと誇らしさが入り混じった顔を、わずかに上気させている。

その日も宴となる。解体された熊の頭部が頭領の家に迎え入れられ、ご馳走と祈りが捧げられる。踊りが始まり、歌や笑い声が次々と生まれる。そして琴の凜とした音色が流れていく。

熱い。

やはりヤヨマネクフは感じていた。この凍てつく島の熱気に、いつまでも灼かれ続けるのだろうと思っていた。

そうでなくなったのは、九歳の時だった。

秋の海辺に、ヤヨマネクフには見たことがない数のアイヌの老若男女が集まった。まだ結氷していない藍色の沖合には火の粉と黒い煙を吐く大きな蒸気船が、浜には洋装の和人たちが待っていた。アイヌたちはほとんど荷物を持たず、小舟で沖の蒸気船に送られていく。

養父アツヤエークは和人たちとずっと話し込んでいる。ヤヨマネクフはチコビローに手を引かれて舟を待っていた。

「これから、船で〝ニッポン〟へ行くぞ」

チコビローは優しく教えてくれたが、その硬質な造りの顔は表情も硬かった。

「ニッポン？」

知らない言葉にヤヨマネクフは首を傾げた。

「和人の国のことだ」

チコビローが言うには、ロシアと日本《ニッポン》が取り決めて樺太はロシアのものと決まった。和人たちは島から去るが、アイヌも希望する者には日本への移住を世話してくれることとなった。漁の仕事や米を通して長く和人に親しんでいたからか、八百人以上のアイヌが移住を望んだのだという。島に残る者のほうが多かったが、大規模な移住となった。

「どうも今どきは――」

チコビローは珍しく、ぼそぼそと話した。

「目に見える全てについて、それが誰のものかを決めないと気が済まないらしい」

「ぼくにはチコビローが見えてる」

長じてから思い返せば妙なことを、その時のヤヨマネクフは言った。

「チコビローも、誰かのものになるの？」

なんの含意もない言葉通りのあどけない問いに、チコビローは「そうはさせない」と思い詰めた顔で答えた。

「人《アイヌ》は、自分のほかの誰のものでもないんだ」

理解の追いつかないヤヨマネクフに気付いたのか、チコビローは少しだけ笑った。

アイヌたちは北海道の宗谷《ソウヤ》という地に送られた。そこなら先祖の墳墓がある故郷の島が見えるし、慣れた漁撈《ぎょろう》を営める。移住を取り仕切る開拓使《カイタクシ》という和人の役所の世話を受けながら一年近く暮らした時、再び蒸気船がやってきた。

樺太を出るときは何くれとなく世話を焼いてくれた和人は、今度はアイヌたちを銃と大砲で脅しつけて無理矢理に船に乗せた。航海の間中、話が違うと抗議を続けたが、どうにもならず、養父アツヤエークは心労と憤慨のため、船上で死んでしまった。

「これからは、俺がお前の親代わりだ」

チコビローは絞り出すような声でヤヨマネクフに告げ、その日以来、儀礼的な愛想を超える笑顔を見せることはなくなった。

樺太のアイヌたちが最後に船から降ろされた石狩川沿いの原野が、対雁《ツイシカリ》だった。開拓使はここで田畑を開墾して暮らせと言う。アイヌたちは定住のための家を建てないという方法で抵抗したが、近隣の漁場での就労が認められるに及んで、折れた。

石狩川に並行する道路の左右に樹皮を張った家が建ちはじめた。開拓使は役人の詰所や駅逓所《えきていじょ》、それと養蚕所、農事試験場、製網所などの授産施設を作った。

かくて、対雁村が誕生した。

二年後には教育所なる施設ができ、周囲に住む和人とともに村のアイヌの子弟もそこで学ぶこととなった。まずシシラトカと、一年遅れて太郎治とここで出会った。教科は和人の言葉での読書、手習、算盤《そろばん》、地理、それと農業の実習。ヤヨマネクフは特に成績が優秀ではなかったが、勉強は楽しかった。シシラトカは勉強より睡魔との戦いに勤しみ、太郎治は飛び級で同じ学年になった。

「諸君らは、立派な日本人《ニッポンジン》にならねばなりません。そのためまずは野蛮なやりかたを捨て、開けた文明的な暮らしを覚えましょう」

学校では、ことあるごとにそう説かれた。

〝ニッポンジン〟というのがどういうものか、ヤヨマネクフには想像がつかなかった。

五

「ケンカァイカンドチ、アイホドイウチョッタドガ（喧嘩はいかんとあれほど言っただろうが）！」

道守《みちもり》先生が怒鳴ると、教員室の窓ガラスは怯えるようにみしみしと軋《きし》んだ。

数年前の鹿児島での戦争で戦ったという道守先生は、怒ると地の言葉が丸出しになる。何を言っているのかわからないから、意味は体全体で感じ取る。

和人とやりあった翌朝、授業が終わると三人の勇者は道守先生に手招きされた。教員室に通されて、戸を閉めるなり先生は烈火のごとく叫び出した。

「申し訳ありませんっ」

左にいるシシラトカが日本語で叫ぶ。まだ腫れが引かず、毬《まり》の出来損ないのような顔をしている。右から太郎治も「申し訳ありませんでした」とそっと続いた。

「オハンナヨ？（お前はどうか）」

白刃のような目で、先生はぎろりとヤヨマネクフを睨む。戦闘と教育を取り違えているのではないかと疑ってしまう。

「申し訳なく思います」

反射的に日本語が出た。板についてきたなあとしみじみ思い返す暇もなく、「が」などと余計な一音を継いでしまった。

「〝ガ〟ァ？」

先生が唸る。首に白刃を当てられたような冷たさを感じた。道守先生は生徒を決して殴らないことで知られていたが、それも今日までかもしれない。

「ぼくたちは悪くないと思います。先に悪口をいってきたのは、あいつらです」

怯えながらも、ヤヨマネクフは言い立てる。

「ソントキヤ、オイタッオセニイワンカ（その時は我々大人に言え）」

代わりに喧嘩してくれるということだろうか。そう思えるほど、先生の目は好戦的に輝いている。

「ニセンウチャ、ベンキョーオセンナ。ケンカワゼッタイニシチャナランド（子供のころは勉強をせよ。絶対に喧嘩はならぬ）」

「どうして喧嘩はならぬのですか」

「コブシヤラケンヤランジダイワオワッタド（拳だの剣だのという時代は終わったのだ）」

先生は叫んだ後、悔恨《かいこん》めいた表情を浮かべた。血に飢えた戦士の迫力がしぼむように失われていく。

「今は文明の世なのだ」

先生の言葉から猛々しい土臭さが消えた。冷静になってくれたらしい。

「今の世の中、勝つも負けるもただ文明による。立つも立たぬも学による。だから諸君らは、若い今こそ勉強せよ」

以上だ、と先生は手を振った。どこか寂しげにも見えた。

失礼しまぁす、と教員室を出ると、玄関へ続く廊下が真っ直ぐ伸びている。

廊下の左右は木造りの壁になっていて、大きなガラス窓が四つずつ整然と並んでいる。右手に並ぶガラス越しに見える校庭は、農業の実習で造られた畝《うね》が横たわっている。大人たちは漁業に精を出しながら農業があまり手に付かず、農業を奨励したい開拓使は学校の生徒たちに望みをかけていた。

左のほう、教室のガラス窓の向こうから笑い声が聞こえた。授業を待つ子弟たちが、あざだらけの勇者たちをめざとく見つけたらしい。

教室側の、窓と窓に挟まれた壁には大きな紙が貼り出されていて、この前の試験の優秀者の名が書き連ねてある。五つ並んだ名前の最後にぶらさがる「八夜招」なる字を見て、ヤヨマネクフは改めて奇妙さを感じる。俺は八回も夜を招いて、なにをするつもりなのだろう。

今年の十二月、四年生を終えてヤヨマネクフは学校を卒業する。希望すればより上級の、小学校中等科という課程で学べるが、もう漁場で働きだしてもいい歳だ。卒業を待たずに仕事に駆りだされる子弟も少なくないから、自分の身の上は感謝するしかない。

だが、卒業して何をするのだろう。

ヤヨマネクフが知るアイヌの生活には、生業《なりわい》というものがない。生きるに足る食物を自ら山や海から獲り、生きるに要る道具を自ら小刀で削りだし、錦や宝玉、酒や煙草が要る分だけ貂《てん》や熊の皮を獲ってきて売る。そのような古来からのアイヌの生き方は、いつのまにか半ばを奪われ、半ばを自ら捨てようとしている。

自分たちではとても喰い切れない量の魚を獲って売り、着物やら時計やら米やらを買い、家族を養う。いままでは死んでいたかもしれない傷病者は医者が治してくれるようになり、巫術《トゥス》はめっきり行われなくなった。いまヤヨマネクフが着ている綿の着物は開拓使から支給されたもので、つんつるてんだが草皮衣よりも暖かく、慣れれば肌触りも悪くない。

文明が、樺太のアイヌたちをアイヌたらしめていたものを削《そ》ぎ落としていくように思えた。自分たちはなんの特徴もないつるりとした文明人になるべきなのだろうか。

「ほらほら、授業を始めるぞ」

後ろから道守先生の声がした。

「入りなさい、〝八夜招《ヤヨマネク》〟」

〝フ〟の音が、日本語の音韻で育った人には聞こえないらしい。

俺もいつのまにか、つるりとしてきた。口をすぼめて〝フ〟を自分で補いながら、先生に続いて教室に駆け込む。

「西郷先生は、まことにご立派であった」

何度聞いたかわからない話から、その日の授業は始まった。機会がなくても道守先生は郷土の英雄という西郷隆盛《サイゴータカモリ》を称揚する。怒ると怖いがふだんは優しく、アイヌの言葉は使えないが熱心に授業をしてくれる。道守先生はなんだかんだで生徒たちに好かれていた。その先生が尊敬してやまない〝大西郷《サイゴー・ポロ・ニシパ》〟は、いつのまにか校内でも屈指の英雄となっていた。

続きの話は、皆知っている。維新の大業が成ったのち、私欲に走る官吏たちが政治をめちゃくちゃにし、大西郷は政府を辞めて国に帰った。軍人だった道守先生も軍を辞めて従い、大西郷が鹿児島に作った学校で教鞭《きょうべん》をとった。その後も改まらなかった政治を正すため、大西郷は兵を挙げた。道守先生は生徒のうち二十五人を率いる隊長となって大西郷に従い弾雨をくぐった。というのが、いつもの話だった。だが今日は別のことを言いだした。

「不肖《ふしょう》道守、西郷先生とともに畏れ多くも天朝に弓引く賊軍となった。悔いこそなけれど、赦《ゆる》されざる大罪である。しかるに天皇陛下《テンノーヘイカ》の一視同仁のご温情により再び国家に奉仕する機会を賜り、今こうして諸君らに学を講じておる」

ヤヨマネクフの抱えている悩みを見透かしたような、けれど的には外れているような話だった。道守先生にとっては、日本への復帰だろう。だがヤヨマネクフにとっては、日本に呑まれるような立場なのだ。

六

終業の二時を目前にして、ヤヨマネクフはすっかり眠気に抱き込まれていた。

ふと首の力が抜ける。がくんと動いた視界の隅に現れた人影で、一気に覚醒《かくせい》する。

庶務の職員に連れられ、一人のアイヌの男が教室横の廊下を歩いていた。もみあげの上から前髪を直上にそり上げ、後ろ毛は首の中ほど辺りで横にぱつんと切り揃えている。鼻下と顎は豊かな髭で覆い、ヤヨマネクフには文字通り目が覚めるように白い草皮衣で、大きな体軀を包んでいる。

ここが樺太の海辺かと錯覚してしまうほど堂々たるそのアイヌは、チコビローだった。

一昨年、対雁の村人を統率する総頭領が亡くなった。跡を継ぐべき実子が若年だったので、二十五歳にして長老たちも自然と敬ってしまうほどの貫禄があったチコビローがその後継に推された。

親代わりで、村の総頭領のチコビローが学校に来た。自分は昨日、和人と喧嘩をしている。嫌な予感に胸が高鳴る。チコビローの背中は教員室の方へ消えていく。

カン！　と甲高い音が教室を抜けて行った。二時の鐘、終業の合図だ。生徒たちは憐れむような目で先生を見つめる。緊張ではち切れそうな静寂の中、鐘だけが斬りつけるような勢いで石筆で板書していた道守先生は、ぴたりと動きを止めた。生徒たちは憐れむような目で先生を見つめる。

「今日は」無念をにじませて、道守先生は声を絞り出す。「これまで」

わあっと歓声が上がる。椅子が引かれる音、ばたばたと教科書を閉じる音、他愛ないおしゃべりが一気に溢れる。掻き分けるように職員が教室に入り、寂しげに石筆を置く先生に耳打ちする。

「おい、朝の三人」

虚脱したような声で先生に呼ばれ、連れ立って教室を出る。

「いまから喧嘩の相手の親が来るそうだ。とりあえずチコビローさんが話を聞くそうだが、お前らも同席せよ」

教員室の窓からは、西へ傾きつつある陽の光が差し始めている。片隅に応接用の卓と四脚の椅子があり、チコビローが一人で座っている。やっぱり迫力があるなあ、とヤヨマネクフは見とれる。チコビローの後ろに三人で並んで立つ。道守先生はチコビローの左に座った。

「どうするの」

恐る恐るヤヨマネクフがチコビローに聞く。

「向こうの話次第だな。こちらが悪ければ詫びねばならんだろう」

振り向いたチコビローはこちらの方針を道守先生にも伝えるためか、和人の言葉で答えた。

「先生にも、ご面倒をおかけします」

総頭領が頭を下げると、「いやなに」と道守先生は手を振った。

「生徒の喧嘩の始末は教師の本懐ですからな」

答える先生のぎらぎらした笑みが、ヤヨマネクフには恐ろしかった。

やがて扉が叩かれ、がらりと開かれる。チコビローと道守先生が立ち上がる。教員室に現れたのは、紺色の着物に同色の羽織という出で立ちの背の高い男だった。髪を七三になでつけ、目付きは鋭い。

「長篠《ながしの》です。屯田兵の軍曹をやっております」

男は名乗ると、太郎治の父が時折見せるような謹厳な動作で一礼した。この人も、もとはサムライだろうか。

「私は木下知児広《きのしたちこひろ》と申します。村の酋長《しゅうちょう》です」

チコビローは和人の言葉と和名で名乗った。

「教員の道守です」と血の臭いがする声が続き、大人たちは椅子に座る。

まず軍曹が切り出した。

「私の子は何ともなかったのですが、腕の骨を折ったという者がおりましてな」

「嘘《ハンカ・スンケ》をつくな！」

三人の声が綺麗に揃う。素手と馬糞だけで腕が折れるものか。続けようとしたヤヨマに思える。

ネクフはじろりとチコビローに睨まれた。軍曹が僅かに頬をゆがめた。嘲笑《あざわら》われたよう

「その親が、勘弁ならぬと息巻いております」

「では、どうせよと」

道守先生が尋ねる。

「詫びと、そのお気持ちを上乗せした治療費、といったところでしょうな」

この男は本当に軍人なのだろうか。ヤヨマネクフは首を捻った。たしか「ヤクザ」だったか、話に聞く和人の〝悪い奴《ウェンペ》〟ではないか。

「それはそれは、まことに申し訳ない」

チコビローが大袈裟な身振りで詫びた。

「皆さまは屯田兵としてこの地で身を挺《てい》してお国を守っておられる。守られる立場の我らが、そのご子息を傷つけ、お騒がせしてしまうなど、あってはならないことです。貧しい身ではありますが、きっとお詫びを致します」

軍曹は何も言わず、窺《うかが》うようにチコビローを見つめている。

「ですが、ひとつわからぬのです」

穏やかに総頭領は続ける。

「そちらのお子さんは五人。こちらは二人と子供一人です。どうやれば、そんな大きな怪我ができるものですかな」

「親が言うには」読み上げるような口調で軍曹は言う。「アイヌは野蛮で、そのぶん力

が強いと」

　聞いた耳に殴られたような屈辱的な痛みが走る。

「なるほど」チコビローは感じ入ったように頷いた。

「では屯田兵のお役目は、我ら力が強いアイヌが代わりましょう」

　総頭領は声を荒げた。

「数を恃《たの》んでなお勝てぬあなた方より立派に、我ら樺太のアイヌがお国を守って進ぜよう。詫びの金ははずんでやる。それを元手に兵隊など辞めて小間物屋でも始めるがよい」

　そんな金があっただろうか、それよりチコビローは、そもそも詫びる気など一切ないのか。

「おっしゃるとおりですな」

　軍曹は、だれも予想しなかったであろうことを言った。

「私も同じことを申しました。さまで申すなら兵隊の役目を代わってもらえばよかろうと。無論、どの子も骨など折れておりませんでした。帰って来た時は糞まみれでしたが、そんなものは風呂と洗濯で済む」

　長篠は静かに立ち上がり、両手を腿の前に添えて深々と腰を折った。

「真《まこと》に申し訳ござらぬ」

　今度はチコビローが、驚いた様子で僅かに身を乗り出した。

「聞けば我らの子弟は、ゆえなくそちらのお子らを嘲《あざけ》り、さらには数を恃んで喧嘩に及んだとのこと。武士の子として、あってはならぬことです。親どもは本日軍務にて、非番の私がまず詫びに参りました。親どももまた詫びに来させますゆえ、その際はどうかお会いになってくだされ」

　静かに、また古風な物言いでチコビローに詫びた長篠は、ヤヨマネクフたちに体を向け、「申し訳ござらぬ」と再び頭を下げた。さすがに緊張した。

チコビローは「とりあえず、頭をお上げください」と言い、それから「シシラトカ、ヤヨマネクフ、太郎治」と当事者の名を顔のひどい順に呼んだ。

「長篠さんは詫びておられる。どうだ」

　和人の言葉のままだった。

「もう遺恨《いこん》はござりませぬ」

　正しい使い方かわからない言葉で真っ先に答えたのは、太郎治だった。

「いえ、その、はい。ぼくらもそこまでは」

　シシラトカはもじもじとしている。

「ヤヨマネクフ、お前は」

「えっと」

　急に水を向けられても、言葉が出ない。はいわかりました、とでも言えばよいのだろうか。

「言いたいことがあったら言え。長篠さんもそのために来ておられる」

　チコビローは長篠氏へ敬意を払い続けているが、諸手《もろて》を挙げて許そうともしていない。

アイヌの総頭領として、一人たりとも舐《な》められてはいけないと決めているようだった。下手なことを言ったら殺されるな、と怯えながら考えるが、そんな賢《さか》しらな言葉がすぐに思いつくはずもない。

「どうして、お詫びしてくれるのですか。放っておいてもよかったのではないですか」

結局、抱いた疑問を素直に口にすることにした。

軍曹は戸惑うように数瞬だけ目を落とし、「少し長くなる」と前置きして話し始めた。

「私と江別村の兵たち、つまりきみらを殴った子の親どもはみな、東北の大名家に仕えておった。御一新（明治維新）のときに起こった戊辰《ぼしん》の戦《いくさ》で賊軍とされ、戦って敗れた」

道守先生に教わっていることは言わず、ヤヨマネクフは「はい」と相槌だけ打った。

「それから我らのような賊軍とされた家中のものは、たいそう苦労した。領地は削られ、また荒地に代えられ、最後には取り上げられた。さらに賊の蔑《さげす》みも受けた。私も兵どもも食い詰めた末に屯田兵に志願し、ただ荒漠たる北海道へ来た。それでも今日まで生き抜いたのはただ、我らは正しかったという一念のみによる」

ちらりと目を遣る。道守先生の背からは、さっきまでみなぎっていた妙な迫力がすっかり失せていた。同じ時代の、別の人生に敬意を払っているのか、背筋がぴしりと伸びている。

「そもそも東北の大名は、正しき道をお上（天皇）に申し上げんとしただけであった。それが我らの非となり、賊とされる罪となり、討伐される理となった」

いつのまにか、長篠の声の輪郭がにじんでいた。

「我らは正しかった。正しからずんば、それこそまさしく賊となる。それだけは断じてならぬ。あの時に死んだ数多《あまた》の朋輩《ほうばい》たちのためにも、生き残った我らは、我らの正しさを証《あか》し続けねばならぬのだ。ゆえにきみらに詫びに来た。こたびのこと、非は我らにある。真に相済まぬ」

「よいな、ヤヨマネクフ」

ここまでだ、と言わんばかりのチコビローの声に、「はい」と頷く。

「長篠さん」

道守先生が口を開いた。「私は薩摩の産で、西南の戦のおりは薩軍におりました」

「ほう」長篠の目だけが、光った。

「奥羽の方々の太刀の利《と》きこと、よく覚えておりますぞ」

大西郷を討伐にきた兵隊や警官の中で東北の人たちが特に強かったとは、当の道守先生が授業でさんざんに説いていた。

「オノゾミダバ、マダイヅデモ」

樺太とはまた違った雪景色を思わせる音で短く言い捨てたあと、長篠は「御免」と一礼して帰って行った。

「なんて言ったのです、長篠さんは」

太郎治が聞くと、道守先生は苦笑した。

「彼の地の言葉だろう。わしもわからんが、いつでも喧嘩は買ってやるということであろうな。まあ、喧嘩は大人に任せておけ」

物騒な大人たちだとヤヨマネクフは思った。

七

雪解けで石狩川の音と水が膨らむ四月。

東京の勧業博覧会に、村で作った漁網や鰊《にしん》の〆粕《しめかす》、縮緬《ちりめん》などを出品することとなり、見学も兼ねてチコビローはじめ十人の村人が上京することとなった。

「おとなしくしとけよ」

朗らかに言いながら、チコビローは旅立って行った。

学校に通い、キサラスイには綺麗だなと思った瞬間に睨まれ、出会った和人の子弟には目をそらされる日々が続く。

ある日の放課後。ほとんど正課のごとく補習を受け続けているシシラトカが先生に連れて行かれ、ほかの生徒たちはのびのびと下校していく中で、ヤヨマネクフは何となく椅子から立てなかった。

帰ってどうするのだ。時間をつぶすようにだらだらと宿題をやり、出された飯をもそもそと食い、押し込まれるように寝る。起きる。そして今年の冬に学校を卒業する。もうすぐ十六歳になるヤヨマネクフは、そろそろ大人と並んで働かねばならない。

生き方を決める。難問の答えは未だに出ていない。

ふと、見渡す。教室は閑散としていて、陽射しが窓から差し込んでいる。左に二つ離れた席では、小学校の中等科に進む予定の太郎治が机にかじりついて復習か何かをやっている。他に人気《ひとけ》はない。

「な、太郎治」

座る椅子の背もたれに体を預けて、ヤヨマネクフは声を張った。

机にかじりついていた太郎治の顔が、くい、と上がった。

「お前の親父さんは、何で樺太に来たんだっけ」

太郎治の父、千徳瀬兵衛《せへえ》氏は去年から村の戸長（現代の町村長）を務めていて、村人のまとめ役をチコビローと分担している。サムライに生まれ、樺太へ渡り、北海道へ移ったアイヌの村で生きる。おおまかにしか知らない太郎治の父の壮大で珍しい運命はいかなる選択によるものか、ふと気になった。

「日本のためだって聞いてるよ」

二重瞼のくりくりした目を動かしながら、太郎治は答えた。

樺太が日本とロシアの雑居であったころ、ロシアは続々と入植者や兵員を送り込み、実質的な自国領にしようとしていた。危機感を抱いた岡本という日本の役人が、和人の入植者を募った。折しも御一新のあった年で、サムライの多くは身の振りように難儀していた。千徳瀬兵衛氏は、この身がお国の役に立つならばと岡本と共に樺太に移住、ナイブチという村でアイヌの女性と結ばれ、太郎治が生まれたのだという。

「けど、その岡本さんがいなくなっちゃってね」

大人びた口調で太郎治は続ける。岡本の上司が、日本の国力ではロシアに対抗できないから樺太より北海道の開発を優先すべしと考え、政府に建言した。怒った岡本は辞職し、瀬兵衛氏など和人の入植者は宙ぶらりんとなった。上司の意見はやがて政府の容れるところとなり、樺太はロシアに譲られた。以後の瀬兵衛氏と千徳家の足取りは、ヤヨマネクフや他の村人のそれと等しい。

「親父さんは、立派な日本人なのか」

日本のために、という太郎治の最初の答えが引っかかった。立派な日本人たれ。学校で言われ続けているが未だに想像がつかない。

太郎治は「それはわからない」と首をひねる。謙遜するような可愛げは太郎治にはない。立派か否かを判ずる根拠を持たず、例の慎重さで立ち止まっているのだろう。

「ぼくにとっては、好きだけどちょっと困る人だね」

どこでこんな賢しらな物言いを覚えるのか、聞くたびにヤヨマネクフは不思議に思う。

「何が困るんだ？」

「ぼくはアイヌと和人のどっちなんだろうって父さんに聞いたことがあるんだけど」

「妙なことを聞くもんだ」

アイヌの村でアイヌと暮らして、今さらどうして気になるのだ。お前は本当に間が抜けている。そうからかおうと開いた口から、声は出てこなかった。自分が抱えている、アイヌでなくなりそうという不安の先に、元から居所を持たない太郎治が漂っている気がした。

「親父さんはなんて言ったんだ？」

「お前が決めろって」

「それは困るな」

答えへの欲求が強い太郎治にとっては、確かに困った父親だろう。自分の父なら何と言っただろうとふと思い、すぐに考えるのをやめた。顔も覚えていない人の言動を想像する手掛かりは何もない。

「困るんだけど、ほっとしたのも確かなんだ」

「どういうことだ？」

「誰かに決められるより、自分で決めたほうがいいだろ」

思ったより骨のある答えが返ってきた。

「で、太郎治はどっちにするんだ」

太郎治は戸惑うように大きな目を動かした。ヤヨマネクフが初めて見る表情だった。

「理屈じゃないけど、アイヌがいいと思った。ぼくにとって故郷は、この村だからね。だからぼくは、大人になったら先生になりたい。そのために勉強してる」

「もう将来を決めてるのか」

びっくりしたまま言うと、太郎治は小さい胸を誇らしげに張った。

「村が続く限り学校もあると思うんだけど、アイヌの先生はまだいないだろ。ぼくは道守先生が好きだけど、和人がみんなああとは限らない。だからぼくが先生になって、村の子供たちを育てたい」

他人のために、と考えるくらいには太郎治はサムライだな、とヤヨマネクフは感心した。

がらりと戸が引かれる音がした。振り向くとシシラトカが立っている。真っ青な顔でよろめくように自分の机に行き、教科書を摘まみ上げて這うように教員室へ戻っていく。補習はまだまだ続くようだった。「地球が丸いなんてあるものか」という、かすれ声が聞こえた。

「太郎治よう」

シシラトカの背中を見送ってから、ヤヨマネクフは口を開く。

「いつも優しい先生でいてくれよな」

「そうだね」

太郎治の声は、わずかに震えていた。

ぼやぼやしているうちに木々が色づき、チコビローたちが帰って来た。

博覧会で村の産品は表彰され、一行はなんと天皇《モシリカムイ》の叔父にも会ったという。役所伝いの噂で聞いていたヤヨマネクフはだから、旅装を解いて家の炉端《ろばた》に座るチコビローに「すごいじゃないか」と言ったのだが、言われたほうはたいそう不機嫌な顔をした。

「ヤヨマネクフ、お前、学校で勉強ができたら褒められるだろう。なぜだかわかるか。それはお前が、大人ほど勉強ができないと思われているからだ。大人の望むことをしたからだ」

「だめなのかい？」

「俺たちアイヌは子供じゃないし、和人どもの望むようになってやる義理もない」

チコビローの声は苦みに満ちていた。

「東京はどんなところだった？」

総頭領の怒りの理由がわからなかったが、ヤヨマネクフは話を変えた。チコビローはすぐには答えず、豊かな髭に覆われた硬質な顔を炉に向けた。熱と光を伴って揺れる火の神を見つめ続けた。

「幻想だ」

長い時間のあと、チコビローはぽつりと言った。そのままお互い押し黙る。ややあってから、チコビローは話し出した。

「文明ってのに和人は追い立てられている。その和人に、おれたち樺太のアイヌは追い立てられ、北海道のアイヌはなお苦労している」

「文明ってな、なんだい」

ヤヨマネクフが前から抱いていた問いだった。開けた文明人たれとは、学校で散々に言われるが、それがどんなものかさっぱり想像がつかない。

「たぶんだが」チコビローの顔はやはり苦い。

「馬鹿で弱い奴は死んじまうっていう、思い込みだろうな」

八

朝方にひとしきり降った新雪が、硬くくすんだ積雪に沈んでいた対雁《ツイシカリ》村の粧《よそお》いを改めた。

十二月、卒業を控えたヤヨマネクフたちがついに迎えた最後の授業は、異様な緊張感に包まれていた。

教室の後ろには、和人の役人や軍人がずらりと並んでいる。みな厳《いかめ》しい顔をしているが、口髭を蓄えた一人だけが、微笑むように垂れた目を細めている。

西郷従道《サイゴウツグミチ》。天皇陛下を除く和人の中で最も偉い、日本の大臣や顕官を独占する一団の一人で、道守先生がやたらと称賛していた大西郷の弟だ。北海道の各所を視察しているとかで、対雁に立ち寄ったのがたまたま今日だった。

道守先生は恐ろしく緊張しながら教室に入ってきた。

「本日は東京より西郷閣下の――」

「センセェ」

道守先生の堅苦しい挨拶は、間延びした声に遮られた。振り向くと、西郷閣下はやはりにこにこしていた。

「オインコツワヨカデ、ソイヨリ、シッカイ授業ヲシックイヤンセ」

授業という言葉の他、ヤヨマネクフは何もわからなかった。

道守先生は「はいっ」と答えたものの緊張はいっこうに解けず、板書ではそこそこ硬いはずの石筆を折りまくっていた。

授業が終わると西郷閣下と取り巻きたちは村と周辺を見て回り、夜は村人も交えての宴となった。学校が会場となり、それまで謹厳さの御殿のようだった教室に豪華な酒食がたくさん並べられた。ヤヨマネクフも、慣れない酒に四苦八苦しながら輪に加わった。

黒い軍服姿の西郷閣下の周りには東京や札幌から来た取り巻きたちに混じって、永山《ナガヤマ》准大佐という人がいる。永山氏は北海道の屯田兵の責任者だそうで、ヤヨマネクフも顔は見たことがある。誰よりも宴に出たかったであろう道守先生は、あの大西郷の弟に会えた嬉しさからか突然、高熱を出してしまいここにはいなかった。

閣下はあまり自分から話さず、にこにこしながら相槌を打ち、穏やかだった。酒量だけが尋常ではなく、表情はそのままに自分の目方以上の酒をぐいぐいと飲んでいた。

永山氏は歯の穴が痛んででもいるのか、ぶすっとした顔をしている。

「さて、西郷閣下。そしてみなさま」

場が暖まった頃に、チコビローが立ち上がった。

「本日はこのような寒村にお運びくださり、まことにありがとうございます。我ら対雁村の者ども一同、お国と開拓使の皆さまのご温情により、文明的な生活を始めております」

流暢なチコビローの日本語に射す影を、果たして何人が気付いただろうか。

「とはいえ、やはり寒村。東京から来られた旦那さまがたのお気に副《そ》う都会的な趣向はなかなかご用意できません。そこで本日は我ら樺太のアイヌの音楽をお耳に入れます。整ったものではございませんが、当村ならではの野趣《やしゅ》とご理解くだされば幸いです」

西郷閣下は、言葉こそなかったが笑顔と杯を掲げる動作で答えた。

「キサラスイ」

「えっ」

総頭領が呼ぶと、呼ばれた者が刺々《とげとげ》しく驚いた。広い室内の隅で、明らかに渋々という態度で立ち上がった人影に、チコビローは今度はアイヌの言葉を使った。

「皆さまに琴を披露せよ。お前の腕前のことは聞いている」

「いやです」

毅然とした拒否に、ヤヨマネクフは思わず見とれてしまった。

「あたしは、自分が楽しくて弾いてるだけです。他人様のためには弾きません」

何で呼ばれたのかと思ったら、と恨みがましくキサラスイは続けた。

「まあ、そう言わずに。せっかくなのだから」

「絶対いやです」

そんなにいやなのか。ヤヨマネクフは不思議に思った。

「野蛮人の趣向など要らぬ。どうせ大したものでもあるまい。つまらぬ」

永山氏が投げ捨てるように言った。どうもさっきから機嫌が悪い。

そっとヤヨマネクフが覗いたキサラスイの顔は予想通りだった。あの気高い白嶺に激しい雪嵐が吹き荒れている。

「弾きます」

短く決然と、キサラスイは宣言する。どすどすと大きい足音を立てて隅へ行き、飾りや酒食と同じく賑やかし程度の意味でひっそり置かれていた琴を手に取る。

「ティ――」

歌うような澄んだ声が聞こえた。キサラスイの声だ。

「ティ、ト、ティ、ティ、タ――」

歌いながら琴の頭の左右に刺さった棒をひねり、キサラスイは自分の声の高さに合わせて弦の音を整える。妙な緊張感が居座っていて、場は静まりかえっている。

演奏は、突然はじまった。

荒涼たる大地が生じた。空は現れた途端にかき曇り、雨が森を洗う。裂けたような晴れ間から差す陽光を鳥がかすめ、ゆっくりと旋回する。流れる大河を鮭の大群が遡上する。熊が吠え、勇者が矢を番《つが》える。子供たちははしゃぎ、巫者《トウスクル》が枕元で祈る。星を引き連れた月が雪原を青く照らす。その上を犬たちが駆け、曳かれた橇はますます速度を上げる。火の神が手元をほのかに照らし、母は樹皮の糸で淡々と布を織る。父は小刀で黙々と木幣を作る。鼓動があり、吐息があり、足跡が続き、雪が降り、熱が広がる。たった五本の弦を自在に操り、キサラスイは次々と音を紡ぎ、旋律を織り、世界を染めていく。アイヌの誰もが聞き入り、頷き、涙ぐみ、手を打つ。

やがて、一人の老人がよろよろと立ち上がって踊り出した。西郷閣下の前だからと遠慮していた皆も次々に立ち上がり踊り出す。琴の音もいっそう情熱的になり、人々を煽《あお》り、導く。

「閣下――」

永山氏が悲鳴に近い声を上げる。西郷閣下が立ち上がっていた。肋骨みたいに飾り紐が並んだ黒い上衣を脱ぎ捨てた閣下は、子供のように大きい目をきらきらと輝かせて白いシャツの袖をまくり始めている。

　誰もが目を丸くする中で、閣下は飛び込むような身軽さで踊りの輪に加わり、両手を掲げてひらひらと全身を動かし出した。なんとも滑稽な所作で、歓声と笑いが起こる。つられるように他の和人たちも加わる。まだ立たぬ者には、西郷閣下が腕を引っ張って連れ込んだ。アイヌたちも閣下も和人も、ごちゃまぜになって笑い、手を叩きながら踊る。

　もちろんヤヨマネクフも踊っている。やり方を知らないからただ体をくねらせているだけだが、それだけでも皆と一体になったような高揚感が勝手に体を動かす。

「踊りをやめよ」

　引きちぎるような怒号が飛んだ。ぴたりと皆の動きが止まる。声の主は永山氏だった。

「西郷閣下。なんたることです」

　立ち上がった永山氏の顔は、憤怒《ふんぬ》に歪んでいる。

「閣下には、日本を世界第一等の文明国に引き上げる使命があります。畏《おそ》れ多くも陛下より親しく大臣の職を任ぜられた御身でありながら、どうして未開な土人どもと騒ぐのです。体面上、よろしくありません。陛下のご威光をなんと心得られるか」

　村人にその日本語がわかるものは少ないだろうが、帯びるあからさまな蔑みには、きっとみんな気付いている。

「彼ら未開人は、我らによって教化善導され、改良されるべきなのです。その未開人に誘われて踊るなど、もってのほか」

学校の中は、冷たく静まりかえっている。琴の音が抜けていく。そう、キサラスイは、まだ演奏をやめていなかった。

「やめよ、女」

永山氏が叱責しても、キサラスイはやめない。没頭して聞こえないのか、日本語がわからないふりをしているのか、それともやめたくないのか。

「お耳汚しでしたかな、准大佐どの」

チコビローが慇懃《いんぎん》に言って近づき、杯を勧めた。

「そう大きな声を出されては、みな驚いてしまいます。さあ飲み直しましょう」

「やかましい」斬りつけるような剣幕で永山氏は応じた。

「自ら立つこと能《あた》わず、国家の温情で養われおる分際で、差し出がましいぞ」

チコビローの微笑みは凍りついた。なおも永山氏は言い立てる。

「ここに並ぶ酒食も、国家から与えられたものが大半ではないのか。貴様らが税を納めず兵も出さず、未開にとどまり怠惰に暮らせるのは、誰のおかげか」

屯田兵を率いる永山氏なりに義憤があるのかもしれない。しかし村人たちの故郷を、自分のものでもないのに勝手にロシアにくれてやったのは永山氏のいう国家、日本だ。

「琴をやめよ」

やはりキサラスイはやめない。苦々しい舌打ちが響く。

「言葉がわからぬか。未開人め」

永山氏の不穏な足音がキサラスイに近づく。鳴り止まない美しい音色に何とも不釣り合いだ。

「なんだ、お前」

気がつくと、ヤヨマネクフは永山氏の前に立ちはだかっていた。

「どかんか。俺を誰だと思っておる」

ヤヨマネクフを睨み付ける目には、酒の濁りも無分別な嘲《あざけ》りもなかった。彼は心底からアイヌを未開で弱い存在だと憐れみ、それを是《ぜ》として顧みない怠惰な人々だと怒っているのだ。

「やり続けろ《アレアンノキー》、キサラスイ」

ヤヨマネクフは叫んだ。

「やめるな《アレアンノ》、トンコリを弾き続けろ《トンコリレヘテワー》」

また叫んだ。足を絡め、体を捉える不快な粘つきを振り払うように。

にらんだ先で、永山氏の顔がみるみる赤くなる。アイヌの言葉がわかるわけではあるまいが、明らかな敵意は敏感に感じ取ったらしい。「貴様ァ」と拳を振り上げる。

琴の音が止まった。軍人に立ち向かった勇気が瞬時に怒りに変わる。「やめるな」と怒鳴って振り返ると、キサラスイはヤヨマネクフを凝視していた。

「やめちゃだめだ。やめたら、お前はお前じゃなくなってしまう。俺たちは俺たちじゃなくなってしまう」

襟首を摑まれ、引き寄せられる。

「男が人前で泣きよってからに。情けない」

言われて初めて自分の状態に気付いた。だが泣いて悪いか。なお叫ぼうとしたとき、

「永山、貴官こそやめよ」

きれいな日本語が聞こえた。西郷閣下だった。

「アイヌも日本の臣民である。陛下の赤子《せきし》であるゆえ、差別をつけてはいかん」

諭《さと》すようにゆっくり、閣下は言う。

「何を仰《おっしゃ》るのです、アイヌごときが陛下の赤子などとは――」

永山氏は投げ捨てるようにヤヨマネクフを解き放つと、こんどは閣下に喰ってかかる。

さすがに拳は下ろしているが、闘争的に不同意を示している。

「等しく、陛下の赤子である」

閣下は重々しい声で再び言ってから、

「ミウチンイサケワ、モウヤメヤンセ（身内で争うのはもうよそう）」

と地の言葉を使った。

「オイタチャモウ、ズンバイウシノウタジャナカカ（我らはもう、ずいぶん失ったではないか）」

「ソヤ、センセンコッゴワスカ（それは先生のことですか）」

永山氏も、鹿児島の人らしい。

「アニサァノコッダケデワナカ（兄だけではない）」

閣下は寂しげに首を振った。

「オハンノケネヤシンセッニモ、オッタジャロガ。ジャッデ、モウヤメヤンセ（お前の家族や親類にもいるだろう。だからもうやめよ）」

「オヤ（私は）」永山氏の声が裏返った。

「ナイゴッオヤ、アントキセゴセンセンモトヘイカンナッタタロカイチ、センセトシナンジャッタロカイチ（どうして私は、あのとき西郷先生の下へ馳せ参じなかったのかと、先生と死ななかったのかと）」

永山准大佐はもうほとんど泣いていて、西郷閣下は黙って頷いていた。

「イマハタダ、コノシニゾコネンミオコッカニササゲ、ホッカイドーニホネオウズムッカッゴゴワンデ（いまはただ、この死に損なった身を国家に捧げ、北海道に骨を埋める覚悟で）」

ヤヨマネクフに吐いたばかりの言葉を忘れたのか、永山氏はさめざめと涙をこぼした。チコビローが東京で見た幻想。そのなかで当の和人たちも、足掻いている。大の大人が怒鳴り散らし、泣くくらいに。

その幻想は長篠氏や道守先生、永山准大佐などのばらばらだった和人たちを一つにし、日本という旗を立て、北海道のアイヌたちを呑み込み、樺太のアイヌを故郷から連れ出している。

「オイモ、オハントオンナジジャッド（私も、きみと同じだ）」

少ない言葉を、柔らかい声で言った西郷閣下は、皆に向き直って「さて」と手を叩いた。

「飲み直そう」

再び酒が回され、探り探りといった雰囲気で宴は再開された。西郷閣下はそれまでと一転して饒舌《じょうぜつ》に話し、巧みに場をほぐしていった。

和やかな歓談が再開されたころ、ヤヨマネクフはそっと教室を出た。偉い和人に思いっきり逆らってやった直後だ。火照《ほて》った体を冷ますように壁にもたれて座り込み、夜空を見上げる。雲間から月が、校庭を覆った雪を照らしていた。

視界の隅に、影が揺らめいた。キサラスイだった。

「帰るのか」

聞くと、キサラスイは珍しく立ち止まった。顔は何事もなかったかのように、いつも通り冷たい。

「あんた、まだあたしのこと、好き?」

急に容易ならぬことを、彼女は言った。

「だから助けてくれたの?」

「や、どうかな」あわてふためくと、「別に助けなんていらないのに」などとキサラスイは言う。彼女の小刀は食材にも将校にも、変わらぬ切れ味を示すのだろう。

「さっきのは、助けたつもりじゃないんだ。なんだか言葉にできない。けど」

続く言葉は、何のためらいもなくするりと出た。

「好きだ。変わらない」

「聞こえない」

ヤヨマネクフは立ち上がって、息を吸った。

「好きだ。ずっと」

「へえ」キサラスイはやはり冷たく言い、「奇遇ね」と素っ気《そけ》なく続けた。

「あたしも、あんたが好きになった」

顔色一つ変えないキサラスイに、この女は本当に変わっているな、と思った。

「なら、結婚しよう」

簡単に言った。簡単なことなのだ。叶えたいことを言うのに、誰に憚《はばか》る必要もない。

おかしくなったか、とでも言いたげに、キサラスイは僅かに目をすがめた。ヤヨマネクフは胸を張った。正気だ。

「いま幾つだっけ？」

「年が明けたら、十六になる」

キサラスイが、表情もなくじっと見つめてくる。やはり木石のように思われているのだろうか、などと考えながら、ヤヨマネクフも目をそらさない。

「あたしね、いつか生まれた所へ帰りたいの。連れて行ってくれる？」

「連れて行くよ」

なんの根拠もなくヤヨマネクフは答えた。「必ず、連れて行く」

「ふうん」

少しだけ、キサラスイの眉が晴れたように見えた。

「さ来年ね、結婚は」

短く言うと、キサラスイは踵を返して夜の闇へ消えていく。さくさくと雪を踏む音が、残り香のように遠くに霞んでいる。

さ来年。早いほうだが、十七歳なら男子は結婚してもおかしくない歳だ。

「結婚《ウムレ》か」

再び見上げた夜空はいつのまにか、樺太のような分厚い雪雲に覆われて薄く光っている。

翌日。ヤヨマネクフは太郎治の立ち会いのもとで、シシラトカと一日中殴り合った。

九

仄明《ほの》るい炉端で、チコビローが小さな木幣《イナウ》を削っている。

広げた掌の親指から小指までくらいの長さの白木の表面に、ゆっくり小刀を滑らせる。刃が動いた分だけ、細長く削り出された薄皮がくるくると捩《ねじ》れて伸びていく。何度も繰り返して棒の先や中程に花のような房を作る。

どうしたものか、チコビローの木幣は他の男が作るものより端正な気品がある。ヤヨマネクフは、切り出したい話題への躊躇《ためら》いも手伝ってチコビローの手付きにしばらく見《み》惚《と》れた。

それから上を仰ぎ、うつむき、炉の火を眺め、口をそっと開閉させる。

「キサラスイと結婚したい。向こうも承諾してくれた」

やっとの思いで言えたのに、総頭領は「ちょっと待て」と手を止めない。炉の小さな火と手だけが、しばらく動き続ける。やがてチコビローは、できあがった木幣を確かめるように眺め回してから、炉の隅に立てた。

「この村への補助は近々、打ち切られるか減らされるらしい」

別の話題を振られてヤヨマネクフは戸惑った。「それは困るね」と相槌を打とうとして飲み込んだ。チコビローの目は困るどころか、挑戦的に光っていた。

「俺は役所にかけあって、これまでの補助の代わりにアイヌが直接経営できる漁場をもらうつもりだ。その収入を村人に分配し、病院を運営し、学校を続ける。補助がなくなるのなら、それはむしろ好機だ」

ぱちんと炉の火が爆《は》ぜ、火が噴き上がった。捧げられた木幣のできに火の神が満足したのだろうか。

「俺たち樺太のアイヌは、ここで自立する。ここに新しい故郷を作るんだ。お前も手伝え」

チコビローは命じる言い方をしたが、声には願いと望みが浮かんでいた。新しい故郷を作る。吸い込まれそうな魅力を感じたから、初志の貫徹に苦労した。

「あのさ――」

ヤヨマネクフは勇気を振り絞った。

「俺、村の外でもう少し勉強がしたい」

「訳を言ってみろ」

怒るでもなく、チコビローは促した。

「俺は、この村から出たことがない。俺たちがこれから生きていく日本《ニッポン》って国を知らない。俺たちが生きる世界《モシリ》を知らない」

自分たちは何に呑み込まれようとしているのか、ヤヨマネクフは見てみたかった。

「それに俺は、まだ学がない。太郎治みたいに先生になりたいわけじゃないけど、先生じゃなけりゃ学がいらないってわけでもないだろ」

立つも立たぬも学による。道守先生は常々《つねづね》言う。自分には妻ができ、順当に行けば子もできる。文明の世、アイヌというだけで蔑まれる世界で新しい家族を背負って立つ力が、自分にはまだないようにヤヨマネクフには思えた。

つづめれば、村を背負って立つチコビローのような大人にヤヨマネクフはなりたかったし、ひっくり返せばチコビローに頼らず自分の力で生きてみたかった。

「それで、どうする」

「あてはないけど、道守先生に相談してみる。働いて金をためて、どこかの学校へ行く。身が立つようになったら、結婚する」

「やることがたくさんあるな」

チコビローはからかうような顔をした。

「無理かな。俺には」

つい不安げに聞くと、チコビローは笑った。

「いいことだ。やることがあるってのは生きてる証拠だ。それに――」

チコビローは急に語気を強めた。

「お前にはこの村がある。無理になったら帰ってこい。この村は、ずっと続くんだからな」

自信に満ちた顔で、チコビローは言った。

翌日、村から見上げる空は薄く曇っていた。

静かに凍りついた石狩川は河原ごと雪に埋まり、ふかふかした白に覆われている。

「結婚、少し待ってくれないか。俺はもう少し勉強を続ける」

どこから川かわからない雪原でヤヨマネクフは決然と宣言したが、キサラスイの目は冷たいままだったので、急に不安になった。

「あのさ。俺たち、結婚するんだよな」

「さ来年にね」

まるで借財の返済について話すようなキサラスイの言い振りだが、冷気のためかその頬と鼻の頭はほんのり赤い。相手は凍てつく雪嶺ではなく血の通った人間なのだ。話せばきっと分かってくれると勇気を振り絞る。

「その期限を、少し延ばして欲しいんだ」

「いつまで？」

「来月の一月から数えて、四年かなあ」

一年かけて金を貯める、通学は小学校の中等科なら三年くらいか。当てずっぽうで答えてからヤヨマネクフは慌てた。

意外と長い。ただもうチコビローの承諾は取ってしまった。自分の浅はかさに愕然とする。

だがキサラスイの顎が、頷くように僅かに動いた。

「四年ね」

まるで返済の延期を承諾したかのような事務的な口調に続いて、耳を飾る、大きな金色の輪がきらめいた。キサラスイはヤヨマネクフを置いて、さくさくと雪を踏んで歩き出す。

本当に、俺たちは結婚するのだろうか。

いや増す不安を覚えながら、ヤヨマネクフは小さくなる海豹の皮の背中を見つめた。

ぐるりと、キサラスイが振り向いた。なじられるのだろうかと思わず身が硬くなった。

「四年だからね」

短い一言を残して、今度こそキサラスイは去っていった。

ともかく待ってくれるらしい。安堵を噛み締めた後、キサラスイにも意外といじらしいところがあるのだなと思った。

十

年が明けた明治十五年（一八八二年）。

一月、太郎治は小学校中等科へ進んだ。

二月にはシシラトカが漁場へ旅立っていった。

「俺は、俺の魂を受け止めてくれる新しい恋を探す」

どこで覚えたものか詩的な言葉を残し、太い眉毛を怒らせて親友は旅立った。漁場に集まる働き手には、女性も多いらしい。

ヤヨマネクフが村を発《た》ったのは、雪解けを待って四月に入ってからだった。

目的地は幌内《ほろない》炭鉱。対雁《ツイシカリ》村から八里（約三十二キロ）少し東にある。そこには道守先生が戊辰の戦で知り合った門馬《もんま》さんという元サムライの人がいて、続々と増える人夫相手の商店を経営しているのだという。

「門馬さんは学のある人だ。そこで働いて金を貯め、仕事の合間に教えてもらうといい」

と、先生は紹介状を書いてくれた。

期待に胸を膨らませながら、まだ雪の残る原野を歩く。隣の江別から幌内のあいだは鉄道の建設のため道ができていて、道中は歩きやすかった。

炭鉱の麓《ふもと》に拓かれた市来知《いちきしり》というところに、門馬さんの店はあった。

「話は聞いておる。しっかり面倒は見てやるから励みなさい」

居間で紹介状を受け取った門馬さんは、角張った物言いをした。御一新の前は江戸詰《エドヅメ》なる仕事をしていたという自己紹介は何のことかわからなかったが、ヤヨマネクフがアイヌであると聞いても蔑んだ目をしなかったので、いい人なのだろうとは思った。

炭鉱には様々な種類の人がやってくる。見るもの聞くことすべてがヤヨマネクフには珍しかった。仕事は忙しかったが、番頭さんがしっかりした人で苦にならなかった。給金は少なかったが衣食住は店で面倒を見てもらっているから丸々残せた。

だが、期待に胸を膨らませていた夏が終わるころに店は潰れてしまった。

「旦那は士族商売だったから」

と番頭さんはため息を吐いていた。ただ門馬さんは引き際は良かったようで、店の諸々《もろもろ》を処分して借金を返すと、多少の金が残った。それを従業員に気前よく分配して門馬さんは国に帰り、番頭はもらった金を元手に自分で日用品を売る店を始めた。

ヤヨマネクフは番頭さんの店で引き続き働いたが、月に五円と聞いていた給金がずっともらえなかった。学費のつもりだった少しばかりの貯金は生活のためにみるみる減り、年末には店もヤヨマネクフも、にっちもさっちも行かなくなっていた。

徐々に空気が薄くなるような息苦しさを感じつつ、年が明けた。店を開けると儲からないから、という不思議な理由で三日の休みをもらったヤヨマネクフは、対雁に帰ることにした。往路で見た鉄道は営業こそまだだが工事は終わっていて、もう走っている列車がちょうどよく雪をどけてくれている。線路をとぼとぼ歩いてヤヨマネクフは里へ帰った。

家ではチコビローが上機嫌で木幣《イナウ》を削っていた。

門馬さんが店を潰したころ、チコビローは「対雁村旧樺太移民共救組合」なる組織を作った。

組合長には和人を立て、役員にチコビローらアイヌの重鎮が就いた。組合は官から村人が働いていた数か所の漁場の経営権、村の官有地と付属する建物、開拓使管理だった村人たちの積立金を譲り受けた。十二月までの漁期は豊漁に終わり、順調な滑り出しだという。

ヤヨマネクフが近況、というより窮状を話すとチコビローは「ちょっと来い」とヤヨマネクフを外に連れ出した。

村の一本道は人影こそ雪のせいで少ないものの、左右の家からは明るい声が漏れ聞こえて来る。漁から帰った夫や息子を迎えているのだろう。

犬の皮を背中に張った白い草皮衣を翻して、チコビローは堂々と歩く。

学校、製網所を越えると、村はもう外れになる。そこには丸太を組み上げて作った檻があった。

「見てみろ」

チコビローが誇らしげに促し、ヤヨマネクフは丸太の隙間をそっと覗き込む。

黒い毛の塊が、丸くうずくまっている。熊の子供だ。

「数年育てて、熊送りをやる。この村ではまだやっていないからな」

チコビローの表情に、ヤヨマネクフは熱を感じた。故郷は過去ばかりにあるのではないと思った。

「帰ってくるか」

低く優しい声にヤヨマネクフは頷く。何もできなかった自分の無力さに胸が締め付けられる。

「泣くことはないだろ」

チコビローは穏やかに言った。

十一

ヤァセイ――。

まだ寒い早春の海に揺れる船の上で、和人の船頭が叫ぶ。

「ヤァセイ！」

船縁《ふなべり》にびっしり並んだ漁夫たちが声を揃えて網を手繰《たぐ》る。未明に海面を白く染めた鰊の大群が、網の中で密集して右往左往している。

ヤァセイ――。

船頭の声は野太く勇ましい。誘われるようにヤヨマネクフは網を摑み、「ヤァセイ！」と調子を合わせて引っ張る。海水が跳ねて顔を濡らす。海面まですくい上げられた無数の鰊たちが、全身で海面を叩く。騒々しい音が立ち、飛沫《しぶき》が礫《つぶて》のように顔を打ってくる。海の豊かさを捕えた網は、ずっしりと重い。

組合が経営する漁場は、それ以前の官営のころから引き続き、経験のある和人が雇われて取り仕切っていた。場所を変えながら鰊や鱒《ます》、鮭を相手に十一月まで漁は続く。

正月に村に帰ったヤヨマネクフは、市来知の店を辞めて漁場で働くことにした。番頭さんは自分の力不足を詫び、退職を認めてくれた。

漁場の仕事はきつかったが、ヤヨマネクフには楽しく感じられた。なにせ海では、網を手繰《たぐ》れば手繰るだけ魚が獲れる。手応えがないまま息苦しくなっていく市来知での生活とは大違いだった。

十二月、漁を仕舞った漁場では別れの宴が張られた。対雁の村人、北海道のアイヌ、出稼ぎの和人が一晩を騒いで夜を明かして今年の仕事は終了となる。配られた給金を懐《ふところ》へ入れ、ヤヨマネクフは意気揚々と対雁村へ帰る。

「キサラスイとは、いつ結婚する」

おかしいくらい謹厳な顔をしたチコビローに尋ねられる。

「すぐにでも」と答えた。勉強をあきらめた以上は待ってもらう必要はないし、漁場で真面目に働く限り、まず妻子を飢えさせることはなかろうと考えた。

チコビローは頷くと、さっそく媒酌人を立てた。

樺太のアイヌの結婚は、ごくごく簡素だ。まず媒酌人を通して、新郎家から新婦家に結婚を持ち掛ける。承諾されれば新郎家より新婦家に、和人でいう結納品にあたるものが贈られる。古くは刀や鍔《つば》、満州錦が喜ばれたらしいが、いずれも明治の世の対雁では手に入らない。チコビローは残念さを口にしながら、一俵の米で代用した。

次に新郎が媒酌人と新婦家を訪れる。そこで数日の接待を受けてから、新婦を連れて新郎は家へ帰る。以上で、結婚の手順は終了する。

自信満々で結婚を宣言したものの、だんだんヤヨマネクフは不安になってきた。なぜかキサラスイが会ってくれないのだ。手順だけが粛々と進む。

そして新婦家を訪れる日、ヤヨマネクフはチコビローが大事に仕舞っていた真っ白な草皮衣を着せられた。襟や裾に帯状の黒い布が縫い付けられ、その上に優美な曲線が刺繍されている。装飾はもっと簡素だったが、小さいころに樺太で着ていた衣の肌触りを思い出して、つい懐かしくなる。二本の小刀、煙草入れなど七つ道具を下げた細い帯を締めると、チコビローが破顔した。

「立派なアイヌの花婿だ。胸を張って行って来い」

昼過ぎ、張るどころか胸が裂けそうなほどの緊張を抱え、媒酌人に連れられてヤヨマネクフは家を出た。道々で、村の男たちから怨嗟《えんさ》や嫉妬の目を向けられる。少し大人びた太郎治が手を振ってくれた。その横で泣いていたのは、たぶんシシラトカだろう。

口上を述べた媒酌人に促され、キサラスイの家に入る。

広さを除けば、樺太のアイヌの家の作りはどこも変わらない。玄関と物置を兼ねた前小屋があり、続く母屋は土の上に蓆《むしろ》を敷いた一間《ひとま》で、中心に四角い炉を切ってある。入り口から見て炉の左、主人の席には、共にずんぐりした体格の両親が座っている。炉の手前側、ヤヨマネクフに背を向けて細い背中がある。キサラスイだ。

「お入りあれ、婿どの」

父親が豊かな髭を揺らす。気絶しそうになっていたが、ここで怯《ひる》んではいけない。靴を脱ぐと、胸を張って足を踏み入れる。父親に促されるまま炉の奥、客人の席へ向かう。花嫁に向き合う恰好で、ヤヨマネクフは腰を下ろす。体が強張って転倒しそうになったが、なんとか見た目は堂々と着座した。そっと窺う。対面する女性は確かにキサラスイだったが、俯《うつむ》いていて顔がよく見えない。綺麗な刺繍をびっしり施した鉢巻が、揺れる炉の火に照らされて眩《まぶ》しい。

父親が、低く荘厳な声で炉に祈りを唱え始めた。恐ろしく長い時間が経ったように思えた時、やっと祈りが終わった。つい、とキサラスイが顔を上げる。薄暗い室内で、炉の火が花嫁の相貌《そうぼう》を照らす。

「あれ——」

覚えた驚きを、ヤヨマネクフはそのまま口にしてしまった。

雪嶺のような相貌。その口元には、鮮やかな入墨がくっきりした輪郭で浮かんでいた。

「いつ、入れたんだ」

我ながら間抜けな声になった。キサラスイは「最近ね」とつぶやくように答えた。

「あたしももう、人妻だから」

ああ、俺は妻を娶《めと》るのだな。ヤヨマネクフがやっと得た実感は、すぐに無上に近い幸福感に取って代わられた。

「四年待てって言われたけど、二年で済んだね」

入墨の端が、わずかに歪んだ。初めて、キサラスイの笑顔を見た。

新婚生活は、チコビローが探してくれた空き家を譲ってもらい、始まった。

夫婦で過ごす時間はごく短い。年が明けてすぐ、まだ雪深い二月には漁の準備が始まる。ヤヨマネクフは今生の別れのような寂しさを抱えて漁場へ行き、全ての仕事が終わる十二月に飛ぶように帰る。新妻が元気な男の子を生んだのは、結婚して二回目の漁期の最中、秋のころだった。

「あれがお父さんよ」

家で赤子を抱いて出迎えた妻は、こんな時も傲然《ごうぜん》としている。生まれたばかりのはずの赤子は、どこのどいつだと言わんばかりの目で父を見つめる。ヤヨマネクフはどうしてよいかわからない。戸惑いながら満面の笑みを作ると、息子は火がついたように泣き出した。

「俺、知らないおじさんと思われているかもしれない」

思い余って総頭領に悩みを打ち明けた。ヤヨマネクフは一年のうち十か月を、漁で家を空ける。息子からすれば他人に近いだろう。

「ちょうどよかった、安心しろ」

こともなげにチコビローは言う。

この頃には対雁の村民はほとんど漁業で身を立てるようになっていて、漁場に近い石狩川河口の来札《ライサッ》に転居する者も多かった。そこでチコビローは組合を通して、対雁でアイヌたちに与えられていた農地を和人に貸し、その収益と漁業の収益を足して、日本式の家屋を来札にたくさん建てた。ヤヨマネクフも妻と息子を連れ、来札に移ることにした。

新しい家は広くはなく、煮炊きや雑用をする土間と、寝起きする板間があった。中心には火の神のための炉も切られている。慣れれば便利に暮らせそうだとヤヨマネクフは思った。

「好きじゃないな、この家」

まだ名前のついていない赤子を抱いたキサラスイは隠さずそう言うから、叱られたような気がしてしょげてしまう。

「この子の最初の名は、トゥペサンペにするから」

妻はなんの脈絡もなく宣言した。いつも通りの傲然たる態度で板間に立っているが、子をあやすためか体を絶えず上下させている。

慣習で、赤子には名をつけない。歩き始めたころに簡単な最初の名を、十歳ごろになってはじめて正式な名前をつける。

「なんで八《トゥペサンペ》なんだ?」

「あんた、学校でそう呼ばれてたんでしょう」

腹を痛めた子の名に使われるくらいには、自分は妻に好かれているらしい。ヤヨマネクフはほっとした。

その年の暮れ、チコビローは対雁と来札で種痘《しゅとう》を実施した。なるべく多くの村人が受けやすいように漁期の終わりを見計らい、費用も組合持ちにして村人に接種を勧めた。

「行かない」

板間の新居でトゥペサンペになる予定の赤子を抱いて体を揺すりながら、キサラスイは端的に拒否した。

「受けた方がいい。俺と子供のためにも、頼む」

この時ばかりはヤヨマネクフも食い下がった。学校に通っていたころ、免疫の仕組みを一通り学んでいた。理屈はあまり理解できなかったが、種痘の効果を信じたくなるくらいには痘瘡《とうそう》（天然痘）の恐ろしさも聞かされた。

「病気の種を体に入れるなんて、気持ち悪い」

困り果てたヤヨマネクフは、来札に移って来たばかりのチコビローに相談した。組合員たちには和人式の家屋を建ててやったチコビローだが、自分はアイヌ式の樹皮の家《チセ》を建てて住んでいた。

「村人はみんな、同じことをいうのだ」

総頭領も困り果てていた。自ら率先して種痘を受けたが、続く者はほとんどいないと言う。

「地道にわかってもらうしかないな」

チコビローはため息を吐いたが、説いて勧める以上のことは行わなかった。命令や強制は、昔から総頭領の好むところではなかった。

ヤヨマネクフも妻に無理強いはしなかったが、一緒に行こうと説得しているうちに漁期が始まり、妻も自分も受けそびれてしまった。説得できるくらい勉強しておけばよかったという後悔と、妻もいつか心変わりしてくれるかもという弛緩《しかん》した期待があった。

十二

明治十九年（一八八六年）の七月。それはとても暑い日だった。

一人の村人が組合の仕事で函館《はこだて》へ行った。来札に帰ってきた時にはもう、ひどい下痢と嘔吐《おうと》に悩まされていた。やっと辿り着いた家でも立つことすらできずに吐き、もらしてしまう。

家族は動転して隣近所に、また対雁へ走って親族にも助けを求めた。往診に飛んできた和人の医師は、自分の体液でずぶ濡れになった患者を一目見るなり、介抱する者たちに「離れろ」と叫び、自らも数歩後ずさった。

「彼は、コレラだ」

そのときにはもう、患者は死んでいたらしい。

最初の病人が出た家とその両隣が、患者を隔離する避病院《ひびょういん》に指定された。別の空き家に消毒用の石灰や石炭酸がぶち撒けられ、避病院で生きながらえた者が養生する消毒所とされた。避病院は、すぐにいっぱいになった。出てくる者はたいてい墓地へ送られたから、消毒所はいつも閑散としていた。間を置かず、対雁でもコレラが猛威を振るった。

漁も製網も中断された。壮健な者たちは石灰の袋を担いで村中を粉だらけにし、布で口を覆って避病院へ薄い塩水を運ぶ。出してしまった分だけ水を飲めば助かる可能性があるらしいが、水桶まで這っていける体力があるものは、ほとんどいなかった。水分を失ってしわくちゃになった死体をヤヨマネクフは運び出す。

すぐに棺桶が足りなくなった。役所の指導で伝染病の死者は火葬とされた。アイヌの風習である土葬もできず、死体は野辺に積まれて毎日焼かれる。

三十人近くの肉体が煙に変わった翌年の春、ようやく患者が減った。だがこんどは献身的に消毒や検疫の指導に当たっていた医師が、高熱を発して倒れた。過労と安堵かと村人は思っていたが、違った。数日を待たずに医師の顔に赤い斑点が無数に現れた。鏡を見て、医師は村人に指示した。

「私の家を、避病院としてくれ」

いぶかる村人に、医師は自分の顔を指差し、静かに告げたという。

「この斑点は、痘瘡の初期の症状だ」

それは彼の最後の診断だった。種痘を彼は受けていなかった。

代わりに派遣されてきた医師が、一抱えもある石灰の袋をヤヨマネクフに渡したとき、歯噛みしながらつぶやいた。

「結局私たちは、なにもできない」

医者が言うには、痘瘡には治療法がない。いちど発病してしまうと祈るしかないらしい。栄養や衛生を指導したあとは、苦悶のうめきを聞いてやるしかできない。ゆえに予防と伝染の防止が肝心なのだが、予防するにも、この村には痘苗《とうびょう》がない。

「ここにあるのは、石灰の粉だけだ」

医者は自嘲《じちょう》した。

痘瘡はコレラを遥かに上回って蔓延《まんえん》した。まず高熱が出て、それから体中に赤い斑点が浮かぶ。熱が下がる頃に斑点は白い大きな水疱《すいほう》に変わる。それから再び高熱を発し、たいていは十日を待たずに衰弱して死ぬ。ヤヨマネクフの知る人々は次々と、米や豆粒を全身にびっしり貼り付けたような無残な姿に変わり、死んでいった。野辺の炎は絶えなかった。

死体を焼き、骨を集め、埋める仕事は、壮健な男子から三人が回り持ちで行う。何度目かのその仕事の時、ヤヨマネクフはシシラトカと太郎治とで組んだ。最初のコレラ患者が出てから一年と少し、枯れるような寂し気な秋風が吹く日だった。

「よう、恋敵《こいがたき》」

シシラトカは、うつろな笑顔で言った。ヤヨマネクフとは別の漁場で働いている。

「久しぶりだね」

十六歳になった太郎治は、大きな目はそのままに、思慮深い顔立ちになっていた。小学校の高等科まで進み去年に卒業した。教員を養成する師範学校の入学試験を受ける予定だったが、疫病が流行する中での卒業だったので、今は村の様々な仕事を手伝っていた。

真っ先に避病院に足を踏み入れたのはシシラトカだった。彼も疱瘡に罹患したが、何の奇跡か重篤《じゅうとく》化せず快癒した。疱瘡は一度かかればもう発病しない。自分の役目と思ったのかシシラトカは、まだ息のある患者たちに陽気な励ましや愛想を送りながら、死体を背負い、用意した三台の大八車に乗せていった。

太郎治は車に乗せられたのが誰かを確認すると、家族を呼びに行った。鳥や野犬から死体を守るため、ヤヨマネクフはその場に残る。死体を運び終えたシシラトカは荒い息をつきながら、石炭酸をしみこませた布で手足をごしごしと拭い、衣服の上に石灰の粉をまぶす。まだ罹患していない遺族たちに会う前の念入りな消毒ではあるが、石炭酸は沁《し》みるし、石灰が体にいいとは聞かない。シシラトカは生き残ったことを罪として自らを罰しているかのように、ヤヨマネクフには見えた。

「今日はちょうど九人だな。三台の車に三人ずつ」

シシラトカは白くなった衣服をはたきながらつぶやき、それから「なにがちょうどだ、ちくしょう」と踵で地を蹴った。石灰混じりの白っぽい砂埃《すなぼこり》が舞い上がる。

ぽつぽつと、人が集まってくる。女たちは一様に泣き喚き、男たちは歯を噛み締めている。最後に来た遺族たちとともに、太郎治が帰ってくる。

皆、死体に近づけない。最愛の人との別れは、変わり果てた姿に触れることもできず、遠くから見守るだけのものだった。

目礼し、三人は大八車を曳《ひ》く。すっかり慣れてしまった道で野辺にゆく。前もって積んであった薪《まき》と死体を組み合わせて三つの山を作り、順に火を点ける。

地獄だ。噴き上がる炎を見上げて、ヤヨマネクフは思った。

三人は誰も話さず、ただ突っ立っていた。火が収まると燃え屑を掘り崩し、骨を白い壺に入れる。アイヌにない風習だ。弔いすら、他の文明から借りてきた手順で行わなければならない。

「ぼくたちは」太郎治がつぶやいた。「滅びちゃうのかな」

世は、優勝劣敗という摂理が統《す》べる生存競争である。人口僅少、心身薄弱なアイヌは滅びゆく定めにある。

それは和人たちが公言し、ヤヨマネクフたちもことあるごとに聞かされる予想だった。

「そんなわけあるか」

シシラトカが叱るように答え、「そんなことがあってたまるか」と吐き捨てた。

ヤヨマネクフは黙ったまま、火箸で骨のかけらを摘まみ上げ、置くように壺に入れていく。すぐに壺はいっぱいになる。怒らないでください、となんども呟きながら、火箸を突き入れ骨を崩し、隙間を作る。探せる限りの骨を拾い、壺に収める。

せめて墓標《アッシニ》を立てたいと思うが、施すべき複雑な模様も、彫り方もわからない。いま燃やされている老人なら、知っていたかもしれない。人とともに、アイヌをアイヌたらしめていた何かも消えていくように思えた。

村に帰り太郎治、シシラトカと別れる。日本式の家屋が軒を連ねる石灰まみれの道を、とぼとぼと歩く。

樹皮を葺いた家が数軒しかない樺太の村と比べれば、ここは遥かに栄えているように見える。だが住まう人は減り続けている。生き残った人々も失意か弔意、あるいは疫病への怯えを抱えて息を潜めている。栄えているとはとても言えない。

俺たちはいったい、どこに行けばよかったのだ。北海道に、俺たちは滅びに来たのだろうか。村の人々はふたつの文明の軋轢《あつれき》を逃れて故郷を捨て、慣れぬ仕事に苦心し、やっと暮らしが立ちゆきそうになったとき、船が沈むように死んでいく。

水を失ってしわくちゃになるか、かさぶたに覆われるか。ふと自分の死に顔を想像したのは、その時に死んでいる自分が果たして誰であるのか、不安に思ったからだ。陰影を持ったアイヌの顔か、つるりとした文明人か。

帰ると、キサラスイが炉端にうずくまり、俯いている。その傍らでは晴れてトゥペサンペと名付けられた三歳の息子が、笑いながらとことこと歩いている。

明らかに家事が不得意な妻だったから、子育てと合わせて根を詰めすぎたのだろうか。それにしても珍しいと思いながら、ヤヨマネクフは妻の横に座る。

ここ一年以上見てきた景色に、耐えられなくなった。思わず右手が伸び、キサラスイの手を摑んだ。そして驚愕した。

熱い。

「キサラスイ！」

思わず叫んで、妻の肩を摑んだ。

「大丈夫」声はか細い。「ちょっと熱がでただけだから」

キサラスイの青い顔には、無数の赤い斑点が浮かんでいた。

十三

高熱と体中の痛みで、キサラスイは唸っている。

ヤヨマネクフは妻を避病院に入れず、自分が看病すると決めた。万が一だが、そのまま永《なが》の別れとなってしまうのが恐ろしかったからだ。もし自分にも痘瘡が伝染って死んでしまっても、孤児を慈しむアイヌの風が息子を育ててくれると信じた。

ただ看病といっても、できることがない。ずっと横にいて、頃合いを見て炊いた薄い粥《かゆ》を匙《さじ》で与えるだけだ。ときおり気晴らしの話もするが、熱が意識を妨げるのか長くは続かない。

戸が叩かれる。立ち上がる間もなく「よう」とだけ言ってシシラトカが入ってくる。外出を禁じられているヤヨマネクフにとって、毎日来てくれるシシラトカだけが話のできる相手だった。

「どうだ、キサラスイの具合は」シシラトカは枕元に座り、のぞき込む。

「だいぶん、いい」

キサラスイに聞こえるように、ヤヨマネクフは声を張った。親友はキサラスイの顔を認めると、明るい声で「そうみたいだな。安心したよ」と応じてきた。その優しさにヤヨマネクフは感謝した。

「さっき見てきたが、トゥペサンペは元気だぞ。ぎゃんぎゃん泣いてた」

ああ、とキサラスイの口から声が漏れた。意識が朦朧《もうろう》としても、子の名を聞き漏らすつもりはないらしい。

数は少なかったが種痘を受けた村人もいて、発病者の子を預かって面倒を見ていた。トゥペサンペも、いまは預かってもらっている。

「早く治して会いに行ってやれよ」

それからシシラトカは他愛ないことを話し続けた。最後にキサラスイに見えない角度で悲し気に首を振ると、「また来るよ」と立ち上がり、帰って行った。

再び、静かな時が訪れた。

ヤヨマネクフは枕元に、ただ座っている。戸の隙間から漏れる外の明かりが掠《かす》れていく様子を、じっと見つめる。光が失せてからやっと、よろよろと立ち上がりランプを点《とも》す。

枕元に戻り、身を乗り出す。無数の水疱の向こうにあるはずの、雪嶺のような鼻梁《びりょう》を透視するように目を細めた。

「飯、食えるか」そっと聞くと小さく、そしてゆっくりと妻の顔が左右に揺れた。

「食わないと治るものも治らないぞ」

「琴」

妻の声ではっきりした言葉を聞いたのは、数年ぶりのような気がした。

「弾きたいのか」飛びつくように聞いた。「弾けるようになったか。体、起こせるか」

再びキサラスイは首を振った。

「弾いてほしい。音を聞きたい」

「俺は弾けないぞ」

「教えてあげる」これまでの病状が嘘だったかのように、キサラスイの声ははっきりしていた。「弾けるようになって」

なんの根拠もないが、ヤヨマネクフは胸に激痛を覚えた。時はもう、あとわずかなのだろう。

跳ねるように立ち上がり、家の隅に立てかけてあった琴を取って戻る。キサラスイの横に座り直し、見よう見まねで左肩にもたせかける。

「さあ、教えてくれ」努めて明るく、ヤヨマネクフは促した。

「どれでもいいから、弦に指の腹を当てて、はじいてみて」

か細い声に促され、そっと右手の人差し指を弦の上に置く。指を曲げ、恐る恐る手を引く。弦は引っ張られるばかりで、なかなかぱちんと弾けない。キサラスイはこんな弾き方をしていただろうかと思ったとき、耐えきれなくなったように弦が指から逃れた。ばん、という悲鳴のような音が鳴り、鳴き声のような嫌な余韻で琴が震える。

キサラスイは笑うような、乾いた小さな咳をした。

「指は、もっと浅く引っかけるの。擦れ違うときに、軽く挨拶する感じ」

そう言われてもわからない。何度も琴に悲鳴を上げさせたあと、すっと一度、指が弦を通り抜けたような感覚があった。感応《かんのう》するように弦が震え、澄んだ音が飛び出す。琴の胴に余韻が溢れて音に追いつき、包んだ。

「そう」キサラスイが満足げに言う。「そうやって弾くの」

「こうか。こうか」

きれいに音が鳴った。キサラスイが認めてくれた。どっちがうれしいのか判然とせぬまま、ヤヨマネクフはでたらめに、何度も弦を弾いた。くぐもった音に混じって、ときおり抜けるような澄んだ音が高く飛んでいく。そのたびにキサラスイは「そうそう」と教えてくれる。

「次は全部の弦を右から一本ずつ、ゆっくり弾いてみて」

言うとおりにする。別々の高さの五つの音が、上り下りするように抜けていく。

「ティ、ト、ティ、ティ、タ」

キサラスイが歌うように、琴が鳴ったとおりに自分の声で追った。

「なに？」

思わず訝しむと、また笑うような咳があった。

「ティ、ト、ティ、ティ、タ。弦の音のこと。口で言ってみて」

「てぃっ」なんだか照れくさい。「ティ、ト、ティ、ティ、タ」

「言いながら弦を弾いて。そして弦の音を覚えて」

何度か繰り返させられたあと、キサラスイはティ、ト、タの音で歌い始めた。

「一緒に歌って。覚えて」

「なんて歌だ？」

「ここは、寒いね」

意識が混濁してきたのか、妻は別のことを言って、咳き込む。

「火を焚《た》く。ちょっと待ってろ」慌てて立ち上がろうとした。

「いい。覚えて」

細い声で歌が再び始まる。ヤヨマネクフも座り直し、一緒に歌う。

「もう一度見たい。故郷へ帰りたい」

キサラスイの声は、吸い込まれるようにかすれ、小さくなっていった。

「ここは、寒い」

ヤヨマネクフは次の言葉を待った。そっと肩に手を置く。布越しに水疱の感触がある。

ゆっくり揺さぶるが、キサラスイは何も言わず、表情も変わらない。

ヤヨマネクフは右肩に立てかけたトンコリに、抱くように両手を回す。

「ティ、ト、ティ、ティ、タ――」

覚えたての旋律を歌う。指を這わせ、たどたどしく弦をはじく。

たった一つだけ覚えた曲を繰り返し歌い、弾き続けていると、途切れたように真っ暗になった。ランプの油が切れたらしい。何も見えない中、ヤヨマネクフは歌い、弾く。

やがて戸の隙間から光が差し込み、長い時間が経ったことを教えてくれた。

朝の日が滲《にじ》んでゆく視界に、妻の遺体がぼんやりと浮かぶ。

ヤヨマネクフは琴を傍にそっと置く。妻の上体をゆっくりと起こし、背負った。

「前ならこんなこと、絶対にさせなかったよな」

聳《そび》えるような妻の鼻梁を思い起こしてヤヨマネクフは可笑《おか》しくなる。

がらりと戸を開ける。疫病に全力で抗う村は、まだ起き出していなかった。そこら中に撒かれた大量の石灰は、まるで故郷の雪原を思い出そうとしているかのようだった。

うんざりするほど死体を焼いた野辺に行き、キサラスイを横たえた。積みっ放しの薪から程良いものを周りに組み上げ、焚き付けの枝や枯葉を盛る。マッチを擦って、投じる。小さな火を、操るように大きくしていく。火は爆ぜながら薪に移り、勢いを増す。

折良く風が起こり、炎は大きく噴き上がる。

手慣れた作業で何の造作もない。ただ、妻を焼くのは初めてだった。

せめて風が、煙となったキサラスイを故郷に連れていってほしい。

そう考えてから、ヤヨマネクフは首を振った。風なんぞに渡してなるものか。

俺が、彼女を連れて帰る。

決心と同時に、膝が崩れた。手が土を摑む。湧き上がる感情をなんと呼ぶか、ヤヨマネクフにはわからない。ただ堰《せき》を切ったようにいつまでも、叫びと涙が溢れ続けた。

十四

六年後、来札の薄暗い廃屋の中に、ヤヨマネクフは座っている。

朽ちた屋根や壁の穴から、細い光が差し込む。中央に切られた炉は、火が絶えて長い。灰はほとんどなくなっていて、知らなければ炉とも気付けない姿になっている。

「だれのおうち？」

傍らにおとなしく座るトゥペサンペが、不思議そうに尋ねてくる。九歳になったその顔はキサラスイの面影が濃くなっている。ただ目付きは、年相応に無邪気で柔らかい。

「ここはな」

ヤヨマネクフは炉に手を伸ばした。乾いた泥とも土とも灰ともつかぬ所から、色褪せた木幣を拾い上げる。表面を細く削って作った房は半ば剝落して痩せていたが、凜とした気品の面影がある。

「俺の兄貴と親父の間みたいな人の家だ」

村の総頭領、チコビローがここで暮らしていた。木幣を削り、炉に祈り、村を率いて。来札に移ってからの住居でヤヨマネクフが育った家ではなかったが、生前は足繁く通っていたから、相応の懐かしさはある。

「ねえ、チコビロー」

木幣に語りかけると、つい昔のような物言いになった。二十七歳という自分の歳を思い出して苦笑する。同じ歳のころ、チコビローはもう総頭領だった。

「俺は樺太へ、故郷に帰るよ。キサラスイとの約束があるから」

手に持った木幣を懐に突っ込み、外へ出る。晴れた七月の陽光が眩しい。

トゥペサンペと連れ立って歩く来札の村は、閑散としている。朽ちた家屋も多い。人の生活を思わせる音はほとんど聞こえない。間近い海から届く波音ばかりが耳を満たす。

村を率いていた総頭領のチコビローは、この地で樺太のアイヌとして自活する道を模索していた。自分たちで漁業組合を運営し、熊送りを執り行う日を夢見ていた。

猛威を振るったコレラと痘瘡が、その希望を奪った。対雁と来札で合わせて八百五十人ほどだった村人から三百四十人を超える死者を出した。流行が収まりかけたころ、チコビローもコレラで斃れた。育てた熊は、送られずにそっと野に帰された。

疫病が去ると、絶望が残った。組合長だった和人が尽力してくれ、また豊漁の年もあったが、村の生活が上向くことはなかった。人が減り、ここ数年は墓参りや出稼ぎの名目で樺太へ帰る者も出てきた。

ひっそりとした村の中をしばらく歩くと、海に出た。砂浜には長さ五間（約九メートル）ほどの川崎船《かわさきぶね》が、寝そべるように右に傾いてじっとしている。漁具やら米やらをたっぷり積み込んだ船の周りでは、ともに樺太へ向かう十二人の老若男女がたむろしている。

船出の準備はとっくに整っていた。風も良い。あとは潮の満ちるのを待つだけになっていたから、ヤヨマネクフはそっと離れてチコビローに別れを告げてきた。

船から少し離れたところに、こっちへ手を振る二人の人影がある。太郎治とシシラトカだ。見送りに来てくれたらしい。

妻を失ってからの六年を、ヤヨマネクフは思い起こす。帰郷を志す村人と共同で少しずつ金を貯め、船を買った。函館の役所で旅券を出してもらった。渡航の理由は墓参り。疫病の凄惨《せいさん》さを憐れまれたものか、旅券はすんなり発行された。

今日これから、ヤヨマネクフは故郷へ帰る。そこは今、領有するロシアがサハリン島と呼ぶ外国の地となっている。ロシアは囚人を使役して島を開拓しているという。十八年ぶりに見る故郷がどんな姿になっているか、記憶にある熱はまだ残っているか、定かでない。

それでも、妻との約束がある。帰らねばならない。

「よお、山辺安之助《ヤマベヤスノスケ》さん」

シシラトカが、からかうように呼んできた。旅券を取る時に作ったヤヨマネクフの日本名だ。生まれ育ったヤマベチから名字を、下の名は最初の音だけ元の名前に合わせて作った。

「不思議なもんだ。生まれ故郷に帰るのに、別の名前と旅券がいるんだからな」

ヤヨマネクフは苦く笑った。

「手紙、くれよ」

太郎治が寂しげに言う。二重瞼の大きな目は変わらないが、背丈は二十二歳らしいものになっている。師範学校へは進まず、来札の小学校で代用教員を続けている。

船の方から、ヤヨマネクフを呼ぶ声がした。

「お前らは、帰らないのか。樺太に」

逃げるような後ろめたさもあって、ヤヨマネクフは聞いた。疫病の死者は男の壮年に集中していて、働き手を失った村の今後は平坦な道のりではなかった。

「俺はまだだな」シシラトカが鼻を鳴らした。

「嫁を探す。キサラスイよりきれいな」

「なら、むりだな」ヤヨマネクフは笑った。

「そんな女は、どこにもいないよ」

「言ってはみたが、俺も同感だ」

「お別れかもしれないな。これで」

「ばか言え、たいした距離じゃねえ。船さえあればすぐ行ける」

「ぼくは、村に残る」

太郎治の顔は決然としていた。「まだ学校も、村もある。できることがあるような気がする」

「えらいな、太郎治は」

北海道で育った樺太のアイヌで、サムライの子。太郎治はその他の何者でもなかった。

「じゃあ」あえて軽く言う。「帰るわ」

太郎治が手を振り、シシラトカが笑う。

ざぶざぶと波間に足を突っ込む。船の周囲で待っていた人々と頷き合うと、子供と老人を船に乗せた。トゥペサンペが不安そうな顔をしたから、ヤヨマネクフはほっぺたを撫でてやった。

潮はもう、だいぶ満ちてきていた。男女の別なく船に取り付き、掛け声に合わせて押す。

船が動く。ずるずると前に進む、やがて底が砂浜から離れた。年嵩《としかさ》の男がひらりと船に飛び乗り、まず女から一人一人手を貸し、引き上げていく。最後にヤヨマネクフが引き上げられた。最年長の老人が舵柄を握る。ほかの男たちは手に取った櫂《かい》で、砂浜を突いて船を押す。

「漕ごう」

ヤヨマネクフの声に合わせて、男たちは海面を掻く。潮に逆らい、船はゆっくり沖へ向かう。帆柱が立てられた。広げた帆はすぐに風を捉《とら》まえ、船は猛然と海を滑りだした。

「みんな」思わず櫂を掲げ、ヤヨマネクフは振り返った。

「帰るぞ、樺太へ」

声が、手が、櫂が一斉に上がる。人と荷の間でトゥペサンペも小さな手を上げて飛び跳ねる。

それから気ままな風を捉まえながら、四日目に宗谷の稚内《わっかない》に着いた。望む水平線に濃灰にけむる一帯がある。樺太だ。ヤヨマネクフの胸は高鳴る。

この辺りの海は潮が高い。風を待ち、確かめるように漕ぎ出し、波に阻まれて引き返す。十日ほど繰り返してやっと沖まで出ることができた。帆を掲げてさらに進むと、今度は霧が立った。引き返す間もなく船は、冷たい乳白色に包まれる。

どこだ、どっちだ。小さな船上は不安な声で騒然となる。ヤヨマネクフは落ち着いて、霧が立つ前からずっと目を離さなかった一点を指差した。

そこは今も、うっすらと黒い。樺太の岬だ。

睨み続けていると、ヤヨマネクフの思いに呼応するように追い風が立った。船は高波を乗り越えて進み、霧が吹き流されていく。波の向こう、濃い曇り空の下に浮かぶ陸地の影が鮮明になり、近付いてくる。

突然、下から突き上げるような衝撃があった。ヤヨマネクフはひっくり返った。船は風に押されて進みながら、左へ大きく傾いていく。船底は岩肌に擦《こす》られているのか、今にも破れそうな騒がしさで鳴り続ける。人と積荷が傾斜にそって転がっていく。

舳先《へさき》が乗り上げるように持ち上がったところで、左に傾いたまま船は止まった。

「壊れた！」

朴訥《ぼくとつ》な叫び声の方に目を遣る。いまは見上げるような位置にある船底が引っ掻かれたように大きく裂けている。船はもう、波に浮かぶことはできないだろう。

「みんな無事か、名前を言ってみろ」

ヤヨマネクフは怒鳴る。最後にトゥペサンペの名を聞き、全員の無事を確認する。

体を乗り出す。いくつも岩礁が突き出た波間の向こうに砂浜がある。予備の綱の一端を帆柱に結わえつけ、もう一端を自分の胴体に巻きつけると、ヤヨマネクフは探るように足を海に突っ込む。そろそろと体を沈めた。水は冷たい。腰まで浸かったあたりで足が着く。ぼこぼこした岩の感触がある。

「待ってろ、陸地まで綱を渡してくる」

ざぶざぶと歩き出す。突き出た岩礁に乗り上げていた船の舳先を通り過ぎ、風と波に殴られながら必死で進む。砂浜に辿り着き、蹲《うずくま》る岩に綱をぐるぐると巻き、船に引き返す。

「海底に足がつく。落ち着いて歩けば大丈夫だ」

老人と子供は男に負わせ、砂浜へ向かわせる。最後にヤヨマネクフはトゥペサンペをおぶって、綱を握る。

「怖いか」

ふと振り向く。幼い顔は硬かったが、しっかり首を振った。

「それでこそキサラスイの子だ」

怯《おび》える妻を、ヤヨマネクフは見たことがなかった。

再び波間に腰まで沈める。風はますます強い。雨こそないが波はなお高く、体を冷たく洗う。

「怖くなったら叫んでいい。綱だけは離すな。ゆっくりでいいから、進むんだ」

最後尾から励ましつつ、ヤヨマネクフも進む。

無事に全員が浜へ渡ると、男たちだけで船へ引き返した。海水に浸かっていない食糧、帆や漁具など、使えそうなものを運び出させ、自らは帆を捥《も》ぎ取《と》って浜へ戻る。そのあたりから集めた木切れと帆で天幕を組み、子供と老人を入れる。余った木切れで火を起こす。そのころには日も沈み、体も疲労のかたまりになっていた。

「後は好きにしろ！」

そう叫んだのを最後に、ヤヨマネクフは砂浜に突っ伏した。

すぐに、体を揺り動かされた。

少しは休ませろ、とさすがに怒りを覚えながら目を開けると、景色はまるで違っていた。

眩しい。

思わず目を細める。少しずつ明るさに、新しい世界に慣れる。

薄曇りの空と群青色の海が広がっている。波がくすぐるような穏やかな音を立てて浜に打ち寄せ、白く泡立っている。

首を巡らせる。左手の空に大きな光点が雲に透けている。太陽は昇ってかなり経っているようだった。砂浜にはさっき組んだばかりの天幕が、そのままの姿で蹲っている。

一晩、寝ていたらしい。気付いた時に右から微かな、金属が軋む音がした。

「イポーニツ（日本人）？」

音に続いた声に振り向く。銃を背負った男が、制帽の下にある青い目を不審げに光らせてヤヨマネクフを窺っている。兵隊らしい。

「イポーニツ？」

硬い声で再び問われた。意味がわからずきょとんとしていると、兵隊は思案するように髭を撫でながら腰を伸ばした。

「和人かね」

短くたどたどしいが、確かにアイヌの言葉だった。ヤヨマネクフは首を振る。懐に手を突っ込んで油紙の包みを抜き、中の旅券を手渡す。

「アイヌだ。日本から来た。山辺安之助という」

名乗った時、少しだけ心が曇った。

「読めない。俺はロシア人だ」

兵隊は首を振って旅券を返してきた。

「ここはどこだ？」

あえて問う。

「サハリン。ロシア帝国の領土だ」

不慣れな発音と誇示するような声色で、兵隊は答える。

聞くや否や、飛び起きた。急造の天幕へ走り、首を突っ込む。老人たちにくるまれてトゥペサンペが倒れている。ゆっくりと、胸は上下している。

それから、持ち出した荷物の山へ走る。壊れるのも構わず山をひっくり返す。

「漂流者か、助けはいらないか」

兵隊の暖かい質問を今は無視して、見つけた布の包みを荒々しく剝《は》ぐ。

琴が、現れる。引っ摑んで、空を見せるように掲げる。

光の向こうに、薄い灰色に曇った空が見える。かつて毎日見ていた空。その頃はまだ出会っていなかった妻も、きっと見上げていたであろう空。

「見えているか、キサラスイ」

ヤヨマネクフは叫んだ。

「帰ってきたぞ、故郷へ」

第二章　サハリン島

一

空にぎらつく八月の陽光が、暗い針葉樹林を蒸し上げている。

ブロニスワフ・ピョトル・ピウスツキはのろのろと両腕を持ち上げ、崩れるように振り下ろす。斧が蝦夷松《えぞまつ》の幹を打つ鈍い音が誰もいない森を抜け、両手に痺れるような痛みを覚える。

斧を木に突き立てたまま、ブロニスワフは手を離す。確かめるように掌《てのひら》を返すと、巻き付けてあった襤褸《ぼろ》布には血が滲んでいた。新しく血豆ができるような皮はとっくになくなっていたから、伐採作業は布越しに斧の柄で手の肉を削っているに等しい。

投げ出すように腰を下ろす。汗を拭おうと、右腕の袖で額から頭を荒く撫で上げた。ごわついた布地の感触を右半分の頭皮が捉える。そこだけ、新兵のように短く刈り上げられている。

長い溜め息を吐《つ》き、俯《うつむ》く。水色の囚人服の右胸に縫い付けられた逆さまの黒い五角形が目に入る。呼ぶ者によって嘲笑か自嘲に分かれるが、「ダイヤモンド」と通称されている。半刈りと併せて、懲役囚の証だ。

「あと十五年。いや、二十五年――」

これから続く日々を考えると、絞り出すような声が思わず漏れた。

――サハリン島へ流刑のうえ、懲役十五年。

宣告された刑は、死刑よりなお過酷にブロニスワフには感じられた。また十五年の懲役刑期が終わっても、すぐには自由の身にはなれない。自活する流刑入植囚として十年間、島内の決められた場所に住まねばならない。合わせて二十五年を経たとき、自分は四十五歳になっている。人生で最も豊穣であろう時期を奪ったロシア帝国をブロニスワフは憎み、また奪われるきっかけとなった去年の秋を思い返していた。

九か月前、一八八六年十一月十七日（ユリウス暦。西暦十一月二十九日）。帝国の都サンクトペテルブルグは朝から雪混じりの小雨に煙っていた。

数多《あまた》の宮殿と官庁街、聖堂の円蓋、滔々《とうとう》と流れるネヴァ川、どこまでも壁を連ねる要塞。ふだんは荘厳な色彩に輝く街並みが、濡れた灰色に沈み、凍える中、広大な市街の一角、リゴフスキー通りだけは熱狂的な喧騒《けんそう》に沸騰していた。

「人民に権利を！」

「農民に土地と教育を！」

「不正と搾取に正義を！」

「学生に自治権を！」

「大学にもうちょっとましな食堂を！」

千人を超える学生たちが足音を響かせ、口々に喚《わめ》きながら行進している。

「解散せよ――」

黒い制服の警官たちが怒号とサーベルの音で威嚇《いかく》しながら追い縋《すが》る。学生たちは怯《ひる》まず、歩みを止める気配もない。

この日の午前、批評家ニコライ・ドブロリューボフの没後二十五年を名目に、学生たちは郊外の墓地に集結した。事前に察知していた警察は多数の警官を動員して墓地を封鎖し、墓参は叶わなかった。集まった学生たちは追悼《ついとう》のやり直しを求め、カザン大聖堂へ移動を開始した。自然、学生たちは帝都を練り歩くデモ隊となった。

二十歳のブロニスワフは、行進の先頭あたりで気勢を上げていた。裕福とは程遠い家に育ってサンクトペテルブルグ帝国大学の法学部に入学したばかりで、やや細めの中背の体格を、毛羽立った焦げ茶色の古外套で包んでいた。

紺色の瞳を持った顔は端正と言えなくもないらしいが、それより柔和さを感じさせる造形で、こんな日に必要な迫力に欠けることを本人も自覚している。だから伸ばしっぱなしの赤褐色の頭髪をことさら勇ましく振り乱し、思いっきり叫んでやった。

「くたばれ《ズディハィ》、圧政の手先め《アゲンチエ・オプレスィ》」

「おいおい、ブロニシ。愛しき後輩よ」

ブロニスワフの愛称を交えた、からかうようなロシア語に振り向く。気勢を上げる若者たちに混じって、アレクサンドル・イリイチ・ウリヤノフが楽しげに笑っていた。

「何と言ったか知らないが、いまのはポーランド語だろう。逮捕されたいのか」

ウリヤノフは大学の先輩で、くしゃくしゃの黒髪をのせた極端に細長い顔をしている。葉の黒い根菜があればこんな形ではないかと、見るたびにブロニスワフは思う。

「ぼくは母語を使ったまでです。何も悪くない。それを禁じる法こそおかしい」

ブロニスワフは憤然と言い立てる。故郷で使われていたポーランド語は、ロシア帝国によって彼が生まれたころには国禁となっていた。

「どうせデモで逮捕されるんです。罪がもう一つ増えたって構いやしません」

「デモだって！」

大げさな身振りで、ウリヤノフはわざとらしく驚いてみせた。

「夭折《ようせつ》した文化人を愛する平和的な個人たちが、たまたま同じ場所にいるだけだ。皇帝陛下の忠良なる政府が禁じる政治的なデモなどでは、全くない」

平然と言い放つウリヤノフに、ブロニスワフは「なるほど」と調子を合わせて頷《うなず》く。

「この集まりの張本人の、それが正式な見解ですか」

ウリヤノフは専攻する生物学で大学から金メダルを贈られるほどの秀才だが、同時に強固な革命思想の持ち主だった。妙な文才があって、今日、「たまたま」同じ場所に居合わせた学生たちのほとんどは、ウリヤノフが書き上げた熱烈な檄文《げきぶん》をポケットや脳裏に秘めていた。

「そのとおりだ、愛すべき後輩よ。きみも捕まったら今と同じことを言うんだぞ」

「ええと、専制による暴力的な禁令に我らは忍耐強く従ったまでだ、でしたっけ」

「修辞はともかく、だいたいの意味は合ってる」

ウリヤノフが苦笑した。

雄々しい行進は帝都の中心、ネフスキー大通りとの交差点に差し掛かる。そこから左、つまり西に進めば目的地のカザン大聖堂がある。ただし通りを突き当たった海軍省のすぐ東には、皇帝が住まう冬宮殿がある。

突如湧いたデモ隊は帝国の喉元に短剣を突き付けているに等しい。むろんウリヤノフは、そう思われることを知ったうえで目的地を提案し、学生たちもそのつもりでいる。

最前列あたりから異質な声が上がった。ブロニスワフは思わず爪先立って小雨に霞《かす》む行く手を確かめ、息を呑んだ。

黒い毛皮のコサック帽を被った騎兵隊が轡《くつわ》を並べ、交差点を塞いでいた。みな、鞭《むち》を手にして腰にはサーベルを吊っている。街並みにはおよそ似つかわしくない威圧的な光景に行進は自然と止まり、声も止んだ。

壁のように密集した兵士も馬も、微動だにしない。口元や鼻先から立ちのぼる白い呼気だけが、彼らが生者だと示すように揺らめいている。

不穏な静寂の中、隊長らしき一騎が蹄《ひづめ》を鳴らして数歩進み出た。

「直ちに解散せよ。帝都でのデモ行為は禁じられている」

警告が、街に木霊《こだま》する。

「これはデモじゃない。穏健な学生がたまたま居合わせているだけだ」

先頭にいたシェヴィリョフという年嵩《としかさ》の学生が野太い声を上げ、振り向いた。大柄な体にのった厳《いか》つい顔が、ブロニスワフにもよく見えた。

「なあ、みんな。俺たちは今、たまたまここにいるだけだよな」

勇気付けられた学生たちは、口々に賛同の声を上げる。シェヴィリョフはウリヤノフと並ぶ学生たちのリーダー格の一人で、その声と風体《ふうてい》には人を鼓舞する独特の扇動力がある。

「そういうことだ。あなたたちこそ道を開けろ。我々はいかなる法にも触れていない」

「集団で練り歩けば、それはデモである」

隊長は冷厳に宣言した。

「あと一度だけ言う。解散せよ」

横暴だ、とシェヴィリョフが叫ぶ。続く抗議の声が膨らみ、一帯はたちまち騒然となる。隊長は氷像のような訓練された無表情で学生たちをしばらく静観した後、右手の鞭をゆっくり掲げた。

「鎮圧せよ！」

隊長は鋭く鞭を振り下ろす。

「ウラァ――」

騎兵隊は一斉に喚声《かんせい》を上げ、奔流のように駆け出す。学生たちは逃げ出そうとするが、密集していて身動きが取れない。その中に大きな馬体が次々に突っ込んでいく。左右からも警官たちが襲いかかる。

「こんなときに言うのもなんだが」

暴力的な喧騒と後方へ向かう人の波に流されながら、ウリヤノフが口を開いた。

「今日から数日、きみの下宿に泊めてくれないか。礼はいつか必ずする」

「後にしてください！」ブロニスワフは怒鳴り返した。「いまは逃げないと」

「頼むよ」

混乱の中、しなびた根菜のような顔が流されている。

「悪辣《あくらつ》な資本家が、わたしからの搾取をやめないのだ」

「家賃が払えなくて追い出されたのでしょう。それよりどうして今、それを言うんです」

「逃げて、それからどこに帰ろうか考えてしまったのだ」

「それは逃げ切った後に考えてください！」

迫る馬蹄《ばてい》の響きに追われながら、ブロニスワフはウリヤノフの手を摑《つか》んで走り出した。

二

大小の湖沼が凍った水面を青白く光らせるリトアニアの雪原を、列車は走り続けている。黒い森が車窓の近くに現れ、あるいは遠くに覗き、彼方には塔を立てた古城が佇《たたず》んでいる。

旅客がひしめく狭い三等客車の座席に、ブロニスワフは体を沈めている。荷物は革の旅行鞄ひとつだけ。新しい年を数日後に控えて、帰省のため故郷リトアニアの古都ヴィルノ（現在のヴィリニュス）に向かっている。

帝都でのデモでは、何とか騎兵隊から逃げ延びることができた。しぶしぶ下宿に招き入れた根菜のような先輩はすぐに、また勝手に机に向き合って、ペンを動かし続けた。書き物の時の癖なのか雄叫びや唸り声が止まず、ブロニスワフは閉口し不眠に悩んだ。

朝方、政府を糾弾し学生たちを鼓舞する新たな檄文を一晩かけて生み落としたウリヤノフはブロニスワフの下宿を出ていった。ほっとしたのも束の間、ウリヤノフはどこで手配したものかヘクトグラフ（こんにゃく版）の機材を持って戻ってきて、猛然と印刷を始めた。ビラが次々と生まれ、狭い下宿の床とベッドを整然と埋めていった。ブロニスワフは手伝いと称して、まだインクが生乾きのビラを構わず掻き集めた。

デモは数名の逮捕者を出したが、それ以上に官憲の追及が及ぶことはなかった。ウリヤノフは新たなビラで学生たちをさらに焚き付け、ブロニスワフは素知らぬ顔で学生生活を続けた。ごく平穏に、年明けまで続くクリスマス休暇を迎えた。

「私には、住居を世話になったきみに恩を返す用意がある」

小さな机と椅子、まだ空っぽの本棚とベッドしかない下宿。いそいそと帰省の準備を始めたブロニスワフに、居座っているウリヤノフは傲然と言い放った。

「なにをしてくれるんです」

どうせろくでもない提案だろうと思いつつ尋ねると、先輩は重々しい口調で提案してきた。

「例えば住み込みの管理人などはどうだろう。きみが家を空けている間、この下宿は私がしっかり面倒を見よう。もちろん無給でいい」

奇妙な理屈を捏《こ》ね回す先輩に、ブロニスワフは苦笑した。

「その下宿をビラだらけにしたのは誰です」

「わたしと、他ならぬきみだ」

「ぼくは手伝ったんですよ。早く終わらせないと住むにも不便で仕方がないから」

「大義と情熱に突き動かされたのだな。よいことだ」

悪びれた様子を微塵も見せないウリヤノフに仕方なく下宿の鍵を預けて、ブロニスワフは列車に飛び乗った。

リトアニア。バルト海に臨《のぞ》む森と湖沼の大地。そこがブロニスワフの故郷だった。

かつて独立国だったリトアニアは中世末、周辺国に対抗するため、西の隣国ポーランドと連合し、リトアニアの貴族層は、次第にポーランド文化に馴染んでいった。合同国家ではポーランドの言語・文化を主軸にしながら様々な人々が共存し、いつか〝共和国《ジェチュポスポリタ》〟と通称されるようになった。学問や芸術が栄え、羽根飾りをはためかせて戦場を疾駆する士族《シュラフタ》の重装騎兵《フサリア》はヨーロッパで最強の軍隊だった。

だが〝共和国〟は、やがて衰退を始める。伸長するプロイセン、オーストリア、ロシアの三国によって三度にわたり国土を分割され、国家としては地図から姿を消した。ヨーロッパを席巻したナポレオンによって国は再興されるが、その没落と共に潰《つい》えた。旧〝共和国〟領の過半はロシアのものとなった。

独立の回復が、悲願となった。幾度もの運動や反乱があり、そのたびに鎮圧された。「一月蜂起」と呼ばれる最大の騒乱が数万人のシベリア流刑者を出して終わったのち、強硬な同化政策がとられ、ポーランド語は国禁となった。

ブロニスワフ・ピョトル・ピウスツキが生を享けたのは、「一月蜂起」から三年後のことだった。

父ユゼフが継いだピウスツキ家、母マリアを出したビルレヴィチ家ともリトアニア貴族に始まる由緒正しい士族の家柄だった。父は蜂起に参加し、その真っ最中に結婚式を挙げたという勇ましい逸話があった。

蜂起に失敗した後、両親は母が実家から相続したズーウフという鄙《ひな》びた荘園で暮らし始め、そこで長男ブロニスワフ、父と同名の年子の弟ユゼフ・クレメンス、ほか何人かの子を成した。両親は〝共和国〟の士族という自負が強く、子供たちは田園風景とポーランド愛に抱かれて育った。

ブロニスワフが八歳のころ、ピウスツキ家は失火でズーウフの屋敷を財産ごと失い、かつてリトアニア大公国の首都だった古都ヴィルノの棟割長屋に転居した。初めて見る都会の景色に、幼いブロニスワフは衝撃を受けた。

――ポーランド語の使用を禁ず。

至る所に、布告が掲示されていた。寺院はロシア軍の娯楽施設や兵舎に、城は監獄に、宮殿はロシアの政庁に使われている。街には官憲や兵隊がうろうろし、市民は一様に暗い顔で俯いている。意味がわからぬまま、足元が崩れるような喪失感を覚えた。

九歳で中等学校《ギムナジヤ》へ入った。ロシア皇帝への忠誠とロシア正教、そしてロシア語を強いられながら学ぶうち、初めてヴィルノに来た時に覚えた喪失感の正体を知った。

故郷は、自分が生まれる前にすでに奪われていた。その痕跡だけが残る冷たく虚ろな世界で、ブロニスワフは凍えて育った。

だが熱もまた、伝えられた。密かに使われるポーランド語という空気の振動、あるいは文字というインクの滲みを通して。

ブロニスワフは弟ユゼフとともに、母から〝共和国〟とポーランド語への、渇きにも似た感情を植えつけられて育った。

「間もなく〝ヴィリナ〟（ヴィルノのロシア帝国での呼び方）です。どうかお忘れ物のございませんよう。間もなく――」

乗客を掻き分けて進む車掌の声で、苦々しい回想に浸っていたブロニスワフは我に返る。

列車がヴィルノ駅に入ったのは十二月二十八日の昼過ぎ。珍しく定刻通りの到着だった。

改札を出る。旅客のざわめきや雑踏に満ちたコンコースの向こうから、焦茶色の外套を着た若者が手を振っている。手を上げて答えると、若者は近づいてきた。

その黒いキャスケットの下から覗く、自分と同じ赤褐色の髪と紺色の瞳に、ブロニスワフの顔はほころんだ。

「少し見ないうちに背が伸びたか、兄さん」

眼の前に立った弟、ユゼフ・クレメンス・ピウスツキは、兄に似つつもより端正で、そして挑戦的な顔を歪めた。

「そうかもしれないな。ぼくにはまだ伸びしろがあるらしい。いつ帰ってきたんだ」

「昨日。ぼくのほうは列車が半日遅れた」

ユゼフはウクライナのハリコフ帝国大学で医学を学んでいる。

「今日は父さんが手を離せないらしくて、代わりにぼくが迎えに来た」

「父さん、また仕事始めたのか」

差し出された手を握り返しながらブロニスワフが問う。

兄弟の父は起業心が旺盛な人で、いくつもの事業を立ち上げてそのたびに失敗していた。ブロニスワフがサンクトペテルブルグへ行った時は比較的長く続いていた倉庫業を畳んで、無職だった。

「ついに、じゃがいもの仲買を始めたらしいよ。いつまで続くかはわからないけど」

ユゼフは笑顔に少し皮肉っぽい色を加えて、答えた。兄弟の父は、好物というより信仰の対象ではないかと思わせるほど、じゃがいもを好んでいた。

ブロニスワフは頷き、促されるまま弟に鞄を手渡した。

「軽いな、なにも入ってないじゃないか」

ユゼフは箱型の革の鞄を遠慮なく振り回す。中には換えの下着とシャツを数枚、それと数冊の書籍しか入れていない。

「旅は身軽さが一番だよ」

「知るもんか、旅行なんかブルジョワの暇つぶしだろう」

官憲がいれば目をつけられそうな冗談を、ユゼフは軽々と言い放つ。

「貧乏学生の帰省だって、立派な旅さ。せせこましい三等客車の座席から眺める景色も、なかなかのものだぜ」

ユゼフは理解しがたいといった調子で首を傾げた。ブロニスワフも雅《みやび》やかな感性には乏しいほうだが、ユゼフは兄に輪をかけて詩情や興趣《きょうしゅ》への共感が乏しい。学業に身が入らず一年間の足踏みをした兄を尻目に、ユゼフはハリコフ帝国大学の医学部に進学を決めたが、

「革命に必要なのは戦う兵士と、兵士を癒《い》やす医者だけだ」

などという簡素な未来を弟は思い描いていた。軍人の道を歩まなかったのは、ロシア皇帝の命令に服従するなら死んだほうがましだ、という理由らしかった。

「それで先月のデモは、どうだったんだい。大成功だったんだろ」

声を潜めつつも無邪気に聞いてくる弟を、さすがにブロニスワフは手で制した。ここはあまりに人目に、耳に付きすぎる。

「座席に座りっぱなしで足腰が萎《な》えそうだ。少し歩こう」

提案した手前、持たせるのも悪いと思い、ブロニスワフはユゼフから鞄を取り返して歩き出した。

駅舎を出る。リトアニア大公の居城に起源を有するヨーロッパ有数の古都が、白い雪になずんでいた。白亜や象牙色の建築が赤い屋根を並べ、所々から教会や大学校舎が背の高い瀟洒《しょうしゃ》な姿を覗かせる。つい立ち止まる。

愛おしく、また厭わしい。八歳から十八歳までを過ごした故郷の街は、やはり冷たく虚ろなままだった。

いつか再び、街が熱を帯びる日が来る。まだ見ぬ故郷は、その時初めて現れる。ブロニスワフは闘争心を新たにして、振り返る。

停車場に並ぶ客待ちの馬車を物欲しげに眺めるユゼフに「聞きたいんだろ、十一月の話」と声をかける。

石畳で舗装された迷路のような街路を、しばらく黙々と歩く。人気《ひとけ》が少なくなって来たところを見計らって、兄のほうから口を開いた。

「どこまで知っている？」

「ほとんど何も」弟は肩をすくめた。「当然、新聞には載らない。ハリコフの組織の人《ひと》伝《づ》てに結構な騒ぎを起こせたって聞いたくらいさ」

ブロニスワフは頷くと、外套の胸に手を突っ込んで一枚の紙片を取り出し、ユゼフに手渡した。

「ビラかい。印刷が掠《かす》れてるな、読みにくい」

がさがさと紙を広げながらのユゼフの指摘に、インクの乾かぬビラが生活に必要な隙間まで埋めつくしてしまった自分の下宿を思い出し、ブロニスワフは苦笑した。

「ロシアを覆う闇をいちはやく指摘した批評家ドブロリューボフへの追悼は、心ある千五百名の学生たちによって厳粛に執り行われようとした。だが政府の無思慮な抑圧は、このような文化的で平和的な営みすら許そうとはしなかった」

楽しそうにユゼフが読み上げる。

「人民は、不当な搾取と無数の理不尽に喘《あえ》いでいる。我らは人民を啓蒙《けいもう》する。正しき知識、権利の自覚こそが人民を幾重にも縛る鎖を焼き切り、我が母なるロシアの大地を覆う闇を焼き尽くす光となるであろう」

ブロニスワフにはいささか大仰に感じられるウリヤノフの文章は、帝都の学生たちを鼓舞してやまない。

「政府が拠って立つ粗暴な暴力に対するに、我らもまた力をもってする。精神的連帯の自覚によって組織され、統一された力をもって――」

声明の最後の一文を読み上げてから、ユゼフが首を傾げた。

「抽象的だな。つまり、何をするつもりなんだい？」

「これから決めるのさ」

答えると、予想通りだったがユゼフは不審げに首を傾げた。

「帝都の学生は頼りないな。すぐそばに宮殿があるんだから、皇帝の馬車に爆弾でも投げ込んだらいいじゃないか」

「それが、いけないんだ」

ブロニスワフはたしなめるように、ユゼフに顔を近づけた。

「せっかく復興しようとする社会主義の運動を、軽挙で潰《つぶ》してはいけない。今こそ熟慮が必要なんだ」

書いた人間の受け売りだが、ブロニスワフは異議なく賛成だった。

社会主義。ヨーロッパ世界を動揺させつづけている潮流は二十年以上前にロシア国内で大きくうねったあと、今は逼塞《ひっそく》を強いられている。

うねりは〝人民の中へ《ヴ・ナロード》〟、その運動家は〝ナロードニキ〟と呼ばれた。社会主義を信奉する帝国の知識階級たちはこぞって農村へ行き、共に働き、教育と医学を普及させ、人民の覚醒を促そうとした。

ブロニスワフとユゼフのピウスツキ兄弟は中等学校で社会主義に触れた。人民の権利を訴える社会主義は帝政とは敵対的で、〝共和国〟の領域では独立闘争と結びつき、運動家が多かった。兄弟は水が流れるように社会主義にのめり込み、国禁書を読み漁《あさ》り、〝人民の中へ〟運動の成就を願った。

だが兄弟が社会主義を知ったころには、その運動は行き詰まっていた。朴訥に皇帝を敬愛するロシアの農民たちは運動に感謝しつつも、皇帝への反逆は拒否した。絶望した一部のナロードニキは〝人民の意志《ナロードナヤ・ヴォーリャ》〟という組織を結成し、要人の暗殺テロを始めた。

一八八一年、〝人民の意志〟はついに皇帝を爆殺した。ブロニスワフが十四歳のときで、ロシア語しか使えない授業が終わった後で弟や級友たちと快哉を叫んだことを覚えている。

社会主義がほとんど息の根を止められたのは、その直後だった。苛烈な弾圧が始まり、四千人の逮捕者、多数の死刑と獄中死、街ができるほどのシベリア流刑者を出して〝人民の意志〟は壊滅した。穏健だった大多数のナロードニキたちも亡命が相次ぎ、運動は潰えた。以来、社会主義は今日まで、ほそぼそと命脈を保ってきた。

運動家ごときが振るえる暴力では帝政は揺るがない。却《かえ》って、より巨大な暴力に叩き潰される。〝人民の中へ〟運動の失敗をウリヤノフはそう分析していて、ブロニスワフも賛同していた。

「同じ過ちを繰り返してはいけないんだ」

これも先輩の受け売りを、自身の衝動に言い聞かせるようにブロニスワフは言った。

その夜、父のユゼフ・ヴィンツェンティ・ピョトルを加えた三人で食卓を囲んだ。

「リトアニアの土で育ったんだ、うまいだろう」

父は、手ずから作った料理を頬張りながら老いた顔を自慢げにほころばせた。兄弟は、硬い表情で黙ってうなずいた。

そのまま茹《ゆ》で、あるいは粉にして練って茹で、また具沢山のスープに浮かべ、もしくは擂《す》り下ろしてパンケーキ状に焼き上げられ、その他さまざまな姿のじゃがいもがピウスツキ家の食卓に並んでいた。

じゃがいも料理は、母マリアが得意としていた。裕福でなかったピウスツキ家の切り盛りに必須の技能だったのかもしれない。一昨年に病を得てマリアは亡くなったが、精緻極まる料理のレシピを残していた。父ユゼフは妻の痕跡を探すようにレシピを体得し、今に至るまでじゃがいも一辺倒の食事を作り続けている。

確かにうまいし量も十分だが、何か食べ足りない気分が残る食事が一か月以上続いた。

年が明けて一八八七年二月一日、寂しげな父と「また〝近況〟を知らせてくれよ」と頼む弟と別れたブロニスワフは、サンクトペテルブルグへ戻った。

三

「やあ、おかえり」

自分の下宿で当然のように茶をすするウリヤノフの姿に、ブロニスワフはさすがに呆れた。

「そろそろ出ていってもらえませんかね」

「なんだ、きみは資本家と結託しているのか」

外套を脱ぎながら抗議したが、ウリヤノフは気にも留めない様子だった。

「今月の十日から新しい部屋を借りる。それまでの辛抱だ」

「辛抱を要することだとは、わかってらっしゃるんですね」

「わたしも若輩ながら〝人民の中へ〟の志を継ぐ者だ。人の感情には敏感なほうだと思っている」

「先輩は自己評価が少々甘いようで」

「ところでブロニシ」

批判を無視して、ウリヤノフはブロニスワフを愛称で呼んだ。

「明日、会合がある。シェヴィリョフが招集した。きみも来たまえ」

「シェヴィリョフさんが？」

昨年十一月のデモで先頭に立っていた厳つい顔を思い出した。

「ぼくは嫌いですよ、あの人」

ブロニスワフはつい漏らした。押し出しの良さと鷹揚《おうよう》さで人望を集めるシェヴィリョフは、ブロニスワフの目には尊大で思慮のない男に映っていた。

「誰しも、必ず一つは美点がある。彼もそのはずだよ、きっと」

勝手に淹れた紅茶をすすりながらウリヤノフは言う。あなたの美点は何なのですか、と言い返そうと思ったが、ウリヤノフが話を続けたのでタイミングを失った。

「これはわたしの憶測だが、おそらくシェヴィリョフは、より直接的な行動を提案するだろう。つまりは、テロや暗殺などの暴力だ」

ウリヤノフは顕微鏡を覗き込む学者のような表情をしている。予断となる感情を排除し、冷静に対象を観察するような。彼の専攻が生物学だったことを、ブロニスワフはふと思い出した。

「穏やかではないですね」

ブロニスワフがあえて軽く応じたのは、目を背けていたものを改めて突き付けられたような動揺を覚えたからだ。遊んでいるつもりはなかったが、自分が参加している活動はやはりただの火遊びではなかった。成功は次のステップを導く。あるいはよりエスカレートしていく。行き着くか途上で死ぬしかない一本道に、ブロニスワフは足を突っ込んでいた。

「うまいじゃがいもは、いい土から育つものなんですがね」

実家でしこたま腹に詰め込んだせいでもあるまいが、妙な言葉が口をついた。情けない表現になったと後悔したが、ウリヤノフは瞠目し、それから笑った。

「糧《かて》は土から、革命は人民から芽吹いて育つというわけか。そうだ、我々は土を耕すべきだ。人民の中で人民と共にある。それこそナロードニキだな」

それから黒い根菜は思索するように続けた。

「だが我々は、ただ一度の成功に舞い上がっている寄せ集めに過ぎない。今は結束を強固にし、運動の理念と方針を定める。望むらくは〝人民の中へ〟。そういうことだな」

「同感です」

短く賛意を示すと、ウリヤノフは「よかった」と表情を変えずにつぶやいた。

「もし行動論が出れば、わたしは反対するつもりだ。その時はきみにも、助力してほしい」

「根回しですか、珍しい」

ウリヤノフについて政治的なふるまいが苦手なほうだと、ブロニスワフは勝手に思っていた。

「わたしは利得で人を説得することはしない。今もわたしなりの正論を述べたつもりだ」

ぼくはこの人が好きなのだろうな、とブロニスワフは自覚した。

翌日、十人ほどが集まった会合のはじめから、シェヴィリョフは興奮していた。

「政府は我らに恐怖している、我らの力に、我らの正しさに！」

サンクトペテルブルグの郊外、ミハイル・カンチェルという学生の下宿に集まった面々は、広い部屋に散らばるベッドや椅子、あるいは床に直接座り込んで、朗々としたシェヴィリョフの声を聞いている。

「だから政府は我らを騎兵隊という暴力で弾圧したのだ。これはまさに断末魔の悲鳴、帝政が追い詰められている証拠だ。ここで私は諸君らに一つの提案を行う」

シェヴィリョフは酔ったような顔で部屋の中心に歩み出た。

「いまこそ運動は、力による闘争に移行すべきだ。人民の塗炭《とたん》の苦しみの上で惰眠と徒食を貪《むさぼ》る臆病者たちを力でねじ伏せるのだ。かつて悪辣《あくらつ》な官僚どもを、そして皇帝を爆弾で吹き飛ばした義士たち、〝人民の意志〟党に続く時が来たのだ」

「反対です」

思わず言ってから、ブロニスワフは自分の大胆さに驚いた。シェヴィリョフが威圧するような不穏な顔を向けてきた。頬には、ウリヤノフの例の観察するような視線を感じる。

「ではきみの意見を聞こう、〝ピルスドスキー〟くん」

その物言いに、ブロニスワフは灼《や》けるような反感を感じた。ポーランド人の名であるブロニスワフ・ピウスツキをロシア語風に読めばブロニスラフ・ピルスドスキーとなる。母語を、あるいは母語を守る国を失った民をシェヴィリョフは嘲笑っている。異論を敵視しかできない性格なのかもしれないが、それにしてもかくも陰険になれるものだろうか。
深呼吸して気を落ち着かせてから、ブロニスワフは続けた。
「〝人民の意志〟党は確かに皇帝の暗殺に成功しました。だがその後で何が起きました
か。党が期待した人民の蜂起は続かなかった。かえって政府の弾圧を招き、主要なメン
バーは絞首台かシベリアに消えました。組織はほとんど壊滅してしまって、去年までデ
モすらできなかった」
「怖いのか、ピルスドスキーくん」
やはりこの人は嫌いだ。ブロニスワフは改めて感じた。だが図星でもあった。
自分ひとりが死地に立つのは怖くない。だが父や弟、故郷に累《るい》が及ぶのはどうしても
避けたかった。ロシア帝国は歯向かう者には容赦しない。そして幾たびも歯向かい、一
度も容赦されなかった地でブロニスワフは育った。
「話したい。いいか」
手を挙げたのはウリヤノフだった。シェヴィリョフは許した。
「偉大な先達《せんだつ》の偉業に倣《なら》う。それはわたしも賛成だ。だが我らが倣うべきは、無謀なテ
ロリズムに走った〝人民の意志〟ではない。今こそ我らは〝人民の中へ《ヴ・ナロード》〟の理念へ立ち
返るべきではないか。人民を教育し、自由と権利の存在を広め、財産の私有より生産手
段の共有にこそ人類の未来があると知らしめる。人民自身の自覚を持ってのみ、革命は
成るのだ」

「それはいつだ？　アレクサンドル・イリイチ」

シェヴィリョフはウリヤノフを丁寧に呼んだ。嘲笑うような雰囲気がある。

「もう一度聞く」ウリヤノフは負けない。「我々はなぜテロを行うのだ、高官たちが死んだ後、何をするのだ。それらの答えとなる理念や指針がなければ、テロは変革の手段ではなく、ただの無益な暴力だ」

ウリヤノフは、すでにシェヴィリョフに摑みかかりそうな勢いになっていた。

「必要なのは、テロの計画や爆弾じゃない。目指す未来を具体的に示す、組織の綱領《こうりよう》だ」

「なら、きみが作れよ」シェヴィリョフは吐き捨てた。「文章なら達者だろう、秀才」

ブロニスワフは確信した。この男は、ただ暴発したいだけなのだ。自分の攻撃性と若さゆえの衝動を持て余し、手段のために目的を選び、時には目的すら不要とできるような男なのだ。そのような動機で動いた歴史も人類の過去にはいくつかあるだろうが、そのために死ぬ者の命は、どう報われるべきなのか。

「六つの爆弾と三丁のピストルを入手してある。実行する勇士は投弾係と、その合図をする係の二人組が三組、計六名」

「待ってください、シェヴィリョフさん」

ブロニスワフは声を上げた。

「たったそれだけで、帝国政府に立ち向かえるのですか」

「できるまで、やるんだ」

シェヴィリョフの回答は、ブロニスワフの想像を遥かに下回った粗雑なものだった。

「容赦ない攻撃、絶え間ない攻撃こそが、敵を屈服させるのだ。我々には正義と意志がある。たとえ我らが命を落としても歴史が、続く人民が、いつか完成する理想の社会が、我らに永劫《えいごう》の命を与えてくれる」

ブロニスワフは恍惚《こうこつ》としたシェヴィリョフより、彼に言葉を教えた人間を憎んだ。人に自己犠牲を強いる社会のなにが理想なのか。

「誰を狙うんです」

「誰でもだ。滅ぶべき圧政の延命を企てるすべての奴らだ」

肉食獣のような顔つきで、シェヴィリョフは言い放った。

「勇士は後日、志願を募る。きょうは壮挙の前祝いだ」

シェヴィリョフはまるで自分の家のようにカンチェルの部屋の戸棚を開け、ウォトカの瓶を摑みだした。

ウリヤノフは青褪《あおざ》めた顔で立ち尽くしている。その肩にブロニスワフは「行きましょう」と手を置き、連れだってそっと部屋を出る。

街路に出たところで一人が追いかけてきた。会合に部屋を提供したカンチェルだった。

「俺、志願するつもりだ。さっきの話」

走ってきたのか息を切らしたカンチェルは、四角い顔に決然とした色を浮かべている。

「俺の兄貴は、シベリアで死んだ」

カンチェルは言葉少なに説明した。彼の兄は政治犯で、捕まってシベリアに送られたらしい。

「個人的な動機だとはわかってる。けど仇《かたき》を討てる機会があれば、俺はやるしかない」

青臭いと自覚しつつ、ブロニスワフは虚しさを感じずにはいられない。暴力に走れば、カンチェルのような復讐の他に生きる目的を持てない者が生まれ続けてしまう。

「けど、どうせやるなら成功しても失敗しても、意味のある行動にしたい。だからさ、ウリヤノフに綱領を作ってほしいんだ」

ウリヤノフは俯き、そして空を仰いだ。本意でない暴力への加担を頼まれて、二つ返事はできないのだろう。

「どうしてもやるのか、カンチェル」

長く感じる時間が経った後、ウリヤノフが尋ねる。カンチェルは力強く頷いた。

「書くよ」ウリヤノフは言った。

「きみたちの命に、わたしは意味を作ろう」

ウリヤノフは数日かけてブロニスワフの下宿で綱領を書き上げ、幹部内での回覧用に数部を印刷した。

「きみは読むな。しばらくは会合に顔も出すな」

異論を許さない峻厳《しゅんげん》さでウリヤノフは言って、約束通りの日に去っていった。もし警察沙汰になってもブロニスワフに累が及ばぬよう気を回してくれたのだろう。

突然、空虚さを抱える日々が始まった。せめて学業に精を出そうと教科書を開いては、すぐに投げ捨ててベッドに転がって過ごした。

そして三月二日、月曜日の朝。

下宿のベッドで何度目かの浅い睡眠に漂っていたブロニスワフの意識に、甲高いノックの音が差し込んできた。

無視を決め込みドアに背を向けた途端、ノックは叩きつけるような図太い衝撃音に変わり、ブロニスワフは跳ね起きた。

部屋を見回す。再び衝撃音が耳を叩く。ドアノブが上を向いて歪んでいる。外から槌《つち》かなにかでドアを叩き割ろうとしているのだろうか。思わず窓にすがりついて外の様子を確かめた。四階から見下ろす帝都の下町はまだ目覚めていないようで、人影はまばらだ。真下には数人の警官が集っていて、ブロニスワフを待っていたかのように、一斉に視線を向けてきた。

不気味さを感じた時、ひときわ激しい物音がした。間髪を容れず足音が続く。振り向くと、破られたドアから警官たちが濁流のように室内に踏み込んできていた。あっという間にブロニスワフは窓から引き剝がされ、両手を後ろ手に捻り上げられ、うつ伏せにベッドに押し倒される。髪を摑まれ海老反りに上体を引き起こされる。

視界に黒いフロックコートを着た紳士が現れ、ブロニスワフの前にしゃがみこんだ。

「ブロニスラフ・ピルスドスキーくんかね」

紳士はピウスツキの顔を覗き込み、穏やかに尋ねてきた。

「きみの学友たちの活動について、聞きたいことがある。すこし時間をもらえるかね」

それから紳士は、目配せするように見上げた。ブロニスワフは後ろ手のまま手錠を掛けられる。「座れ」と警官に命じられ、しぶしぶ体を起こす。俯き加減でベッドに座ると再び髪を摑まれ、顔を上げさせられた。

広くもない部屋を、警官たちがひっくり返し始めている。紳士は立ち上がり、一脚しかない椅子を引き寄せた。座って紙巻き煙草を取り出し、マッチで火をつける。たっぷり時間をかけて口をすぼめ、濃い煙を吐き出すと、ブロニスワフに顔を向けた。

「昨日の朝のことだ」

警官たちの態度とは違い、紳士はごく隠やかだった。

「爆弾を隠し持っていたきみの友達を六人、ネフスキー大通りで逮捕した。さる高貴なお方の暗殺を企んでいたらしい。そのお方は馬車の不調で予定より三十分ほど出発が遅れたんだが、もし予定通りに出発していたら危なかったね。話を聞いて私たちもひやりとしたよ」

それから紳士は、逮捕した者の名を挙げた。カンチェルの名を聞いたとき、ブロニスワフの胸が痛んだ。

「目下、丁寧に取り調べ中だ。昨日のうちにウリヤノフくんも、私たちの庁舎に来てもらった」

「ウリヤノフもテロに参加していたのですか?」

驚いて聞くと、紳士は首を振った。

「彼は家にいたよ。実行犯たちがみな、綱領なるものを印刷したビラを十字架のように大事に身につけていてね、そのあたりの話を詳しく聞きたくてお招きした。シェヴィリヨフくんももうすぐ捕まるだろうな」

「シェヴィリョフさんは実行犯ではなかったのですか?」

ブロニスワフは訝《いぶか》った。

「まだ私たちも全貌がつかめていないが」

慎重な科学者のような態度を紳士は取っている。

「彼は数日前にクリミアに発っていた。結核が悪化して、その療養のためだそうだ。残った仲間はウリヤノフくんが指導していたようだな」

人はそこまで卑劣になれるものなのか。ブロニスワフは唖然とした。

「ピルスドスキーくん、きみに聞きたい話とは綱領のことだ。ウリヤノフくんがきみの家に滞在していたことは我々も摑んでいる。きみの学友たちを使嗾《しそう》した名文との関係を、じっくり教えてほしい」

「関係ありません」

即座に答える。紳士は再び口をすぼめ、さっきよりなお濃い煙を吐き出した。

「それは我々〝オフラーナ〟が決める。きみはさしずめ、共同執筆者だな」

帝国内務省警察部警備局《オフラーナ》。政治犯を取り締まる秘密警察だ。

紳士が顎をしゃくると、後ろの警官が「立て!」と命じて髪を引っ張る。

「彼らは誰を暗殺しようとしたのです」

痛みに顔を歪めながら問うと、紳士は短く答えた。

「皇帝陛下《イエヴォ・ヴェリーチェストヴァ・インペラートル》」

体が硬直する。

「我々オフラーナには、誤認逮捕も捜査ミスもない。よってきみの道は二つしかない。処刑されるか、取り調べ中に〝病死〟するか。そして、それを選ぶのも我々だ」

紳士は立ち上がり、煙草を床に投げ捨てた。

「仲良くやろう。そう長い付き合いにはならないと思うが」

四

重々しく軋《きし》んで扉が開いた。白い壁が、草が絡み合ったような濃密な模様を伴ってそびえていた。遥か高くにある天井はドーム状に湾曲し、雲に乗った人々が神々しい何かを仰ぎ見る絵が描かれている。

帝都に幾つもある宮殿の一つにブロニスワフは連行されている。さっき守衛に聞いたところによると、今日は四月十五日。これから帝国の最高法廷でもある元老院の議員による皇帝暗殺未遂事件の裁判が始まる。

審理が行われる荘厳な広間は帝国の威厳の具象にも、大袈裟な虚構のようにも映った。

「そら、行け」

背後から守衛が乱暴に背中を押して来る。足の爪がすべて剝がされているので歩きにくい。さらには左の脇も痛む。激痛にたまらず叫んで床に這いつくばった時、すぐにきてくれた医者は「肋骨が折れているが問題はない」と、ブロニスワフではなく棍棒《こんぼう》を持った取調官に告げた。

オフラーナは、ブロニスワフが皇帝暗殺にほとんど関係していないことに早々に気付いていたらしい。二か月にわたった取り調べのほとんどは、聴取よりただ拷問に費やされた。ブロニスワフの爪を剝がしてくれたのは経験の浅い者らしく、先輩が懇切丁寧にやり方を指導していた。爪が二十枚しかない喜びなどというのは、人生の後にも先にも感じることがないだろうなとブロニスワフは思った。その人生があと何日あるかは定かでない。

やっとのことで辿り着いた椅子が並べられた一帯には、すでに十人ほどが着席している。逮捕されて以来、かつての仲間たちと会うのは今日が初めてだったが、誰が誰だかわからないくらいに皆、顔が変形している。女性と思《おぼ》しき者も数人いた。

容疑者たちの正面には、少し離れて赤い毛織物がかけられた長い卓がある。裁判官となる元老院の議員たちの席だろう。その右脇に小さな机を置いて、冴えない風貌の中年男がちょこんと座っている。書記官だろうか。左右には向かい合って掛物のない卓がある。左には見るからに傲慢《ごうまん》な表情の男たちが並んでいて、これは検察官だと確信できる。右には二人の男がぼんやりとした顔をしている。弁護人だろうか。

ブロニスワフが室内を観察している間にも、他の容疑者たちが次々と連行されて着席する。背の高い、いくぶんか顔がきれいな男が入ってきた。シェヴィリョフだ。誰とも目を合わさず、隅の席へ歩いて行った。

煮崩れた野菜屑のような容疑者が現れた時、「ウリヤノフ！」と引きちぎるような声

「巻き込んで済まなかった。許してくれとはとても言えないが、どうか詫びだけでも――」

カンチェルの声は広い空間を飛び、残響となって消えた。

カンチェルの叫びは守衛たちの足音と罵声《ばせい》にかき消された。殴打の音と、蛙《かえる》の呻《うめ》きのような声が続く。

「いいんだ」野菜屑にされてしまってもウリヤノフの声ははっきりしていた。

「きみたちは本当の勇者だ。そのきみたちとともに裁かれるのは、わたしの名誉だ」

いっそうひどい罵声と殴打がしばらく続いたあと、再び静寂が訪れる。シェヴィリョフの、あるべきであろう言葉はなかった。

「起立！」

鋭い号令があり、守衛たちが長靴《ちょうか》の踵を鳴らした。容疑者たちは緩慢な動作で立ち上がる。九名の元老院議員がぞろぞろと入廷し、ぞんざいな所作で着席する。

「では、始める」

最上位らしき議員が大儀そうに告げ、威風堂々といった調子で検察官が立ち上がった。

朗読された起訴状によると今回起訴されたのは十五人。カンチェルら実行犯六名は三月一日の午前十時ごろ、爆弾を持ってうろうろしているところを逮捕された。シェヴィリョフは暗殺を首謀しつつも直前で離脱、その跡を継いで暗殺を指揮したのがウリヤノフ。ほかの逮捕者たちは爆弾の資材手配や保管、運搬に携わった。

「ブロニスラフ・ピルスドスキーは被告人らの精神的な支柱となった秘密文書の執筆の

ため、アレクサンドル・イリイチ・ウリヤノフに住居を提供し――」

自分の罪状に、改めてブロニスワフは呆れた。それなら自分の領地で執筆を許したロシア皇帝だって同罪ではないか。

さらにブロニスワフを幻滅させたのは、セルジューコワなる容疑者の嫌疑についてだった。彼女は、恋人だった実行犯から暗殺を示唆する手紙を受け取ったのが罪だという。その手紙は当局に検閲され、事件発覚の糸口となったらしい。

ブロニスワフは元の顔を知らないセルジューコワに哀れを感じるとともに、実行犯たちの軽率さに呆れた。彼らは、失敗するべくして失敗したのだ。

起訴状の朗読のあと、罪状認否に入った。ウリヤノフは綱領の執筆、暗殺の指導について罪を認めた。

「ただし、私は家に泊めてくれた友人に、私が何を書いているかは告げませんでした」

毅然《きぜん》と言って、ウリヤノフは着席した。

これまで仲間に一言も詫びなかったシェヴィリョフは耳が腐るような表現で皇帝の慈悲を請うた。認否については何を言っているのかわからなかったが、喉の調子は良いようで、結核にかかっているとはとても思えなかった。

「次。ブロニスラフ・ピルスドスキー」

元老院議員が、ぶっきらぼうに呼んだ。

「きみは罪を認めるか」

「――認めません」

数瞬迷って、ブロニスワフはやはり否認した。皇帝の慈悲なるものにすがってもよいのでは、という考えは、よぎってそのまま通り過ぎていった。もう皇帝には故郷と言葉を奪われている。そのうえ誇りまでは、渡したくなかった。

「私は友人に寝場所を貸しました。友人の個人的な行為に口を出しませんでしたし、それを覗き込もうとも思いませんでした。どれも人として当然のことと考えます」

議員が不快そうに眉をひそめた。起訴状を読み上げた検察官が挙手し、発言が認められると立ち上がった。

「きみには弟がいたな、ピルスドスキー」

検察官は淡々と言ったが、どこか嘲笑うような色があった。

「彼の身柄はいま、ハリコフの警察署にある。本件との関わりは目下、取り調べ中だ」

「ユゼフは、関わりがありません」

思わず叫ぶと、検察官は大仰《おおぎょう》に頷いた。

「それを証明するためにも、審理に協力したまえ。私からは以上だ」

着席の瞬間だけ、検察官の声でなく顔に、確かに笑いがひらめいていた。

あってないような審理は四日続いた。二人の弁護人は代わる代わる「異議ありません」と言い放ち、休憩や開廷までの待ち時間に検察官と卑猥《ひわい》な雑談を楽しむなど、立派な弁護ぶりを発揮してくれた。

——全員、絞首刑とする。

ごく端的な判決が下された。

判決の日から、食事の質が変わった。いままでは混ぜ物で膨らんだパンと異臭がする冷めた液体だったものが、粥や黒パン、野菜スープなど、人間らしいものが出るようになった。取り調べと呼ばれる拷問もなくなった。まっとうな三食を食うほかは、独房で手枷足枷《てかせあしかせ》をつけてじっとするだけの日々が続いた。退屈で気が病みそうなほど苦痛ではあったが、ぐずぐずの肉塊に変えられるような日々よりははるかにましだったし、久しぶりに味わった人間らしい食べ物は甘美そのもので、次の食事を想像することで正気を保つことができた。

突然の待遇の改善を訝しんでいると、裁判で世話になった検察官が独房にやってきた。

「この文章は、畏れ多くも叡覧《えいらん》を賜る」

皇帝が読むという文章を、鉄格子ごしに示される。ブロニスラフ・ピルスドスキーは罪を認め、皇帝の慈悲を乞い減刑を嘆願する、などと書いてある。

「署名すれば死一等は減ぜられるかもしれぬ」

ブロニスワフはすぐに国家の意図を悟った。革命の殉教者を出したくないのだ。反逆者はすべて、帝国の威信と皇帝の栄光に屈服させねばならない。

首を振った。次の食事からまた例の焼き固めた混ぜ物と異臭の液体にもどった。飲み込めないパンを延々と咀嚼《そしやく》する。

「お父上だ」

翌日、ぶっきらぼうだが人間に語る言葉で、看守は面会者の来訪を告げた。

やはり鉄格子がありつつも独房よりはるかに小ぎれいな面会室で会った父は、数か月前の姿からは想像できないほどやつれていた。

「国事犯だと差し入れはだめなんだそうだ。知らなかった」

傍らに置かれた袋はぱんぱんに膨らんでいて、口からじゃがいもが覗いていた。

「リトアニアの土で育った芋だ、きっとうまい。放免されたら一緒に食べよう。芽が出る前に出てこいよ」

ブロニスワフの目から涙がこぼれた。近々に縊《くび》られる自分の運命が、心底疎《うと》ましく思えた。

父が追い出されるように帰されたあと、あの検察官が再び現れた。

「この文章は、畏れ多くも叡覧を賜る。署名すれば死一等は減ぜられるかもしれぬ」

服務規程にそういう定めでもあるのか、検察官は同じ言葉を吐いた。

だから父に会わせたのか。卑劣なやりかたに憤り、だがやはり父が、外の世界が恋しく、ブロニスワフはためらう。引き裂かれるような逡巡《しゅんじゅん》の後、声を絞り出した。

「ペンを、貸してください」

ブロニスワフは観念した。爪を失った指で操る万年筆の先から吸い出されるインクが、自分の誇りのように思えた。

五

皇帝暗殺未遂事件の容疑者たちの量刑は、四月中には確定した。

新旧の指導者たるアレクサンドル・ウリヤノフとピョトル・シェヴィリョフ、爆弾の投弾役三名の計五名は助命嘆願が認められず、五月八日に要塞監獄で縊られた。他の容疑者は懲役刑や僻地への追放刑となった。恋人の手紙を受け取った例の女性は禁固二年だった。

ブロニスワフ・ピウスツキはサハリン島へ流刑のうえ、懲役十五年。その弟ユゼフ・ピウスツキはシベリアで懲役五年となった。

サハリン島について、ブロニスワフにはささやかな知識しかなかった。ユーラシア大陸の東にある南北に細長い島で、もとは無主の地だった。十年ほど前に日本とクリール（千島）列島を交換する形でロシア領に編入された。原始的な発展段階の異族人《イノロッツィ》が住んでいるが、面積に比べて人口はごく少ない。ロシア政府は囚人を使って、この新しい領土を開拓しようとしていた。

蒸気船でスエズ運河からインド洋へ抜け二か月かけて地球を東廻りに半周し、日本海に入ったのは八月。

蒸し暑い海の向こうに横たわる陰鬱《いんうつ》な森は、ところどころに煙が上がっていた。植生は脂の多い松を主としていて、自然発火が珍しくないという。海岸線は見渡す限り、人の住んでいる形跡がない。

初めて見るサハリン島の印象は、長い刑期と相まって再びブロニスワフを絶望させた。

船上で頭を半刈りに刈られ、「ダイヤモンド」の入った水色の囚人服を着せられた。上陸し、そこから徒歩で四日ほど歩かされて、内陸のルイコフスコエ（現キーロフスコエ）という地に辿り着く。
寒村でしかないルイコフスコエの中心部から、ぬかるむ凍原《ツンドラ》に丸太と土を敷いた道を一時間ほど歩いたところにある木工所で、ブロニスワフは大工の仕事を与えられた。いっさい心得がない仕事を不安に思ったが杞憂《きゆう》だった。製材所がないため大工仕事は木材の調達から始める。手頃な木を見つけ、切り倒して縄を掛け、木工所という名の材木置き場まで馬になったつもりで引っ張る。

両の掌は、潰れた血豆ですぐにぐずぐずになった。清潔な布など存在せず、拾った襤褸切れをへこんだ鍋で煮沸《しゃふつ》して巻き付けた。いずれこの掌も足の裏より堅くなるのだろうと思った。

毎日、昼には木工所に帰る。いちおう給食が届けられていて、緩慢に食事を取り、午後五時まで働く。

木工所に常駐する看守が最初に恩着せがましく言ったことを信じれば、囚人たちには毎日千二百グラムのパン、百七十グラムの肉、六十グラムの碾割《ひきわり》麦が与えられる。ただし大体は官吏の懐か胃袋に入るらしく、囚人に支給されるのは粘土が混ざったパンのようなもの、半ば腐った上に加熱だけが念入りにされてほとんど煮溶けた屑肉のスープ、籾殻《もみがら》のような何かだった。

木工所の脇にある宿舎には、十名ほどの苦役囚が暮らしている。囚人たちは通貨代わりのパンを賭けた賭博に虚ろな目で興じた後、さっさと寝てしまう。溜まったパンは、表立っては禁止されている酒に化ける。

日曜日は免業日となる。日没までは自由に出歩けるが、外は森と湿原、それと空の三つしかない。ただ無為に宿舎の壁を見つめるしかない。当初は森で走り回ったり奇声を上げたりして持て余した感情を発散させていたが、やがて感情自体がなくなった。痛みに近い疲労の他、何もない日々、気温だけが急激に降下していく。十一月には最高気温が摂氏零度を超える日がほとんどなくなり、夏に霧や不快さをもたらしていた湿気は雪に変わる。囚人たちは凍るような外気の中で、黙々と重労働に従事した。

ある日の昼、寒さに震えながら木工所に帰ると食事がなかった。その日の給食係だった五人の囚人が、食材を抱えて脱走したらしい。通報を受けた捜索の兵士たちがちょうど木工所に来ていて、居丈高に木樵《きこり》たちを尋問していた。

翌日には脱走者の全員が逮捕、銃殺された。近くの異族人の集落で略奪がてら住民を皆殺しにして、潜んでいたらしい。殺害はいささか猟奇的な色彩を帯びていたという。

脱獄囚たちのほとんどが娑婆《しゃば》では凶悪な犯罪者であり、そもそも良心を持ち合わせていなかったのだ、と看守が憎らしげに教えてくれた。聞いたブロニスワフは、元の性向だけで引き起こされた凶行ではあるまいと思った。

ここには愉しみも倫理も、穏やかな安らぎも、達成へ魂を駆り立てる目標もない。囚人たちは怠惰な看守か狡猾な役人から、ひたすら無為の苦役のみを与えられている。人間らしい営みを奪われた囚人たちは心を蝕《むしば》まれ、骨折や刺傷を伴う喧嘩《しじょう》が絶えなかった。ときには人死にも出た。

島は降り続く雪に埋もれてゆく。海は凍結し物資の移入が途絶える。世界から切り離された島で、暦の上だけは年が明ける。新しい年の最初の就業日、森へ出かけた木樵が夜になっても仕事から帰ってこなかった。脱走が疑われ、夜が明けると捜索の兵士たちが慌ただしく出発していった。

ブロニスワフは斧を担ぎ、雪を掻き分け森へ入る。適当な木を探していると、脱走を疑われた木樵がいた。切り倒した木を綱で曳こうとした姿勢のまま地に倒れ、体の半ばは雪に埋もれている。近づいてしゃがみ込み、手袋を取って頬に触れると、氷のように冷たい。

驚かなかった。

ただ自分の二通りの将来を予測した。

長い懲役中に身体的に死んでしまうか、懲役後に魂を殺されて島に放り出されるか。

自分が知るブロニスワフ・ピウスツキは、この島で緩慢に殺されるのだと悟った。

のろのろと雪を踏み、木工所へ引き返す。常駐している看守がストーブの前で退屈を持て余している。凍死体のことを告げると「役所に連絡して来い」と他人事のように言われる。

鉛を葺《ふ》いたような重たい鈍色《にびいろ》の空の下、湿原は凍土の雪原になっている。囚人たちが丸太を敷いて土で固めた道が、真っ直ぐに伸びている。

帝国の矛盾が生んだ罪人たちの絶望や死によって、この辺境では森が拓かれ、道が通され、湿原が干拓されていく。

島の大地は仄かな陽光を雪に跳ねさせ、ブロニスワフを拒むように光る。滲みるような視界の中で、なだらかな白い斜面をトナカイの群れが立派な角を揺らして歩いている。その大きな蹄《ひづめ》は雪に沈まず、覆う毛に守られた鼻先で雪を掘って地表の苔を食《は》む。

適者生存という言葉がある。社会主義にかぶれ、法学部に進んだブロニスワフでも知っている。全ての生命の、その運命を律するとされている原理だ。

その原理に従えば、おそらくこの島に人間は適応できない。

摩耗《まもう》していく感覚の中で得た確信は、人間らしい心の働きの最後のように、ブロニスワフには思えた。

トナカイの群れが、急に乱れた。いつのまにか現れた野犬たちが群れに突っ込んでいく。逃げ遅れた一頭のトナカイがたちまち犬の咆哮《ほうこう》に囲まれ、立ち往生する。

ぶおう、と絶叫が聞こえる。トナカイの首に矢が突き立ち、その大きな身体は吊り糸を切られたように雪に倒れた。犬たちはその周りを警戒するようにぐるぐると回る。

斜面の上から影が現れた。犬橇《いぬぞり》だった。みるみるトナカイへ近づき、姿も急速に判然としてくる。獣そのものを着込んだような毛皮の服を着た男が、橇の手綱《たづな》を握っている。

その背中に、弓が覗いた。思わずブロニスワフは斜面を見上げた。一面が真っ白で遠近感を摑みにくいが、かなりの距離がある。射手の技量は超人的に思えた。

狩人は橇を止め、雪に降り立つ。トナカイを囲んでいた犬たちが嬉しそうに駆け寄る。野犬ではなく、猟犬だったらしい。

一頭一頭を撫で、さすってから狩人は大振りなナイフを抜いた。刃がきらきらと光る。

トナカイは雪面に倒れてもがいていたが、その首の付け根に狩人がナイフを突っ込むと、大量の血が噴き出し、しぼむようにゆっくり動きを止めた。

獲物を得た感慨が一切ないのか、狩人は遅滞なく解体を始めた。まず目を刳《く》り貫《ぬ》く。眼球を丁寧に剝いて透明な水晶体を取り出し、選《え》り分ける。続いて腹を裂く。湯気の立ち上る大量の内臓を掘り出し、その一部を細かく切り取って背中越しに放ると、猟犬と橇の曳犬が嬉しそうに吠えながら集まる。残った内臓を雪の上にきれいに並べた狩人は、ナイフでトナカイの体や足にまっすぐ線を引き、めりめりと皮を剝ぐ。骨から肉を削ぎ、血を雪で拭いながら橇の荷台に載せていく。全ては、流れるような手付きで行われた。

そこでブロニスワフは気付いた。いつのまにか自分は、狩人のすぐそばまで近づいていた。

狩人の毛皮の帽子からは、編んで背に垂らした一筋の髪が見えた。

ぐるりと狩人が振り向いた。

雪焼けした肌は張りがあり、ブロニスワフと同年代くらいに思えた。やや秀でた頰骨と低い鼻、浅い眼窩《がんか》。一重瞼の細い目には、黒い瞳が理知的に光っている。厳しい風雪が研ぎ磨いたような、滑らかな鋭利さがあった。

狩人は怯えも警戒もせず、ただブロニスワフを見上げ続けている。

「中国人《キターイッ》？」

髪型からブロニスワフは聞いた。ロシア語がわかるのか、狩人は首を振った。

「〝ニグブン〟」

たった一つの母音の周りに、雪のように子音が舞う。とても不思議で、そして複雑な音韻だった。

狩人は興味を失ったように顔を背け、トナカイだった生々しい部品を橇に黙々と積み上げた。

「トウ——」

狩人が叫び、橇を押す。犬たちが猛然と駆け出す。加速がついたところで狩人は橇に飛び乗り、雪の上を去っていった。

小さくなる橇を見つめるブロニスワフの鼓膜には、不思議な音韻が繰り返しさざめく。人を拒否するように極東の海に浮かぶこの島で初めて、生きる人に出会えたように思えた。

六

「その狩人はギリヤークだろう、たぶん」

木工所の看守に尋ねると、たまたま機嫌でも良かったのか、まるで人間に対するような口振りで教えてくれた。

ギリヤークとはたしか、オロッコ、アイヌと並んで人口上はサハリンの主要な異族人のひとつで、主に島の北部に居住している。囚人たちにも話を聞き、木工所から徒歩で一時間ほどの川沿いにも集落があること、冬はその背後の森で暮らすことを知った。

それから数日後の免業日。強烈な興味と、貯めた給食の丸いパンを手土産に抱えてブロニスワフはギリヤークの集落へ向かった。

薄曇りの空の下は人の往来が一切なく、積もったままの雪に一歩一歩足を沈ませる。吐く白い息は疲労を帯び、深い。

やがて、ロシア式の丸太小屋がひっそりと寄り集まっている景色に出くわした。確か、懲役を終えた流刑入植囚の村だ。さらに川に沿って進むと、別の様式の丸太組みの家屋が数軒、雪に沈んでいた。黒い針葉樹の森に入る。薄暗い静寂の中を少し進むと拓けた空間が見えた。円錐状の雪の小山が散在し、山ごとに十頭ほどの犬が寝そべっている。

空間に足を踏み入れると静寂が破られた。犬たちは火がついたように吠え立ててくる。ブロニスワフは戸惑い、足を止める。

いくつかの小山に積もる雪の一角が次々と崩れ、人が出てきた。みな男で、麻のようなごわごわした質感の、前を右胸の端で合わせる衣装を着ている。小山は半地下の住宅だったらしい。

男たちは胡乱《うろん》げにブロニスワフを一瞥し、聞き慣れない響きの言葉でひそひそと相談している。

「何しに来た、囚人」

警戒をにじませながらロシア語で問うてきたのは、あの狩人だった。

ブロニスワフは緊張を覚えながら、まず剝き出しのパンを差し出す。狩人はパンを一瞥して「まずそうだな」とつぶやき、受け取って一欠片《ひとかけら》を咀嚼した後、「まずいな」と顔をしかめた。それから家に引っ込むと赤い板を数枚持ち出してきて、ブロニスワフに手渡した。干した魚の身だった。

「いらない、物乞いに来たのではない」

ブロニスワフはそっと言ったが、叫び出したい衝動に駆られていた。

「ぼくは、あなたたちに興味がある。あなたたちのことを教えてほしい」

狩人は首を傾げた。構わずブロニスワフは続けた。

「ぼくはブロニスワフ・ピウスツキ。あなたたちを形作ったもの、あなたたちにこの凍てつく島で生きる熱を与えたものが何かを知りたくて、ここへ来た」

言い分は抽象的に過ぎたようで、狩人は奇人を見るように目をすがめた。

その時、狩人が出てきた小山の入り口から幼児の笑い声が聞こえた。険しかった狩人の目に一瞬だけ、深い慈愛と僅かな不安を思わせる光が射した。

狩人は男たちと再び相談を始め、それからブロニスワフに向き直った。

「俺たちはロシア人の言葉で苦労している」

かく言う狩人もロシア語が得意ではなさそうで、ふらつくような発音でゆっくり話す。

「俺たちはロシアの役人の言うことは聞かないといけないらしいが、難しくて言っていることがわからない。同じ苦労を子供にかけさせたくない。だからあんたは、俺の子にロシア語を教えろ。代わりに俺は、あんたが知りたいものを教える。それでいいか」

ブロニスワフが頷くと、狩人は渡したはずのパンと干魚をブロニスワフに押し付けた。

「俺は、チュウルカだ」

狩人は名乗って、滑らかな頰を少しだけ歪めた。笑ったらしい。

こうして、ブロニスワフはギリヤークの村に出入りするようになった。

ただチュウルカの子、インディンはまだ三歳になったばかりで、二つ目の言語を覚えるには早すぎるように思えた。代わりにロシアのサハリン行政府からの布告を村人に平易な言葉で説いたり、手続き書類の代筆をすることにした。そのうちにチュウルカだけでなく村のギリヤークたちに受け入れられるようになり、ブロニスワフは免業日のたびに出かけていって、彼らの言葉や風習を学んだ。

村は、ギリヤークたちにヴォスクウォと呼ばれていた。取っ組み合いを意味する〝ヴォスクンド〟と村を意味する〝ヴォ〟が由来だという。

ヴォスク村《ヴォ》で最初に覚えたギリヤーク語は、初めて会った日にチュウルカが言った〝ニグブン〟の語だった。それは「人間」を意味し、またギリヤークたちの自称だった。教えられたことは看守が気まぐれに配給するノートと鉛筆で記録する。すぐに足りなくなるから、囚人の間で貨幣代わりに使われる給食のパンを貯めて、空腹をこらえながら細々と買い足していった。

木工所ではやがて、ブロニスワフは奇人のごとく見られるようになった。ほとんどのロシア人にとって東方辺境の異族人は蔑視と搾取、あるいは詐取、よくても憐憫の対象でしかない。ブロニスワフからすれば陰険な看守や絶望した囚人たちに囲まれての懲役の日々は凍えるほど冷たく、週に一度の免業日だけ、生きている人間の温かい暮らしに触れられる。木樵仕事の辛さにはいっこうに慣れなかったが、ヴォスク村へ行ける次の免業日を思うと耐えられた。

冬の間、ギリヤークたちは森に作った円錐の屋根を葺いた半地下住居で暮らす。樹木が風を遮り、土の中は暖かいからだ。秋までのうちにこしらえた干魚で食いつなぎ、足りなくなれば森や凍原での猟で補う。また黒貂《くろてん》を獲って現金を得て、砂糖や茶、石鹸など、文明がもたらした日用品を購《あがな》う。アザラシの肉と油も重要で、海まで遠出して獲るか同族たちとの交換で入手する。

犬橇が、ギリヤークたちの命綱だった。頑健で聡明な犬たちは主を連れてどこまでも走る。

四月、ようやく寒さが緩む時期。ヴォスク村のギリヤークたちは冬の家を出る。誰もがこの日を待ちわびたような、活力あふれる顔をしている。犬橇を仕立て、食糧を積んでいく。

「これから川で漁を始める」

毛皮を着込んだチュウルカが、ブロニスワフに教えてくれた。

「まだ、川は凍っている。孔《あな》を開けるのか」

たどたどしいギリヤーク語でブロニスワフは聞いた。短いサンクトペテルブルグでの大学時代を思い返す。結氷したネヴァ川に孔を開けて糸を垂らす釣り人は帝都の名物の一つだった。

「川の上流へ舟を持っていって天幕を張って、氷が解けるのを待つ。解けたら舟を出し、網を落とす」

チュウルカは橇に犬をつなぎながら説明してくれた。

の家に向かう。そこには舟と網、天幕を保管してある。

複数の雄叫びが上がり、犬橇の一団は一斉に走り始める。まず川縁にある木造りの夏の家に向かう。そこには舟と網、天幕を保管してある。

犬たちは吠え、しなやかに全身で駆ける。固くなった雪の上を橇はさらさらと進む。先頭あたりを走るチュウルカの橇に乗って振り返ったブロニスワフは、壮観な光景に心を奪われた。

「おい、ブロニシ。あれはなんだ」

森を抜けると、チュウルカが硬い声で囁《ささや》いてきた。

遠目に見ても粗末な外套を纏《まと》ったロシア人たちが、夏の家が作る集落にたむろしている。隣にあるロシアの入植囚村の者たちだろうか。

目を凝らす。状況がわかった途端、ブロニスワフは怒りを感じた。

ロシア人たちはギリヤークの夏の家の間近で、ひょろ長い杭を打ち込んでいる。すでに杭は三本ほどが打ち終わっていて、まるで境界を示すように並んでいる。

入植囚たちは姑息《こそく》にも、隣村が無人の間に自分たちの村の境界を広げようとしているらしかった。

ブロニスワフは、ロシア語で説明した。平易な言葉を選びながらでももどかしかったが、自分の拙《つたな》いギリヤーク語よりは手早く言い終われた。

聞いたチュウルカは顔色を変え、手綱をしならせた。犬たちは心得たように、吠えながら加速する。気付いた入植囚たちは嘲りと焦りが入り混じったような、奇妙な顔をしていた。

チュウルカはロシア人にぶつかるすれすれで橇を止めて飛び降り、怒鳴り声で抗議する。そのロシア語は幼稚に聞こえ、入植囚たちはなお嘲るように薄く笑う。杭打ちの作業は止まらない。チュウルカは触れれば弾けそうなほど怒りを表しながら、それでも手を出さない。

理由は、入植囚側の一人にある。陰険な目つきのその男の肩には、銃が掛かっている。日用のナイフくらいしか持ち合わせていないギリヤークには太刀打ちできない。

そっとチュウルカの脇に立ったブロニスワフは、口を出すべきか迷った。自分はしょせんよそ者であり、当事者同士の切実な問題に介入できる立場ではないように思えた。

チュウルカはなおも抗議をやめない。

「まともに話せねえなら黙ってろ、野蛮人め」

前頭が禿《は》げ上がった男が、黄ばんだ歯を獣のように剝き出した。さらに、チュウルカを突き飛ばそうとした。

ブロニスワフの体が勝手に動いた。いつのまにか男の腕をがっちりと摑んでいる。母語を禁じられた自分にとって、支配者の言語でなければ黙っていろなどという罵倒はとても許せるものではなかったのだな、とまるで他人事のように考えた。

視線の形をした敵意が、刺さってくる。構わず、ブロニスワフは腕を摑んだまま男を睨んだ。

「彼はまともに、きちんと話している。話を聞くんだ」

「手を離さねえか、懲役囚。こっちは自由民だぞ。身の程をわかってんのか」

ブロニスワフの胸の黒いダイヤが目に入ったのか、男は怯えながらも、あからさまに蔑んできた。この島では実質的な身分制度がある。官吏を頂点に自由民、懲役を終えた入植囚が続き、ブロニスワフたち懲役囚は底辺に置かれている。

「ギリヤークの居住地には地権が設定されていない。きみたちはそれを知って、こんな横暴を働いているのだろう」

図星だったのか、男の顔が歪んだ。

「あるいは、ギリヤークたちはロシア語も法律も知らないから、多少の無茶くらいでは警察に訴えられないと高をくっているのか」

警察。苦い思いがよぎったが、いまはその名を出すしかなかった。

「だがこれは明らかに不法行為だ。誰の土地でもないなら、先に住んでいる者の権利が保護される。きみらには賄賂《わいろ》を贈る余裕はあるのか」

「何を言っていやがる」

貧しさを嗤《わら》われたと感じたのか、反感めいた表情を男は浮かべた。ブロニスワフは畳み掛けた。

「ないなら、警察は正論で判断するはずだ。きみらがそうであるように、ギリヤークもこの島に住む以上は皇帝陛下の恩寵《おんちょう》と帝国の庇護を受けるべき臣民なのだ。きみらに勝ち目はない」

いつの間にか、槌音《つちおと》は止まっていた。ロシア人たちもギリヤークも、じっとブロニスワフを見つめている。

濃密な静寂が流れたあと、男はブロニスワフの手を振り解《ほど》いた。

「帰るぞ」

黄色い歯の男がしぶしぶ言い、仲間たちを促す。

「待て」

ブロニスワフは数歩歩み、立てられたばかりの杭を蹴った。

「忘れ物だ」

ロシア人たちは慌てて杭に取り付き、三つの穴ぼこを残して立ち去った。ギリヤークたちは歓声を上げてブロニスワフをもみくちゃにした。

兄貴《アカン》。

誰かからそう呼ばれ、以後のブロニスワフの綽名《あだな》となった。

七

サハリンへ来て四回目の冬、囚人にも許されるクリスマス休暇の次の免業日。

ブロニスワフは小さく粗末な丸太小屋で一人、机に向き合っている。広げたノートには、これまで見聞きしたギリヤークたちの暮らしや言葉がびっしりと書き込まれている。まだ記していなかったことを、思い起こしながら短い鉛筆で書き加えていた。

小屋にはベッドと棚が二つずつ、同居の囚人と共用する机、二脚の椅子、丸い食卓、煮炊きにも使う大ぶりなストーブがある。全て粗末で粗雑な造りだが、使えないことはない。腰の高さくらいまで積もった雪に跳ねた陽光が窓から差し込み、室内はそれなりに明るい。

二年前、ブロニスワフは警察署の事務職員に仕事を替えられた。不正や怠惰を目の当たりにする日々は楽しくなかったが、木工所より遥かに楽だったし、紙や鉛筆も手に入りやすくなった。あるかなきかの荷物で引っ越してきた新居はそれまでの宿舎より快適で、独学のギリヤーク研究にいっそう打ち込むことができた。

今日、同居の囚人は最近夢中になっているコーラスの練習で朝から教会へ出かけて行った。日暮れ前までの一人きりの時間を研究に充てる決心でいたブロニスワフは、昼前にはだらしなくも眠気に襲われてしまった。

数度、頭を振る。鉛筆を放り出して立ち上がり、振り向く。眠気の源らしいストーブの上に載せた薬罐《やかん》が湯気を噴いている。

棚に歩み寄り、別のノートをつまみ出す。やはりギリヤークについてびっしり書き込んだページを眺めて、ブロニスワフはため息をつく。

怠惰で愚鈍。滅びゆく民族。

蔑み混じりに、ロシア人はギリヤークをそう評する。

壮麗な宮殿、巨大な力を生む蒸気機関、高度な組織と法体系、文字。これらを生み出せなかった異族人の文化はロシアだけでなくヨーロッパ人にとって、怠惰で愚鈍に映るらしかった。

だが、ほんとうに怠惰で愚鈍なら、ロシア人と出会う前にギリヤークは滅びている。それほど島の環境は厳しい。ブロニスワフが見る限り、ギリヤークの文化は多湿で極寒のサハリン島で生き抜くために十分な発展を遂げていた。

木造りの夏の家、半地下の冬の家はそれぞれ、島の蒸し暑さと酷寒《こっかん》に対応している。水産資源が豊かな川縁に居住し、大量の干魚をこしらえて冬を越す。足りなくなれば森や凍原へ分け入り狩猟を行う。金属器や装飾品は猟で得た黒貂や狐の毛皮で手に入れる。

食事の量は大食を戒《いまし》めるキリスト教世界から見れば貪欲といっていい量だが、それは原始的な快楽を貪っているのではなく、夏の労働と冬の寒さの中で体力を維持するためだ。放し飼いで鍛えられた犬は頑健さと聡明さを高水準で保ち、橇や舟を力強く曳く。農業に勤しまないのは、そもそもこの島の気候が農業に向かないためだ。種を植えても、芽吹いた端から潮気を含んだ霧がすべてをだめにしてしまう。

つまり、川と森の間でギリヤークは生きていた。

様相が変わったのはロシア人の入植による。

開拓のため、まず森が片っ端から拓かれ、焼き払われた。川の漁場は荒らされた。少ない島の可住地は激増する人口に圧迫される。

さらには、文明世界からもたらされた誘惑が、ギリヤークたちをなお追い詰めた。茶や砂糖、そして酒は今やギリヤークになくてはならないものになっている。伝統的に使用量が少なかった塩の需要も増えた。弓矢は銃と弾丸、火薬に置き換わった。すべて貨幣によって購うが、これまで現金をもたらした黒貂の住まう森はもうない。

れつつある。

一度の不漁が彼らを一年に亘る飢餓に突き落としてしまうほど、ギリヤークの経済基盤は脆弱になっている。

文明的な産業と文明を知る教育がギリヤークに必要と思えた。だがその二つを得たとき、そこには誰が残るのだろうか。極寒の風土に研ぎ澄まされた滑《なめ》らかな風貌だけが先祖を思わせる、ロシア帝国の勤勉な臣民。それは果たして誰なのだろうか。

相反する考えも、またある。誰かであるということは、生死や穏やかな暮らしより優先すべきことなのだろうか。

その岐路《きろ》に立つ人々に自分が何をできるか。ブロニスワフは自問する。

体か魂の死を待つばかりだった自分を蘇らせてくれたのは、諾々と故郷を奪われ無実に近い罪で世界を逐《お》われた無力な自分に居場所をくれたのは、ギリヤークの人々だ。生きる熱を分けてくれた彼らに、自分は何をすべきか。答えを探すように、ブロニスワフは研究と思索に没頭していた。

「まるで学生だな、ぼくは」

囚人はつい、笑う。情熱があり、そのぶつけ方がわからない。答えがないまま生き甲斐めいたものに焚き付けられている。

気を取り直して再びノートに目を落としたとき、荒々しく戸が叩かれた。

誰だと訝しむ間も無く、一人の男が入ってきた。黒髪の、たぶんヨーロッパ人だったが羽織る毛皮の外套はロシアの金持ちが着るようなものとは違い、素朴で豪快なギリヤークのものだった。

眼鏡のような大きな目に更に眼鏡を掛け、削いだような細い顎を黒い髭で覆っている。

「ピウスツキくんか」

男はぶっきらぼうなロシア語で、だがブロニスワフをポーランド語の発音で呼んだ。

「私はレフ・ヤコヴレヴィチ・シュテルンベルグだ」

男は、さっさと外套を脱ぐ。ロシア式のルバシカに、痩せぎすの体を包んでいた。

「私は〝人民の意志《ナロードナヤ・ヴォーリャ》〟の残党だ。捕まって、行政追放処分でこの島に来た」

他人事のような説明だが、相手の珍妙な恰好の理由の半分は理解できた。行政追放は普通の懲役と違って島での行動は自由で、服装に趣味を反映させるくらいはできる。

「暇さえあればギリヤークの下に通う奇人がいると聞いて、ここに来た。脱走ではないぞ、サハリン行政府の許可も得ている」

一方的に話しながら、シュテルンベルグは断りもせず、空いていた椅子に座った。

「遅まきながら行政府は、異族人の実態調査を始めようとしている。ギリヤークの研究をしていた私も駆り出され、今は下調べで島を回っている」

「ギリヤーク」

引かれた興味のまま口にして、ブロニスワフは立ち上がった。

「お茶を淹れます。ちょっとお待ちを」

ああ、とシュテルンベルグは言った。

薪ストーブの上に置いた薬罐を持ち上げて充分に湯が残っていることを確かめてから、煉瓦状に押し固められた粗悪な茶葉を削ってポットに放り込み、湯を注ぐ。サモワールやティーカップなどという品の良い道具はここにはない。ふちの欠けたごつい陶器のマグに茶を注ぐと、温かい香りが立ちのぼった。マグを前に置くと、シュテルンベルグは礼のつもりか短い唸り声を上げ、粗野な手つきでマグを摑んで一口すすった。

「大学に行っていたらしいな。専攻は民族学か言語学かね」

「法学です」

答えながらブロニスワフは棚からいくつかのノートを見繕って引っ張り出した。

「ぼくが調べたギリヤークたちの言葉や風習です。お役に立てば」

シュテルンベルグが、騒々しくマグを置く。精魂を傾けて作ったノートを、その粗野な所作で扱われるのかと思いきや、彼は戴《いただ》くような恭《うやうや》しい手つきで一冊を取り上げた。悪い人ではなさそうだな、と思った。ページをめくる手つきもゆっくり丁寧なものだったが、ただ目の動きは目まぐるしく、ページにとどまる時間は恐ろしく短い。時折、目を宙に泳がせる。自分の見聞や推論と突き合わせているのだろう。

「きみ、民族学は独学かね」

読みながらシュテルンベルグが問う。

「独学も何も」知ってはいたが一度も想起しなかった言葉に、ブロニスワフは戸惑った。「民族学という学問をやっているつもりはありません。ただ興味の赴くままに調べているだけです」

「なら学問としてやりたまえ」

まるで命じるように、シュテルンベルグは勧めてきた。

「私はロシアの本土から書籍を取り寄せられるくらいには自由がきく。私の書籍をやるから、まず学問的な作法や手法を会得《えとく》したまえ。そして論文を書き、私に見せろ。しかるべきいくつかの学会に、私から送ろう」

「どうなるのです、そんなことをして」

「島から出られるかもしれないぞ」

シュテルンベルグは調子を変えずに言う。耳をすっかり通り過ぎてから重大さに気付いたブロニスワフは、慌てて追いかけるように「出られるのですか」と叫んだ。

シュテルンベルグは「もしかしたら、だ」と可能性を留保しつつも、力強く頷いた。

「民族学、それと人類学はヨーロッパの、それも植民地を持つ列強諸国の間で大いに栄えている。なぜだかわかるかね」

ブロニスワフは首を傾げた。

「支配の大義名分になるからだ。ヨーロッパ人種が他人種を支配するのは、後者の知性や文化が、あるいはその将来の可能性が劣っているからだ。理想的な進化を遂げ、究極的な文化発展を遂げようとするヨーロッパ人種こそが地球の支配者にふさわしい。そんな理屈を列強は欲している。ゲルマン人、アーリア人、チュートン人。何でも良いがそこいらの白人種が、他人種に優越する。その名分を科学的に保証させたいのだ」

長々としたシュテルンベルグの話を聞き終わったとき、ブロニスワフの胸はどす黒い不快感に満ちていた。

「あなたも、そう思っておられるのですか。ヨーロッパ人種が優秀だと」

「私はユダヤ人だ」

短く、だが十分すぎる回答を、シュテルンベルグはした。

「そして、ナロードニキだ。さらには、ある程度は機会主義者でもある」

シュテルンベルグは続けた。

「将来有望な民族学者に冤罪《えんざい》めいた微罪で不自由を強いているなんてことが世界に知られてみろ、帝国もきみをそのままにはしておくまいよ。かく言う私も、自分の身がそうなればと思って研究し論文を書いては送っている」

「どうしてぼくに、そんなに目をかけてくれるので」

「同志が欲しい」

まるで欲しくなさそうに聞こえるが、この人の癖なのだろうとブロニスワフは思った。

「私はサハリンに送られ、絶望した。退屈と湿気と雪と針葉樹。凍原。その他に、ここには何もなかった。針葉樹と語らう日々だった私に、自分が人間だと教えてくれたのは、親しく接してくれたギリヤークだった。だが彼らは、いや島の異族人たちはみな困難に直面している。文明との出会いに戸惑いながら、少しずつ人口を減らしている」

「同志とはつまり、異族人の民族学的研究の、ということですか」

「違う」

シュテルンベルグは断ち切るように答えた。

「〝人民の中へ《ヴ・ナロード》〟の、だ。噂通り、きみはギリヤークに対してその理念を正しく実践していた」

大学の先輩でもあった黒い葉の根菜のような見てくれをした友人の顔がよぎる。

「私には仲間がいた。きみにもいただろう。人民と共にありたいと思った仲間が」

ブロニスワフは頷いた。

「我々は古い仲間の死と、新しい友人との友情、その二つを抱えて生きていくんだ。それでこそナロードニキだ」

八

それから続々と、ブロニスワフの住まいに書籍が送られてきた。民族学、人類学、言語学の入門書から最新の論文集、研究の画期となった大著。サハリンにこれだけの物があったのかと驚くような質と量だった。ブロニスワフは片っ端から読み込み、これまで集めた記録を再構成していく。シュテルンベルグとはお互いの研究メモを送りあい、批評や意見を交わして知識を体系化していく。

またシュテルンベルグは、ロシア帝国の東方辺境を研究する「帝立ロシア地理学協会」という半官半民の学術機関の存在を教えてくれた。ブロニスワフは論文や研究成果がまとまるたびに送付し続けた。地理学協会は論文こそあまり評価してくれなかったが、研究については認めてくれたらしく、今後も随時送付するように、という返事を常によこしてきた。

失ったと思った人生を取り戻せたような快感に突き動かされ、ブロニスワフは研究に熱中した。免業日のたびにヴォスク村を訪れ、言葉を知り、文化を記録し、民具を採集する。月日はまたたくまに過ぎた。

そして一八九四年の四月。

二十七歳のブロニスワフはヴォスク村へ向けて走っていた。

左では川が雪解けの流れに激しく唸り、右では灌木《かんぼく》の枝が不気味な動きで揺れていた。ブロニスワフを呼びに来たヴォスク村の女性が少し先を走っていて、こちらの様子を確かめるように何度も振り返ってくる。食事が粗末な囚人は体が弱いと思われているらしい。

「ぼくは大丈夫、まだ走れる」

そのたびに答えるが、女性の顔には、怯えがこびりついている。

視界から灌木が消えた。川に沿って拓けた野っ原。ブロニスワフが六年間、足繁く通い続けたヴォスク村のはずだった。だが見慣れたはずの風景が、そこにはなかった。

焦げる匂いと喚《わめ》き声が、まずブロニスワフの感覚に差し込んできた。

炎が、ギリヤークたちの夏の家を抱き込んでいる。白い煙と火の粉が噴き上がる。暑気とは別の禍々《まがまが》しい熱気が、ブロニスワフの肌を焙った。

サーベルを吊るした警官たちが列を組み、犬より猛々しく吠える村人たちと押し問答をしている。警官の陰では、ひと仕事終わったような安堵の表情でロシア人の農夫たちが談笑している。

ブロニスワフは群衆の中に突っ込み、掻き分け、前に出る。

チュウルカと、ほか数人のロシア語を使える村人が警官隊に向かって、哀願したり怒鳴りつけたりしている。

後ろからチュウルカの肩を摑んだ。振り向いた顔は滑らかで精悍《せいかん》で、そして怒りと悔しさに歪んでいた。ブロニスワフは頷き、いっとう偉そうな警官の前に立った。

「懲役囚のブロニスワフ・ピウスツキです。これはいったいどういうことですか」

「どうもこうもあるか」

貧相な面の警官は、そこだけは丁寧に整えた口髭を動かした。

「異族人が隣村の村民に威圧的な態度を取っている。我々は仲裁に入っている」

「その威圧的な態度とやらが始まった時に、奇遇にも現場にいらっしゃったのですか」

「まあ、そうだな」

嫌味に気付かない警官の愚鈍さに呆れたブロニスワフは、危うく怒りを忘れてしまうところだった。

「いくらもらったんです、彼らから」

農夫連中を指差しながら、ブロニスワフは声を荒げた。

「侮辱は許さん」毅然と言いながら、警官はついと目を背けた。「帰れ。刑期に響くぞ」

あからさまな脅しになお歯向かおうとしたとき、「まあ待てや、懲役囚」と警官の列の後ろから声が掛かった。

気味の悪い笑みを浮かべながら、農夫が一枚の紙片を突き出した。その禿げ上がった前頭と黄色い歯に記憶を刺激されつつひったくるようにブロニスワフは受け取った。紙には一年前の日付で、ヴォスク村の地権が自分たちにないことを確認する旨が記されている。署名の欄は不恰好な丸やら横線やら、およそ名前とは言えない記号が走り書きされている。字を知らないギリヤークがよく署名で使う。

「これ、覚えのある人はいますか」

ヴォスク村の人々へ向かって紙を掲げると、長老格の男が数人、手を挙げた。いずれもブロニスワフがたまにロシア語を教える際には、いなかった。自身の生活に必要な時間とロシア語の習得を天秤にかけただけで、ブロニスワフはそれを怠惰とは感じていなかった。だが今となって、深い後悔を抱いた。

「茶と砂糖を、分けてもらったんだ。その時に受け取りの証に名前を書いてくれって言われたんだが、俺たち字が書けねえからさ」

手を挙げた一人が、ギリヤーク語で教えてくれた。読み書きできないことを恥じているようだったが、どんな契約に署名したかは分かっていないだろう。

あなたには恥じるべき何らの落ち度もない、と叫びそうになる衝動を抑え、ブロニスワフは農夫に向き直った。

「相手が字を読めないと知って、嘘をついて法的書類にサインさせたのか」

「知るかよ。そいつらが字を読めねえ書けねえって話も、本当かどうかわからねえだろ」

農夫は黄色い歯を剝いた。

「こんな非道が許されると思っているのか」

「少なくとも不法じゃあない」

農夫は、嘲るような笑いをひらめかせた。「非道かどうかは、部外者のあんたの勝手な感想だ」

「いいや、非道だ。そして不法だ！」

ブロニスワフは叫んだ。「これは私文書の偽造だ！」

目を遣った先で、警官は困ったような顔をしている。

「慎重に取り調べよう。だが署名した異族人に識字能力がないという証明は難しいのではないか」

調べる気はないと言外に言った警官にブロニスワフは更に嚙み付いた。ギリヤークたちが密やかに、あるいは声高に議論するのを聞きながら、押し問答を続ける。

「もういいよ、兄貴」

やがて、チュウルカがブロニスワフの肩に手を載せた。とても寂しげな感触だった。

「すこし上流に、この村くらいの野っ原がある。草を刈れば住めないこともない」

「馬鹿なことを言うな」

ブロニスワフは声を荒げた。「漁はどうするんだ。遡上する鱒や鮭できみたちは生活しているんだ。上流に移って、これまでどおり暮らせるのか」

「もういいんだ」

再び、チュウルカは言った。

「俺たちは生きていかないといけない。ここにいても嫌がらせを受けるだけだ」

ブロニスワフが見渡すと、ギリヤークの主だった連中はみな沈痛な顔をしている。

結果、ギリヤークたちは土地を明け渡した。

九

ヴォスク村は、川沿いの五キロほど上流の岸に再建された。交易で得た小さな斧くらいしか持たないギリヤークたちにとって、村の再建は簡単な作業ではない。人手を漁に割くべき時期を建設に当て、新しい冬の家に不十分な干魚を持ち込み、新しいヴォスク村は冬を迎えた。

今年も、湿った雪が積もり始める。ブロニスワフは宿舎に籠もって過ごした。免業日も外出せず、凍てついていく外の景色を眺め続ける。

友人たちを守れなかったという失意と無力感が、ブロニスワフを絡め取っていた。

そんな中、三通の手紙が届いた。父と弟ユゼフ、そしてシュテルンベルグからだった。

父の手紙は、半年前の日付だった。内容はいつものとおりで、くだらない冗談とリトアニアの大地で育ったじゃがいもの味、そしてブロニスワフの減刑嘆願を続けていること。

国事犯で、かつ目をつけられやすいポーランド人である自分の減刑が現実的かは、ブロニスワフにはわからない。だが諦めず嘆願を続ける老いた父の姿は、現実だ。

涙で滲む視界の中で、次は弟ユゼフからの手紙を開封する。一昨年に五年のシベリア流刑を終えたユゼフは、リトアニアに戻ったらしい。

『帰りを待っている。今度は一緒に、そして徹底的にやろう』

明らかに検閲をくぐり抜けるための意味不明の文章だが、ブロニスワフは諒解した。つまり弟ユゼフは本当のことを知らない。おそらく官憲に言われるままだろうが、兄は皇帝の暗殺計画に積極的に加担したと思いこんでいる。二人の間の誤解はいつか解ければよいが、武力闘争を示唆するような文意を読み取り、危うさを覚えた。

三通目、シュテルンベルグからの手紙は、開封に躊躇《ちゅうちょ》した。

今年のはじめ、ギリヤークの結婚習慣にまつわる彼の論文が世界的な学術雑誌に掲載されている。マルクスと共に共産主義を生み育てたフリードリヒ・エンゲルスに評価されてのことだという。

未だ学術面で認められる成果を出せていないブロニスワフには、少々眩しく感じられる手紙であった。観念するように便箋を開くと、流れるような筆跡が目に入った。

曰く、帝立ロシア地理学協会はサハリン島の地理、民情に多大な興味を持ち始めている。機先を制して、自分は島に博物館を設立したい。帝都の高級官吏も会員である地理学協会の覚えを気にするサハリン行政府もこの話に乗り気であり、それなりの予算も取っているという。

実質的な流刑の身で、よくもそこまで運動ができるものだとブロニスワフは素直に感心した。ぼんやりデモに参加するのが精一杯だった自分と違い、公然たるテロリスト組織〝人民の意志〟の残党であるシュテルンベルグは、やはり根っからの革命家だった。

読み進める。手紙の本題は、ブロニスワフには博物館の収蔵品として、ギリヤークの民具を収集してほしいという依頼だった。

『これは我々の無二の価値を協会へ知らしめる好機である』

などとシュテルンベルグは書いている。ブロニスワフは話に乗り切れなかったが、恩人でもあるシュテルンベルグの大志の足を引っ張るのは気が引けた。幸い、予算がついている仕事だ。適正な価格でギリヤークたちから民具を買い取ればよいだろう。

次の免業日は、幸か不幸か好天だった。眩しい雪原に体を引っ張り出し、引きずるようにブロニスワフは歩いた。

二時間ほど掛けてたどり着いた新しいヴォスク村は、以前と変わらぬ佇まいに見えた。拓けた森に小山のような家が散在し、犬たちが繋がれている。

見慣れた人影に、ブロニスワフは後ろめたさを感じながら近づく。犬に餌をやっていたチュウルカは、滑らかな顔を人懐こく歪めた。

「久しぶりだな、兄貴。最近顔を見せないから、どうしたかと思っていた」

チュウルカの顔と声には、以前と変わらぬ親しみがこもっていた。ブロニスワフにとって村を守れなかったという事実は、村のギリヤークたちにとっては最後まで横暴に抗ってくれた恩人がいるという解釈になっていた。

「寒いだろう、早く入ってくれよ。お茶を淹れるよ」

餌を手早くやり終え、チュウルカは冬の家にブロニスワフを促す。

家は大きな一間くらいの広さの方形に作られていて、平らに掘り下げた地面の中心に炉を切ってある。周囲の三方は木の床板を、地面から一段高い位置に張ってある。

床にはチュウルカの細君と、もう十歳になる一人息子のインディンが座っていて、楽しげに話している。インディンは父にそっくりで、磨かれたように滑らかで利発そうな顔立ちだった。

「兄貴が来てくれた。お茶を淹れてやってくれよ」

チュウルカは床に腰を下ろし、頼む。細君は頷いて立ち上がり、鉄瓶を手に引っ掛けるとブロニスワフとすれ違って外へ出た。

「父さん！」

インディンが飛び跳ね、毛皮の靴を脱ぐチュウルカの背中に抱きついた。父子がじゃれ合う間に、ブロニスワフは立ったまま室内を見渡す。

立派に作られた家は、よく見ると閑散としている。家財道具に当たるものが皆無だからだ。もともとギリヤークは物をそれほど必要とする生活様式ではないが、それでも食器や民具、漁具や弓矢、家によっては銃や洋食器、ランプくらいはある。

村を燃やされるとはつまり、暮らしの全てが灰になるということだった。

床の隅には、食器の形に荒く削った木材がいくつか転がっている。ギリヤークは手先が器用で、入り用な民具は精細な模様を彫って自作するが、工業的な大量生産を行うわけではない。立て直しの艱難《かんなん》は、まだまだ続いていた。

立ち退かせるにしても、家を焼くことはなかったのだ。抵抗を諦めさせるためか、それともただの粗暴か。どちらにせよ、ここまでやる必要はない。

「座ってくださいな、ブロニシさん」

細君が戻ってきた。細身で活動的な女性で、金属の耳輪を揺らしながら踊るような動作で鉄瓶を炉に掛ける。

ブロニスワフは微笑んで頷いたが、うまく笑えたか自信がなかった。

「今日はどうした、兄貴」

床板に腰を下ろすと、インディンを膝の上に乗せたチュウルカが問うてきた。

「金になる話を持ってきた」

こんなことを言うためにギリヤークの言葉を学んだのか。散々迷ったあげくに思い切って吐き出してから、ブロニスワフは後悔した。ギリヤークたちが手ずから作り、使いこんでいく道具は、彼らの文化の具象であり、生活であり、誇りそのものだろう。それを、ブロニスワフは金にあかせて巻き上げていく。

民族学というやつに初めて出会った時、世界の真理を探究できるような幸福感があった。だが好奇の目が注がれるガラスケースに金にあかせて異族人の誇りを放り込んでいくことが学問なのだろうか。

「きみたちギリヤークが使う道具を、ぼくが仲介して買い上げることができる」

ぼそぼそと言いながらそっとのぞき見たチュウルカの目は切実で、頬は少し削げていた。

「そりゃあ、ありがたい。ぜひ買ってくれよ」

その声の明るさは、ブロニスワフの鼓膜を灼くように感じた。

やっぱりやめよう、とはブロニスワフは言えない。今、現金は確実に村のギリヤークたちの支えになる。手前勝手な後ろめたさで撤回していい話ではない。

だが――。

彼らに必要なものは当座の現金だけではない。以前通りの生活を立て直しても、やはり圧迫は変わらず続く。一方的な法やら道理やらで武装して、それを知る必要がないはずの異族人を苦しめていく。やがては森と川を奪われ、経済的な困窮が一層進む。

「金だけでは、だめだ」

他人の事情に、断定的な物言いをブロニスワフはした。それは、傍観者であることをやめるという自身の宣言でもあった。

「ロシア語が読めれば、あんな非道な契約書に署名せずに済んだ。漁だけに頼る生活では、いずれ立ち行かなくなる。全くきみたちのせいでないが、このままではだめだ」

〝人民《ヴ・ナロード》の中へ〟。

かつてブロニスワフの心を捉えた言葉が、胸をぐるぐると回っていた。しがない流刑囚の身でも、きっと可能なことがある。その言葉に友と時間を奪われた自分にこそできることが、きっとある。

「ぼくはこの村で、学校《シュコラ》を始める。大人は無理でも、せめて子供たちは通わせてほしい」

「シュコラ？」

ギリヤークの語彙《ごい》にない言葉なのでロシア語を使った。当然チュウルカは首を傾げる。

「ぼくはきみたちに、ロシア人に侮られず、騙されないための知識を教える。必要な文明の成果を自ら選び、血肉とできるような〝人《ニグブン》〟を育てる」

ギリヤークたちに本当に必要なものは、文明国の公民として生きていける知識だ。自らの権利を知り、主張できる力だ。

チュウルカは目を落とした。息子のインディンのつむじのあたりを、ずっと見つめている。右手の親指の腹で、息子の頬を何度も撫でる。

すんすんと沸いた鉄瓶が鳴る。細君がお茶を淹れる音が続く。

「兄貴」

チュウルカが上げた顔は、決然としていた。

「シュコラってやつ、ぜひ頼む。村のみんなには、俺から声を掛ける」

「任せてくれ」

無力な囚人にも、できることはあるのだ。得た確信を抱きしめるように、ブロニスワフは頷く。

「あんたはりっぱな〝ニグブン〟だな」

チュウルカは硬くなった話をほぐすように笑った。人として褒めてくれたのか、それとも同族と認めてもらえたのか。どちらであっても、友人の言葉がブロニスワフには嬉しかった。

十

小振りな蒸気船が、まだ海氷の浮かぶ三月のタタール海峡（間宮海峡）を注意深く南下している。

その狭い旅客室の脇の、さらに狭いトイレの鏡に一人の男が向き合っている。

紺色の目、赤褐色の髪。鏡の中にある顔は年齢のわりに老け込んでいて、男は自分のことながら苦笑した。

頰から口元、顎にかけて、最近伸ばし始めた髭がある。わりと様になってきたんじゃないかと思う。清潔な白いシャツとネクタイ、濃灰色の三つ揃いの背広。今回の旅に出る前に思い切って買ってみたものの、こちらはどうも慣れない。背伸びをしているように感じてしまう。

ふと頭の右側を撫でる。鏡に映った通りの、毛の生え揃った感触が掌にあった。

一八九九年三月九日、三十二歳になったサハリン島の流刑入植囚、ブロニスワフ・ピョトル・ピウスツキは、ロシア帝国極東の都市、ヴラジヴォストークへ向かう船上にある。

二年前、ブロニスワフは十年に短縮された懲役を終えた。ちょうど新皇帝戴冠に伴う恩赦があり、父が出し続けた減刑の嘆願書が恩赦対象者リストに滑り込んだためだという。

その前年には、サハリン博物館が開館している。民族学分野の収蔵品のほとんどは、ブロニスワフとレフ・ヤコヴレヴィチ・シュテルンベルグの集めた物だった。

この仕事で、ブロニスワフはやっと帝立ロシア地理学協会にその存在を認められた。先に協会への加入を果たしていたシュテルンベルグの引きもあり、懲役が満了したブロニスワフは地理学協会から熱烈な招聘《しょうへい》を受けるようになった。

ただ、懲役囚は刑期を終えてもあと十年、流刑入植囚という身分に編入される。強制労働や懲罰はないが、行政府に指定された島内の入植村で十年間、開拓労働に従事しなければならない。それが終わって初めて、島外にも出られる本当の自由の身となる。

ブロニスワフを島の外へ呼びたい地理学協会は、学術機関ながら会員に皇族や帝都の高官が多く、官界に隠然《いんぜん》たる影響力を持っている。一方、公的に皇帝の統治権を代行するサハリン行政府にとってブロニスワフの件は面白くなく、官僚的な駆け引きに一年が費やされた。その間にブロニスワフが書いた論文「サハリン・ギリヤークの困窮と欲求」が地理学協会の紀要に掲載されるに及んでやっと、サハリン行政府は期限付きのヴラジヴォストーク滞在許可を出した。地理学協会側はさっそくヴラジヴォストークの博物館に資料管理人という職を用意してくれた。

囚人身分のまま、行先も限られているが、ブロニスワフはやっと島から抜け出すことができた。

新しい生活への期待に胸を膨らませながらトイレを出て、三等客室に戻る。所狭しと椅子が据え付けられた広い室内を一望して、自分の席を見失ったと気付いた。あてどなくうろうろしていると、遠くの椅子の背もたれから細い手が伸びて左右に揺れた。

「見回り、ご苦労さま」

座席に座ると、隣からからかうようなロシア語が聞こえた。

ギリヤークの友人チュウルカの息子、十五歳になったインディンが滑らかな顔をほころばせていた。ブロニスワフが始めた私設学校では一番優秀な生徒で、するするとロシア語の読み書きを覚え、いつのまにか生徒でなく助教になっていた。より高等の教育を受けさせるためにチュウルカの許可を得て、今回の旅に連れて来た。

「着替えていいかな。この服、窮屈でさ」

インディンは座ったまま両手を広げた。黒いジャケットとズボン、白いシャツ。自分の背広といっしょに買った西洋人らしい服装をインディンにはさせている。

「私にはよく似合って見えるよ。いずれ慣れるさ」

ブロニスワフはあえて軽く言ったものの、むりやりロシア人と同じ恰好をさせるべきとも思っていない。ただ、ロシア人に囲まれる新しい生活で、友人から預かった少年が蔑視に煩わされる時間を少しでも減らしてやりたいと願ってのことだった。

「そうなるといいけど」

残念そうに口を尖《とが》らせてから、インディンは茶色い表紙の小さな本を差し出してきた。

「別の本、持ってない？」

ブロニスワフは驚いた。サハリンの数少ない書店で買ってきた数冊の本のうち最後の一冊だ。その本は小説で、書かれた言葉も内容も、識字のための読本《とくほん》に比べてはるかに難解だ。

「もう読み終わったのか」

「字はね。知らない言葉が多かったから理解できたかどうかはわからないけど、サンクトペテルブルグって街は、なんだか賑やかで楽しそうだね」

インディンの返事は奥ゆかしく、聡明な知性を感じさせた。

「もう新しい本はない。きみは全部読んでしまった」

しまったな、という軽い後悔がある。帝都で暮らす貧乏画家の恋物語。そう書店主に説明されて買い求めた小説は、後からざっと目を通すと思ったより猥雑な内容だった。インディンの目に触れさせるべきか迷っているうちに、軽々と読破されてしまった。

「そうか。ならもう一度最初から読むよ。ところで教えてほしい言葉があるんだけど」

インディンは知らない単語を書き溜めていたのか、鉛筆でつらつらと文字を記したメモを差し出してきた。受け取ったブロニスワフは一つ一つをゆっくり読み上げ、意味を教えていく。「ネフスキー大通り」という語には、つい複雑な思いを抱いた。学生の頃、デモをやって騎兵隊の突撃を食らい、皇帝を待っていた仲間が逮捕された場所だ。「阿片」「娼婦」などの語は、忘れたと言い張った。

四日後、インディンが「寂しい人だと思うんだ」などと小説の主人公について語り始めたころ、船はヴラジヴォストーク港へ入った。ロシア帝国極東の要港であり、太平洋艦隊の根拠地でもある港は、夥《おびただ》しい数の巨大な船舶や軍艦がゆっくりと往来していて、その間を小型船や艀《はしけ》が忙しく走り回っている。ブロニスワフたちが乗る船もいつの間にか曳船に曳かれ、船舶がひしめく湾内を進む。

旅客用の岸壁から船を降り、海より混雑している待合所をくぐって停車場で馬車をつかまえる。

「人ってこんなにたくさんいるのか」

見るもの全てが珍しいらしいインディンは、馬車の中ではしゃぎ続けている。サハリンのどこにもないような壮麗な街並みを抜け、地理学協会に指定されたホテルに投宿する。

翌日の朝、ホテルのロビー脇のラウンジでインディンは青い顔をしている。

「魚が食べたい」

昨日のはしゃぎようから一転して、インディンは寂しそうなギリヤーク語で呟いた。ヴォスク村とは全く違うロシアの食事に、早くもインディンは倦《う》み始めたらしい。

約束の九時きっかり。眼鏡のような大きな目に眼鏡をかけた痩せぎすのレフ・ヤコヴレヴィチ・シュテルンベルグが現れた。サハリンではギリヤークのような毛皮の外套を着ていた男も、今は帝都の博物館の研究員となっていた。恰好も、紳士然とした黒いフロックコート姿だった。

「やあ、きみがインディンくんか。聡明だという話はブロニシからよく聞いている」

シュテルンベルグは流暢だが機械的な発音のギリヤーク語で、少年に話しかけた。

「行こうか、表に馬車を待たせてある」

すたすたとシュテルンベルグは歩き出し、ブロニスワフとインディンは慌てて後を追う。馬車はまず街の郊外の実業学校へ向かった。そこでインディンの入学手続きを済ませて市街地へ戻り、ブロニスワフが招聘された博物館を目指して進む。

「ブロニシの晴れの舞台だ。インディンくんも見ておくといい」

車内でシュテルンベルグが勧める。顔に健やかな赤色が戻ってきたインディンが楽しそうに頷く。今度はブロニスワフが不安混じりの緊張を感じた。ブロニスワフの着任早々の仕事は、地理学協会メンバーに対する講演だった。

様々な建物が並ぶ繁華な目抜き通りに博物館はある。白い壁に薄い緑色の屋根を構えた三階建ての荘厳な建築で、「東方を征服せよ《ヴラジヴォストーク》」という気宇壮大な名前の街にそびえる、ロシア帝国新領土の研究拠点だ。

「きみは、島で直に見たことと、正しいと思ったことを論じればいい」

ブロニスワフの違和感に気付いたようにシュテルンベルグが言ったのは、馬車から降りる間際のことだった。

重厚な木材と白壁で作られた薄暗い館内へ、足を踏み入れる。インディンはシュテルンベルグに連れられて講堂へ、ブロニスワフは係員の案内で控え室に入る。

直に見たことと、正しいと思ったこと。何度も繰り返しながらブロニスワフは講堂へ入る。

割れんばかりの拍手が、流刑入植囚を包んだ。広い講堂にひしめく全員が、立ち上がってブロニスワフを迎えている。最前列の隅、関係者席にはインディンとシュテルンベルグの姿もあった。

「ブロニスワフ・ピョトル・ピウスツキです」

演台に立つとまず、ポーランド語の発音で自己紹介した。誰も咎《とが》めなかった。

それから話し始めたのは、流刑の絶望の中に灯った小さな好奇心と、それから十数年にわたる研究の成果、あるいは自身で見て、感じ、記録していった全て。ギリヤークたちの瑞々《みずみず》しい文化、寒冷の島で培《つちか》った巧みな生活様式、近代文明がもたらした困窮、普遍的に見られる人倫、祈りの声と歌、炉の熱と光、雪原を駆ける橇犬。

「――以上で私の発表を終わります。ご清聴ありがとうございました」

締めくくるや否や、聴衆は次々に立ち上がり、手を叩き、賞賛した。

かつて大逆の罪を着せられ、極寒の地に放り込まれたブロニスワフは今、これ以上はないと思える栄誉の中にいた。

「では質疑応答に移ります。ピウスツキ氏にご質問のある方は挙手をお願いいたします」

司会者が気を利かせながら告げると、幾つもの手が挙がる。ときに冗談を交えて答えながら、ブロニスワフは充実と高揚を感じていた。

最後にもうお一人、という司会者の声のあと立ち上がったのは、四十がらみの紳士だった。紳士はまず講演について型通りの謝辞と賞賛を述べた。最前列に座っていたから地理学協会の幹部のようだが、その話しぶりは地位にふさわしい教養を感じさせた。

「さて、私の質問です」

紳士は心持ち背筋を伸ばした。

「サハリンの異族人たちの知性は、我々の文明やその知識をどの程度、理解し得るのでしょう」

ブロニスワフは思わず質問者を凝視した。紳士は当然の疑問であるかのように、堂々と続けた。

「お説を伺うに、異族人たちは一部で積極的に新知識を受容しながら、精神文化の発展は今なお原始的で呪術的な段階にとどまるように感じます。ゆえに、高度に発達した文明を持つ我々には彼らを適切に統治し、より高次の発展段階へ導く必要と使命がありま す。そのさい問題になるのが、彼らの人種的な特徴です。異族人たちは我々と同じように合理性を持ち、科学的思考が可能な知性があるのか」

紳士は、現代のヨーロッパ知識人たちに一般的な観念を述べているに過ぎなかった。人は、生得の特徴を持つ人種に分けられる。特徴は自然と、能力の優劣と混同される。人種や民族の発展は、現代ヨーロッパのそれをただ一つの到達点とみなして、諸民族はそこへ至る一つだけの階梯《かいてい》を歩んでいる。

かくて、優れた人種が劣った人種を憐れみ教化善導するという、ヒューマニズムを装った支配の名分が出来上がる。

「――以上の点について、〝ピルスドスキー〟氏のご意見を伺いたい」

紳士は穏やかに促した。その表情には理性的な微笑みこそあれ、狂気や尊大さは微塵もない。紳士は彼が知る常識の中で、合理的に推論し、しかるべき疑問を抱いたと思っているのだろう。

ブロニスワフは断崖から突き落とされたような気分になった。再び生きるための熱を、あの絶望の島で分けてもらい、立ち上がり、懸命に生きた。それらは全て、自分から言葉と将来を奪った支配の手段に還元されてしまうのか。

「お答えします――」

声の力の無さに、自分でも驚いた。

「一つのグループとしてみた場合、たしかにサハリンの異族人たちは未だ文明的とは言えない生活を送っています」

何かの言い訳のように、ぶつぶつとブロニスワフは続ける。

「ですが、その一人一人は個人として善良であり、聡明であります。幼少の適切な時期に適切な教育があれば、教養と科学的な思考能力を得られることは疑いありません。我々の目に原始的に見えるその生活は、当地の風土や気候に適した合理的なものです。呪術的に感じられる思考は、その精神世界の豊かさゆえとも言えます――」

言葉だけが、つらつらと口をつく。自分の言葉ではない。

目が泳ぐ。遠くの席で眼鏡を光らせるシュテルンベルグの横に、インディンがいる。耳が腐ってもおかしくない議論を聞きながら、吹きすさぶ風雪に磨かれた滑らかな顔立ちにはいささかも動揺がない。誰に何と言われようと自分は生きていく。そう言っているようだった。

人類学や民族学の潮流、あるいは世界の常識を否定できる論拠を、ブロニスワフは持たない。

ただ、知っていることがある。

「彼らは、生きています」

別のことを、ブロニスワフはいった。声の強さに自分でも驚いた。それまでブロニスワフの答えを満足げに聞いていた質問者の紳士が、わずかに目をすがめた。

「生かされているわけでも、生きる意志に欠けているわけでもありません。彼らが直面している困難は、文明を名乗る彼らに不利なルールと流刑植民という政策、そして行政の怠惰です。全て、彼らが希望したことでも、生得の特性によって生じたものでもない」

会場が、ざわめき始める。構わずブロニスワフは続ける。

「我々が掲げる文明など、所詮その程度なのです。暗闇を照らす光を装って隣人たちの営みを灼いている。我々が達した発展段階とは、そんな自らの行いに対する想像力も働かないくらいのものでしかない」

「ピルスドスキー氏は、我が国が異族人たちを苦しめていると言いたいのか」

「国家が、ではありません。我々がです」

ブロニスワフは演台を叩いた。

「我々には、彼らの知性を論ずる前にできることがあります。豊かな者は与え、知る者は教える。共に生きる。絶望の時には支え合う」

「ばかなことを。野蛮な異族人たちと支え合うなどと」

男は、理性的な仮面をかなぐり捨てた。ブロニスワフは語気を強めた。

「少なくとも、私は支えられました。流刑の絶望から這い上がり、いまここでみなさんの前に立てている。生きるための熱を分けてもらった」

聴衆のほとんどは、不機嫌そうに押し黙っている。

「サハリン島」

構わず、ブロニスワフは叫んだ。

「そこには支配されるべき民などいませんでした。ただ人が、そこにいました」

国の形を失った故郷を、ブロニスワフは思い起こしていた。

第三章　録《しる》されたもの

一

　サハリン東岸の南部、頭から吊り下げた魚にも似た形の島の、尾びれの中程あたりにアイ村《コタン》はある。

　海辺に散在する四つの家に二十人ちょっとの村人が、五十頭ほどの犬とともに暮らしている。近くにあるロシア人の村とは、時折諍《いさか》いもありつつ、そこそこうまくやっている。規模も暮らしも、樺太ではごくごく普通のアイヌの村だ。

　だから、中心にある二階建ての屋敷はよく目立った。

　重厚な丸太組みの壁にはガラス窓をずらりと並べ、門前には夥《おびただ》しい数の大きな犬を繋いでいる。主《あるじ》にして村の頭領のバフンケの威勢と見栄っ張りな性格そのままのような姿で、屋敷は村に屹立《きつりつ》している。

　一九〇二年の十一月、例年なら村人が山際の土の家に移動し、無人の沈黙に凍り付くはずのアイ村は、積もった雪も解けそうなほどの喧騒に溢れていた。犬や馬、トナカイが曳《ひ》く車や橇《そり》がひっきりなしに到着する。興奮した顔で訪れた来客は村の犬に吠えられてびっくりしながら、豪邸《イヨマンテ》に駆け込んでいく。

村では、三年ぶりの熊送りがこれから行われようとしていた。

バフンケ頭領には島で自分の名を知らぬ者などいないという自負がある。確かに顔が広く、さらにはアイヌでは珍しく数か所の漁場を経営する実業家でもあった。使者やら郵便やら電報やら、様々な手段を使って熊送りの挙行を広く知らしめ、やたらめったらと人を招待した。アイヌ、ニクブン（ニヴフ。当時はギリヤークとも）、オロッコ（ウイルタ）、ロシア人、和人《シーサン》。様々な恰好と背景を持つ人々がいま、村に続々と集まっている。

ただし、島は広い。全ての来客が日時を合わせて一斉に集まることはできないから挙行の日は決められず、だいたい集まったら始めるというおおらかな手はずになっていた。屋敷の広間では、立って飲み食いする形式の宴会が連日続いている。様々な料理が並び、来客の和やかな笑い声がさざめく。

「なんでもありますぞ、いくらでも飲み食いしてください」

バフンケが五十絡《がら》みの相貌に蓄えた豊かな髭を揺らし、流暢《りゅうちょう》なロシア語で宣言すると、来客から様々な言語の喝采と拍手が起こった。細身の長身をフロックコートに包んだ頭領は身なりも挙措《きょそ》も、まるでロシアの金持ちのようだった。

その養女で十五歳のイペカラは、給仕めいた役目に駆り出されて広間をうろうろしている。

普段から家事を避けていたので料理係に回されたら困ると思っていたが、いざ調理場から放り出されると、それはそれで面白くなかった。いやいや広間に並ぶ料理を補充したり、酔った来客の下品な冗談を無視したり、隙《すき》を見て自室で琴を弾いたり外で犬と戯れたりと、イペカラなりに精を出して働いていた。

新しい男性の来客が一人、広間に入ってきた。和人の着物《キモノ》にアイヌの犬皮衣《セタルシ》と靴《キロ》という妙な出で立ちの男を見たとたん、イペカラは思わず顔を歪める。だが相手は客だ。しかたなく調理場へ行く。酒を満たした片口と椀を載せた四角い盆を持って広間に戻ると、さっきの来客はどかりと床に座っている。立つか椅子を使うべきロシア式の広間で、まるでアイヌの家のように振る舞う男は珍妙そのものだった。

「どうぞ、おじさん」

イペカラが立ったまま盆を差し出すと、遠い遠い親戚のシシラトカおじさんが感慨深げな顔をして目を細めた。ずっと和人の国で暮らしていたらしいが、三年前にサハリンに帰ってきたという。

「大きくなったな、イペカラ。いくつになった」

「十五です。あと、前に会ったのは今年の一月です」

その冗談は面白くないと伝えたいあまり、突慳貪《つっけんどん》な口調になる。

「一年近く前か」しかつめらしくうなずきながら、シシラトカおじさんは盆を受け取る。

「お前くらいの年頃だと、それだけの時間があれば、ずいぶん変わるものさ。いずれ色気がでてくれれば、いい男がわんさか寄ってくるぞ。俺ももうちょっと若けりゃあなあ」

「おいくつでしたっけ」

「年が明けたら二十六歳を迎える」

「どうしていつも歳を十一歳少なく言うのですか？」

「覚えやすいんだよ」

おじさんは堂々として憚《はばか》らない。

「そうじゃなくて、なんで嘘をつくんです」

「若いほうが嫁も来やすいだろう」

もうすぐ三十七歳のおじが未婚なのは歳のせいではあるまい、とイペカラは思う。

「せっかく奥さんができても、嘘だとばれたら嫌われるかも」

「何があっても変わらぬ愛こそ美しいとは思わないかい、イペカラよ」

少なくとも嘘は美しくあるまい。イペカラが首を傾げると、シシラトカおじさんは
「そうだ」と自分の膝を叩いた。

「かわいい親類の今後のために、色気の出し方を教えてやろうか」

「いりません」

はっきり伝えるべきだと思った。

「まあ聞けよ。まずは歩き方だな」

おじさんは酒を注いだ椀を一口舐めてから、ゆらりと立ち上がった。一方的に話す遠縁のおじが、イペカラは以前から面倒で仕方なかった。

「まず、こうやって歩くんだ。見ちまった男はいちころだぞ」

アハンウフンと唸りながら、おじさんは体をくねらせる。奇怪な踊りにしか見えないが、男という生き物はこんなものを喜ぶのだろうか。

「そして料理だ」

家事が苦手なイペカラには耳の痛いことを、事情を知らない親戚はずけずけという。

「手間が掛かれば掛かるほどいい。〝ムシ〟なんぞぴったりだな」

自分が作らないからって勝手なことを言う、とイペカラは腹が立った。ムシは鮭の皮の煮凝《にこご》りに苔桃《こけもも》を混ぜたもので、おいしいけれど一昼夜も煮込むため手間がかかる。

「あとはやっぱりか弱さだな。強い女もいいけど、男ってのはどこかで女を守りたいと思ってる。体が弱いとか重い物を持てないだとか、そういうのを見ちまうとぐっとくる」

「わかりました、ありがとうございます」

最低限の礼儀をそっけなく払うとシシラトカおじさんは胸を張った。

「目当ての男に出会えたら、遠慮なく使ってくれていいぞ。俺の許可はいらない」

使うものか、と思いつつイペカラはその場を離れる。調理場へ逃げ込もうと来客たちを潜《く》っていると、「や、ちょっといいかな」とロシア語で呼び止められてしまった。

渋々振り向くと、濃緑の軍服を着たロシアの将校が空のワイングラスを揺らしている。

自分で取りに行け、と言ってやりたい気持ちを何とか抑え込もうとしていると、

「ほう、ロシア語がわかるのかね」

将校と歓談していたらしい黒い髪の男が割り込んできた。言葉に和人のような訛《なま》りがある。役人だろうか、着ているフロックコートはぶかぶかだった。

「アイヌであるのに、たいそう利発だ。どこで学んだのかね」

馬鹿にされたような気がしてイペカラは腹が立った。

「いつのまにか覚えていました。それだけです」

この島ではロシア人が一番多いから、誰でも多少はロシア語を知っている。二つめの言葉を知るのに、アイヌであることがどう関係するというのか。

「入墨《いれずみ》は入れないのかい。アイヌの女性はみな入れると聞いていたが」

褐色の口髭を整えた自分の口元を、将校は指差す。水色の瞳をしたその目は、まるで珍しい動物を見るような、妙な好奇心を湛《たた》えている。

「まだです。そろそろかな、とは思ってますけど」

年齢のせいにして逃げたが、間近に迫った自分の将来につい震えてしまう。

あれは、絶対に痛い。

入墨用の小刀《マキリ》で鼻の下から上唇のあたりに傷をつけ、白樺の皮を焼いた煤を擦り込む。何度も繰り返し、上唇が上と左右に広がった形の鮮やかな入墨を入れる。アイヌの大人の女性の嗜《たしな》みで、十七、八歳までにはみんな入れるが、痛みのあまり気絶する人もいるという。恐ろしくて仕方がない。

「やめておきたまえ」と和人が口を挟んだ時は思わず「ですよね」と言いかけたが、

「あんな野蛮な風習」と続けられて閉口した。

「日本では、アイヌの文明化を進めております。野蛮な風習を改めさせ、教育を興し文明を教え、収入が安定的な農業を勧めており、着実《じつ》に実をあげております」

誇らしげな和人に、将校は「それは素晴らしい」と相槌《あいづち》を打ち、続けた。

「ですが白人種以外が文明を理解できるとも思えませんな。滅びゆくその日まで伸び伸びと暮らさせてやったほうがよいのではありませんか」

「なるほど」

和人は素直に相槌を打った。大きさの合わないフロックコートを身に着けた自分たちも馬鹿にされているとは気付かないようだった。

「お酒ですよね、お持ちしますね」

イペカラは、そっとその場を離れる。むかつきを覚えて薄い胸をさすると、玉を連ねた首飾りの硬く、そして確かな感触がある。

バフンケの密かな自慢である立派な調理場も、忙しい。

板間に切られた三つの炉と調理用のストーブ、それと立ち作業のできる大きな卓がある。村の女たちと、今日のために雇われたロシアの料理人が忙しく行き来して、来客たちの口に合う様々な料理を作っている。

酒を頼まれたことをほったらかして、イペカラはしばらく様子を眺めた。

女たちは、てきぱきと料理を仕上げていく。野草と食用土、アザラシの油、あとさまざまな具材を煮込んだチカリペはアイヌのごちそうだ。皮目を少し炙った干魚、チカリペより気軽に食べられる汁料理、朝のうちに海の氷を割って釣ってきたコマイの串焼き、煮溶かした苔桃。そして昨日から仕込んでいたらしいムシ。

ロシア風の料理も次々と出来上がっていく。料理人は誇らしげにイペカラに一つ一つ説明してくれた。湯がいて潰したじゃがいもに野菜を和えたサラダ、挽いた魚肉を小麦粉の皮で包んで茹でた水餃子。鶏肉に細かくほぐしたパンをまぶして揚げ焼きにしたカツレツ。

みんな器用に作るな、とイペカラはため息をつく。村の女性に料理を習うには習ったが、どうもうまく作れなかった。具材を正確に切り揃えるような名人芸を習得できる気はしなかったし、火加減は食べてみないとわからない。

何もしていないイペカラは、ふと心細さを感じた。見慣れた紺色の木綿の日常着の背中にそっと声をかける。

「なに、もう飽きた？」

バフンケの姪のチュフサンマが、美しい《ピリカ》としか言いようがない容貌で振り向いた。

「あ、いや、その飽きたっていうか。ね」

イペカラはおずおずという。アイヌ女性の見本のように家事が達者なチュフサンマに最近、気後れを感じるようになってしまった。

チュフサンマは二十四歳で、ふだんはこの屋敷の付属のような大きさと距離の家に両親と三人で住んでいる。イペカラがバフンケの家に来たころ、村いちばんの器量良しという評判で嫁いで行ったが、夫と生まれたばかりの子供を流行病《はやりやまい》でいっぺんに亡くして去年、アイ村に帰ってきた。

子がないバフンケはチュフサンマを我が子のように溺愛《できあい》していて、姪に入墨は入れさせなかった。頭領の権威の乱用にも思えたし、その風習がないロシアの役人か軍人にでも嫁がせるつもりだろうと噂されたが、当のバフンケはアイヌの男子との前の結婚を大きな全身で祝福していたから、入墨の禁止は嫁ぎ先の選択肢を増やしたい意図だったらしい。

かたやイペカラは、このアイ村から橇で一日ほどの距離の集落で生まれ育った。三年前、十二歳の時にやはり流行病で両親と弟を亡くし、聞きつけたバフンケが今は養ってくれている。バフンケは見栄っ張りで業突《ごうつ》く張《ば》りだが、それとは別に同族愛の厚い人で、それまでも数人の孤児を引き取っていた。

「じゃあ、そろそろ終わりにしようか」

ねえみなさん、とチュフサンマが声を掛けると他の女たちも口々に賛成した。アイヌの言葉は知らなさそうな料理人も、雰囲気で感じ取ったのか嬉しそうな顔をしている。

イペカラは生まれ変わったような機敏さで、三年寝起きしても未だに慣れない自分の部屋に駆け込む。海豹《あざらし》の衣を羽織り、母の形見の五弦琴《トンコリ》を引っ掴んで部屋を飛び出す。

二

薄い灰色の空の下、さらさらと橇は雪を滑り、曳く犬たちが白い息を吐いている。

イペカラの頬を、冷たく澄んだ風がかすめていく。

自分の体と五弦琴だけを乗せた橇は軽い。橇犬たちの背中はしなやかに波打つ。いつか雪道の左右には、葉を落とした黒い木々が立ち並んでいた。道の脇に寝っ転がっているような恰好の、程よい倒木を見つける。

「止《ペ》まれ《ラ》！　止まれ！」

声をかけながら、右の手首に掛け回した手綱を引く。頭飾りをつけた先導犬が心得たように一つ吠える。犬たちの呼吸に合わせてイペカラは両手に持った二本のカウレ（ストック）と足のストゥ（スキー板）の端を雪面に立て、橇を減速させていく。

止まった橇から降りる。懐に手を突っ込んで干魚のかけらを取り出し、小刀で小さく削って放ると、犬たちが嬉しそうな声をあげて群がる。満腹になった犬は走らなくなるので、普通は目的地に着くまで餌をやらないが、イペカラは休ませる時に少しだけ与えるようにしていた。

はしゃぐ犬たちをしばらく眺め、それから琴を抱きかかえ、倒木に腰かける。右手の手袋に開けた小穴から、親指だけを出す。

「ティ――」

歌いながら、ぴん、と親指で弦を弾《はじ》く。声と音が、空に抜けていく。自分そのものを移すように、声に合わせて調弦していく。風が入らぬよう手袋の上から手首に巻いた帯を解き、手袋を外す。

刺すような冷気を感じながら、むき出しの手で琴を撫でる。

父に作ってもらい、母が教えてくれた琴。自分に両親がいたことを示す唯一の証に、おもむろに弾き始める。両手の指を掘るように、撫でるように、叩くように、屈《かが》めるように、跳ねるように、探るように動かす。

ところが、今日はどうも調子が出ない。

弦から飛び出す音は、なんだか湿って重い。いつもなら弦と共にふくよかに鳴る胴はほとんど震えず、弾けば弾くほどやせ細った音が雪原に転がって消えていく。だめだとわかっていても、苛立つ。音はますます細り、殺伐としていく。

しまいには、ばちん、と叫ぶような不穏な音が飛び出した。理不尽な折檻《せっかん》をしたような痛みを覚えて手を止める。

気分を変えようと顔を上げた途端、反射的に身が強張った。

犬橇が一台、増えている。手綱を握った男が、じっとこちらを見つめていた。鳥打帽、黒く豊かな口髭、剃り上げた顎。ハンテンと言うのだったか、濃紺の地に白く模様を染め抜いた衣を羽織っている。そのあたりの漁場で働く和人だろうか。

男の橇に繋がれた犬たちは、どう教え込んだものか吠えもせず、荒い息もつかず、静かに座っている。

どうして気付かなかったのだろう。イペカラが熱中していたのか、男の橇犬たちが恐ろしいほどの静寂を保っていたからか。

鳥打帽の下にある男の目は険しく、不機嫌そうに光っている。口髭が尊大に見えて、イペカラは反発を覚えた。だいたいの和人はアイヌを見下し、馬鹿にする。

「なんだよ、おっさん。あたしになんか文句でもあるのか」

思いきり棘《とげ》を含ませて、アイヌの言葉で言った。和人の言葉は知らないが、ともかく悪意をぶつけてやらねば気が済まない。

「若いのに、器用に弾くじゃないか」

男は低い声で、流れるようにアイヌの言葉を紡《つむ》ぐ。意外な展開に驚きつつも、イペカラは腹が立った。

器用。お前の演奏には大事なものが足りないと言われたような気がした。

男は両手を少し広げながら立ち上がり、一歩踏み出してきた。とっさに、男の大きな体に組み敷かれる自分を想像した。感じた身の危険がイペカラの肢体《したい》を動かす。鋭く飛び上がり、掲げた琴を着地と同時に振り下ろす。男は左の掌で、一撃を難なく受け止める。

「こっちに来んな、和人。それ以上近付いたら殺すぞ」

琴を引いて数歩後ずさり、イペカラは吠えたてた。

「琴で人を殴るな」

男が怒鳴る。身の危険と別の、天災のような圧力を感じたイペカラは身をすくめた。

「身を守るなら小刀でも使え」

村の男や養父のバフンケには決してない、殺気すら感じる声だった。

「それ、貸してみろ」

男は、琴を構えたイペカラの胸元に目を置いたまま一歩踏み出す。気圧《けお》されながらも

「こっちに来んな」とイペカラは再び声を張る。

「人の大事な体をつかまえて、それってなんだ。だいたい女の体は、ひょいと貸せるほど軽いもんじゃないんだ」

「いや」さっきの怒気を忘れたような穏やかな声で男は言う。「お前じゃない」

「なら、どれだ」

「それだ」男は、イペカラの胸元を指差した。

「やっぱりあたしじゃないかっ。だれがあんたに胸なんか見せるか」

「こういう言い方はかえって悪い気もするんだが」

男は剃り跡の青い顎を一つ撫でた。

「俺はお前の体には興味がない」

「馬鹿にすんな」

女とは認めがたいと言われたような気がして別種の怒りが湧く。

「あたしだっていつか背が伸びて、入墨も入れて」

「いや、だからお前じゃなくて」男は再び指を立てた。

「その琴を、ちょっと貸してほしいんだよ」

イペカラがしっかと抱きしめているものに向けて、男の指は止まった。

「ほんとかっ。けだものめ。あんたの魂胆はわかってんだ。琴を渡そうと近付いたあたしを組み敷いて」

「なら、琴を足元に置いて離れろ。それならいいだろ」

男は淡々と言う。

「――ちゃんと返せよ」

ともかくこの男には素直に帰ってもらわねば。男を睨みながら腰を曲げる。琴を雪の上に置いて跳ねるように後ろに下がった。

「では、借りるぞ。ありがとう」

さくさくと足音を立てて、男は歩み寄る。そのたびにイペカラは後ずさる。

男は両手を伸ばして片膝をつき、まるで赤子を扱うように琴を拾い上げた。半纏《はんてん》の裾を翻《ひるがえ》して倒木に歩み寄り、腰かける。確かめるように琴を撫で回されると怖気《おぞけ》立った。

「いい出来だ」と呟かれると、まるで自分の体を値踏みされているようで、鳥肌が立つ。

だが次の瞬間、イペカラは耳を疑った。

男がひとつ弦を弾いたとたん、聞いたこともないような音が飛び出した。

鋭く、だが柔らかい。音は星のように瞬《また》きながら耳を心地良くかすめて白い雪原を抜け、世界の一部に帰るように溶けていった。

音は、光る。余韻がイペカラの体を震わせる。

「うん」男は感嘆したように唸った。「やはりいい出来だ。丁寧に作られている」

男は、確かめるように指を動かす。そのたびに琴は凛とした芯に艶《なま》めかしさを纏《まと》った音を出す。いくらイペカラが弾いても決して聞かせてくれなかった音で、イペカラの琴は今、気持ちよさそうに歌っている。琴は歌えるのだ。自分はそれをただ引っ掻いて、無理やり悲鳴を上げさせていただけかもしれない。

音はやがて、一定の旋律となった。

琴は五本の弦しかないのに、男の奏でる音色は表情を見せる。太鼓が聞こえる。男が唸る。女が笑う。陽光が差す。木々が騒めく。海豹がぶうと鳴く。キツネが駆け抜ける。熊が吠える。すべて、男の音色が見せる幻想だ。

技量か心か。自分に何が足りないかイペカラにはわからない。だが、男はイペカラに足りないものを全て持っている。さっきまでの警戒をすっかり忘れて聞き惚《ほ》れていた。

男は演奏を終えた。寒々とした雪道の脇で、その顔には汗が伝っている。

「返すよ、ありがとう」

男は倒木の上にそっと琴を置き、鳥打帽を直しながら立ち上がった。

「和人なのにどうして、そんなにトンコリが上手いんだ」

いくぶん悔しさを滲《にじ》ませて、イペカラは聞いた。

「和人か。俺が」

男の表情は、やはり変わらない。だがどこか寂し気な光が目に宿った。

「俺は、ヤヨマネクフという。この島のアイヌだ」

名乗って、男は少し口元を歪めた。笑っているのかもしれない。

三

雪深い森の中、乗っていた箱馬車が大きく揺れた。

中で座っていた千徳太郎治はなんとか踏ん張ったが、向き合って座っていた男は無様に座席から滑り落ち、尻を床に打ち付けていた。

「大丈夫ですか」

慌てて手を差し伸べながら、太郎治は自分のロシア語の上達を感じた。

「ああ、ありがとう。タロンジ」

赤褐色の髭を蓄えた男は、照れたように笑いながら太郎治の手を摑《つか》み、立ち上がる。男はふだん使うロシア語風に、太郎治のことをタロンジと呼ぶ。

男は座り直しながら、紺色の瞳を馬車の後部に向けた。

「機材は大丈夫だろうか。壊れていないかな」

今回の旅にはカメラ、最新型の録音機など精密な機器を持参している。

「毛布でぐるぐる巻きにしてあります。きっと無事ですよ、ブロニシ」

当てずっぽうで太郎治が言うと眼の前の男、ブロニスワフ・ピョトル・ピウスツキは安心したように微笑んだ。ロシアの博物館からアイヌの文化研究を委託された民族学者で、太郎治は助手として同行している。持参している高価な機材は博物館から貸与《たいよ》されたものだ。

「そういえばブロニシはアイ村には行ったことがあるのですか」

太郎治は二人を乗せた馬車の行き先について尋ねた。

秋ごろ、どこで噂を聞きつけたものか、有名なバフンケ頭領からブロニスワフに熊送りの招待状が届いた。調査でもまだアイヌの熊送りには遭遇していない。ブロニスワフは喜んで招待を受けることにした。

「初めてだね」ブロニスワフは楽しそうに答えた。

「けど熊の祭りはギリヤークの村で何度か見た。彼らは〝チフィフ・パグヴァグント〟、『熊の具合を良くする』という意味の語で呼び、丁重に熊を祭る。単純な解体や生贄《いけにえ》とは違う、別の観念や精神性があるように思う。オロッコにも同じ風習があるという。異なる文化にまたがって存在する同種の儀式。これはとても興味深い」

ブロニスワフの万事に穏当な物腰と思索的な風貌は、黙っていれば三十六歳らしい落ち着きを感じさせるが、研究の話題になると子供のようにはしゃぎだす。

「識字教室もアイ村か、その近辺で開こう」

もう一つの、これは自発的な仕事についてブロニスワフは語った。太郎治は強く頷く。

二人が出会って六年になる。と言ってもその間にほとんど付き合いはない。

出会う一年前の一八九五年、日本では明治二十八年とも呼ばれる年に、二十四歳だった太郎治は樺太へ帰って来た。

コレラと天然痘で村民が半減した対雁《ツイシカリ》・来札《ライサツ》の村は持ち直すことはなく、太郎治が代用教員をしていた小学校もなくなってしまった。言葉を覚えて北海道のアイヌたちが通うほかの学校にも勤めたが、それは和人の教員に侮《あなど》られる日々だった。自分一人のことなら何とか耐えられた。耐えられなかったのは、その学校の教師たちはアイヌを不潔で無気力で蒙昧《もうまい》であると決めつけていて、生徒にあからさまな蔑みの目を向けるか、よくても憐憫《れんびん》の情で接することだった。授業ではことあるごとに、アイヌであることをやめて和人になることが推奨された。太郎治はそれが次第に気持ち悪くなって辞めてしまった。

同族のため。太郎治はそう思って教員を志望した。だが日本にいる限り、同族を育てるとはたいそう不気味な行為だった。

引き裂かれたような気分を抱えたまま老いた母と旅券を取得した。樺太へ帰り、父母が出会って自分が生まれた東海岸のナイブチ村で鬱々と暮らした。日本で生まれ育った父は北海道に残った。思うところがあったのだろうが、やはりとても寂しかった。

それから一年経った夏のある日、伸び放題の赤褐色の髪の男がナイブチ村にやってきた。あちこちが擦り切れた衣服の胸には黒い逆さまの五角形の印がくすみ、紺色の目だけが強い光を放っていた。

「私はブロニスワフ・ピウスツキと言います。学術調査で来ました」

たどたどしい樺太のアイヌ語で名乗った男は、どう見ても学者には見えなかった。

男は国籍こそロシア人だが、リトアニア生まれのポーランド人で、罪を得てサハリンへ流されたのだという。

「つまり、どこのどなたなんです」

興味を覚えてふと聞くと、ブロニスワフは愉快そうに笑った。

自分は島の南にある港町コルサコフに新設される測候所へ赴任する途中だが、この村への寄り道はサハリン行政府に直接の許可をもらっており、決して脱走などではない。

ブロニスワフはそう説明した。

とのことだった。太郎治はブロニスワフを家に泊めてアイヌ語を教えたり、村の古老に引き合わせたり、使い古しの食器を村人に譲らせたりした。それらの合間に、日本での身の上と教員に絶望したことを話すと、囚人は黙って聞いてくれた。

その次に会ったのは六年後の夏。心なしか顔の青い、だが明るい笑顔の青年を伴っていた。

ブロニスワフはくたびれていたが囚人服より遥かにましな背広姿で、顔の下半分を整えた赤い髭で覆っていた。以前に出会ったすぐ後に懲役を終え、二年ほどヴラジヴォストークの博物館で働いていたとブロニスワフは語った。島の南部に住むアイヌの学術調査を委託され島に帰ってきて、西海岸のアイヌの村《コタン》で一月ほど調査してからナイブチに来たらしい。

家《チセ》に招き入れると、ブロニスワフはさっそく口を開いた。

「きみは教員をしていたと言っていたね、タロンジ」

もともと語学の才があるのか、もと囚人のアイヌ語はかなり流暢になっていた。タロンジという語が自分を指すとわかるまでに、数瞬かかった。

「私は研究の傍ら、アイヌにロシア語を教える学校を開くつもりだ。きみにも手伝ってほしい」

太郎治は曖昧に首を傾げた。太郎治にとって学校とは、同族を荒々しく噛み砕いて社会の下層に呑み込む強者の顎《あぎと》で、その牙の一本になるなど御免蒙《こうむ》るというのが正直な感想だった。

「このままでは、この島で異族人と呼ばれている人たちは大国に呑み込まれ、食い尽くされてしまう。ギリヤーク――きみたちアイヌはニクブンと呼ぶのだったか、彼らもそうだったし、西海岸のアイヌも見る限りは同じ境遇だった」

ブロニスワフは太郎治と同じ危惧《きぐ》を、別の視点で語り始めた。

「文明の中で自立するには、知恵や知識が必要だ。その最初の一歩が識字能力だ。学校は、呑み込まれようとする異族人たちの光となるはずだ」

聞くほうの絶望は、語るほうの夢だった。

引力を感じながらも、やはり太郎治は躊躇《ためら》った。

「ロシア語は島に帰ったここ数年で耳から覚えた程度だから、人に教えるなんてとても無理だ」

「私と彼、インディンが教える。きっとできる」

青みがかった顔の青年が頼もしい顔で会釈《えしやく》してきた。

「なぜ、できると」

「学ぶとは、できるようになるということじゃないか。学校がその場であるように」

「どうして、そこまで異族人の教育にこだわるのです」

赤い髭の学者はすぐには答えず、しばらく俯いていた。

「〝人民の中へ《ヴ・ナロード》〟という言葉があってね」

ぽつぽつと、ブロニスワフは語りだした。

それから太郎治は、島の各地を巡るブロニスワフの学術調査を手伝いながらロシア語を習った。いつの間にか二人はタロンジ、ブロニシと呼びあうようになっていた。

学校はアイヌの子弟が家事に煩《わずら》わされない冬だけ開講することにした。簡易なものにとどまるため、いつか恒久的な学校を開きたいという願いを込め、「識字教室」と呼ぶことにした。太郎治と共に教師を務める予定のインディンは体調を崩していて、今は養生のため実家に帰っている。

「今年は雪が早いね」

馬車の中、ブロニスワフがぽつりと呟く。暦の上ではまだ晩秋のあたりだが、窓の外をゆっくり流れる黒い針葉樹の森は例年より早く、分厚い白色に包まれている。

「冬が楽しみだ」

なお凍てつくはずの季節についての所感は、太郎治も同じだった。

四

イペカラが出逢ったヤヨマネクフなる男はバフンケの客だった。南のトンナイチャ村の頭領の代理だという。橇を並べていやいや一緒に帰ると、バフンケは嬉しそうにヤヨマネクフを出迎えた。

広間に入ってきたトンナイチャ村の名代を見るなり、酔い潰れてぐったりしていた例のおじが跳ねるように起き、ずかずかと近寄ってきた。

新しい来客に酒を持ってこなければ。イペカラなりに殊勝なことを考えた時、シシラトカが短く叫び、次の瞬間にはヤヨマネクフが床に転がっていた。

突然の不穏な物音に、広間の歓談はぴたりと収まった。来客たちは息を呑んで二人を見守る。

「なんだろうな」

思い切り殴った後とは思えないほど、シシラトカおじさんの顔は平然としていた。

「挨拶が他に思いつかねえ」

ヤヨマネクフはゆらりと立ち上がり、拾い上げた鳥打帽を懐に突っ込んだ。

「俺もだ、シシラトカ」

こちらも穏やかな顔で言い放った。

「ここじゃあ、ほかの客人に迷惑だ。外に出よう」

ヤヨマネクフが親指を立てて後ろを指すと、シシラトカは踊るような足取りで飛び出し、そして殴り合いが始まった。来客たちもぞろぞろと表へ繰り出し、熱狂的で無責任な声援を送り始めた。

「もう三十分はやっとるな」

開け放たれた扉の脇でイペカラと並んで立つバフンケが懐中時計を覗いた時、屋敷の前に一台の馬車が滑り込み、殴り合いからやや離れたところで止まった。

御者が飛び降り、車の中からも人が出てきた。最初に白いシャツに袴《はかま》という和人のような恰好と大きな目をした男が、続いて黒い外套に赤い髭を蓄えた男。髭のほうが姿を見せるなり、現金なバフンケは「やあやあ、ようこそお出ましで」とロシア語で言いながら近寄っていった。酒が入った時の「わしもロシア人や和人に下げたくない頭を下げてだな」という愚痴を、ふとイペカラは思い出した。

ロシア人らしい赤髭のほうは早速、バフンケに捕まってしまう。御者と協力して荷物降ろしに掛かった白シャツの男は、ふと、と言った調子で殴り合いに顔を向けた。

ぼすん、という音がイペカラまで聞こえた。

一抱えもある木箱が落下し、雪に突っ込んだ。バフンケに迫られていた赤髭が「タロンジ、それはカメラ！」とロシア語の悲鳴を上げる。箱を取り落とした白シャツの男は、呆けたような顔で殴り合いを見つめ、やがて、

「ヤヨマネクフ！　シシラトカ！　ぼくだ、タロウジだ！」

とアイヌの言葉で叫んだ。

「久しぶりじゃないか、どうしてここに」

男は叫びながら、何の勇気か殴り合いに駆け寄った。

「タロウジか、ちょっと待ってろ」

シシラトカは右頬に一撃を喰らいながら、軽々と言う。

「俺たちはもうちょっと普通にできないのか」

下から顎を打ち抜かれたヤヨマネクフも、やはり平然としている。

「ヤヨマネクフは、いま何してるの」

「トンナイチャの漁場で働いてる」

「シシラトカは」

「嫁探しだ。三年前に帰ってきた」

「樺太《こっち》では見つかった？」

「うるせえ」

「お前は、今何してるんだ」

器用な問答の末にヤヨマネクフが問うと、タロウジなる男は言い淀むように口を開閉させ、「これから、教員を」と答えた。それが合図のように殴り合いはぴたりと止まった。

三人は見つめあったあと、抱き合うようにお互いの肩や腰に手を回し、「お前、頭良かったもんなあ」「がんばれよ」「がんばるよ」などと言い合う。

妙な大人もいるものだ。これから大人になるイペカラが不思議に思っていると、バフンケが新しい来客を伴って喧嘩の観衆の前に現れた。

「皆さんにご紹介します。こちらの方はブロニスワフ・ピウスツキ氏。皇帝陛下のご命令でサハリンにて我らアイヌ民族の研究をされています」

おお、と観客たちがどよめく。紹介された方は「だいぶ違います」と慌てるが、バフンケは「似たようなものでしょう」と意に介さない。

「熊送りは明日、挙行いたします。今日は前夜の宴、心ゆくまでお楽しみください」

待ちかねたような喝采が湧く。少し離れたところでは相変わらず三人の男が抱き合っていた。

宴の会場は、バフンケの旧宅に移された。屋根と壁を蝦夷松の皮で葺《ふ》くのは普通の家と変わらないが、呆れるほど大きい。イペカラがアイ村に来た頃には今の屋敷に生活は移っていて、旧宅は儀式や祈りの時にだけ使われていた。

敷かれた蓆《むしろ》には、詰め込まれた来客と村人が窮屈《きゅうくつ》そうに座っている。イペカラはチュフサンマと隅っこに腰を下ろした。

外に並べ立てた木幣《イナウ》への献酒を済ませたバフンケが現れた。真っ白い草皮衣に衣服を改め、耳の上から頭頂までまっすぐに頭髪を剃り上げ、堂々たるアイヌの大頭領の風格があった。ひしめく人の間を縫って炉の上座に立ったバフンケは、来客のうち主立った者を呼んでいく。呼ばれた客は一人一人、炉の周りに着座して手を擦《こす》り髭を撫でる挨拶をする。

「タライカのシシラトカ・アイヌ――」

敬称で呼ばれて、イペカラの遠い親戚が立ち上がる。顔は青い痣《あざ》だらけでぱんぱんに腫《は》れているが、いつ着替えたものかきちんと草皮衣を纏っていた。頭領ではないがタライカ村の顔役らしく、正式に招かれた客だった。

「トンナイチャのヤヨマネクフ・アイヌ――」

ずいと立ち上がったあの男もやはり草皮衣と腫れた顔、という出で立ちだった。

上座の脇には、今日の最後の来客二人が小さくなって座っている。ピウスツキ氏は紺色の瞳と鉛筆を持った手を忙しく動かしている。タロウジなる目の大きな男はバフンケが何か言うたび、ピウスツキ氏にぼそぼそと話しかけている。

バフンケが一通りの名を呼び終えると、今日のために醸《かも》された酒が回される。和人かロシア人か、事情を知らない誰かが陽気な声を上げたが、神妙な顔で黙々と盃を干すアイヌたちに気付いてしぼむように静かになった。

一桶ぶんの酒がなくなると、村の長老がバフンケに向かって祝辞を述べる。古い言い回しを交えた朗々たる言葉が広い室内を抜け、ブロニスワフに通訳するタロウジの密やかな声がそっと続く。

「――これ以上話すのは恥ずかしいので、私の話はこれで終わります」

奥ゆかしい締めくくりで祝辞を終えた長老は、空になったばかりの酒桶をバフンケに渡す。バフンケは酒桶を抱えて撫でながら、その桶への感謝の言葉を捧げる。

「――私の言葉足らずの挨拶を、あなたへ送らせてもらいます」

やはり奥ゆかしい締めくくりのあと、バフンケはそっと酒桶を置く。

「これで、儀式は終わりです。あとは朝まで飲み明かしましょう」

バフンケはロシア語で宣言し、たぶん同じ意味の日本語を続けた。

張り詰めた空気が一気に緩んだ。すでに酒の回っている客人たちは一斉にがやがやと話し始める。再び酒が回され、笑い声が巻き起こる。

イペカラは取り残されたような気分になった。酒は飲めないし、誰かと気の利いた話ができるほど社交的でもない。

傍らではチュフサンマが、微笑みを浮かべたまま俯いている。村に帰ってきてから彼女は、今日のような賑やかな集まりでは静かに佇んでいた。家族を失った深い悲しみがそうさせているとは皆が知っていたが、どんな言葉を掛ければよいものか誰もわからず、自然と、普段から人付き合いには距離ができていた。姉妹同然の付き合いをしているイペカラも、隔意《かくい》はないが、ただ様子を窺うことしかできなかった。

寂しさを帯びた退屈を紛らわせるように、耳を澄ませる。数人の女性の泣き声が、薄い壁の向こうから聞こえる。

たぶん熊の檻の前で、数年手ずから育てた熊との別れを惜しむ人たちだ。普通は明日の朝、熊を檻から引き出す前に泣くのだが、悲しみに耐えられなくなったのだろう。

泣き声に、人の名前が混じる。確か去年に海で水死した村の男の名だ。

死者は手厚く葬られた後、表面上は忘れられる。名を口にすることは慎まれ、墓へ立ち寄ることもしない。そうして生者は悲しみから立ち上がる。けれど、忘れられるはずがない。数年に一度の熊送りは、遺された者が死者への思いを憚らず表現できる数少ない機会でもある。

誰かが、酒の興で五弦琴をかき鳴らしている。もうひとつ上手でなく、聴いていて苛立ちが募った。やがて、放り出されるように琴が置かれると、イペカラはがさがさと這い寄って抱き寄せた。家の隅で、ぽろろんと零《こぼ》すように鳴らして音を確かめる。そっと声を出して自分の好みに調弦していくと、少しずつ琴が自分の体に近づく感覚がある。

調弦と境目を置かず、イペカラは弾き始める。光るような硬質の音がつらつらと続き、胴鳴りが温かい余韻を与えていく。音は川の水面《みなも》のように流れ、さざめく。感覚の輪郭は少しずつ洗われて、イペカラ自身も流れそのものに漂《ただよ》っていく。

「エェエン、エェエン、オォオン、オオウ――」

注ぐ陽光のように、声がかぶさってきた。いつのまにかチュフサンマが横に座っていた。琴から流れる音に合わせて、声はきらきらと瞬く。

ふと目が合う。チュフサンマは微笑むと、声に言葉を与えた。即興歌《ユーカラ》が始まる。人が集まってくる。手拍子が始まり、掛け声が重ねられて行く。

歌は、やがて一つの祈りの反復になった。

――私の歌は神さまにまで届くだろう、歌を聞きなさい、人に語り継ぎなさい、地の果てまでも、いついつまでも。

その声は伸びやかで美しい。だが、どこか哀しい響きがある。なぜだろう。疑問に答えるように、熊の鳴き声が樹皮の壁の向こうから聞こえた。高く、長く、やがて細く、声は伸びて行く。

ああ、と了解した。チュフサンマも悼《いた》んでいるのだ。死に別れた夫と子を。事情を彼女は詳しく言わないいし、もちろんイペカラからも聞かない。彼女の悲しみに、できることはなかった。

せめて、今は。

イペカラはそう念じて、琴の中に潜る。チュフサンマが心置きなく歌えるように。つたない言葉を賢《さか》しらに並べる口先よりも、琴のほうがずっと上手にチュフサンマと歩けるような気がした。

やがて、歌は潮のように引いた。イペカラは余韻を残すように流れの速度を落としてゆき、最後に強く弦を弾いて演奏を終えた。踊り狂っていたアイヌの男女が上気した顔で二人に喝采を送ってくれる。イペカラはつい照れた。

ふと、視界に影が差した。顔をあげると紺色の瞳と赤い髭の顔が、目の前に腰を降ろしていた。

「みごとな歌と演奏だった。感動したよ」

男は小さなノートをポケットにしまいながら朗らかに言った。その言葉は、不思議なほどなめらかなアイヌのそれだった。

「私はブロニスワフ・ピウスツキ。今日からしばらく、この村でお世話になります。長い名前なのでブロニシと呼んでください」

今のは何という曲名なのでしょう、と続けた男の顔は端正で、少し老けている。紺色の瞳は不釣り合いなほど無邪気で瑞々《みずみず》しく、子供のような光が宿っている。

その中に吸い込まれるような感覚が、イペカラの胸を捉えた。

五

今日出会ったばかりの少女の琴に感心しながら、ヤヨマネクフは椀を弄《もてあそ》んでいる。

「いい女はなかなかいない」

シシラトカが人生の真理《ハウキ》を見つけたような顔で宣言し、酒をあおった。

古老が一晩かけて謡う叙事詩のような壮大な起伏で一方的に語り続けた物語の、それが結末らしかった。かいつまんで言えば北海道の漁場を転々と働きながら、そこで炊事や荷運びで働く女性と知り合い、数人とはいい仲になったがいずれもうまくいかなかった、という、他人が聞けばごく慎ましやかな話だった。

「結局、日本では結婚できずにこっちに帰ってきたのか」

太郎治は仕方なさそうに笑っていたが、顔が青い。飲み過ぎてしまったらしく、長い物語の途中でしばらく表に出ていた。

「トゥペサンペ、だったっけ。息子さんは元気なのかい、ヤヨマネクフ」

「ああ」尋ねてきた太郎治に、ヤヨマネクフはうなずき返す。

「元気だ。もう十八歳になる。今は八代吉《やよきち》という名で、トンナイチャに番屋を構える漁場で一緒に働いてる」

「てことは、俺たちもう二十五歳か」

「俺とお前は三十六歳だ、シシラトカ」

「ヤヨマネクフは今まで、どうしてたんだい」

「どうしてた、か」

何気ない問いに、つい答え淀んだ。

苦労して帰ってきた樺太は、もうヤヨマネクフが望んだ故郷ではなかった。

北海道から乗ってきた船を失い、歩いて辿り着いた故郷のヤマベチはロシア人の入植村になっていた。一緒に帰ってきた同族たちと最初は海岸をさまよい、拾った艦褸船《ぼろぶね》で海沿いを流された。途中で親切なロシア人の灯台守や和人の漁場主に助けられたが、行くあてはないままだった。このアイ村から二十里（八十キロ）ほど南のトンナイチャに、北海道へ渡らなかったアイヌの村があり、そこでやっと落ち着くことができた。

　トンナイチャのあたりでは函館に本拠を置く佐々木という良心的な和人が漁場を経営していて、食う分には困らなかった。新しい妻を娶《めと》る気にはなれなかったが、村人の助けもありトゥペサンペはすくすく育ち、十歳になるのを待って、改めて八代吉と名付けた。楽ではないが苦労のない生活を送ることができた。

　だが島では、ロシア人との諍《いさか》いが絶えなかった。脱走した囚人や刑期を終えても仕事を見つけられなかった浮浪者が、村の外や夜を不安なものにしていた。入植村はアイヌの村との境界争いが絶えず、また犬を害獣と見なして撃ち殺したり毒餌を撒《ま》いたりする。

「もともとが悪人だからな。お前らも気をつけることだ」

　訴えるたび、ロシアの看守や官憲は判を押したように言って取り合わなかった。

　だがヤヨマネクフは、かく評される、もと悪人たちの顔を知っている。彼らは一様に疲れ、苛立っている。懲役囚は痩せていて、時には酷《ひど》い体刑の跡がある。流刑入植囚や自由民は、ごく貧しい。ともに、凍てつくこの島の暮らしに慣れているとも思えない。島に送られる罪を得た理由も、ひょっとすると何かの矛盾によるものかもしれない。

　島のロシア人たちは他ならぬ彼らの祖国から追い詰められているように思えたし、故郷だったはずの島は、人が生む矛盾と理不尽の集積場のようになっていた。

　——俺もお前も、本当にここに帰りたかったんだろうか。

トンナイチャに建てた小ぶりな家で、時おり妻の琴に問いかける。琴は答えず弦を弾

く と悲しげに鳴るばかりだった。

「あれ、どうした、ヤヨマネクフ」

太郎治の声が意識に割って入り、陽気な宴のざわめきが続いた。

「ああ、すまん」柄《がら》にもなく考え込んでしまったと苦笑する。

「生まれたヤマベチに帰ろうとしたんだが、ロシア人の村になってたからトンナイチャに住み始めた。そこの和人の漁場で働いてる」

ごくごくかいつまんで答えた。

「しかし太郎治よ」シシラトカが割り込み、子供でもしなそうなつまらない問答を始めた。太郎治は柔和な顔で付き合う。樺太《こっち》でもいい先生になるのだろうな、とヤヨマネクフは思った。

「タロンジとお知り合いで？」

黒い背広を着た赤毛の男が輪に入ってきた。さっきイペカラたちと話していたロシアの学者だ。アイヌの言葉を達者に使う。タロンジとは、たぶん太郎治のことだろう。

「ブロニスワフ・ピウスツキです。博物館の研究員で、タロンジには助手をお願いしています」

「そして冬に学校を開き、ぼくはそこで教員を務める。ブロニシ、彼らはぼくの昔からの友達です。日本の学校で共に学びました」

学者の自己紹介に、太郎治が張りのある声で続ける。

「そういえば」

ヤヨマネクフは思わず口を開いた。

「学校はどこでやるんだ」

「オタサン、それとシヤンツィ。本格的な学校ではないから、ぼくらは識字教室と呼んでいる」

ヤヨマネクフも知っている二つの村の名を、太郎治は挙げた。

「ひと冬の間、教室となる家を貸してくれる。他の村からも生徒が集まりやすい。この二つの条件を満たす村だ」

「ひと冬しかやらないのか」

「お金が、ないのです」

紺色の瞳の男が達者なアイヌ語でため息を吐いた。

「十分な教育を施すには、やはり数年くらいの時間が欲しい。今回の学校で教える予定のロシア語の読み書きのそれも初歩に限っても、一年は欲しい。だが今のところ私たちは、ひと冬で使い終わる程度の分量の教材と学用品しか用意できないのです」

「教員、つまりぼくらの生活もある」太郎治が引き取る。「収入のない仕事を一年も続けるのは、悔しいけれど無理だ。通う生徒も春から秋は家事があるから、冬のあいだしか体が空かない」

「それでも、なにもしないよりはずっとましだと私たちは思っています。ロシア人が異族人《イノロッツィ》と一絡《ひとから》げに呼ぶこの島の人々の困窮は、このままでは深まる一方です」

情熱的に二人は話す。ふと疑問を抱く。

「ブロニスワフ先生は――」

「ブロニシ、と呼んでください」

ヤヨマネクフが丁寧に呼ぶと、紺色の瞳の男は人の良さそうな顔で笑った。

「ではブロニシ、あんたはロシア人じゃないのか。他人のように言っていたが」

「私はリトアニア生まれのポーランド人です。国籍はロシアですが」

地名か国名か、知らない名前だったがとりあえずヤヨマネクフは頷いた。

「ロシア語なんか覚えてどうする。俺たちに、ロシア人になれってのか」

ただの世間話のはずだったが、勝手に動いた口が非難めいた言葉を吐いた。立派な日《ニッ》本人《ポンジン》たれという美しげな呪縛に追いかけられていた頃を思い起こす。

「それは違う、ヤヨマネクフ」

太郎治が口を挟んだ。

「理不尽の中で自分を守り、保つ力を与えるのが教育だ」

「理不尽？」

「〝優勝劣敗は自然の道理なり、アイヌ人種にありても免《まぬか》るべからず〟。北海道で学校勤めをしているとき、和人によく聞いた」

「どういうことだ」

日本語を交ぜた太郎治の言葉に、忘れたふりをしてヤヨマネクフは首を傾げた。

「アイヌは劣っているから滅びる定めの人種ってことさ」

対雁に住んでいたころ、よく耳にした言葉だ。いま聞いても腹が立つ。

それからの太郎治の話は、聞いていて胸が悪くなった。北海道のアイヌは窮乏し、人口も漸減《ぜんげん》している。その原因の説明にさっきの道理とやらが持ち出されるらしい。和人の中での議論は、そこから二つに分かれる。だから放っておけ、あるいは、人類愛として保護すべきである。ただし太郎治の見たところ、窮乏の原因は和人により住む場所と漁場、狩場を奪われたことにある。

「言わせとけよ」

声に目を遣ると、シシラトカが飄々と笑いながら酒をすすっていた。

「言った奴らは間違っている。現に俺たちは生きてるんだからな。目の前で言われた時は殴ってやればいいさ」

妙なところで器が大きくなったものだ、とヤヨマネクフは親友に素直に感心した。ただ親友ほど思い切ることもできなかった。話が途切れたのを見計らうように、それまで人の良い微笑みを浮かべていたブロニスワフが口を開いた。

「外国人や異民族を蔑む風習は古今東西を問わずにありますが、優劣のある人種というグループ間で生存競争が続いているというのは、欧州で生まれた学説です」

「あんたも欧州の学者だろう。そう思ってるのかい」

対雁と来札の光景を思い起こした。あれが道理だとすると、やりきれない。

「学者だから言うのですが、その学説は誤解されています。私はその誤解を解くために、学問をしているようなものです」

「どうして誤解と言える」

「劣っている人など、見たことがないからです」

学者の表情は微笑んだままだが、声には強い確信があった。

「私が生まれ育った国はロシア帝国に呑み込まれ、ロシア語以外は禁じられています。国の盛衰はともかく言葉を奪われた私たちはいつか、自分が誰であったかということすら忘れてしまうかもしれません。そうなってからでは、遅いのです」

堅苦しい話だが、なぜかヤヨマネクフの心は惹かれた。

「どれくらい金が必要なんだ」

「まだきちんと計算したことはないけど――」太郎治は考えるように天井を仰いだ。

「アイヌに限っても総延長で千キロを超える海岸線に広がって住んでいる。学校はたくさんか、あるいは寄宿できる形式のものが必要だ。後者のほうが安くつくはずだけど、それでも寮付きの校舎、専任の教師とその給料、学用品、生徒たちの衣食――」

太郎治の声を聞きながら、ヤヨマネクフは蓆が敷かれた床に目を落とした。

総頭領が作ろうとした村。空にたなびいた煙。かつて見た故郷。

幾つかの光景が、ヤヨマネクフの胸を過ぎった。

文明に潰されて滅びる、あるいは呑まれて自らを忘れる。どちらかの時の訪れを待つしか、自分たちにはできないのか。別の道は残されていないのか。想像した将来に、凍えるような感覚を抱いた。

その時、熱が生じた。それはすぐに言葉になった。

「――違う」

道は自分で見つけるものだ。自分で選び取るものだ。自分たちを追い詰める幻想に克《か》ち、妻を救えたかもしれなかった叡智を手にする。文明なる力を得る。

学校は、その始まりに思えた。

「金があればいいんだな」

言ってから、ヤヨマネクフは苦笑する。決意は口にすると、思ったより生々しい言葉になった。

太郎治とブロニスワフが同時に頷く。

「金は、あるところにはあるもんだぜ」

心得たような間合いで、そして簡単に言ったのは、シシラトカだった。

「どこに」

「まずは――」

シシラトカがそっと指差した先を見て、「あいつか」とヤヨマネクフは笑った。

近隣随一のアイヌの頭領は、如才《じよさい》なくロシアの役人と歓談していた。

「まあ、だいぶと渋そうだがな」

楽し気に言うシシラトカの声に、熊の細い遠吠えが重なった。

六

「寄宿学校、とは何だ」

普段着らしい質素な草皮衣に長身を包んだバフンケはあからさまに顔を顰《しか》めた。

盛大に挙行された熊送りの二日後、来客たちがあらかた引き揚げて空っぽになった屋敷の居間で北海道帰りの三人のアイヌと一人のポーランド人が、頭領に向かい合っている。

居間の隅にあるストーブには、石炭がかんかんに焚かれている。バフンケは緑色の羅《ら》紗《しゃ》を張った一人掛けのソファに身を沈め、低いテーブルを挟んで置かれた同色の二人掛けのソファ二つに四人が腰掛けている。

「住みながら勉強できる学校だ。そこでアイヌの子供たちを学ばせたい」

ヤヨマネクフは手短に説明する。

「で、わしに金の無心か」

「ありていにいえば、そうだ」

隠さず、ヤヨマネクフは頷いた。

「開けたロシア人と付き合いの深いバフンケ・アイヌなら、きっと学校が必要なことも理解してくれると思っている」

実業家のほうでなくアイヌの頭領たる立場へ向かって、ヤヨマネクフは敬称を付けた。

バフンケは実業家の顔を崩さず、

「投資の話なら聞いてやる。どう儲かるか言ってみろ」

と、ぞんざいに促した。

「儲かるってわけじゃない」

「なら聞かぬ、と言いたいが、わしが招いた客人の話だ。聞くだけ聞いてやる」

ヤヨマネクフは目で促し、太郎治が説明を始めた。まず、この冬だけの識字教室を開く。それだけでは教育には足りないから、その次の冬の開校を目指して恒久的な寄宿学校を開きたい。教員は常勤の千徳太郎治、非常勤のブロニスワフ・ピウスツキとニクブンの若者インディンの三人。

計画も人材も十分である。だが、金がない。

太郎治が話す間、バフンケは盛大な儀式をやり終えた自分を労《いた》わるように手を揉んでいた。

「終わりか」

話が途切れると、アイ村の頭領はじろりと太郎治を睨んだ。はい、と太郎治が小さく呟く。

「聞いてやったぞ。帰れ」

にべもない返事に、ヤヨマネクフが身を乗り出した。

「アイヌの子供たちのためにやるんだ。ぜひバフンケ・アイヌにも金を出してほしい」

「わしに何の得がある」

「なあ、バフンケ・アイヌ。これは損得の話じゃない」

ヤヨマネクフは努めて丁寧に言った。

「樺太はロシアの領地だ。そこに住む俺たちも、ロシアの言葉や仕組みはわかっておいたほうがいい。あんたの援助があれば、それができる」

「みな、ロシア語はそこそこ話せるだろう。それで十分だ」

「字は読めません」太郎治が口を挟んだ。「書くこともできません」

「読み書きできるやつが代わりにやってやればよいだろう。勉強したい者は自分ですればよい」

「俺もそう思うんだよなあ」

シシラトカが混ぜっ返すように声を上げた。バフンケに見えない角度で作った思わせぶりな顔が、話しにくい頭領の代わりに自分を説き伏せてみろ、と言っているようだった。

「子供だって家の大事な働き手なんだぜ。学校にやってしまって家が立ち行かなくなったらどうにもならねえ」

太郎治が身を乗り出した。

「その時は家のことを優先させればいい。勉強に大事なのは、やめないことだ。時間がある時に学校に来てくれれば、あとは教え方の工夫の問題だ」

「何を教えるんだ？」

「まずはロシア語の会話と読み書き。次が地理と算数」

「地理が何の役に立つ」

「知る世界の広さは、人生の可能性の広さだ」

「算数は？」

「貨幣のある世界では数の勘定は必須だ。大きな数を扱えるようになれば、バフンケ・

アイヌのような実業家にもなれる」

「そりゃあすごい！」

シシラトカはわざとらしく驚く。ヤヨマネクフがそっと目線を向けた先で、バフンケは下らないとでも言いたげな顔つきで手を揉み続けている。

そこへ、ノックの音が聞こえた。問答の勢い余ってか、その立場にないシシラトカが「どうぞ」と返事をする。

「あの、お、お茶です」

戸の向こうからおずおずとした声が聞こえる。太郎治が立ち上がって扉を開くと、小柄な少女が盆を持って立っている。イペカラだった。

「ありがとう。ちょうどみんな喉が渇いていたから、助かるよ」

太郎治が盆を受け取ろうと伸ばした両手をするりと避けて、イペカラは滑りこむような動作で部屋に入ってきた。

少女は盆を卓の上に置き、お茶が注がれた陶器のカップを並べた。器用でないのかがちゃがちゃと音が立つ。注がれたお茶の高さはまちまちだった。

ヤヨマネクフは眉をひそめた。盆の上にはもう一つ、赤い粒混じりの黒い粘液に満たされた大きな椀がある。これは何だろうか、と訝った瞬間、イペカラは椀を両手で持ち上げた。

「あたしが作ったんです、みなさんで召し上がってください」

食べ物だったのか。ヤヨマネクフは驚いた。「みなさん」と言ったイペカラは、なぜかブロニスワフだけを見つめている。やや猫背で、まるで獲物を窺う熊のように見えた。

「これは、なんという料理かな」

視線に脅迫されたようにブロニスワフが質問すると、イペカラはにっこり微笑んだ。

「〝ムシ〟です」

料理名を聞いて、ヤヨマネクフはさらに驚いた。煮凝りの雲のような白さに苔桃の赤い色が美しいはずの料理とは似ても似つかない。黒い雷雲が小さな苔桃を貪り食っているような光景が椀の内側にあった。和人の言う地獄《ジゴク》というものを抽象的に表現するとこうなるだろう。口にすればどうなるかわからない。

「せっかくのごちそうだ。話が終わったあとで、ゆっくりいただこう」

なぜか追い詰められたような圧迫感を覚えながらヤヨマネクフは提案した。この料理をどうするかは、少女が去ったあとでゆっくり考えよう。

「ありがとう」

もういいぞ、と続けようとしてヤヨマネクフは目を見張った。

少女はアハンウフンと唸りながら体をくねらせている。その目は熱に浮かされたようにブロニスワフの顔から離れない。帯からぶら下がる金属の飾りが、じゃらじゃらと不吉な音を立てる。さっきまでへらへら笑っていたシシラトカが、いまは沈痛な表情で息を潜めて俯いていた。

「アアッ！」と悲鳴をあげて、少女が床に倒れこんだ。びたん、と痛そうな音がする。あわててブロニスワフが抱き起こす。

「ごめんなさい、あたし、体が弱いんです、とても」

読み上げるように言う少女の顔に一瞬だけ、肉食獣のような獰猛《どうもう》な笑顔が見えた。

「休ませよう、俺が連れて行く」

まるで罪を告白するように、シシラトカが立ち上がる。手を引かれた少女は、存外に軽い足取りでシシラトカと部屋を出ていった。

「どうしたんだろう、彼女は」

ブロニスワフが不思議がる。ヤヨマネクフも首を傾げるしかない。

バフンケは閉まった戸に慈《いつく》しむような目を向け、それから上体を起こしてお茶のカップを持ち上げ、うまそうな顔ですすった。

「ロシア人向けにやるなら、出資してやろう」

急な申し出に、聞いた全員が戸惑うような顔をした。

「島にはまともな学校が少ないから、ロシア人の資本家や高官の子弟は学のある囚人を雇って家庭教師をさせているらしい。そういう金持ち向けの全寮制の学校をやれば儲かるだろう。学費や寄付もけちらんだろうしな。ピウスツキ先生は確か、もとは社会主義者で国事犯であったのだな。あなたが校長なら話題性も十分だ。開明派を気取る家の生徒がわんさか集まるだろう」

「私たちは」ブロニスワフが口を開いた。「アイヌの子供たちを教えたいのです」

「アイヌのほとんどは金を持ってない。儲からん」

「あなたのおっしゃる学校に入る子弟は、すでに家でそれなり以上の教育を受けています。学校は不要です」

「わしもそう思うよ。だがわしが儲かる。ピウスツキ先生、よろしいか」

急に名を呼ばれたブロニスワフは瞬間だけ戸惑ったようだったが、すぐに柔和な微笑みを作った。

「ブロニシと呼んでください」

「わしはピウスツキ先生と呼ぶ」

なぜか、バフンケは頑なだった。

「我が同族に対するあなたのご厚情には頭領の一人として感謝している。お志を尊敬もする。だがアイヌに学校は無駄だ。働けば、それだけ豊かになるのだ。わざわざ金をかけて学ばせる意味はない」

「学ぶ意味はあります」

身を乗り出したブロニスワフは「ない」という一言をぶつけられた。

「学校だと？　そんなものが食えるか。そんなもので網を曳けるか。そんなもので身が立つか。アイヌは丈夫で正直であればそれでいい。あとはわしが雇って養ってやる。学なんぞいらん」

ブロニスワフが何か言いたげに口を開くが、バフンケはそれを手で制して続けた。

「わしは先生の研究には協力する。先生はいずれ、わしが必要になった時にロシアの高官に顔を繋いでもらう。学校は先生のお好きなようにやればよい。わしは邪魔も協力もせぬ。それでよいだろう」

バフンケは煙管《きせる》を手に持った。その顔はなぜか苦渋に歪んでいた。

「〝サハリン〟がロシア領になる前のことは覚えているか」

ヤヨマネクフは首を振った。いくつかの記憶はあるが、ロシア風に島の名を呼んだバフンケの、その苦い表情に似つかわしい景色はたぶん見ていない。

「まだ髷《まげ》を結っておった和人どもは、前借りしたわずかな米や酒を形《かた》にアイヌの男を扱《こ》き使った。言うことを聞かなければひどく殴った。逃げれば追ってきた。女も男のように扱き使われるか、妾《めかけ》にされた。まるで奴隷だ」

ヤヨマネクフも何度も聞かされた話だ。堕胎《だたい》薬に和人薬《シーサン・クスリ》、梅毒に日本病《ニッポン・アラカ》という異称があるのは、バフンケが語る時代の名残だ。

「生まれ育った地でなぜ逃げねばならぬ、何もしておらぬのに、なぜ追われる。より辛いのは、わしらアイヌにも和人が持って来る酒や米が要るということだ。わしらは和人から離れられなかった。島がロシア領になった時に北海道に渡ったアイヌがたくさんいたのも、そういう事情だ」

話しながら、バフンケは煙管に丁寧に葉を詰める。

「わしは島に残った口だが、あの時どちらが正しかったかはわからぬ。和人が去った後、ロシアの罪人どもと資本家が、どっとやって来た。日々の暮らしは物騒になり、ロシア人が経営する漁場でまたもアイヌは酷使された。ひとつだけよかったのは、サハリン行政府の許可があればアイヌも漁場を持てたことだ。わしは結構な苦労をして漁場をもらい、アイヌを雇うことができた。まっとうな給料を渡し、儲かれば増やしてやる。ごく当然のことが、やっとできるようになった」

頭領は疲れた顔で煙管を咥え、火をつけた。

「話は終わりだ」

ゆらりと立ち上った煙は、寂しげだった。

「バフンケ・アイヌ――」

ヤヨマネクフは敬意を込めて呼んだ。

「あんた、種痘《シュトウ》は受けてるか」

「ああ」怪訝な顔で頭領は答えた。「もちろんだ。病気になったらかなわん」

シュトウ。ブロニスワフが呟き、太郎治が「ロシアでいうプリヴィフカです」と教えてやっていた。

「俺たちは北海道でえらい目にあった。コレラ、それと痘瘡《とうそう》」

あの時、何ができたのだろう。バフンケに話しながら、ヤヨマネクフは自問する。

「チコビローは立派だった」

死者を語らない慣習をバフンケは破った。それが彼なりの葬《とむら》いらしかった。

「わしはずっとただの漁夫だったが、年下のあいつはサハリンにいたときからもう偉大な頭領の風格があった」

「そのチコビローが一度だけだが、北海道で種痘を受ける機会を作ってくれた。けど、ほとんどのアイヌが受けなかった。病気の種を体に入れたら二度と病気にならないなんて誰も信じなかった。衛生や伝染、免疫の知識があれば、あんなに人が死ななくてもよかったかもしれない」

「こっちも同じだ。免疫なんぞ、誰も信じん」

バフンケは絞り出すように言った。

「サハリンでも、北海道と同じくらいの時期に疱瘡が流行った。その前、お前が生まれてすぐくらいの時もな。二回ともよく覚えてる。かさぶただらけになった病人の周りで、巫者《トゥスクル》に祈ってもらうほかに、わしらにできることがなかった。生き残っても、命の他には何にも残らん。三年前にも流行ったな。あの時は〝インフリュエンツァ〟もあった」

バフンケはロシアの語彙を使った。感冒《カンボウ》（インフルエンザ）か、と呟いたのは太郎治だった。

対雁は気の毒だった、とバフンケは続けた。

「八百人以上が一か所に住まわされるなんてな、サハリンでは有り得ぬ」

樺太のアイヌの村はみんな小さい。二十人を超えれば多いほうで、それは疫病の流行を防ぐための知恵だった。反面、統治の都合で言えば一か所に集めたほうが効率はいい。和人は樺太のアイヌを、彼らの勝手な理屈だが熱心に近代化しようとして、疫病で磨《す》り潰してしまった。ロシアは、彼らが持ち込んだ不幸や理不尽も含めてほったらかしにしている。

「イペカラを一人っきりにしたのはインフリュエンツァのほうだ。わしがどれだけ雇っても、どれだけ賃金を弾んでも、疫病は止まらん。そのたびにわしは思う。いつかアイヌは消えてしまうかもしれん、とな」

ヤヨマネクフは頷く。バフンケはやにわに手を伸ばし、イペカラの置いていったムシの椀を摑んだ。突っ込まれていた匙を使って飲み込むように一気に平らげ、空になった椀を愛おしむように卓に置いた。

「サハリンのアイヌも、西の方はだいぶ和人式の暮らしぶりになっている。風呂に入るっていうしな。東《こっち》のほうは、ロシア式だ。アイヌの習慣《アイヌ・プーリ》を忘れたわしらはアイヌか？　もしくはアイヌのまま滅びるか？　どっちがましだ？　生き残るほうだろうよ。種痘なんぞ漁場で無理やり受けさせればいい。いちいち金や時間を使って理屈から覚える必要なんぞない」

「それだけではアイヌの人々は自立できません。資本家の奴隷になるだけです」

　ブロニスワフが口を挟む。

「その資本家がアイヌのわしだ」バフンケは身を乗り出して怒鳴った。「奴隷になどするものか。いやさ、アイヌは誰の奴隷でもない。わしの目が黒いうちは、アイヌを誰の奴隷にもさせぬ。そのためにわしは金を稼ぐ」

　そこまで言うと、バフンケはため息をついて再びソファに身を沈めた。

「だから学校などという酔狂には金は出さん」

　にべもなく、ヤヨマネクフたちは居間を出ていかざるを得なかった。

　翌日、ヤヨマネクフは屋敷を辞去する。バフンケに挨拶ができなかった。

「昨晩から寝込んでる。病気なんか滅多にしない人なのに、悪いものでも食べたのかな」

不思議そうな顔をしたイペカラが教えてくれた。

七

ブロニスワフ・ピウスツキは雪原を走る犬橇に乗せてもらっていた。

「もう十二月だけど、今日はあったかいね」

目の前の毛むくじゃらの背中が楽しそうに言い、その感覚がわからないブロニスワフは思わず笑った。

もうすぐ十九歳になるインディンは、サハリンで最良の乗り手とされるギリヤークらしい巧みさで犬を走らせている。橇はアイ村から五十キロほど南、川沿いをやや内陸に入ったシヤンツィというアイヌの集落に向かっている。

そこで識字教室を、明日から開く。

寄宿学校は、千徳太郎治の幼馴染《おさななじみ》のアイヌ二人も手伝ってくれ、少しずつだが資金集めが始まっている。はずみをつけるためにもひと冬の識字教室は、ぜひ成功させたかった。

授業はインディンが教員を務めるシヤンツィと、あとアイ村の北にあるオタサンという二つのアイヌの村で行われる。オタサンの授業は太郎治が受け持つ。開講は二月までの約三か月。ブロニスワフはアイに生活の拠点を置き、民族学の調査と寄宿学校の寄付金集めを並行しながら、シヤンツィとオタサンで非常勤講師を務める。

「胸は、悪くないか？」

向かい風の寒さについ心配になり、何度繰り返したか分からない質問を、ついしてしまう。振り向いたインディンは「だから治ったって」と気丈に笑う。顔色は少し青かったが、確かに元気そうに見えた。

インディンは、結核だった。ブロニスワフが連れていったヴラジヴォストークで病を得た。父親のチュウルカは怒らず、またインディンも一度も恨むそぶりを見せなかった。

――すぐ死ぬわけじゃない。生きてれば、そのうちに治るさ。

父子は別々の時に、全く同じ言葉をブロニスワフに言ってくれた。

治ったと何度聞いても、どこかで健気な嘘に思えてしまう。だが、生徒たちへ感染させる可能性に思い至らぬ愚かさをインディンは持ち合わせていない。治癒したのだから素直に喜ぶべきだ。答えが返ってくるたび、ブロニスワフは自分に言い聞かせていた。

「父さんが、また兄貴《アカン》に会いたいって言ってた。たまには村にも来てくれよ」

犬橇を操りながら、インディンは話を変えた。

「チュウルカは、私より少し年上なんだけどな」

努めて明るい声で言うと、インディンは「いまさらだね」と笑った。

「もう直らないよ。父さんはもう十年以上、ブロニシを兄貴って呼んでるんだから」

「そうか、いまさらか」

インディンが笑顔を見せてくれるたび、許されたような安堵を覚えた。

到着したシャンツィ村ではまず、天地をひっくり返したような犬の吠え声に迎えられる。心持ち首をすくめながら半地下の頭領の家へ行き、挨拶する。笑顔で歓迎されたあと、ほど近い川辺まで徒歩で案内される。雪に沈む数軒の夏の家のうち、ずっと空き家になっていた一軒を、教員の宿舎を兼ねて学校に提供してもらう話になっていた。

「ここでよいかね」

頭領に示された家は下見の時と同じ家だったが、屋根と壁は枯れた野草で分厚く補強されていた。

「寒かったら草を足すから、遠慮なく言ってくれ。炊事洗濯は親たちが回り持ちで世話をする。明日から子供たちをよこすから、よろしく頼む」

さらさらと告げ、頭領は戻っていった。

翌日から、授業が始まる。〝ホホチリ〟と呼ぶらしいビーズ製の三角形の飾りを額にぶら下げたアイヌの子供たちが、五人ほどやってきた。インディンの人柄もあって、まず自己紹介から授業は朗らかに進む。

ブロニスワフはしばらく様子を見届けると、仮の校舎を出て学術調査に精を出す。村の戸数や人口、財産を書き留め、村人一人一人と会って様々な話を聞く。いらなくなった道具を分けてもらい、古謡《こよう》を録音し、儀式を写真に収める。数日おきにアイ村へ帰り、バフンケの屋敷に与えられた一室で収集した情報を整理し、郵便物を確かめた。

アイでは、あの歌の上手なチュフサンマなる女性が身の回りを世話してくれる。そう言いつけた叔父バフンケの見え隠れする魂胆には辟易《へきえき》したが、チュフサンマは気立ても良く家事も達者で、助かった。琴を好むらしい少女のイペカラは出会うたびにぎらぎらと目を輝かせてくるが、その理由はわからなかった。

全てが穏やかに進むかに思えた。

年が静かに改まったある日、ブロニスワフはインディンと共にシャンツィで授業を受け持っていた。ブロニスワフが教師を務め、ロシア語の絵本を使って簡単な文章を教えた。

インディンは、気になった一人一人について理解を助けてやる。生徒に話しかける時は少し距離を取っていて、咳やくしゃみに備えて常に布きれを握っていた。

突如、そのインディンが立ち上がり、よろめくような走り方で外へ出る。ブロニスワフは授業を中断し、そっと追いかけた。数メートル先の雪の上で、肩を激しく上下させながら四つん這いになっているインディンに駆け寄り、息を呑んだ。

真っ赤な血が、白い雪にぶちまけられている。激しい咳とともに、新たな血が弾ける。

「離れて」という若い声は咳と飛沫《しぶ》くような音に霞む。構わずブロニスワフは背広を脱いでインディンの肩にかけ、背中をさする。外の気温は零度をはるかに下回っている。

「少しだけ待っててくれ」

ブロニスワフは急いで教室にとって返す。

「きょうの授業はおしまいだ。みんな早く外に出て。おうちに帰るんだ」

子供たちは何が起こったかわからず、無邪気な顔を向けてくる。

「早く。急いで」

一人の子供が顔を歪める。脅すつもりはない、すまない、などと思いつつ、ブロニスワフは土足のまま教室に入る。子供たちを立たせて靴を履かせ、追い出すように背中を押す。それから外にとって返す。インディンは喀血《かっけつ》こそ止まったようだが、四つん這いのままで息も荒い。その体を抱え上げ、背負い、家に連れて行く。

「伝染《うつ》るよ、ブロニシ」

「それどころじゃない」

つい叱るような物言《おい》いになる。

ぐったりした体を負ぶったまま片手で布団《フトン》を広げる。上にインディンを寝かせてから、小さな火が揺らめく炉にがらがらと薪《まき》を加える。瓶《かめ》から桶に水を汲み、濡らして絞った布で若々しい顔や首の血を拭う。荷物をひっくり返して新しいシャツを引っ張り出し、替えてやる。血に汚れたシャツは炉にくべた。

それから自分の手についた血を瓶の冷たい水で洗い、「人を呼んでくる」と言い残して家を飛び出す。話を聞いた頭領はすぐに犬橇を仕立て、アイ村へ使いを出してくれた。

ふらふらとインディンの元へ戻ったブロニスワフは、火の勢いを確かめてから布団の脇に座り込む。

「治したつもりだったんだけどね」

インディンは介抱してくれた礼を述べたあと、ごく軽い調子で言った。

「話すんじゃない。いまはゆっくり休むんだ」

首を絞められるような罪悪感に悩みながら、ブロニスワフは答える。

「授業、最後までやりたかったんだけどな。ヴラジヴォストークの学校もこの病気で卒業できなかったし、ぼくはなにもできてないや」

「そんなことない。きみは体の限界まで子供たちを教えた。やりきったといっていい」

「言っておきたいことがあるんだ、聞いてくれる？」

「また聞く。きっと聞くから、いまは自分の体を労《いた》わってくれ」

「ぼくは何の後悔もない」

インディンはブロニスワフに構わず話し始めた。

「大好きな父さんの友達で村の恩人のブロニシを、ぼくはずっと尊敬してた。勉強を教えてもらうのは嬉しかったし、蒸気船も都会もヴラジヴォストークの学校も、村に引っ込んでいたら知らないことばかりだった。ブロニシは、ぼくがどうなっても気にしないでほしい。そして――」

ブロニスワフは黙っていた。今は聞くことが贖罪《しょくざい》に思えた。

「ありがとう」

細いが確かな声で、インディンはそう言った。

「聞いてくれた？」

「聞いた。わかった」

「よかった」

やっとインディンは口を閉じた。しばらくして寝息が聞こえた。

日が暮れようとしたころ、バフンケが差し向けてくれた三頭立ての馬橇が到着した。

夜通し滑り続けてサハリン南部の港町コルサコフへ向かい、そこにある病院にインディンは入院した。

シヤンツィの授業はブロニスワフが引き継いだ。教室に使っていた家は頭領と相談して燃やした。頭領には賠償を申し出たが、「もともと空き家で、誰の財産でもない」と気前よく断られた。

二月いっぱいで授業が終わる。ブロニスワフは太郎治とアイ村で合流して学校の決算書の作成や諸々《もろもろ》を急いで済ませ、コルサコフの病院へ飛んでいく。インディンは痩せ細っていて、もう会話もままならなかった。看病の心得もないまま病床の脇に座り続けた。インディンは、春を待たずに息を引き取った。

八

雪に埋もれた森の中で、積まれた薪が炎を噴き上げた。

囲むギリヤークたちが、手に取った木切れを放り込む。それが彼らの葬儀の手順だった。薪の上に横たわって凍った遺体を、炎が抱き込む。

インディンの魂はゆっくり、ギリヤークたちが信じる〝死者の村〟へ旅立っていく。

「兄貴よ」

傍のチュウルカが、太く低い声でブロニスワフの綽名《あだな》を呼んだ。その細い目は瞬きもせず炎を凝視し続けている。

「俺たちはこの土地を引き払うことにした。森は狭くなる一方だからな」

「そうなのか」

言葉が思いつかなかった。

「今回は役所から、多くはないが補償金を出してもらえた。あんたが俺たちにロシア語を教えてくれたおかげで交渉できた」

喜べなかった。補償金とインディンの命は、別の話だ。

「あんたはしばらく、俺たちの村に来ちゃあいけない」

そこで初めてチュウルカは顔を向けてきた。磨かれたような滑らかな顔に刻まれた皺は、貫禄と風格があった。

「そう言われて当然だ。私はきみの息子の命を奪った」

よろめくように答えると、チュウルカは「違う」と強い声で制した。

「ここはあんたにとって、動かない過去だ。あんたはここで立ち止まってはいけない」

ギリヤークの友人の目に難詰《なんきつ》の色はなかった。息子を失った父親とは思えないような、労わりにも似た柔らかい光を帯びている。

「兄貴のおかげで俺たちは自分の足で前に進むことができた。インディンを背負って生きていくのは、俺たちの仕事だ。兄貴は兄貴の仕事をしろ。自分の道を行くんだ」

魂を送り出す時が来たように、炎が大きく噴き上がった。

「お別れだ。兄貴の仕事が終わったら、また会いに来い」

いつ覚えたものか、チュウルカは右手を差し出してきた。送り出してくれるつもりだろうが、握り返す手には力が入らなかった。

途中まで犬橇で送ってもらい、それから馬車を頼んで数日をかけてアイ村へ帰る。着いたのは、日が暮れたころだった。

バフンケ邸に与えられた自室に入る。外套を着たまま、のろのろとストーブの前にしゃがみこみ石炭に着火する。投げ出すように椅子に腰を下ろし、机に肘を立てた手で顔を覆う。

机の上には、読みっぱなしの手紙が広げたままになっている。

手紙の差出人は弟のユゼフ。日付は一か月ほど前で、コルサコフの病院へ発つ直前に届いた。検閲をくぐり抜けるためか意味の取りにくい文章ではあったが、シベリアで五年の刑期を終えたあと、帰ったリトアニアで反ロシアと祖国独立の活動に情熱を傾けているようだった。

――兄さんと一緒に〝仕事〟ができる日を心待ちにしている。

勇ましい筆致は、兄の帰還を待ちわびていた。ブロニスワフの心境は判然としない。祖国の独立は心から願っているが、よぎる想いは一人の人間の命を奪った自責に滲み、まとわりつくような諦観《ていかん》に変わる。

もう一つ、ユゼフの手紙には胸を揺さぶられる言葉があった。

――四月二日のミサの用意は滞りなく進んでいる。当日は兄さんもお祈りを。

去年のこの日、兄弟の父が亡くなっている。その命日にあるべきミサは流刑中の兄に代わって自分が手配するから心配するな、と言いたいらしい。

窓のガラスが軋む。塗り潰したような夜闇に部屋の明かりで光る雪がくるくると舞う。風が吹き始めたようだ。

父を忘れたことはなかったしユゼフに何の他意もないだろうが、インディンを失った今、改めて言われると応《こた》えた。最後まで息子たちのために尽くしてくれた父にブロニスワフは会えなかった。何ができたかわからないが、本当に何もできなかったのだろうかという自問が、やはり自責に変わっていく。

ノックの音が聞こえた。「どうぞ」と答えた声に、我ながら覇気《はき》がないと思った。

そっと入ってきたのは、チュフサンマだった。

「お茶です」

盆を掲げたチュフサンマは歌のような響きのアイヌ語で言って、机にカップを置いてくれた。

「ああ、ありがとう」

思わず顔を上げた目の前を、大きな耳環と整った横顔がすれ違っていった。その口元には入墨がない。

「お弟子さんのこと、お悔やみを申し上げます」

いかにも沈痛そうな面持ちで言われた。お弟子さん、か。ブロニスワフはもう言葉を発することもできず、ただ曖昧に頭を動かした。

「なにかお力になれることがあれば、なんでもおっしゃってください」

型通りの言葉が、胸に突っ込んでいた感情の栓を引き抜いた。

「私は、人を殺した」

流れ出した自責の念が、言葉になった。

「彼は、名もなきギリヤークとして幸せな生を全うする権利があった。私が見出した才能なんて、彼には一切必要なかった。私は最低の人間だ。自らの軽率さで逮捕され、刑死した友人を差し置いて生き延び、この島で人生を閉ざされ、そこから立ち直るためにまた罪なき人の命を必要とした。その私を、この島では誰も断罪してくれない」

話すうちに、ギリヤークの親子へ怒りに似た感情が湧いてきた。詰《なじ》ってくれれば、いっそ楽だった彼らの赦《ゆる》しこそが、ブロニスワフを苦しめている。

のだ。彼らはどうして自分を恨まないのか。

どうして、わかってくれないのだ。

「しょせん未開人なのだ、きみらは」

細く吹き出した暗い考えは、すぐに胸に溢れた。

高等な魂の機微《きび》が、彼らにはわからない。あるべき怒りにも思い当たらず、ただ赦せば済むと思っている。浅薄な笑顔で文明人に接すれば豊かな暮らしができると思っている。

「きみは美しいな」

ブロニスワフは目の前の未開人を褒めてやった。立ち上がり、口元を指差した。

「口の周りにあの醜い入墨がないのは幸いだ。髪と体を洗ってドレスを着れば、ヨーロッパの社交界にも出られるだろう。いつか連れて行ってあげよう」

チュフサンマは戸惑うような顔をしている。眉目《びもく》の形だけ整っても、やはり未開人は愚鈍だ。

「きみの叔父上の魂胆はわかっている。私を雇う地理学協会はロシアの皇族や顕官が会員に名を連ねているし、仕事はサハリン行政府の支援も受けている。叔父上はきみを使い、私を通して事業の成功を企んでいるのだろう」

女の瞳に強い光が灯る。そうだ、やっと気付いたか。私を責めろ。私は罪深い。

「愚かきわまる。私は流刑の囚人だぞ。だいたい娘を与えて栄達を図ろうなどと、恥ずべき行為だとそれすらわかっていない。ロシア帝国の抑圧を受けるポーランド人だぞ。思わないのか。そんなことすらわからないのか、未開人は」

だから自分は、異族人と付き合い、その教育に手をつけたのだ。それは文明人の憐憫《れんびん》であり、自分が文明を生んだ高等な人種の一員であると確かめる行為だ。チュウルカに受け入れられ、インディンの才能に驚嘆し、北海道帰りの三人《イエッソ》のアイヌと志を同じくし、屈折したバフンケ頭領の同族愛に感心したのも全て。

「――私は何を言っているんだ？」

言葉が、次に涙が零《こぼ》れた。

この島で出会ったのは、環境に適応する叡智《えいち》であり、よりよく生きようとする意志であり、困難を前に支え合おうとする関係だった。

それはつまり、人間だ。

非道や理不尽は飽きるほど見た。狡猾な悪人もいた。だが未開で野蛮な人間など一度も見なかった。これからも会うことはないだろう。いないのだから。

再び、ブロニスワフは絶望する。自分の手前勝手な感情で、恩人や友人たちを蔑み、侮った。

「あなただけではない」

チュフサンマがぽつりと言った。

「生き残った人はみな、守れなかった後悔を抱えて生きています」

目の前の女は泣いていた。確か夫と子に先立たれたのだったか。未開人とされる女がこぼす涙の色は、自分と同じだった。

「あなたも、そしてわたしも立ち直らねばなりません。生きているならば、まだできることがあるから」

「似た者同士か、私たちは」

「そうかもしれませんね」

女は、寂しさを残しながらも気丈に微笑む。ストーブに突っ込んだ焚き付けの木片が、一つ大きく爆《は》ぜた。

九

三月の下旬、島の寒さはまだまだ厳しいが、今日はいくぶんか暖かかった。

イペカラは朝から、自室の床に座ってずっと琴を弾いている。いつもより指は滑らかに動き、弾いた弦は胴と共鳴してふくよかに鳴る。

やはり、琴は楽しい。

満足がゆくまで弾いたあとも琴を離さず、最近この屋敷に帰ってきたブロニスワフ・ピウスツキのことを考えながら、ぼんやり弦をはじく。

識字教室とやらでブロニスワフが出かけていた間に、ムシ作りの腕前はだいぶ上達している。養父バフンケが味見を買って出てくれたおかげだが、その体調が最近よくなく、少し気になった。

しかし何より気懸かりなのは、ブロニスワフだった。最愛の弟子が亡くなってしまい、見るからに痛々しい風貌で帰ってきた。少しずつ生気を取り戻しているようだが、挨拶以上の声は掛けにくかった。

きっと、自分が出る幕はまだないのだろう。彼が元気になった時、まだ雪が残っていれば犬橇にでも誘おう。雪が解けていれば犬に曳かせた舟で川下りでもしよう。

そう考えていて、ふと気付いた。部屋を見回す。

壁に掛かった時計と数枚の衣服、使わない机と椅子、寝心地は悪くないロシア式の寝台。たったそれだけしかなく、また全て養父に与えられたものだった。

自分自身も、何もできない。家事はからっきしだし、勉強なんてしたこともない。琴を多少弾けるくらいだ。

少し薄ら寒い気持ちになった時、戸を叩く音が聞こえた。

「どうぞ」

琴を置きながら返事をすると、チュフサンマが入ってきた。

「どうしたの？　なんか怖い顔してる」

思わず尋ねたのは、その表情に思い詰めたような切実さがあったからだ。

チュフサンマはすぐには答えず、寝台に腰を下ろした。しばらくお互い無言だった。

やがてチュフサンマはイペカラに顔を向けた。

「ブロニシさんに結婚を申し込まれた」

言われて、心臓が止まるかと思った。痺《しび》れるような感覚が全身に広がっていく。

「ごめん」

謝られたとたん、感情が激変した。理由のわからない敗北感、ばれていたのかという気恥ずかしさ、確かに彼女に比べればという卑下《ひげ》、いちいち言わなくてもいいのにという反感、そのほか様々な感情が胸をかき回し、自分が何を感じているのかわからなくなった。

「へえ、よかったね」

言葉だけが、勝手に口を衝《つ》いて出た。

「で、どうするの。受けるの？　あの人、男前だしいい人とは思うけど稼ぎが心配だよね。家を空けることも多そうだし、身なりには無頓着だし」

吐き出される言葉は何だか煤《すす》けている。吹き荒れる感情は、どうやら惨めったらしい嫉妬に向かっているようだった。

「受けようと思う」

「そう——」

今度こそ息の根を止められたように感じた。

「で、結婚の前に入墨を入れようと思う」

「どうして。せっかく入れずに来たのに。今回は相手がアイヌじゃないんだから、ちょうどいいよ」

すらすらと言葉を紡ぐ自分が、イペカラは不思議で仕方がなかった。

「ブロニシさんに入墨は醜いって言われた。本心ではないと思うけど」

「ほら。やっぱり入れないほうがいいよ」

「だめなの。わたしはアイヌだから」

二度目の結婚を前にして、チュフサンマは叔父の言いつけを破ろうとしていた。

「古いなあ」

自分の頰のあたりに、笑ったような感触を覚えた。いま自分を動かしているのは誰なのだろう。

「いまは入墨をしないアイヌもいるよ」

「違う」

チュフサンマは決然と言った。

「自分で決められないのが嫌なの。叔父の気持ちは嬉しいけど、その言いつけを守っている間は、わたしが結婚したことにはならない」

二度目の、そしてアイヌではない相手との結婚に深く思う所があるらしい。だがイペカラには、姉のような年上の女を理解しようとする心の弾力は失われていた。

「へえ、そうなんだ」

「それで、イペカラにお願いがある」

「なんだろう、まずは聞かせてよ」

口が勝手に会話をしている。自分はいまどんな顔をしているのか見てみたいと思った。

「入墨、イペカラにやってほしい」

「なんであたしなのよっ」

別の自分が顔を出した。今日は何度、衝撃を受ければいいのだろう。再び、さまざまな感情が渦巻く。

「さっき謝ったってことは、あたしが何を思ってたか知ってるんでしょう。なんで、そのあたしに頼むのよ」

「イペカラしか、頼める人がいない」

「誰でもいいじゃないか、村には入墨が上手な婆さんだっていっぱいいるよ」

「わたしは村の頭領に溺愛され、家族を失った出戻り。打ち解けてくれる人はいなかった。アイ村に帰ってからずっと、話ができるのはイペカラだけだった。だから」

「あんたの都合は知らないよ、あたしの都合だってある」

イペカラは弾けるように立ち上がった。壁に掛けていた海豹《あざらし》の皮の衣を羽織り、帯を締めながら部屋を飛び出す。

小走りに廊下を走っていると、玄関から入って来た男性が見えた。

「やあ、こんにちは」

ブロニスワフ・ピウスツキだった。まだ悄然《しょうぜん》とした気配はあるが一時に比べれば遥かに元気そうだ。村人にもらってきたらしい人形や衣類が入った木箱を両手で抱えている。

その目の前で、イペカラは立ち止まる。

「どうしたの？」

紺色の瞳に宿る生気が、憎らしくてたまらなく思えた。靴の先で、男の脛《すね》を思い切り蹴る。聞きなれない悲鳴を上げてブロニスワフが転倒する。木箱がひっくり返り、中のものが盛大に床にぶちまけられる。

「馬鹿《ハイタクル》！」

言い捨てて、イペカラは外に飛び出す。空は白色に薄く曇り、雪は降っていないが分厚く積もっている。

家の脇から橇と革紐を引き摺り出す。犬を繋いだ竿へ行き、橇に繋ぎ直す。もどかしい作業の末に十頭ばかりを繋ぎ、ストゥ（スキー板）を足に着けると橇を全力で押す。

「進め《トゥ》、進め！」

飾り房をつけた先導犬が駆け出し、他の犬たちが続く。橇に飛び乗ってカウレ（ストック）を持ち、手綱を握り直す。

橇は加速する。凍てついた風が頰に筋のような痛みを与える。泣いているらしい。

行き先を決めず、ただ「進め！」と叫び続ける。雪で地続きになっている凍った海へ乗り入れる。平坦な氷面を橇は矢のように走る。

いつの間にか雲が空を塞いだ。針で刺されたような感触が頬にいくつかあり、雪が降り始めたことをイペカラに教えた。強い風が頬を激しく打ち、唸りながら耳元をかすめる。あっという間に密度を増した雪は、舞い上がって渦巻く。たちまち世界は真っ白になる。

「曲がれ《カイ》！」

叫んで手綱を引き、カウレを立てる。先導犬が答えるように吠え、橇はぐるりと右に回る。当てずっぽうだが、砂浜へ向かっているはずだ。そこに立ち上がる森の木々に沿って行けば、村へ帰れる。

だが、いつまでたっても橇は滑らかに進む。たぶん凍った海の上を走り続けている。すでに方向を見失っていて、今はものすごい速さで村から遠ざかっているかもしれない。

不安と焦りで息苦しくなったとき、橇が大きく揺れる。

砂浜に上がったのだ、という安堵はすぐに不安に取って代わられた。

森が、ない。

視界はただただ白いままだった。

ともかく右へ曲がる。

「帰って！」

犬たちに発したのは命令ではなく、懇願だった。

風の音の向こうから、犬たちの吐息や声が聞こえる。まだ健気《けなげ》に走り続けながら、鳴き声には怯えや困惑が混じっている。

ごめん。自分の勝手な事情に付き合わせてしまったことを、イペカラは犬たちに詫びた。

霧のような吹雪が体を揺さぶり、冷気が細い骨を荒々しく掴む。鼻がもげそうになる。頭の奥が痛みで痺れる。体がみるみる冷たくなる。

時おり橇は揺れる。陸地にいることは間違いない。だがどこを走っているか、もうわからない。白い闇の中を犬たちに連れられてただ突っ切って行く。

やがて、光は薄くなる。駆け通しだった犬たちも疲れてきたのか、息が荒く不規則になっていた。

「止まれ《ペラ》！」

ストゥとカウレを雪面に立てながら、イペカラは命じる。橇を雪に立ててカウレで支え、その下にできた空間に潜り込む。犬たちを集めて互いに温め合うように座らせる。腰の袋から干魚を取り出して小さく削り、少しだけ犬たちに与える。

死んでしまうのか。

イペカラは身の危険に気付いたが、どうでもよいとも思った。

帰っても、迎えてくれるのは空っぽの自分の部屋。迎えられるのは空っぽの自分。どうにもならない。このまま凍死しても、自分も世界も何も変わらない。冷気に頭が痺れる。

ふと、琴の音が聞こえた。

いよいよあたしもおかしくなってきた、と思ったが音は止まず、鳴り続ける。指が弦を求めるように動き、凍り付いた空を切る。

絶望した意識を無視して、体は琴の感触を求めている。

あたしは、空っぽではなかった。イペカラはやっと気付いた。

また琴を弾きたい。その欲求は、生きたいという願望と同義だった。だがもう、白い視界から少しずつ光が失せ始めていた。日が暮れようとしている。夜になれば、さらに気温は下がる。生きたいと気付いたのは死ぬ直前だった。

溢れた涙は、頰を伝《つた》ううちに冷たく凍る。

どれくらい時間がたっただろう。黒い帯が遠くに現れた。帯を背景にして舞う雪の粒がはっきり見える。雪と風が弱まったのだろうか。イペカラはすでに、寒さは感じなくなっていた。代わって柔らかな暖かさが、ゆっくり体を包んでくれている。

縦に長い影が揺らめいている。なんだろうと思う暇《いとま》もなく、瞼が降りてくる。

その途端、イペカラの右頰に爆《は》ぜるような痛みが走った。瞬時に覚醒した意識が、自分の体が雪に突っ伏したことを知覚した。慌てて起き上がり、雪まみれの顔を拭《ぬぐ》う。犬たちがけたたましく吠え合いはじめる。人影が腰を下ろして来た。

「なんだ、イペカラか」

鳥打帽を左手で押さえたヤヨマネクフが、こともなげに言う。

「女を殴るな！」

イペカラは猛然と抗議する。

「生き死にに男も女もあるか。そのまま寝てたら死んでたぞ、お前」

呆れたようにヤヨマネクフは言った。

「それにしても良かった。俺の犬が先に気付いたんだが、視界がもうすこし曇っていればお前を見つけられなかった」

「ここはどこ？」

聞きようによっては間の抜けたことを、イペカラは聞いた。

「アイ村の近くだよ。急げば日没までには村に着く」

ヤヨマネクフは背後を示すように顎をしゃくった。晴れ始めた世界の境界のように、蝦夷松の木立が黒い壁を作っている。ヤヨマネクフの言う通りなら、その壁はアイ村から南に伸びていて、往来するものの道標になっている。

思わず振り向く。ここまでイペカラを連れてきてくれた先導犬が得意げにひとつ吠えた。

「連れてってやる、帰るぞ」

ぶっきらぼうに言うヤヨマネクフの顔も、なぜか先導犬にそっくりに見えた。

十

島の気温は、短い夏に向かって駆け上がっている。

イペカラは一人、薄靄《うすもや》のただよう早朝の森の中を歩いていた。肩には空《から》の二つの袋を提げている。

冬には重い雪を背負って暗く沈んでいた針葉樹も、今は緑色に光る細い葉をびっしり生やした枝を力いっぱい広げている。思い出したように拓けた草原には、橙《だいだい》や紫の野花が微風に揺れる。虫や野鳥がさざめき、トナカイが大きな影を遠くに覗かせる。

木漏れ日が揺れる緩い斜面を、しずしずと降りていく。底のあたりには、まだ残る雪解けの水で膨らんだ小川があった。その流れに沿って、黄色い花が敷き詰めたように群生している。ヤチブキ（エゾノリュウキンカ）だ。

しゃがみこみ、「ごめんね」などと殊勝なことを言いながら地面から抜き、根をちぎって袋へ入れていく。袋がひとつといっぱいになると立ち上がり、また森をさまよう。次に探し求めていたものは、すぐに見つかった。草原と森の境目を示すように、白樺がまっすぐ立ち並んでいる。そのうち一本を見繕う。小刀《マキリ》で白い樹皮をこそぎ落とし、もう一つの袋をいっぱいにするまで詰めていく。

太陽が頭上まで上がったころ、イペカラはぱんぱんに膨らんだ二つの袋を提げて帰路に就く。途中で摘んだ苔桃は甘酸っぱく、とても美味しかった。

帰ったアイ村は、目前の海から流れる潮風が熱気を吹き流し、森より涼しい。家々の犬やすれ違う村人に挨拶しながら辿り着いたバフンケの屋敷の前には、寄り添う二つの人影と、少し離れて一頭立ての荷馬車がある。

人影はチュフサンマとブロニスワフ。見かければまだ少し胸が痛むが、それでもだいぶ慣れた。

二人の婚約は村では奇跡のように喜ばれ、バフンケに至っては仕事をほっぽり出して数日にわたる宴会を開いた。チュフサンマはいつの間にか、バフンケ邸に寝起きするようになっていた。

　こちらに気付いたのか、チュフサンマが手を振ってきた。待たせるのも悪いと思ってイペカラは早足で近付く。

「おかえり、たいそうな荷物だね」

　妻の妹に話しかける入り婿のような顔でブロニスワフが微笑む。

「まあね、あたしは働き者だから」

　鼻を鳴らしてイペカラは答えた。

「野草取りかい？」

「そんなところだね」

　つい意地悪い笑顔を浮かべてしまったが、ブロニスワフは気付かないようだった。

「ブロニシ、そろそろ行かないと」

　馬車の方から千徳太郎治の声がした。たぶん例の学校の用事だろう。今年の冬、生徒を寝泊まりさせる学校をナイブチに開くらしく、その準備に二人は忙しく働いていた。

「じゃあ行ってくる。明後日には帰る」

　ブロニスワフは婚約者の額に軽く唇を押し当てる。こればかりはどうにかならないものかと、イペカラはいつも思う。

「何、取ってきたの？　食べ物は十分だったはずだけど」

　馬車へ向かうブロニスワフの背に手を振りながら、チュフサンマが聞いてきた。

「ヤチブキの根と白樺の皮」

答えるとチュフサンマは覚悟を決めたように頷いた。二つとも、入墨に使う。

「ごめんね、妙なこと頼んで」

「いいの」

太郎治が手綱をしならせた。馬車はごとごとと進み始める。

決めたこと。出発した馬車を見送りながら、イペカラは自分に向かって言った。雪に死にかけ、生きて帰った。生きる以上は、起こる物事を引き受けなければいけないとイペカラなりに考えて、チュフサンマの願いを承諾したのだった。

「準備にしては、早くない？」

馬車が視界から消えたあと、チュフサンマが聞いてきた。

入墨は、ブロニスワフの目を盗んで入れなければならない。今月の下旬からブロニスワフは北海道への調査旅行で数か月ほど家を空ける予定だったから、入墨は来月に入れると示し合わせていた。

「まずあたしが練習したいからね」

答えるとイペカラはたたたっと駆け出した。

誰もいない屋敷の調理場で、火を起こす。慣れない作業に苦労しながら夕方までかけて、根の煮汁と樹皮の煤を作り、忍ぶようにして自室に戻る。

一度も使ったことがない机に煮汁と煤の入った二つの木椀と、真新しい布を置く。衣服の左の袖をまくると、白い上腕が剝き出しになる。

椅子に座って机に向かい、すらりと小刀を抜く。刃が窓から差し込む夕日に光り、イペカラは思わず生唾を呑む。

飛び降りるような気持ちで、刃を左の上腕に押し当てる。ゆっくり力を加えるが、切れない。少し力を抜いて、こわごわ刃を引くと、ぷつりという音が聞こえた気がした。思わず声が出そうになるが、薄皮一枚くらいの線ができただけだ。

再び刃を上腕に置く。一つ深呼吸する。力を込め、すっと引く。

「痛あっ」

叫びとともに傷口から血が膨らむ。血止めになるヤチブキの煮汁を含ませた布でごしごしと拭い、急いで煤をつまんで擦り込む。また血がにじみ、布で拭き取る。

「ああ――」

声が漏れた。

鮮やかに青黒い線が、上腕に伸びている。

痛みに耐えながら何度か試し、線はやがてうっすら薄い青色の帯になった。だいたい要領が摑めたと思ったが、ひとつ気になった。

そっと居間へ行く。バフンケはまだ漁場から帰っておらず、無人だった。並んでいる壺やら漆器やらから鏡をつまみ上げ、自室に戻る。鏡を見ながら口の端に刃を触れさせ、さっき自分の上腕で確かめた力加減で押し当てて引く。

たちまち激痛が走る。慌ててヤチブキの汁を含ませた布を当てる。寝台に顔を押し付け、声を殺して悶絶《もんぜつ》する。痛みはやはり、腕とは全く違う。これをチュフサンマに施すのかと思うと、恐ろしさに震えた。

「入墨さ」

翌朝、イペカラは朝食のあとでチュフサンマを捕まえた。

「やっぱりあたしにはできない。誰か慣れている人に頼んで」

正直に言うと、チュフサンマは首を振った。

「なら、わたしで慣れて」

もはや否も応もなかった。心得が豊富な村の老婆に付き添ってもらうことだけ承諾を得て、イペカラは練習に勤しんだ。うかつにも自らつけてしまった顔の傷は、跡を残さずきれいに治った。

上腕の帯が三本に増えたころ、ブロニスワフは太郎治を伴って北海道へ出発した。

その数日後、部屋に敷いた茣蓙の上に、イペカラとチュフサンマは端座《たんざ》している。村の老婆に見守られながら、イペカラは右手に小刀を、左手にヤチブキ汁を含ませた布を握る。

「いくよ」

そっと尋ねるとチュフサンマは力強く頷き、やや上を向いて目を閉じた。おそるおそる小刀を顔に沿わせる。チュフサンマの顔がわずかに震える。

「いくよ」

再び言う。思い切って刃を引く。たちまち赤い線が現れ、濡れて膨らむ。慌てて小刀を放り出し、血を拭って煤を擦り込む。自分に対しては何度もやって慣れたはずなのに、緊張と罪悪感で体が強張ってしまう。

「大丈夫」

イペカラの怯えを読んだように、チュフサンマの声は優しい。

イペカラは老婆の指図を受けながらチュフサンマの顔に傷をつけ、血を拭い、煤を擦り込んでいく。

「たいしたもんだねえ。初めてのときはたいてい、泣いたり叫んだりするもんだよ」

手伝う老婆が称賛するが、じっと座り続けるチュフサンマの体は時折ぴくりと震える。そのたびにイペカラは泣きそうになり、チュフサンマも毎度「大丈夫」と言ってくれる。

イペカラの人生で一番長い三十分ほどを過ぎて、薄い入墨が完成する。終わる頃には心身ともにへとへとになっていた。

一日ずつ置いてさらに二回、同じ作業を行った。焦らずじっくり布を当てて血を止める。布をとると、イペカラは目を見張った。付き添ってくれた老婆も頷く。

「できたよ」

弾けるような声で言うと、チュフサンマはゆっくり目を開き、老婆に差し出された手鏡を受け取る。たっぷり時間をかけて鏡を見つめたあと、チュフサンマは顔を上げた。

「似合う?」

恐る恐る、といった質問に対して、イペカラは首がちぎれるような勢いで頷いた。

十一

陽光煌《きら》めく函館の海上を、大小の木造船や蒸気船が行き交う。近代的な設備が整然と並ぶ函館港は猥雑《わいざつ》な活気で溢れている。

ブロニスワフは目を見張っていた。八年前に中国との戦争に勝利した東洋の国家の勢いが、函館に凝縮されているように感じた。

「かなうことなら、日本の小学校も見学したいな」

旅客でごった返す港の雑踏の中、通訳兼助手として同行してもらった太郎治に、ブロニスワフは無邪気な希望を述べた。

サハリンアイヌの子供たちのための寄宿学校は、校舎と寄宿舎が年内に完成する目途が立っていた。太郎治の幼馴染のヤヨマネクフが日本の漁場主から多額の寄付金を得て、校舎と寄宿舎の二棟分の丸太を買うことができた。建設はナイブチに駐屯するロシア軍の工兵隊が訓練の一環として無償で引き受けてくれた。

建設が始まったころ、帝立ロシア地理学協会から北海道のアイヌの人々の調査依頼が舞い込んできた。以前のヴラジヴォストーク行きにまつわる駆け引きで諦めていたらしいサハリン行政府は、今回はすんなり出島を許可してくれた。

だが寄宿学校の開設は、まだ道半ばだった。建物のめどはついても机や椅子、寄宿舎用の家具、学用品が足りず、さらなる寄付金集めに奔走しているところだった。

ブロニスワフは、依頼を受けるべきか悩んだ。正式には流刑入植囚であるブロニスワフは、本来ならサハリン行政府が決めた居住地で開拓労働に従事しなければならない。自由な行動を黙認されているのは地理学協会の嘱託という建前があるからだ。もし協会の後ろ盾がなくなれば、ブロニスワフは本来通りの流刑入植囚に戻り、学校どころではなくなってしまう。

苦渋混じりに北海道行きを打ち明けると、太郎治は少し考えてから、

「調査には通訳も助手も必要でしょう」

と自らを売り込んできた。寄付を募るより労働報酬をあてにしたほうが確かだ、と当人は言う。

かくて一九〇三年の夏、ブロニスワフ・ピウスツキと千徳太郎治は北海道の函館港に上陸した。ヴァツワフ・コヴァルスキという地理学協会員と当地で落ち合い、十一月までの日程で北海道の各地を三人で回ることになっていた。

「どんな人なのです、コヴァルスキさんとは」

太郎治に聞かれ、ブロニスワフは苦笑した。

「知らない人なんだよ。ポーランド人らしいけど」

人力車で騒がしい街を抜け、日本風の旅館に入る。その二階、草を分厚く編んだ方形の敷物が敷き詰められた小ぶりな一室に通される。

中にはでっぷりした体格の男が座っていた。後頭部だけを覆った頼りない頭髪と豊かな口髭が不釣り合いだった。男は小ぶりな眼鏡の奥から灰色の瞳を人懐こく動かしなが

ら、立ち上がった。

「似てるなあ《ポドブニィ》。弟さんにそっくりだ《ヴィカパニィ・ブラトュ》」

男が放つ懐かしい音韻に、ブロニスワフの肌が粟立つ。ヴァツワフ・コヴァルスキの第一声はポーランド語だった。

大きな体軀《たいく》を揺すってコヴァルスキが立ち上がり、右手を差し出してくる。

「ブロニスワフ・ピウスツキです。初めまして」

確かめるようにポーランド語で話し、手を握り返す。コヴァルスキは遠慮なくブロニスワフの顔を覗き込んでくる。

「まったくユゼフにそっくりだな、きみは」

肩を親しげに叩かれながら、ブロニスワフは驚いていた。

「弟をご存知で」

「そりゃあ、もう」知り合ったばかりの男は頷くように丸い顔を上下に動かした。「ぼくが北海道に来たのは彼のせいだからな」

なんのことです、と聞く前にコヴァルスキが「彼は?」と同行者について聞いていた。ブロニスワフは仕方なく、まず聞かれたことに答える。

「彼は千徳太郎治。サハリンのアイヌ語と日本語、そしてロシア語が話せます。通訳として来てもらいました」

「おいおい、ブロニシ」

コヴァルスキは遠慮なく、愛称で呼んで来た。

「勝手な増員は困るよ。通訳を雇えるほどの調査費は、協会からもらっていないんだ」

本人の前でずけずけとコヴァルスキは言う。ポーランド語を解さない太郎治は、困惑しながらも微笑んでいる。

「彼は語学の才と日本古来の教養があり、近代的な学校教育も受けています。私もサハリンではずいぶん助けられていますし、我々の調査にはなくてはならない人材です」

説明するとコヴァルスキは「ほう」と目を輝かせ、太郎治に手を差し出した。

「地理学協会のヴァツワフ・コヴァルスキです。このたびは、どうぞよろしく」

コヴァルスキはロシア語で丁寧に挨拶し、握った手をぶんぶんと振り回す。

「では我々、帝立ロシア地理学協会日本調査団はロシア語を使うとしよう。人類の真理と未来を照らす光を、ここ極東から世界へ報告する崇高なる使命のために」

たいそうな表現を使いながらコヴァルスキは室内を手で指し示し、あとたった二名の調査団員を誘《いざな》う。三人がちょうど小さい円卓を囲んで座ったころ、旅館の女性従業員がやってきて、緑の茶を注いだ取っ手のない焼き物を置いて行った。

「そういえば、さっきのブロニシの質問に答えていなかったね」

コヴァルスキは日本人のようにずるずると茶をすする。

「我がコヴァルスキ家は祖父の代からの熱心な反ロシアでね。ぼくはしがない小説書きだが、印税の管理や捨てた原稿の保管は有能なる帝国の秘密警察《オフラーナ》にやってもらっている」

この男について質問した覚えはなかったのだが、それはともかく冗談はうまくないほうなのだな、とブロニスワフは感じた。

「秘密警察は優しくてね、ぼくが社会主義にかぶれて微熱にのぼせていた時、涼しいシベリアへの転地療養を勧めてくれたんだ。療養の合間に仲良くなったヤクートについての研究論文で地理学協会に入ることができた。だから秘密警察には頭が上がらない」

コヴァルスキは大げさに両手を広げた。

「ところがぼくも愚かなもので、ポーランドに帰ったらすぐ微熱がぶり返してしまった。また秘密警察の世話になるのも申し訳なく、同じ病気の仲間を見つけて体を温めあってたんだが、その中にきみの弟、ユゼフ・クレメンス・ピウスツキもいたわけさ。地理学協会の会報や紀要で、その兄上も知った。日本でいう〝縁《エン》〟というやつを感じたね」

「ユゼフは今、なにをしてるんです」

「なんだ、知らないのか」

「手紙のやり取りしかないので」

「なるほど、ロシアの官憲の仕事は至極まじめで丁寧だからな。暗号か、でなければ天気の話くらいしか手紙には書けん」

コヴァルスキは頷いた。

「我が友ユゼフは流刑地のシベリアで充実した生活を送っていた。看守は実直で、ユゼフの歯を二本折って彼の闘争心を煽ってくれたらしい」

それからコヴァルスキが言うには、五年の刑期を終えた弟ユゼフはリトアニアに帰り、結党間もないポーランド社会党に入って自らリトアニア支部を立ち上げた。非合法の機関紙を創刊した罪で再び逮捕されて監獄に放り込まれたが、すぐに脱走して活動を継続していた。強烈な反ロシアの姿勢と命知らずの活動ぶりで、カリスマ的な支持を集めているという。

「で、ぼくの話に戻そう。先頃にユゼフが労働者を焚きつけてデモをやったんだが、その時に撒かれた檄文がなかなか文学的で、我が知己の秘密警察はぼくが書いたんじゃないかと心配してくれたんだ」

コヴァルスキの言葉に文学性は感じなかったが、檄文を書き続けていた大学の先輩を思い出した。だが感傷に浸る時間をくれずに、目の前の男は話を続けた。

「二度目の転地療養にはどうしても気が乗らなくてね。地理学協会の会員でもある元老院議員に相談したら、調査の名目での今回の日本行きを勧めてくれた」

「私を呼んだのは、なぜです」

「秘密警察への意趣返しだよ。皇帝暗殺を企んだ兄と現役の革命家の弟。きみら兄弟は官憲の間じゃあ、けっこう有名なんだぜ」

どこまで嘘か本当かわからないことを言って、コヴァルスキはにやりと笑った。

翌日、たった三名の日本調査団は調査旅行を開始する。借りた馬や鉄道を乗り継ぎ、北海道のアイヌの村を訪ねる。まずは親しくなり、それから風習や古謡を聞き取る。

辟易《へきえき》したのは、日本の警官や役人が入れ替わり立ち替わり現れ、ずっとつきまとっていたことだ。特に「地図は絶対に描くな」と何度も言ってくる。

「我々はロシアのスパイと思われているんだろうな。なにせ戦争が近いらしいからな」

コヴァルスキは楽しそうに言った。

ロシアと日本は朝鮮半島を巡って対立している。もし帝国の東の果てで戦争が始まれば、西の端のポーランド・リトアニアの独立の利益となると、コヴァルスキは大真面目に論じていた。

また、つきまとう日本人は彼らなりの誠意か、たびたび同じ内容の妙な助言をくれた。

「アイヌは貪欲で狡猾だから気をつけよ」

二人のポーランド人に通訳するたび、太郎治の顔は曇っていた。

調査は順調だったが、ブロニスワフとコヴァルスキの二人が共通してうんざりしたのは、地理学協会に命じられていたアイヌの身体の測定だった。特に、頭骨の測定には気が滅入った。

当節の人類学は、頭骨の形状に重大な関心を寄せていた。

頭骨の長さに対する幅の比率を算出し、これを頭指数《とうしすう》と呼ぶ。頭指数が小さい、つまり幅が狭く縦に長い形状を「長頭」、逆であれば「短頭」、中庸を「中頭」に分類する。頭指数は人種や民族と呼ばれる集団ごとに一定の傾向があったが、発掘された石器時代人の人骨が短頭であったから、頭指数は進化の度合いを示すものと考えられていた。

そもそも環境への多様な適応であるはずの進化が、高度かどうかという、唯一の理想形の存在を措定《そてい》するものにすり替わっている点に、ブロニスワフは強い違和感を持っている。また、長頭が最も進化を遂げていると考えられていたが、長頭はヨーロッパに、短頭はアジアに多かったから、何か醜悪な恣意《しい》を感じる。

さらには、人口が少ない民族のデータの収集が急がれていた。彼らの人口が少ないのは、優勝劣敗の自然法則に基づいて滅亡に向かっているためと思われていたからだ。

「ぼくは短頭だ」

でっぷりとついた肉を取り除いても丸顔のコヴァルスキは測定のたびに不機嫌そうに言った。

「人種や民族で進化の度合いが違うなら、ぼくはどうなっているのでしょう」

データを整理しながら太郎治は悲しげにつぶやいていた。

また計測した限り、北海道アイヌの頭指数は、まちまちとしか言えなかった。無理やり平均値を取ると「中頭」となったが、意味のある結果には思えなかった。

順調で、ときおりうんざりする調査は二か月で切り上げることとなった。

函館のロシア領事館が、たった三名の調査団に帰国を勧告してきたからだ。理由は告げられなかったが、ロシアと日本の関係が極端に悪化しているのだろうとコヴァルスキは推測した。

「祖国と弟、そしてぼくが、きみを待っているよ」

函館での別れ際、コヴァルスキはそう言ってきた。サハリンに着いてからタロンジとも別れ、ブロニスワフがアイ村のバフンケ邸へ帰りついたときには九月も末になっていた。

真っ先に出迎えてくれたのは、イペカラだった。

「おかえりなさい」

珍しく殊勝《しゅしょう》な態度で出迎えてくれたが、その笑顔にはなにか企むような不可解さがある。

「チュフサンマは？」

「あんたの部屋で待ってるよ」

楽しそうなイペカラの態度を訝りながら、ブロニスワフは自室の戸をノックする。

促されて入ると、たしかにチュフサンマはいた。憂いを帯びた美しい眉目、ふっくらとした頰をブロニスワフに向けて、立っている。

青い中国風の衣の腹は、柔らかく膨らんでいる。そして、口元には微笑むような曲線を描く入墨がある。

ブロニスワフは思わず両手で頭を抱えた。婚約者の変化が、予想外に過ぎた。

「ええと――」

歩み寄る。こわごわと右手を広げ、伸ばし、まずチュフサンマの腹の上にそっと置いた。

「大事な時にいてやれなくて、すまない」

うかつなことに、三十六歳の流刑入植囚がいまさら父親になるとは想像していなかった。

「いつ生まれるの？　医者には診せた？　食事はちゃんと取ってる？　体調はどう？」

落ち着かないまま、質問だけが次々と湧いてくる。

「お医者さまがいうには、来年の二月くらいじゃないかって。叔父の言いつけで、今は寝て起きるだけの生活をしてる」

元気な声色《こわいろ》も使って、チュフサンマはすべての質問に答えてくれた。なんども頷いてから、ブロニスワフは自分の口元をそっと指差した。

「入墨、入れたのか」

「わたしは、アイヌだから」

チュフサンマの言葉は言い訳ではなく、決意に思えた。

「やっぱり、嫌？」

「いや」と答えた声が震えているのは、自分でもわかった。

「きれいだ。きみは、美しい」

正直なところは、好きになれない。嫌悪はまったくないが、慣れない料理のような感覚がある。

だが、自分が誰であるかを決定した妻のふるまいは、何より美しいと思った。

十二

秋の空の下、ナイブチ村の外れの川岸には、新しい木材の香りが溢れている。

ロシアの工兵が黙々と立ち働く現場では、校舎と寄宿舎になる予定の二棟は壁まであらかた出来上がっていて、屋根葺きが始まっていた。

太郎治とヤヨマネクフは、荷馬車に並んで座り、工事の様子を眺めている。村に立ち寄った幼馴染を連れてきたのは、太郎治だった。

「ちょっと小さくないか」

じっと工事を眺めていたヤヨマネクフが不機嫌そうに言い、太郎治は苦笑する。

「十分だよ、教員役のぼくがいうから間違いない」

「対雁《ツイシカリ》の学校はもっと大きかった」

「そのぶん、生徒も先生もいたじゃないか」

ふん、とヤヨマネクフは鼻を鳴らした。

「送ってくれたノートと鉛筆、昨日届いた。とりあえずぼくの家に置いてある」

「それで足りるか」

「十分だよ。十年くらいは授業ができそうだ」

「金のほうだ」

漁期に入ってもヤヨマネクフは働かず、シシラトカと寄付金集めに島中を回っている。ありがたいとは思うが、申し訳なさもまたある。

「北海道で多少は稼いできたし、節約すればなんとかなりそうだよ」

「太郎治、お前は先生になるんだ」

諭《さと》すような声が聞こえた。

「生徒のために必要なものを言え」

「贅沢を言えば、あと地図と地球儀が欲しい」

観念して正直に答えると、ヤヨマネクフは「なんとかしよう」と頷いた。

「やあ、先生」

後ろからロシア語で声を掛けられた。振り向くとがっちりした長身を濃緑の軍服に包み、サーベルを提げた軍人が立っていた。ナイブチに駐屯するロシア軍の隊長、ブイコフ大尉だ。部下の将校たちも数歩後ろに並んでいる。

太郎治は慌てて馬車を降り、ヤヨマネクフものっそりした動作で続いた。

「様子を見に来たのだが、工事は予定より早く進んでいるな。雪が降る前には終わりそうだ」

ブイコフ大尉は建設中の丸太小屋を満足げに眺めた。骨ばった相貌に撥ねた立派な口髭を蓄えていて、この島には珍しい、軍人らしい軍人だった。

「ご協力、ほんとうに感謝しています」

太郎治はすっかり上達したロシア語で、深々と頭を下げた。

ブイコフ大尉とは、ブロニスワフと学校設立の寄付を募るための面会で初めて会った。大尉は個人での寄付を快諾《かいだく》した上、部下の工兵隊の訓練になるから、と建築を請け負ってくれた。家内は大学を出ているから教員にしてくれてもいい、とまで言ってくれたが、丁重に断った。太郎治が教員であると聞いて以降、大尉は太郎治を「先生」と呼ぶ。

「こちらの御仁《ごじん》は？」

「ヤヨマネクフと言います。ぼくの幼馴染です」

紹介すると、ヤヨマネクフはしおらしく目礼した。

「あの木材は日本人からの寄付で買ったのだったかな」

尋ねる大尉の顔は何気なかったが、太郎治は警戒した。ロシアと日本の関係が急速に悪化する情勢下ではけしからぬことだ、と大尉は考えているかもしれない。

「俺が働く漁場の経営者に出してもらいました。おっしゃるとおり日本人です」

ヤヨマネクフが堂々と答えると、大尉は「ほう」と無邪気に目を丸くした。

「本来は国家がすべき事業を、この島に関わる人々の手で成し遂げる。結構なことだ」

本心から大尉は言っているようだった。

「昔、この島は誰のものでもなかった」妙なことをヤヨマネクフは言い出した。「そのころに帰りたいだけです」

さすがに大尉は不審げな表情を一瞬だけ浮かべたが、すぐに微笑で打ち消した。

「教育も個人も、誰のものでもない。そういう意味なら私はあなたの意見に賛成だな。では私は工兵たちに威張り散らしてくるとしよう。それでは」

大尉は軍人らしく大股に歩いていった。部下の将校たちが走って追い越し、集まれだの気を付けだのと号令をかけている。

「ぼくたちも、そろそろ行こう」

太郎治は馬車によじ登る。ヤヨマネクフが横に並ぶのを待って、手綱をしならせる。老馬は咳《せ》き込むような気怠《けだる》い声を上げて、馬車は揺れ始める。

きょうはアイ村で、ブロニスワフ・ピウスツキとチュフサンマの結婚の宴がある。ヤヨマネクフの住むトンナイチャからは、アイ村の手前がナイブチになるから、ヤヨマネクフはここに寄ってくれた。

普通、島のアイヌの結婚は両方の家だけで執り行われる。今回のような他人を招く宴はバフンケ独自の発案だ。

右手に海を眺める、道とも言えない道を荷馬車はゆっくりと進む。アイについたのは昼過ぎだった。宴の開始は夕方と聞いていたから、まだ時間がある。先にヤヨマネクフが馬車を降りて屋敷へ入った。太郎治は馬車を止め、立てられた来客用の杭に馬を繋いでから頭領自慢の広間に足を踏み入れる。

中では村人が忙しく行き来し、宴会の準備が着々と進んでいた。ぐるりと室内を見渡すと、隅に鳥打帽と印半纏が見えた。ヤヨマネクフだ。イペカラとチュフサンマの三人で話している様子だった。

「なにをしてるんだっ」

というヤヨマネクフの怒号《どごう》が聞こえた。イペカラは身をすくめ、チュフサンマは微動だにしない。慌てて太郎治は駆け寄る。

「どうして子供が腹にいるときに、入墨なんて入れたんだ」

「その時は知らなかったんだよ」

「わたしが頼んだんです」

叱りつける声、ふてくされた返事、毅然《きぜん》とした釈明が聞こえる。

「今日はお祝いごとだよ、ヤヨマネクフ」

慌てて割って入るが、「祝いどころじゃなかったかもしれないんだぞ」と幼馴染はにべもない。

「わたしのことをわたしが頼んだら、だめなのですか」

チュフサンマが食い下がる。ヤヨマネクフは「馬鹿なことを」とさすがに声を和らげつつ、それでも怒りを収める様子はなかった。

堂々と胸を張るチュフサンマの口元は、鮮やかに青黒い。なんだか小刀のような鋭利さを太郎治は感じ、ヤヨマネクフの亡妻を思い起こした。

「傷から病気が入ってくるかもしれない。そうでなくても痛みは良くない。子供に何かあったらどうするつもりだった」

「そうなの？　子供によくないの？」

イペカラは驚いたような声を上げ、ヤヨマネクフは「やはり学校がいるな」と呟いた。

「似合いますか？」

チュフサンマが、ずれたことを聞く。ヤヨマネクフは何度か口を開閉させ、ばつの悪そうなそぶりでぷいと顔を背け、酸っぱいものを食べたように唇をもぞもぞと動かし、諦めるようにチュフサンマに顔を向け直し、なにか小言《こごと》でも言いたげに眉をいからせ、次に手を腰に当てて俯き、天井を仰ぎ、何度か足を踏み鳴らした。

「ヤヨマネクフ」と太郎治が呼ぶと、いつもの不機嫌そうな顔に珍しく困惑した色があった。

「さっきも言ったけど、今日はお祝いだよ。呼ばれたぼくらだって、今日は構えなくていい日だ。それに、彼女は彼女だ」

きみの亡妻じゃないぞ、という意を含ませた。伝わったかはわからないが、観念したようにヤヨマネクフはチュフサンマの目を見た。

「似合うよ、きれいだ」

絞り出すような声だった。

「結婚、おめでとう。いつまでも二人が幸せでありますように」

アイヌの中ではあまり聞かない言い回しで、ヤヨマネクフは祝福した。

十三

イペカラは、琴を抱えて体を硬くしている。

広々として肌寒いバフンケの旧宅では、ブロニスワフが楽しそうに録音機を操作している。その傍には、ヤヨマネクフがいつもの不機嫌そうな顔で胡座《あぐら》をかいている。

今日これから、ブロニスワフはヤヨマネクフの橇に送られてナイブチへ行く。下旬に開校する寄宿学校の最後の準備のためだ。

出発の前に琴を録音したい、とブロニスワフに頼まれたのは昨晩だった。

新妻にも歌の実演を頼み、こちらは「お腹が大きくなって疲れやすくなっているから」と断られたそうだ。

録音機と教えられたイペカラにはごちゃごちゃした木の箱にしか見えない装置を、ブロニスワフは慣れた手つきでいじる。握り込めるくらいの太さの円筒を差し込み、装置の横にある取っ手をぐるぐると回す。

最後に、大きなラッパのような部品を装置に取り付け、開口部をイペカラに向ける。

「用意はいい？」ブロニスワフが微笑む。「緊張しなくていい。シシラトカは普段と変わらない調子で民話を録音させてくれた」

神経の太そうな親戚の名は、イペカラの緊張を少しも和らげなかった。なぜか様々な話を知っていて、オロッコとアイヌの戦の話など情感たっぷりに録音したという。そのシシラトカも、今はナイブチの学校にいて、太郎治とふたりで開校の準備を進めている。

「録音は二分。私が手で合図したら弾き始めて」

イペカラは頷くが、硬いままの体の感触が不安になる。

やがてブロニスワフは、懐中時計に目を落としながら録音機をかちりと鳴らす。上体を動かしてラッパに向かい「サハリン・アイヌの琴《アルファ》の演奏です。彼らは〝トンコリ〟と呼びます。イペカラ嬢の演奏です」というと、ふわりと右手を下ろした。

イペカラは慌てて指を走らせる。最初から、引き損ねたようなくぐもった音を飛ばしてしまう。焦る。さらに指は硬くなり、旋律は乱れる。

「よし、もういいよ」

よろめくように弾き続けていたイペカラは、投げ出すように手を止めた。

「聞いてみようか」

ブロニスワフはかちゃかちゃと録音機を操作する。突如、ラッパからざらざらと砂をこするような音が流れた。やがて砂の音の向こうから、琴の音が差し込んでくる。確かにいま弾いていた旋律だ。

――ひどい。

文明の利器に驚くより先に、イペカラは自分の腕前にひどく落ち込んだ。何も知らず、何もできない自分でも琴なら多少は、という儚《はかな》い自信は脆《もろ》くも崩れた。

「やあ、やはり見事だ。貴重な資料がまた増えたよ、ありがとう」

ぽんぽんとブロニスワフは手を叩く。お世辞ではないだろうが、それは琴の巧拙《こうせつ》を知らないからだ。イペカラにはなんの慰めにもならない。

「では行こうか、ヤヨマネクフ」

ブロニスワフが録音機を片付けようとすると、ヤヨマネクフは「少し待ってくれるか」と片手を上げ、考えるように剃り跡の青い顎を撫でた。そして前触れなく、歌い始めた。

即興だろうか、イペカラの知らない歌が、低く豊かな声で流れて行く。跳ねるような律動、時を眺めるような緩急、願うような情感がある。ひやりとする緊張感、熱くなるような高揚が生まれる。歌いながらヤヨマネクフが顔を上げた。促すような眼光に引き込まれて、ひとりでに指が動き出す。

琴の音は歌声を追いかけ、飾り、導き、あるいは寄り添う。二つの音は一つの音楽になり、滔々《とうとう》と流れて行く。イペカラの神経はすでに琴の隅々にまで張り巡らされている。

視界の隅では、ブロニスワフが慌てて録音機を置き直し、新しい円筒を装着していた。かちりとスイッチが入る。

「サハリン・アイヌの歌《ペスニャ》と琴《アルファ》です」

ラッパに向かって学者は言い、音楽はかまわず続く。歌が広がり、琴が包む。二つの音が絡み合い、調和する。

やがて歌声は長く伸び、少しずつ掠《かす》れる。合わせて琴の音も減速していく。ぱん、と叩くように弦の上に手を置いて音を止める。声はもう少しだけ伸びて、滲むように消えた。

一つだけだが、割れるような拍手があった。半可な知識とは別の感覚で、ブロニスワフにも伝わるものがあったらしかった。

イペカラは、逆上《のぼ》せるような感覚に包まれている。

「聞こえたか」

不思議なことを、ヤヨマネクフは言った。

「それが、お前の音だ。お前の琴が奏でるのは、人と歌う音なんだ」

あたしの音。イペカラの胸に灼けるような熱が生じた。

「なんで、そう思ったの」

「熊送りの時にな」

短く答えたヤヨマネクフはブロニスワフに向き直った。

「別のことを話したい。録音してくれるか」

「なんだろう」

「俺からの、未来への手紙みたいなもんだ」

それは面白い、とブロニスワフは新しい円筒を録音機に装着した。きりきりとハンドルを回し、スイッチを入れる。赤い髭の学者は手振りで録音が始まったことを告げ、時間を測るように懐中時計に目を落とした。

「私たちは滅びゆく民と言われることがあります」

ヤヨマネクフの肩が息を吸ったように上がる。

ロシア語の思わぬ出だしに、まずブロニスワフが顔を上げた。

「けれど、決して滅びません。未来がどうなるかは誰にもわかりませんが、この録音を聞いてくれたあなたの生きている時代のどこかで、私たちの子孫は変わらず、あるいは変わりながらも、きっと生きています」

ヤヨマネクフは断言したが、その訥々《とつとつ》とした声には祈るような響きがあった。

「もしあなたと私たちの子孫が出会うことがあれば、それがこの場にいる私たちの出会いのような幸せなものでありますように」

こんな丁寧な話し方ができたのか、とイペカラは驚き続けている。

「そして、あなたと私たちの子孫の歩む道が、ずっと続くものでありますように」

その未来にあたしは生きていくのだ、この大人たちに送られて、あたしの音と共に。

イペカラは点じた熱の感触を確かめるように、自分の胸に手を置いた。

十四

校舎と寄宿舎、真新しい二棟続きの丸太小屋は、この島らしい薄曇りの下で、雪に埋れていた。

ペチカが焚かれた暖かい校舎の中では、用意された椅子と机が隅に片付けられ、代わりに人と喧騒がひしめいている。

年齢がまちまちの十名の生徒とその親たち。千徳太郎治とブロニスワフ・ピウスツキ。フロックコート姿のバフンケ、ヤヨマネクフが働く漁場を取り仕切る佐藤平吉、付近で勤務するブイコフ大尉なるロシアの将校、ほかロシアや日本の役人や金持ちたちが、開校式に集まっている。

バフンケはブイコフ大尉の寄付と尽力を聞きつけると、目聡く学校への支援を申し出た。ただしお金ではなく、寄宿する生徒の衣食を現物で送り付けた。

「わしは同族を養うために稼いでおるのだ」

屋敷まで礼に来たヤヨマネクフに、バフンケがぶつくさ言っているのをイペカラは聞いていた。

とにかく人を集めたがるのはバフンケの癖だが、娯楽の少ない島では結構重宝されているらしく、毎度の面子《めんつ》が嫌がりもせずに集まる。

「乙女よ、きみも勉強するのか」

騒がしさを掻き分けてイペカラに話しかけてきたのは、シシラトカだった。

「まあね」

短くイペカラは答えた。

自分は、空っぽだ。裏返せば、なんでも詰め込めるということかもしれない。何も入らなければ琴を弾けばいい。そう思ってバフンケに入学を懇願したが、この面倒なおじにはいちいち言わなかった。

「おじさんも勉強するんですか？」

「ははは、きみは面白いことを言うな。俺が見込んだだけのことはある」

シシラトカはおおげさに肩を揺すった。

「俺はこう見えても、日本で学校を出てるんだぜ。太郎治に代わって先生ができるくらいには頭がいいんだ」

「へえ、じゃあ地球ってどんな形してるか知ってますか？」

ブロニスワフに教えてもらってびっくりした記憶を思い起こしながら、聞いてみる。

「乙女よ、きみはまだ地図を見たことがないらしいな」

シシラトカは真剣な目で顔を近づけてきた。

「四角だ。間違いない」

自信満々なおじを無視して周囲を見渡す。ロシアの役人が人を掻き分け、教壇に上がるところだった。

「当島の知事の代理で参りました。まずは学校の開校、まことにおめでとうございます」

役人の挨拶から、開校式は始まった。

「生徒諸君が勉学に励まれ立派なロシア帝国の臣民となることを、知事閣下は熱望しておられます」

爆ぜるような迫力ある音で真っ先に拍手をしたのは、バフンケだった。本人は積極的にへつらっているつもりなのだが、その体格と生来の気位の高さが誰にもそう思わせない。

頬を上気させた太郎治と、柔らかく微笑むブロニスワフの挨拶が終わると、「さあさあ、みなさま」とバフンケが大きな声を出した。

「きょうはみなさまのために酒食を用意しました。このバフンケが。どうぞ寄宿舎の方にお運びください」

声やら拍手やら、大人たちから様々な喝采が上がる。踊るように寄宿舎への出入り口をくぐる参列者たちを尻目に、イペカラはそっと外へ出た。

賑やかなことは苦手だ。適当に時間をつぶしてから戻ろうと考えながら、ぐるりと周囲を見回す。一対の足跡が雪の上にある。ぽすぽすと雪を踏んで足跡をたどると、やがて見慣れた印半纏が見える。

「おっさん」足を動かしながら、イペカラは声を張る。

「なにしてんの。みんなのところへ行こうよ」

何度か呼んだが、なおヤヨマネクフは動かない。

「聞こえてるの？」

苛立ちながら前に回って、イペカラは口をつぐんだ。

ヤヨマネクフは煤けた木の棒を、両手で包むように握って見つめていた。棒にはささくれのようなものがまだらに生えている。小さな木幣《イナウ》のように見えた。

しばらく、黙ったまま向き合った。

「泣いてるの？　おっさん」

聞くと、ヤヨマネクフはびしょびしょの顔をわずかに歪めた。

「勉強しろよ」

イペカラはこくりと頷いた。

ふたりで雪を踏んで学校に戻ると、甲高い馬の嘶《いなな》きが聞こえた。背中に銃を背負ったロシアの騎兵が転がるように下馬し、校舎へ駆け込んでいった。

「急な軍務により、我々は帰ります」

イペカラたちが校舎に入ったのは、ブイコフ大尉が硬い顔で宣言したときだった。

「これから何が起こるかわからない。だが今日まで我々が育んだ親愛と友情は永遠であると、私は信じます」

そこで大尉は、手に持った紙片に目を落とした。

「いま入った連絡によると、日本の海軍が朝鮮半島の仁川で我が艦隊を攻撃、陸軍部隊を上陸させました」

しんと静まりかえる中、大尉の声が響いた。

「戦争が、始まったのです。我がロシアと、日本の」

第四章　日出づる国

一

空っぽの教室に、仄《ほの》かな朝日が差し込んでくる。

一人で黙々と作業をしていた千徳太郎治は、ふと顔を上げる。壁掛け時計の針は午前九時を数分ほど過ぎていた。

夜から続く雪風が、かたかたと窓ガラスを揺らしている。二月の厳冬の中にナイブチ寄宿学校は蹲《うずくま》っている。ストーブをかんかんに焚《た》いても、なお室内は肌寒い。

太郎治は生徒用の小さな机に厚紙の束と、キリル文字を一字ずつ記した小箱を並べていた。

厚紙を一枚、摘《つ》まみ上げる。

「戦争《ウライケ》」

太いキリル文字で記された樺太のアイヌ語を読み上げる。厚紙の下部には細いペンで語意をロシア語で記してある。

いつか、アイヌ語の辞書を作りたい。

ブロニスワフにロシア語を学ぶうちに湧いた想いは、すぐに念願になった。以来ずっと、思いつく単語ひとつひとつをカードの形にして作り続けている。一か月くらいおきに溜まったカードをキリル文字の順番に整理していく。

いま父の国が、母の島を領する国と戦争をしている。二つの文明のはざまに宙吊りにされているように思える今、自分たちを生み育てた言葉の記憶だけが、自分を保つ手掛かりだった。

せっかく完成したナイブチ寄宿学校は、戦争が始まったとたんに親たちが生徒を引き揚げさせ、すぐに実質的に閉校になってしまった。用意され、また贈られた大量の文房具、食糧、机、椅子、ベッド、そして巨大な空間を、寄宿学校は持て余している。

「先生。おはようございます」

寄宿舎へ通じる戸の向こうから、少女の声がした。ただひとり残った生徒の影が磨《す》りガラスの向こうに揺れている。

「おはよう。今日は早いね」

暗い想念から逃れたくて、太郎治は努めて明るく答えた。

「先生よりは遅いです。入っていいですか」

なぜだか彼女はいつも少しだけだが不機嫌そうにする。親戚のシシラトカよりも、ヤヨマネクフに似ているといつも思う。

「いつでも入っておくれ」太郎治はカードをしまいながら答えた。「ここは、きみが学ぶために作られた教室なのだから」

言い終わるのを待たず、戸が開いた。帽子に海豹《あざらし》の皮の衣、金属の円盤をいくつもぶら下げた帯と小刀、魚皮の靴。まだ顔に入墨《シヌイエ》を入れていない島のアイヌの少女がいた。アイ村の頭領バフンケの養女、イペカラだった。

「今日も授業、ありますよね？」

「もちろんだ」

努めてはっきりと、太郎治は答える。

生徒がいる限り自分は教師だ。だから、教えねばならない。

二

「どうかお子さんを学校に戻してください」

炉の小さい火だけが光源の薄暗い土の家で、ブロニスワフ・ピウスツキは生徒の父兄を説得している。父親が炉端で、豊かな髭を撫でながら黙って聞いている。母親は連れ帰ったばかりの八歳の子供とともに、父親に並んで座っていた。

「まだ子供たちには、なにも教えられていません。学校は暖かく暮らせるよう設備が整っていますし、なにより」ブロニスワフは意識して声を強くした。「食糧もたくさん備蓄しています」

サハリン島は、いまの人口を養う食糧を自給できていない。海を挟んで間近にある日本との戦争は海路の途絶と飢餓《きが》を島民たちに強く予感させている。とくにアイヌたちは日本人との長く密接な付き合いで米食に慣れており、不安はより濃い。

幸い、学校の倉庫にはバフンケの計らいで米や小麦粉、干魚など保存のきく食糧が詰め込まれている。まず飢えることはない。

「あんたは俺たちのことをわかっていない」

父親は張りのある声で言った。立派な髭と思慮深い目鼻立ちで三十七歳の自分より年上と早合点していたが、本当はずっと若いかもしれないとブロニスワフは思った。

「俺たちアイヌはずっと、和人と深い付き合いをしてきた。だがここはロシアだ。今は平穏だが、いずれとばっちりや誤解を受けるかもしれん。あんたを信頼しているが、やはり子供をどこかにやるのは不安なんだよ」

「あなたは、〝イシカリ・アイヌ〟なのですか？」

かつて北海道に移住し、日本国籍を得て島に帰ってきたグループは、イシカリ・アイヌなどと通称されていた。もしそうであればロシアの官憲に疑われる理由はあるだろう。だが残留を選んだものたちはロシアの国籍に編入されている。

父親は首を振った。

「ならあなたはロシア帝国の臣民だ。なんの不利益もないはずです」

ロシア帝国が臣民に対して無条件に寛容でないことは自分の経験で知っているが、それでもヨーロッパ文明が見出した博愛の精神と法の支配をブロニスワフは信じたかった。

「あんたが島の知事なら信じるよ。わかってくれ」

懇願《こんがん》されてしまうと、それ以上言えることはなかった。ブロニスワフは目礼し、腰を屈《かが》めて立ち上がる。「悪く思わないでくれ」という父親の言葉に送られて外へ出る。

梯子《はしご》を登って地上に出ると、視界が白一色に眩しく光った。思わず眼を細める。明るさに慣れた目に薄曇りの空、雪に佇む犬たちと橇《そり》、それと人影が浮かぶ。

「よお、首尾はどうだった」

共に学校設立にかけずり回ったイシカリ・アイヌが、いつもの鳥打帽の下で、常のごとく不機嫌そうな顔を作っていた。ブロニスワフは力なく首を振ると、ヤヨマネクフは

「次だな」と手綱を摑んだ。心得たように犬たちもきびきびと立ち上がる。

ブロニスワフとヤヨマネクフは父兄の家を行脚《あんぎや》している。これで六家族目の訪問だったが、まだ復学を承諾した家はない。

「なあ、ヤヨマネクフ」

ブロニスワフは精神に疲労を感じながら尋ねた。

「きみはこの戦争をどう思っているのだ。故郷と育った地が引き裂かれたきみの心はロシアと日本、どちらにあるんだ」

「俺は、この島のアイヌだ。それ以外の誰でもない」

ヤヨマネクフは迷う素振りも見せずに答え、橇を押し始めた。慌ててブロニスワフは追いかけ、橇に飛び乗る。

ブロニスワフは戸惑い続けている。ロシアの帝国主義を憎んでいたはずなのに、今の

自分も友人も、その帝政の庇護下にある。自分が望むべきはロシアの勝利か敗北のどちらか、判じかねていた。

もう一軒の家を回ってやはり不首尾に終わる。雲がたなびく西の空が黄色く光り始めたころ、橇はアイ村に辿り着く。ちょうどバフンケ邸から屋敷の主人が飛び出してきた。

「帰ってきたか！」

草皮衣の裾《すそ》を翻《ひるがえ》して走るバフンケは興奮している。

「チュフサンマが産気づいた。早く来い」

減速する橇と擦れ違ってバフンケは走り去った。ヤヨマネクフは不機嫌そうな顔で振り返って「早く行け」と促す。

「荷物の始末は、俺がしておく」

「ありがとう。頼む」

ブロニスワフは転がるように橇から飛び降り、バフンケの跡を追う。屋敷の付属品のように小さな妻の実家に飛び込む。

炉の切られた大きな一間だけの家。チュフサンマは炉の入り口側に両膝を突き、荒い息を吐きながら仰《の》け反《ぞ》っている。その背中を老婆が肩で支え、回した両手で妊婦の腹を摩《さす》りながら低い声で祈りを唱える。ブロニスワフから見て炉の左には父親が、これも祈りながら木幣《イナウ》を燃やす。

「あんた」老婆が祈りを中断して、ぎろりとブロニスワフを睨んだ。

「チュフサンマの前に座るんだ。もたれかかってきたら支えておやり」

剝《は》ぐように外套を脱ぎ捨てる。言われた通りに座った途端、苦悶《くもん》に歪むチュフサンマの顔と体が覆いかぶさってきた。妻は夫の頭を両腕で摑む。荒い吐息が耳を撫でる。

「がんばれ」

言いながらブロニスワフは柔らかく両手をチュフサンマの背中に回し、抱きかかえる。右の側頭に密着した妻の額が、頷くようにわずかに上下した。

「がんばれ。大丈夫だ」

妻を抱く両腕に、思わず力がこもる。気の利いた言葉が何も思いつかない。

体が自由になった老婆はバフンケに細々と指示を出す。温かい湯と冷たい水を用意する、朝夕と昼の三度の食事を運んでくる、などなど。

「湯と水は何に使うのだ」

狼狽《うろた》えるバフンケには、そういえば子がなかった。お産については詳しくないらしい。

「産まれた子が男なら水、女なら湯を使って体を洗うんだ。それからここには、食事を運ぶ他は誰も来ちゃなんないよ。騒がしいとお産どころじゃなくなるからね」

「誰もって、わしもか」尋ねる声は、いかにも寂しげだった。

「当たり前だ！」老婆は島中に威名轟《いめいとどろ》く頭領を遠慮なく叱りつけた。「わかったらさっさと出て行きな」

追い返されるようにバフンケが出ていくと、老婆は祈りを再開した。

衣一枚に緩く帯を回しただけのチュフサンマにあわせたものか、ストーブと炉の火がかんかんに焚かれた室内は暑い。老婆の祈り、父親の祈り、燃える木幣が爆《は》ぜる音、荒く深い吐息と苦悶の呻《うめ》き。それらが熱気と混じり合い、ブロニスワフの感覚から雑多なものを削ぎ落としていく。

それから四度の食事が運ばれた。ブロニスワフは自ら運んでくるバフンケに礼を言いつつ、一度も口にしなかった。

産まれたのは、男の子だった。

三

暑気が、サハリンの凍原を緑色の苔に覆われた湿原に変えている。人の足で踏み込めば腰まで沈んでしまうこともある一帯を、トナカイが漂うように群《は》れている。その大きな蹄《ひづめ》で湿原を浮かぶように歩き、陽光に光る苔をもしゃもしゃと食む。

群れを遠巻きに見守る距離を、一頭のトナカイが馬の速足くらいの速度で歩いている。その背に騎乗した牧者《ぼくしゃ》が、群れを注意深く見守っていた。

「話には聞いていましたが、見るのは初めてです」

馬のようにトナカイを操る牧者を眺めて太郎治が感心している。最近ふさぎ込んでいたから、ブロニスワフは少しだけ安堵して「私もだ、見事だね」と応じた。

二人はこの夏、サハリン島の中部東海岸に散在するオロッコ（ウィルタ）の村々を巡っていた。オロッコはアイヌやギリヤークと並ぶ島の先住民で、人口はやや少ない。漁《ぎょ》撈《ろう》と狩猟、そしてトナカイの放牧を生業《なりわい》にしている。トナカイは食用にする他、橇を曳かせたり、今の牧者のように騎乗もする。

「せめてこの島だけは、このまま平和であればいいのだが」

戦火は、まだサハリンに及んでいない。自分たちだけが安穏としていたい訳ではないが、偽らざる本心でもある。穏やかな夏の光景を眺めて、ブロニスワフは祈った。

大陸での激戦は、新聞や噂《うわさ》で聞こえてくるだけの、別世界の話だった。緊張と弛緩がないまぜになった奇妙な空気が、島に満ちていた。

「落ち着けば、また学校を始めよう」

そう添えると太郎治は静かに、そして願うようにうなずいた。

寄宿学校は結局、春を待たずに本当の閉校となっていた。ブロニスワフが生徒の父兄の家を回るうちに、とどめをさされるように校舎がロシアの軍隊に接収されてしまったからだ。太郎治によると、接収を告げたブイコフ大尉は「全く本意ではないのだが」と悲しげな顔をし、最後まで残っていたイペカラは誰に向けるでもなく「馬鹿《ハイタクル》」と呟いてアイ村に帰っていったという。

「戦争だから仕方がないんだよね、あたしたちには」

バフンケ邸で聞いたイペカラの言葉は、太郎治からの言伝てにも思えた。ブロニスワフは無力を詫び、数日を凍えるような失意に沈んで暮らした。再び体に熱を宿してくれたのは、生まれたばかりの子の泣き声だった。挫けている場合ではないと思い直すとすぐ、次の問題に行き当たった。

金が、ブロニスワフにはなかった。収入は帝立ロシア地理学協会から民族学の調査で得ていたが、学校に注ぎ込んでおり貯蓄はほとんどない。今は住居と食事をバフンケに提供してもらって凌《しの》いでいた。

「商売が上がったりだ」

そのバフンケがある日の夕食後、ブロニスワフに付き合わせて居間でウォトカを舐めながら言うものだから、なお焦りを覚えた。

「なぜです。幸い、島では戦争になっていない。商売はやりやすいはずでは」

理由はある程度想像できたが、話の腰を折らないために尋ねた。

「獲った魚がどこにも売れん。買い手はほとんど日本だったからな」

やはり予想通りの答えが返ってきた。

「島にも、万を超える人口があります。島内で商売をすればよいのでは」

「ピウスツキ氏、あんたが懲役囚だったころに金はあったかね」

苦笑しながらブロニスワフは首を振った。まっとうな購買力を持つ市民階級が、島にはごく少なかった。

バフンケに頼り続けることは難しそうだったし、なによりそこまで図々しくもなれなかった。そこでブロニスワフは仕事に精を出すことにし、地理学協会から依頼されたまま放ったらかしていたオロッコの学術調査に着手した。

教員の道を再び断たれて鬱々《うつうつ》としていた太郎治を無理やり連れ出し、オロッコの村々を巡る。未知の、そして巧みな生活を営むオロッコの人々に触れるうちに太郎治は少しずつ元気を取り戻しているようだった。生きる意志とは伝播《でんぱ》するものなのかもしれない。自分の経験と照らして、ブロニスワフはそう考えるようになっていた。

「何だろう？」

その太郎治が小さく呟く。オロッコの牧者はいつの間にか、トナカイに跨《また》がったまま銃を構えていた。その狙う先には、広がる苔の他に何も見当たらない。ブロニスワフも首を傾げた瞬間、一発の銃声が湿原を抜けていった。不思議がる学者と助手を置いていくように、牧者はトナカイを走らせる。三百メートルくらい先で何かを拾い上げて帰って来た牧者の手には、仕留めたらしい兎がぶら下がっていた。

「話には聞いていましたが、ここまでとは思いませんでした」

晩に獲物をふるまわれた後で、太郎治はオロッコの狩猟の腕前を称賛した。

調査旅行は、雪が積もる前に切り上げられた。太郎治と別れたブロニスワフはバフンケ邸に引っこんで協会宛ての調査の報告書を書き、報酬を待ちながら妻子と過ごした。

島の時間は刻々と過ぎる。不気味な静けさのなかで年が明けると、新聞の発行と民間の郵便、電報が停止された。戦況はロシアに不利らしかったが、島外の情報はまったくわからなくなった。

雪が解け始めるころ、ブロニスワフに二通の封書が届いた。一通の差出人は帝立ロシア地理学協会。学術団体とは思えぬ特権は戦時にも健在だった。もう一通はサハリン行政府からだった。

まず協会からの封書を開ける。小切手と手紙があった。オロッコ調査の報酬だという、予想よりは多いが大した額ではない小切手の数字を確かめたあと、手紙の内容に悩んだ。

ふと顔を上げる。書籍や機材、集めた資料で溢れる自室がある。割り込むように置かれたベッドに腰掛けて、妻が息子を抱いている。息子にはアイヌの慣例に従ってまだ名前を付けていないが、歩きだした頃にはシンと呼ぼうと決めていた。ポーランド語で息子という意味を持つ。

「どうしたの？」

顔色に気付いたのか、妻が心配げに聞いてきた。

「雇い主に呼び出された」ブロニスワフはしぶしぶ告げた。「大陸の、ヴラジヴォストークという街だ」

これまでの調査の報告のため協会員向けの講演をお願いしたい。七月までにはヴラジヴォストークの博物館へ来られたし。それが手紙の内容だった。

「行くの？」

聞かれて、ブロニスワフはなお困った。

「行けば講演料なりなんなり、それなりの金にはなりそうだ。だが戦時下にきみと子供を置いていくのは」

「わたしが心配しているのは、あなたのことです。確か戦地に近い場所だったわね、ヴラジヴォストークは」

「まあ、そうだね」

ヴラジヴォストークはロシアと日本の両軍が砲火を交わす満州に間近い。日本軍の余力次第だが、腕を伸ばせば届くくらいの位置にある。

判断を留保して、行政府からの封書を破る。双頭の鷲の紋章が印刷された、手紙というより通知書といった趣《おもむき》の書面に目を通す。とっさには文面が理解できなかった。

『サハリン島知事は流刑入植囚ブロニスラフ・ピルスドスキーに対し、皇帝陛下のご恩寵による一九〇四年八月十一日付特赦令に基づき、その刑期が終了したことを宣告する』

働かない頭で、まず役人の怠惰を責めた。今は一九〇五年の四月だから、手元に届いたのが遅すぎる。それから立ち上がり、部屋を歩き回り、再び書面に目を落とす。

妻を見る。鮮やかに入墨を光らせた顔があり、その瞳は柔らかい光を夫に向けている。ふらふらと歩み寄る。体が勝手に動き、やにわに妻に抱きついた。

「私は自由になった！」

二十歳でサハリン島へ送られ、十八年近くが経っていた。

「帰ろう。いや行こう。リトアニアへ。私の故郷へ」

チュフサンマは優しく、だが確かに頷いた。その後ろにヴィルノの街が見えた。迷路のような石畳と象牙色の壁、赤い屋根、白亜の大学、佇む古城、静かに積もる雪。遥か遠く、サハリンから地球を三分の一周した先にある景色を思ったとき、思わずチュフサンマから体を離した。

「旅費がない」

国家権力による束縛の次には、身も蓋もない現実が立ちはだかっていた。自由の身となったロシア帝国の臣民ブロニスラフ・ピルスドスキーは、一介の貧乏学者でしかない。旅費どころか目先の生活も危ういままだ。オロッコ調査の謝礼だけでは戦時下で物価が高騰《こうとう》するサハリンでは大して持たない。

再び、協会からの手紙を取り上げる。依頼を受ければ、いくばくかの金にはなるだろう。情報が途絶したサハリンでは戦況が全くわからないが、呑気に講演会を開ける程度にはロシアが優勢なのかもしれない。となれば、主戦場から遠く離れたサハリンに戦火が及ぶ可能性も低い。

「なるべく早く帰ってくる」

何の修辞も思いつかず、簡素な言葉でブロニスワフはヴラジヴォストーク行きを決意した。

四

ブロニスワフはサハリンの中部西岸、アレクサンドロフスクから公用船に便乗して大陸側、アムール川の河口にあるニコライェフスク港へ至った。そこから川を遡り、ハバロフスクで鉄道に乗り換える。

戦時中のためか船も鉄道もスムーズに動かず、想定外の足止めを食う。また途上の地に住まう先住民の調査も行い、一か月ほどの旅程となった。その途中、新聞や人の口から聞いた戦況にブロニスワフは愕然《がくぜん》とした。

聞いた限りロシア帝国は、日本軍に対して一度も勝利を収めていなかった。陸軍は満州で「戦略的後退」を続けていたが、総司令部を置いていた奉天まで放棄し、司令官が革職《かくしょく》されていた。海では擁《よう》していた二つの艦隊が共に全滅し、堅固な要塞だったという旅順港も日本軍が奪取していた。

故郷を奪ったロシア帝国に、いまは勝ってもらわねば困る。不本意な葛藤を抱えたまま車窓から眺める景色は、ヴラジヴォストークの周辺で一挙に変わった。

コンクリートの堡塁《ほうるい》や胸壁《きょうへき》、鉄条網が現れ、密度を増していく。旅順港を失ったロシアは、その代替としてヴラジヴォストークの要塞化を急いでいるという。

ブロニスワフのほかは軍人ばかりが所狭しと乗り合わせた列車は丸一日を掛けてシベリア鉄道の東の終点、ヴラジヴォストーク駅に入る。煤煙《ばいえん》と蒸気にまみれながら軍人たちは黙々とホームに降り立ち、巨大な駅舎を足早に抜けて行く。重厚な大理石の壁や天井が軍靴の音を淡々と撥《は》ね返して行く。あっというまに混雑は過ぎゆき、空っぽの巨大な空間には駅員のささやきだけが寂しく響いた。

インディンと過ごしていたころの街は、整った商港を擁する賑やかな港湾都市だった。今はその情緒が一切ない。ロシア帝国が威信を賭けてシベリア鉄道の終着駅として建設したヴラジヴォストークの駅舎は夏だというのに冷え冷えとしていて、今はただ虚しさだけを巨大な空間に抱き込んでいるように思えた。

「早かったな、ブロニシ」

声に振り向く。丸々と太った中年の男が、生成り色の背広のポケットに手を突っ込んで立っている。丸顔には小さな眼鏡と口髭、頼りない頭髪がくっ付いている。

ヴァツワフ・コヴァルスキ。二年前に千徳太郎治と三人で、北海道を回ったポーランド人がそこにいた。

「どうしてあなたが？」

思わず聞くと、コヴァルスキは大きな体を揺すって笑った。

「ぼくも地理学協会の会員だ。異族人研究で名高いピウスツキ氏の講演を聞きたくなってもおかしくないだろう。来たら来たで博物館からきみの出迎えを頼まれるとは思っていなかったが、ぼくは人の役に立つのが好きでね」

「それほど、私の研究に興味がおありでしたか」

「ないことはないが、正直に言うと、ワルシャワから遥々極東に来るほどではないな」

正直と言うより失礼な答えだったが、そう思わせない奇妙な陽気さが、コヴァルスキにはあった。

「では何の御用で」

「お誘いだよ」コヴァルスキは無邪気に笑う。

「ユゼフがきみに会いたがってる」

ブロニスワフは思わず周囲を見回した。駅舎は引き続き閑散としていて、話を聞かれた様子はなかった。

「落ち着きたまえ、ブロニシ。官憲に咎《とが》められるような言葉は何も吐いてないぞ、ぼくは」

太っちょのポーランド人は愉快そうに笑う。確かにその通りだ。ユゼフなんて名前はありふれているし、革命だの独立だのという言葉もコヴァルスキは使っていない。ブロニスワフは苦笑する。

「ぼくも長旅を終えたばかりの人間に大事な決断を迫るほど野暮じゃあない、その話はまた今度だ。だから別の話をするが、ユゼフはきみの細君にも会いたがっていた。さぞ美しかろうと確信していたよ」

「ええ、とても綺麗です」ブロニスワフは胸を張った。「いまは息子もいます」

「ほう！　なんとめでたい」コヴァルスキは体を揺すった。「どうしてユゼフに教えてやらなかったんだ」

ブロニスワフは曖昧に笑った。ユゼフとの手紙のやり取りは、結婚の報告で途切れている。それからすぐに戦争が始まったから、官憲も過敏になっているだろう最中に、流刑入植囚が公然たる社会主義者と文通するのは危険だと思った。

「今日は一緒に夕食を食べよう。そのときじっくり聞かせてくれ。協会がホテルを取ってくれているから、まずはゆっくり旅の疲れを癒やしたまえ」

「助かります」

早速行きましょう、とブロニスワフが鞄の取っ手を摑むと、コヴァルスキは制止するように両の掌《てのひら》を向けてきた。

「ひとつだけ、いま伝えるべきことがある」

人懐こい笑顔から一転して、柔らかそうに膨らんだ顔は硬くなっていた。

「先に言うが、これを聞いてもきみにはどうしようもない。ヴラジヴォストーク来訪は、きみが選びうる中で最善の選択だった。それだけはわかった上で聞いてくれ。この話はぼくもさっき、号外で知ったばかりだ」

何のことかわからないブロニスワフは「どうぞ」と軽く応じた。

「三日前、サハリンに日本軍が上陸した。いまも戦闘が続いているらしいが、詳しい戦況は不明だ」

聞いたとたん、息が詰まった。

「帰ります」

踵《きびす》を返そうとして、肩を鷲摑《わしづか》みにされる。

「のこのこ戦場まで出かける船などない。いま、サハリンへは帰れない」

「なら泳ぎます。大陸とサハリンを隔てるタタール海峡は、最狭部が七キロちょっとです。やってやれないことはない」

「落ち着け。無茶を言うな」

「なら気球はどうです。軍でなくとも好事家《こうずか》が持っているかもしれない。いや、海辺の異族人に船を出してもらってもいい。彼らなら巧みに海を渡るはずだ。だめなら筏《いかだ》という手もある。こう見えても私は木樵だったんです。アムール川周辺には豊富な木材が」

「落ち着け！」

コヴァルスキの怒鳴り声が耳を貫き、人気のないコンコースを抜けていった。

ブロニスワフは両手で頭をかきむしり、腿《もも》を叩く。食いしばった歯から獣のような呻きが漏れる。空を仰ぐ。視界はドーム状の高い天井に遮られる。爪を失った手足で這うように出廷した元老院を思い起こす。

最善の選択。その道を選んだ自分の賢《さか》しさがブロニスワフは心底から憎かった。

五

大小の湖とオホーツク海に囲まれた、ひとかけらほどの陸地にあるトンナイチャ村。その沖で、舟は獲ったばかりの魚を満載して浜に向かっている。

アイヌたちが声を合わせて櫂《かい》を漕《こ》ぎ、舟はゆっくり進む。ヤヨマネクフは艫《とも》に立って、舵棒《かじぼう》を握っている。

向かう砂浜の桟橋では魚を運び出すために村の老若男女が待ち構えていて、奥には巨大な佐々木漁場の番屋がある。

戦争が始まった去年の一月末、漁場の和人たちはロシアの官憲に追われて退去していった。番頭はトンナイチャ村のアイヌたちに番屋と漁具の管理を頼んで日本に引き揚げた。島のアイヌにもヤヨマネクフのように北海道帰りで日本の国籍を持つ者もいたが、ロシアの官憲から詰め寄られることはなかった。ひとからげに異族人として扱われているのかもしれない。

村人は管理と引き換えに漁具と舟を借り出し、小規模ながら自分たちで漁を続け、なんとか生活してきた。慣れ親しんだ米からは遠ざかって久しいが、冬を越せる食糧と多少の現金を漁で得ることができ、飢える心配はまだなかった。

ここ半年ほどの戦況は知らされておらず勝敗はわからないが、樺太ではまだ砲声は聞こえてこない。このまま戦争をやり過ごすことができれば、なんとか暮らせる。落ち着けばナイブチの学校も再開できる。そう思っていた。

「浜の様子がおかしい」

舳先《へさき》あたりで誰かが叫ぶ。目を凝《こ》らす。

栈橋に集まっていた人々が、いつの間にか番屋の前に移動していた。誰かと押し問答をしているようにも見える。

「何かあったかもしれん、急ごう」

ヤヨマネクフが言うと、それまでのんびり櫂を使っていた漕ぎ手たちは、掛け声を揃《じ》えて力強く水を掻きはじめた。だが満載した魚の重みで舟はなかなか加速しない。焦れるように待つ。

「あとは頼む」

栈橋までがじれったく途中で舟を飛び降りる。膝まで水に浸かりながら番屋まで走る。

「どけ、どかんか」

ロシア語の怒号が聞こえる。群衆の端で心配げに立ち尽くす一人を捉《とら》まえる。

「どうした、なにがあった」

「ロシアの兵隊が」硬い顔で、村人は振り向いた。「番屋を燃やすって」

ヤヨマネクフは礼の代わりに肩を一つ叩いて、群衆を掻き分ける。

「やめてください、番屋がどうにかなったら、主人に顔向けできません」

悲痛そのものといった声は、息子の八代吉のものだった。ヤヨマネクフと同じ漁場で事務の仕事をしていて、去った漁場の番頭から番屋や漁具の管理を任されていた。逸る気持ちを抑えながら群衆を抜けると、銃を背負ったロシア兵が壁のように並んでいた。隊列の一歩前にサーベルを吊った隊長が立っている。隊長は戦争の前から村の付近に駐屯《ちゅうとん》していたから多少の面識と、雑談ができるくらいの親近感はあった。

ただ、兵隊たちは見るからに規律も訓練も行き届いていなかった。並び方が雑で姿勢も悪く、恐ろしく態度が悪い。島の懲役囚から刑期と引き換えに兵士の募集がされたと聞いている。それに応じた者たちだろうか。どう見てもまともな戦争はできそうになかった。

「八代吉」

呼ぶと、隊長に食い下がっていた印半纏《しるしばんてん》の背中が振り向いた。母に似ず温和な性格の二十一歳の息子の、これは母譲りの端正な顔が困惑と怯えに歪んでいる。

代わろう、と息子に言ってヤヨマネクフは隊長の前に立った。

「俺たちはこの建物にある舟と網で生活しています。なくなると飢え死にするしかありません。どうして燃やすのです」

軍隊とは喧嘩にならない。努めて冷静に尋ねた。

「日本軍が使える施設は残せない。だから燃やす」

口調だけは軍人らしい有無を言わさぬものだったが、その顔にはなぜか、八代吉と同じような怯えの色があった。

「日本の軍隊なんて、ここにはいません」

「来たのだ、今日」

ヤヨマネクフの背中に粟立《あわだ》つような感覚が走った。

「もうコルサコフの沖に艦隊が来て、上陸を始めている」

この島で戦争が始まる。それは不思議な感覚だった。妻と帰りたかった故郷は、知っている姿からますます遠のいていく。

「番屋《バンヤ》というのだったか、ここにあるものは日本軍の手に渡る前に全て燃やす」

ばつの悪そうな顔で隊長は宣言し、ヤヨマネクフは我に返った。

「それでは、俺たちは暮らせません」

なお食い下がる。隊長は逡巡《しゅんじゅん》するように目を泳がせた後、表情を変えた。

「これは戦争なのだ」

硬く冷たい光を、隊長の目は帯びていた。

「邪魔をするな。きみらに怪我をさせたくない」

良心らしき言葉に続けて、隊長は号令を発した。兵隊が走り出し、番屋の周囲に散っていく。すぐに数か所から火が上がった。最初は小さく、次第に大きくなり、木造の番屋はたちまち業火《ごうか》に包まれた。

「ああ――」

傍らで呻く八代吉の顔が、凶々《まがまが》しく赤い光に照らされる。背後で嘆きや泣き声、怒りや呪詛《じゅそ》が止まない。思い余った村人が番屋に駆け寄ると銃で脅される。周囲に引き出してあった舟や漁具も、ロシア兵たちはことごとく火に投げ込んでいく。今しがたヤヨマネクフが乗っていた舟も、積んでいた魚を浜にぶちまけられた後に壊されて火に投げ込まれた。

さらにロシア軍は村を捜索して二丁しかない鉄砲を取り上げ、トンナイチャ湖の対岸に構築した陣地へ引き揚げていった。

村人たちは悄然《しょうぜん》として、それぞれの家に帰っていった。遅く、そして真っ暗な夜が来ても番屋は煌々《こうこう》と燃え続けた。

翌日、ヤヨマネクフは八代吉を連れて森へ行った。一日掛かりで木を切り倒し、村へ引きずっていく。樹皮を剝ぎ、刳《く》り貫《ぬ》き、アイヌ伝統の細長い刳舟《くりぶね》を削り出してゆく。

「父さんはなんでも知ってるな」

言われた通りに木を削りながら、八代吉が感心するように言った。

「俺も、樺太に帰ってから覚えた」

「どうして覚えようと思ったの」

「さてな」

無邪気な問いに、つい答えあぐねる。

昔からの暮らしを墨守《ぼくしゅ》しようとは、ヤヨマネクフは思わない。ただ樺太に帰って来たとき、古《いにしえ》から連綿《れんめん》と伝わる慣習や知恵を知らない自分を、恐ろしく寂しく感じた。北海道で、チコビローが日々育つ熊を見て何を思っていたか知りたくて、身を置かせてくれたこのトンナイチャ村で暮らしながら学んだ。感心することもあれば、首を傾げることもあった。どうであっても、一つ覚えるごとに寂しさが薄れていく感覚だけはあった。

「本当に帰るべき先を知りたかったからかもな」

八代吉は曖昧《あいまい》に頷いた。手を動かす息子は、少なくとも昨日よりは落ち着いたようだった。

他の村人も、次第に親子に倣《なら》いはじめた。男は木を切り出して舟を刳り、女は網を編み始める。数日かけて数隻の舟が出来上がる。舳先に木幣《イナウ》を立て、漁を再開する。海は豊かで、さしあたり食い繋ぐには十分な漁獲があった。

番屋を焼かれて十日ほど経った日、漁に出ようとしたトンナイチャ村の村人たちは、沖に浮かぶ蒸気船を見つける。

アイヌの白い刳舟よりはるかに大きい濃灰色《のうかいしょく》の船からボートが降ろされ、砂埃のような色の軍服の兵隊を満載して櫂走《かいそう》で浜へ向かってくる。その動作はすばやく、無駄がなく、統制されている。番屋を焼くくらいしかできないロシア軍よりよっぽど強そうに見えた。

「父さん」

八代吉が硬い声でつぶやく。

「ああ」

父親は、蒸気船を凝視しながら答えた。

「日本軍《シーサン・ウライケ・ウタラ》だ」

蒸気船の船尾には、昇る太陽と光芒《こうぼう》を赤く染め抜いた旗が翻っている。

六

木漏れ日が揺れる森の中で、声を殺した千徳太郎治の息は荒い。

周囲には銃を持ったロシア軍の兵士たちが茂る灌木《かんぼく》に溶けて潜んでいる。

「具合でも悪いのかい、千徳さん」

指揮官のチェーリン少尉が傍らから若い声で囁いてくる。その左の頰には、横に一直線に伸びる勇ましい古傷がある。

太郎治は、そっと首を振る。体調はむしろいい。奇妙な興奮もある。だが暗澹《あんたん》たる思いに深く悩んでいた。

「あなたが戦うわけではない。ゆっくり見ていればいい」

太郎治の気持ちを知ってか知らずか、少尉はやけに優しい。

これから戦闘が始まる。初めて味わう緊張に粘ついた汗が噴き出し、鼓動が高鳴る。

日本軍が樺太に上陸し、二週間近くが経った。南の港町コルサコフが早々に占領され、そこにあった南部ロシア軍の司令部も機能を失った。その指揮下でナイブチ村に駐屯していたブイコフ大尉の部隊は早々に孤立無援となった。独力で周囲の偵察に努めようとしたが、周辺の詳細な地図すら支給されていなかったらしく、村のアイヌたちに協力を乞うた。

太郎治は、迷った。

この島で敵と憎々しげに呼ばれているのは、父の母国だ。北海道では蔑視《べっし》も受けたが、心から恩師と呼べる人もいた。外国のはずの樺太の寄宿学校の創設に協力してくれた和人もいた。

いっぽう、ブイコフ大尉にも学校への理解と寄付をもらった恩がある。いまこの島を領する巨大なロシア帝国に小国の日本は勝てないだろうという損得勘定めいた予想もある。

——友人を危険に晒《さら》すのは本意ではない。だから無理強いはしない。

太郎治に決心させたのは、ブイコフ大尉の一言だった。お為ごかしかもしれない。だが今の太郎治にとって日本は遠く、友人も故郷もロシアにある。

こうして道案内を引き受けた。斥候《せっこう》の一隊と共に付近の森を捜索して数日。ついに日本軍を発見したのは一時間ほど前だった。

村まで指呼《しこ》の距離にある森の小道を日本の騎兵隊が進んでいた。数は十七騎。これも斥候と思われたが、数に劣るロシア斥候隊は、報告を優先して帰還してきた。

報告を受けたブイコフ大尉は、丸木小屋の指揮所で簡素な地図ごと机を叩いた。

「情報を持ち帰らせてはならない」

その剣幕に、太郎治は体を震わせた。大尉は軍服姿の紳士ではなく軍人であったと、今さら思い知った。

「チチェーリン少尉。貴官に迎撃《げいげき》を命じる」

満州の前線から転属してきたばかりという若い将校が軍靴《ぐんか》の踵《かかと》を鳴らした。その若く端正な顔立ちの左頬には、日本兵の銃剣が掠《かす》めたという長い傷跡が走っている。

「一兵たりとも逃すな。必ず全滅させよ」

冷厳と大尉は告げ、戦慄《せんりつ》した太郎治に再び道案内を乞うた。頷くしかなかった太郎治とともにチチェーリン少尉は直ちに麾下《きか》の小隊を率いて出発した。

道は日が差し込み、左右には低木が茂みを作っている。地形を確かめた少尉は隊を二手に分け、道を挟んで伏せさせた。

ブイコフ大尉が熱心に鍛えたという元囚人の兵士たちは、戦争慣れしたチチェーリン少尉の指示にきびきびとまでは言えなくとも真面目に動き、すぐに森の静寂に溶け込んだ。

夏の熱気と森の湿気の中、チチェーリン小隊はただじっと、待ち続ける。

「暑いね」

少尉が笑うように傷跡を歪め、砂色の軍服の襟に指を突っ込む。感覚が鈍麻しているのか、ピクニックにでも繰り出したかのような、のんびりした顔だった。

「満州の戦況はどうだったのです」

ふと、尋ねた。

「私に言わせれば、我が軍は負けるべくして負けている。そうでなければ兵力に劣る日本軍にどうして後退を続け、攻勢にも失敗するのか。私にはさっぱりわからない」

率いる兵士たちが周りにいながら、少尉は容易ならぬことをすらすらと話す。少尉の樺太への転属は、ひょっとすると左遷ではないかと太郎治は訝った。

「少尉が将軍ならよかったですな」

一人の兵士がからかうように言ってきた。

「私も同感だ。ただ周囲に才能を妬《ねた》まれていてね」

「たいしたご自信で」

兵士は楽し気に笑う。開けっ広げな物言いは少尉なりの統率法かもしれない。

「日本の軍隊は精強だ」少尉は、左頬の傷を指でなぞった。「私は身をもって証《あか》しているつもりなんだが、どうもわかってもらえない。負けたら滅びると思っている国に勝つには、一筋縄ではいかないのだが」

滅びるという言葉に太郎治が引っ掛かった時、指揮官の目に鋭い光が宿った。

少尉は人差し指を自分の口の前で立てる。虫の声、葉のざわめき、微風のそよぎ。森の音の向こうに、確かに何かがあった。やがて柔らかい土を踏む馬蹄《ばてい》の音が聞こえ、刻々と質量を増していく。

「ゆっくり、そっと」呼気《こき》だけで、少尉は命じる。「構え。発砲は私の命を待て」

雑木が作る茂みの枝葉をこすりながら、兵士たちは銃を構える。短い静寂のあと、少尉は「まだだぞ」とやはり呼気で言う。

どすん、と耳元で聞こえたように太郎治は感じた。思わず見上げる。茂みを挟んで十歩ほど先の灌木から鹿毛の馬の頭が持ち上がり、ついと前に進んだ。続いて、やけに背の高い男が現れる。土埃を思わせる色の服の裾からは赤いズボンの腿と軍刀が覗いている。

チチェーリン少尉はそっと手を挙げ、逸《はや》る兵隊たちを制止する。日本の騎兵たちは次々と視界の右から現れ、周囲を見渡しながら常歩《なみあし》の速度で進んでいく。

少尉は、まだ撃たせない。軍馬の重たい蹄の響き、馬具の軋み、日本兵たちの緊迫した会話が耳を撫でていく。
十七、という少尉のつぶやきが聞こえた。少尉はずっと数えていたらしい。いま敵の全員が、味方の目の前にいる。
――敵。味方。

脳裏をよぎった思考に、太郎治が嘔吐《おうと》しそうになる。

「撃て」

少尉の鋭い号令が飛んだ。たちまち射撃が始まる。蹄が無秩序に鳴り、肉の塊が斃《たお》れる音が続く。野太い悲鳴、馬の嘶《いなな》き、怒号が上がる。間をおかず、道向こうからも猛烈な射撃音が起こる。

「突撃、続け」

チチェーリン少尉は拳銃を抜き、真っ先に駆け出す。兵士たちは「ウラァ――」と喊声を上げながら銃剣を掲げて茂みを飛び出していく。道向こうの隊も吶喊《とっかん》の叫びをあげる。銃撃を生き残った騎兵たちは軍刀を抜くが数にはかなわず、また逃げ場を塞がれ、次々と倒れる。

太郎治はいつの間にか立ち上がっている。動かず、呆然と戦闘を眺め続けた。たかが道案内が戦闘で動き回る必要はない。だがそれ以前に、太郎治は動けなかった。

「タスケテ――」

死にゆく者が発した絶叫の意味を、太郎治は確かに知っている。馬糞で撃退した少年たち、学校の先生、父と同郷の屯田兵、あるいは父。目の前の死でありえた誰かと、ありえない誰かが太郎治の胸に溢れ出す。その奔流は、すでに血に染まっている。

ここは、どこだ。ぼくは、誰だ。疑問が吹き出す。

自分に関わりある人々と、自分の体の半分が、故郷で殺しあっている。身は、心は、どこに置けば良いのか。故郷で暮らすというただそれだけのことが、これほど至難のことなのか。銃撃の音と吶喊の声、あの日本語の悲鳴が苦悩に流れ込み、意識を塞ぐ。

七

トンナイチャ村の、樺太らしい薄曇りの空に旭日旗《きょくじつき》が翻っている。

「あんたが山辺安之助か」

旗の下に佇むヤヨマネクフが顔を上げると、がっちりした体格の日本の軍人が立っていた。三十絡みの、少し年下に見える軍人の細い目は実直そうに光っている。背後には十名ほどの兵隊が従っていた。

「柿沼《かきぬま》軍曹だ。道案内、よろしく頼む」

今日、道案内する斥候隊の隊長らしかった。頷く前に軍曹はがさがさと地図を広げた。

「付近の捜索はあらかた終わっているから、今回は少し足を延ばす。往復三日くらいの範囲を広く捜索する予定だ。平坦な海岸沿いは騎兵に任せ、俺たち歩兵は森を行く」

　柿沼軍曹は一方的に話し、捜索範囲を示すように地図上に人差し指を這わせた。

「露助《ろすけ》（ロシア人の日本での蔑称）が潜んでいそうなところはあるか」

　尋ねられて、ヤヨマネクフは顎を撫でた。

「このあたりの森は、不慣れな人間が数日以上も寝起きできるところじゃありません。潜むならどこかの集落と思いますから、そのあたりを中心にご案内しましょう」

　考えながら答える。軍曹は少し驚いた顔をしてから頷き、振り返って「出発」と手を振った。

　海と湖に挟まれて閑散としていたトンナイチャ村には、日本軍の第五中隊という部隊が駐留し、付近の捜索や掃討《そうとう》に当たっていた。数軒の家屋しかなかった村は数十の天幕と二百名ほどの日本兵で埋まり、ずっと騒がしい。兵士たちはせかせかと立ち回り、時折、騎兵が忙しく馬蹄を響かせている。

　村は、物騒な新参者を歓迎した。ロシアの囚人や軍隊によい印象を持ちえなかった村人たちは規律厳正な日本軍にすんなり靡《なび》き、生鮮食料の提供や道案内で積極的に協力していた。

　八代吉は日本軍のための漁に精を出し、ヤヨマネクフは今日これから、何度目かの道案内に従事する。

　幸い、ヤヨマネクフも含めて村の誰も、まだ戦闘に遭遇していなかった。

「山辺は、どこで日本語を覚えたのだ」

森へ分け入って数時間ほど経った最初の小休止で、柿沼軍曹が声を掛けてきた。

「生まれはこの島ですが、北海道で育ちました。対雁《ツイシカリ》というあたりです」

答えながら、ヤヨマネクフはすこし意外に感じた。軍曹は雑談が好きそうには見えなかったし、現に行軍中も無駄口を叩かなかった。

「北海道か、あそこの兵は強いぞ」

軍曹は陽気な声で別の話をした。

「旅順で二〇三高地を占領したのは、北海道の第七師団だ。奉天の会戦にも加わり、その武勲は日本中に轟《とどろ》いている」

ヤヨマネクフは北海道で出会った和人たちを思い起こしていた。アイヌを文明に取り込もうとしながら、自らも必死で文明に適応しようとしていた人々。歳を考えれば彼らが現役で軍にとどまっているとは思えないが、あがいたその手で西洋の文明国の喉元に摑みかかっていると思うと、不思議に感じられた。

「第七師団には、北海道のアイヌも出征している。あんたら樺太のアイヌもこうやって日本を懐かしみ、尽くしている。結構なことだな」

軍曹の無邪気な世界観が、ヤヨマネクフには不気味に思えた。

斥候隊は、樺太の夏の日の長さを利用して歩き続ける。ようやっと日が暮れた二十一時ごろに停止して森の中で野営し、翌朝も早くから捜索を再開した。

すでに未捜索の地域に入っているが、黒貂《くろてん》と野鼠、野鳥の他には何にも出会っていない。蒸し暑いが静かな森の中を進む隊からは、僅かずつだが緊張感が薄れ始めてきた。柿沼軍曹が歩む速度を落とし、時計を巻いた手首に目を落とした。そろそろ小休止かという安堵のため息がいくつか上がった時、軍曹のすぐ近くに立っていた木の肌が爆《は》ぜた。一瞬遅れて銃声が細く伸びていった。

「伏せろ」

軍曹が叫んで体を投げ出した瞬間、束のような銃声と着弾の音が耳を叩いた。ヤヨマネクフも鳥打帽を押さえて慌ててしゃがむ。

くぐもった呻きがすぐそばで聞こえた。伏せたまま仰ぎ見ると、喉のあたりを真っ赤に濡らした兵隊が立ったまま痙攣《けいれん》している。周囲の木立は銃弾にぴしぴしと爆ぜ続けている。思わずヤヨマネクフは兵隊を押し倒すと、さっきまで自分の体があった頭上で弾が風を切ってゆく音がした。

あと一瞬、動くのが遅かったら死んでいた。背筋が凍る。

「柿沼さん、柿沼さん。兵隊さんが撃たれました」

恐れを振り払うように叫びながら、添い寝するような姿勢で自分の手拭いを摑んで兵士の喉に押し当てる。血は止まる気配を見せずに溢れ、ヤヨマネクフの手を熱く濡らす。すぐ頭上を弾が掠め続ける。自分もこうなっていたかもしれないと思い、肌が粟立つ。

「撃ち返すな、声も立てるな。しばらく耐えろ」

柿沼軍曹は周囲に命じてから、腰を屈めて走ってきた。撃たれた兵隊を見るなり、一瞬だけ顔を歪めた。

「俺たちは手が回らん。血が止まるまでそうしてやっててくれ、山辺」

撃たれた兵隊の未来については語らず、軍曹は耳をそばだてるように首を傾げた。しばらくそのまま日本軍斥候隊は撃たれるに任せていた。やがて軍曹は部下たちを振り返った。

「数はこっちのほうが多い。殲滅《せんめつ》して、できれば捕虜を取る」

銃声で敵の数を計っていたらしい軍曹は、続いて細々と指図した。斥候隊は応射し、その間に軍曹が二人を連れて回り込んで敵の側面を衝《つ》く。軍曹の吶喊《とっかん》の声が聞こえたら全員で突撃する。

「では今から撃ちまくれ。俺の声を聞き逃すな」

そう言い残して、軍曹は森の中を這って行った。

残った日本兵たちは伏せたまま射撃を始める。火薬が爆ぜ、がちゃがちゃと銃が操作され、薬莢《やっきょう》が弾け飛ぶ。やがて「バンザイ、バンザイ」という軍曹の叫びが遠くから聞こえ、それを合図に兵士たちは銃剣を掲げて駆けていった。遠くから悲鳴が聞こえ、やがて已《や》む。同じころに、喉に手拭いを押し当てていた兵隊の痙攣も止まった。

ヤヨマネクフの手を濡らした血が急速に冷めていく。手近な木の肌で右の掌をごしごしと拭《ぬぐ》う。顔に血がつかないように注意しながら、見開かれた兵士の目を閉じてやる。

立ち上がる。銃撃が途絶えた森は再び静寂に沈んでいた。だが故郷はまた一つ、自分たちが知らない姿に変わっている。

死んでいたかもという恐れと、これからを生きていく不安が、胸で綯《な》い交《ま》ぜになる。

よろめくように歩く。突撃していった日本兵は警戒するように周囲に散開していて、すれ違うたびに奇異の視線を感じた。叢《くさむら》の向こうに、目を落として突っ立っている柿沼軍曹を見つけた。

茂る葉を掻き分ける。数名のロシア兵が苔むした地面に転がっていた。うち一人は若々しい顔を見せつけるように仰向けになっていて、左の頰には、鼻の脇から耳元まで一直線に伸びる傷があった。砂色の軍服の胸は艶めかしい赤色に濡れていたが、死で凍り付いた顔の造作は人懐こく、傷や死とは不釣合いだった。

「さっきの兵隊さん」ヤヨマネクフは声を絞り出した。「死にました。話したことすらない相手でも、死を目の当たりにして平静を保つのは難しい。「死にました。残念です」

柿沼軍曹は「手間をかけた」とだけ言って、小さく頷いた。

「動くな！」

遠くから鋭い制止の声が聞こえる。

「どうした、何かあったか」

柿沼軍曹が叫ぶ。

「土人であります、一人です」

聞こえたころには、ヤヨマネクフは走り出していた。和人たちが土人と総称する様々な人が島に住んでいるが、このあたりの土人と言えば、十中八九アイヌだ。

日本兵に囲まれて、男が腰を抜かしたように座り込んでいる。その二重瞼《ふたえまぶた》の大きな目を見たとたん、とっさに日本語で叫んだ。

「太郎治、久しぶりだな！　生きていたか！」

燥《はしや》ぐように大袈裟に跳ね、飛びつく。千徳太郎治は大きな目をさらに見開いてヤヨマネクフを凝視してくる。その眼光には怯えと、後ろめたさのような、くすみがあった。

「笑え」

抱きついたまま、今度は声を殺したアイヌ語で言った。太郎治は震えながら頷いた。

「正直に答えろ。お前、このロシア兵たちの道案内をしていたのか」

「――ぼくは、馬鹿だ」

別のことを太郎治は答えた。

「どうして戦争の手伝いなんかしたんだろう。どうして人殺しの手伝いなんて」

喉を撃たれた日本兵を、太郎治は見ていないはずだ。ロシア軍に協力していたのは昨日や今日の話ではないだろうと直感した。

「落ち着け。お前のせいじゃない」

雑談のような顔でヤヨマネクフは言うと、柿沼軍曹が近寄って来た。

「あんたの知り合いか、山辺」

「ええ、そうなんです」ヤヨマネクフは立ち上がった。

「こいつはこの島のアイヌで、俺の友人です。戦争でどうなったものかと思っていましたが、生きていて嬉しい」

説明口調で言い立てる。軍曹は小休止の雑談で見せた人懐こさを忘れたような、冷徹な軍人の眼つきになっている。

「貴様、露助について何か知っておるか」

「柿沼さん、こいつは日本語がうまくないんです。俺がアイヌの言葉で聞きます」

とっさに言い、太郎治を睨む。動転した太郎治に余計なことを言わせないためだ。先にヤヨマネクフのほうから日本語を使ったのだから、よくよく考えれば嘘とばれるかもしれない。ただ軍曹もとっさにそこまで頭が回らなかったらしく、こくりと頷いた。

ヤヨマネクフは太郎治を立たせ、向き直った。

「正直に言え、お前は何をしていた。ロシア軍はどうなっている」

「ぼくは、どこの誰なんだ？」

太郎治はまだ錯乱しているようだった。

「ぼくはただ、故郷で教師になりたかっただけだ。それがどうして、身を引き裂かれるんだ。ここはぼくたちの故郷じゃあなかったのか」

「落ち着け。後からゆっくり考えろ」

ヤヨマネクフは、大きな瞳に涙を浮かべ始めた太郎治に顔を近付けた。

「いいか太郎治。この島のロシア軍は日本に勝てない。だから俺は日本についた。お前もそうしろ。戦争が早く終われば人死にも少なくて済む。お前の友人を守りたかったら、正直に話せ」

「ナイブチに」太郎治は震える声でつぶやいた。「二百人のロシア軍がいる。ぼくが手引きして、彼らは二日前に日本の騎兵斥候を皆殺しにした」

「わかった」

ヤヨマネクフは幼馴染の肩を叩き、柿沼軍曹を振り返る。手引きのことの他は太郎治が言った通りに報告すると、軍曹は銃を肩に掛けて腰の革鞄から地図を取り出した。

「ナイブチ。どのあたりか」

ヤヨマネクフは地図の一点を指差す。軍曹は頷くと、「これより帰還する」と部下たちに命じた。

「彼も連れていってよいですか」ヤヨマネクフはすかさず聞いた。「ナイブチに家があるんですが、ロシア兵がうるさくて住みにくいそうで。きょうも野草取りでここまで来たらしいのですが、出がけにもいろいろ面倒な詮索《せんさく》をされたそうです」

軍曹はちょっと考えてから、鋭い目を太郎治に向けた。

「ここからそのナイブチまで、二十キロ近くはある。野草取りにしては熱心だな」

「この島のアイヌなら普通ですよ、柿沼さん」

大胆な嘘をヤヨマネクフはつく。

「見た所、手ぶらだが採った野草はどうした」

「呑気に歩いてたらさっきの撃ち合いに出くわしちまって、驚いて放り出したそうです」

「ふうん」軍曹の目が太郎治の頭からつま先まで、何度も往復する。

「連れて行ってよい。山辺、帰りも案内を頼む」

軍曹はくるりと踵を返し、「行くぞ」と周囲に命じた。

緊迫と力が同時に抜ける。太郎治がよろめき、ヤヨマネクフは抱き止める。

「今はとにかく、生きるんだ。俺たちは日本で、あの村で、生き残ったのだから」

そう言ってやったが、太郎治は呆然としている。トンナイチャに連れて帰ってからも、冷静さは取り戻したようだが生気は戻らなかった。

三週間ほどして、ヤヨマネクフは日本軍に頼まれた仕事に太郎治を連れ出した。

黎明《れいめい》。濃い霧が漂うトンナイチャ湖の水面に、船首に木幣《イナウ》を掲げた細長い刳舟で漕ぎ出す。船の漕ぎ手は村のアイヌ四人。その中には息子、八代吉もいる。ヤヨマネクフは艫《とも》に座って操船を指揮し、太郎治には煌々と燃える松明《たいまつ》を持たせた。

「なあ、ヤヨマネクフ」

太郎治の大きな瞳に、不安げな光が揺らめいている。

「本当に日本が、ロシアに勝つのだろうか」

太郎治はまだ信じられないようだった。村に居続ける日本の兵隊たちによると、大陸での戦況は日本が押していた。講和の交渉が始まっていてここ樺太のロシア軍も十日ほど前に、島知事を兼任していた司令官が降伏した。

「自分の目で直に見てみろ」

それを見せたくて、ヤヨマネクフはわざわざ太郎治を連れてきた。ふと振り向く。背後の霧を照らす松明の光に、黒い影が二つ浮かんでいる。

日本軍の汽艇《きてい》だ。太郎治が掲げる松明を頼りに刳舟に水先案内をさせ、トンナイチャ湖と海を繋ぐ狭い口を進んでいる。

今日これから、湖の東南岸にあるロシア軍陣地への攻撃が行われる。陸からは歩兵がすでに陣地に迫っていて、汽艇からの砲撃とともに攻めかかる手筈と聞いている。

視界を霧に遮られながら、ヤヨマネクフは感覚だけで舵を操る。船が漕ぎ進むに連れて視界はゆっくり晴れていく。刳舟と二隻の汽艇は、いつの間にか湖の真ん中あたりにいた。薄靄《うすもや》の向こうに繁る針葉樹の濃緑が霞み、透き通った湖水は淡い青色に揺れている。

湖岸の小高い一角が、風光に泥を投げつけたように茶色く汚れている。積み上げた土《ど》嚢《のう》や木切れ、旗、機関銃、そして兵隊が、少しずつ露わになる。ロシア軍の陣地だ。背後から金属の重い軋みと号令、慌ただしい足音が聞こえた。汽艇が用意を始めたようだ。

「離れろ、急げ」

ヤヨマネクフが大声を上げ、漕ぎ手たちは忙しく櫂を動かす。追いかけるように汽艇から砲撃が始まった。

陣地のあたりが、たちまち爆発と土煙に埋め尽くされる。陸上からも銃声と喊声《かんせい》が上がる。ロシア軍は大砲を持たないのか、一方的に撃ち込められている。

白地に赤い円を描いた旗が、丘陵を駆け上っていく。

ヤヨマネクフは不安を振り払うように、自分の決心を思い起こしていた。

祖先たちはこの島で、寒さに適応して生きてきた。自分たちはこれから、昇る太陽のような顔でこの島にやってくるものに適応していくのだ。

そう時間もかからず、ロシア陣地に白旗が翻った。

八

ヴラジヴォストークの高級レストラン「三月の兎《マルトフスキー・ザイエッツ》」は、街が軍人で溢れかえる昨今はほとんど将校専用の施設となっていた。

だが今晩、白いテーブルクロスが掛かった円卓と椅子が並んだ店内には、わずか二組の客しかいなかった。

うち一組の構成員であるポーランドの小説家兼民族学者、そして社会主義者のヴァツワフ・コヴァルスキが吸い込むようにワインを飲み干すさまを、ブロニスワフ・ピウスツキはぼんやり眺めている。

「どうした、具合が悪いのかね」

注がれたままほとんど減らない同席者のグラスをコヴァルスキが見咎《みとが》める。

具合が悪いどころではない、とブロニスワフは答えずに胸の中だけで思う。妻子を戦地に残して平気でいられるほうが異常だ。

地理学協会との約束通り講演会を行ったあと、帰るに帰れぬ身をブロニスワフはもてあまし続けている。協会は博物館の臨時職を用意してくれたが、何の仕事も手につかない。安否が不明な妻子を残したサハリンへ、一刻も早く帰還する。ただそれだけを考え、鬱々と日々を過ごしていた。

「せっかくのお祝いだ。盛大にやりたまえよ、ブロニシ」

コヴァルスキはことさらに大きな声でポーランド語を使った。「三月の兎」のあと一組の客、少し離れた席を使っていたロシア軍の将校二人がぎょっとした顔を向けてくる。コヴァルスキが「何ですかな」とわざとらしく睨むと、ポーランド語の音韻はわかっても言葉がわからないのか、将校たちは首を傾げてから目を背けた。

我らの美しき母語を解する者はいないようだ、と笑ってからコヴァルスキはワイングラスを掲げた。

「戦争は終わった。ロシアは日本に負けた、まことにめでたい」

昨日八月二十三日、アメリカで両国の講和条約が調印された。勝者の権利とされる賠償金のやり取りがなく引き分けにも見えるが、ロシアは朝鮮と満州から手を引き、サハリンの南半分を日本に割譲した。実質的な勝敗はコヴァルスキの言うとおりだった。いずれサハリンへの交通も再開されるだろう。覚えた仄かな希望は、すぐに焦燥《しょうそう》に変わる。

そんな中、コヴァルスキが夕食に誘ってきた。憎き宗主国の不幸を祝い、その前途の暗澹《あんたん》たることを祈念したいという意地の悪い名目には興味を持てなかったが、ポーランド語を大っぴらに話し、聞ける機会を求めて、つい来てしまった。

「ロシアはもう風前の灯だ」

目の前の男は物騒なことしか言わないが、それでも母語の響きはブロニスワフの魂の慰めになった。

「ぼくにそう告げたのはユゼフだが、誰が見ても同じ感想を漏らすだろう。そこの軍人もね」

コヴァルスキは首との境目が薄い顎で、さっき睨みつけたテーブルを示した。

終わった戦争と並行して、ロシア帝国には動揺が続いていた。

今年、一月九日の日曜日、皇帝への請願のため帝都に集まった二十万人の民衆に軍隊が発砲し、多数の死者が出た。それまで素朴に皇帝を敬愛していた民衆の心は帝国から離れた。

皇帝の叔父が暗殺された。クニャージ・ポチョムキン・タヴリーチェスキーなる長ったらしい名前の戦艦の水兵が反乱を起こして黒海を遊弋《ゆうよく》し、オデッサで市民たちとデモを行った。

弾圧に息を潜めていた革命家たちは息を吹き返した。彼らの扇動により、全土で労働者のストライキと農民の暴動が燎原《りょうげん》の火のように熾《おこ》り、已《や》まなかった。

ついに帝国は妥協する。議会の創設、信教の自由、ポーランド語の解禁を宣言する勅令が八月に発布された。コヴァルスキがやたらとポーランド語を使いだしたのは、この日からだ。

ただし創設される議会は立法権がなく、また選挙権も制限著しいため、かえって民衆の怒りを煽った。収まりかけたストライキや暴動は各地で再燃している。帝国の各所で交通が不安定となり、コヴァルスキは喜色を振りまきながらも帰るに帰れずヴラジヴォストークに居続けている。

「ユゼフも、この戦争は祖国独立のチャンスとにらみ、積極的に動いていた。去年には援助を求めて日本にも行き、多少だが武器と資金を調達できた。それでもって今年からの混乱だ、まさに願ったり叶ったりだ」

「武器と資金」ブロニスワフはさすがに聞き咎めた。「ユゼフは武力闘争を企んでいるのですか」

「他にどんな道がある」

コヴァルスキは顔を顰《しか》めた。

「六月に、ウッチでバリケードを作った労働者は、鎮圧で何百人も殺されてしまった。彼らは訓練と優秀な武器があれば死なななかったかもしれない。そう思わないか」

ポーランド第二の都市ウッチで起こった騒乱のことは、ブロニスワフも聞いていた。

「暴力はいけない」

いい表現が思いつかず、自分でも驚くくらい青臭い言葉が出てきた。力はより強力な力を呼ぶ。皇帝を暗殺した〝人民の意志〟党は壊滅し、ブロニスワフの友人たちは刑死した。

「同感だよ、ただし対等な者同士ならね。だが相手はロシア帝国だ。我らの祖国を、それこそ力で押さえつけている。よりよい方法があるならともかく暴力そのものがいかんとは首肯《しゆこう》しがたい。並の社会主義者どもが説く空論なんぞでは、世界は微動だにしない」

この男は本当に小説家なのだろうか。ふとブロニスワフは訝った。無力な空論は確かにあるだろうが、そもそも言葉の力を真っ向から信用していないような口ぶりだった。

「ユゼフはポーランド社会党の中でも異色だった。観念的な議論を好まず、ただ軍事訓練と指揮官の育成に勤《いそ》しんできた」

なあブロニシ、とコヴァルスキは続けた。人懐こかったはずの丸い顔は、もう笑っていなかった。

「きみは故郷へ帰るべきだ。兄として弟の壮挙《そうきょ》を手助けする義務がある。そうは思わないかね」

「思いません」

もう何度目かも分からないが、きっぱりと拒絶する。

「私は学者で、そして異族人の友人です。人類を探究し、友人たちにいくばくかでも恩を返し、使命というほど大袈裟ではない。さらには、愛する妻と子がいます」

夫として父として生きる。そうありたいと願っていたはずだった。

「故郷に帰りたい。それは本心ですが、少なくとも武力を振るうためではない。故郷の独立は願っていますが、それは私の仕事ではない」

そう答えたものの、耳を打ち喉を震わせるポーランド語が、微熱めいた感触を覚えさせているのも、また確かだった。サハリン島で始まった二度目の人生を生きる自分の胸に、一度目の人生を動かしていた熱が再び生じていることは、ブロニスワフも否定できない。

「きみの故郷はどこなんだね？」

そう問われると、言葉に窮《きゅう》してしまう。

九

戦争が終わったはずのヴラジヴォストークの街は、騒然としていた。要塞工事のため集められた大量の労働者たちは終戦で突然、職を失った。革命気分が横溢《おういつ》しているらしく、そこかしこの街角や酒場で集会を開いて気勢を上げている。駐屯する海陸の兵士たちは、復員が始まらずにしびれを切らしていた。将校への敬礼を拒否する程度のささいな事件は絶えず、反乱の噂は頻発している。

ロシア帝国の全土も、平穏とは程遠かった。

講和の直前から、ヨーロッパロシアの広い地域で農民の暴動が続いている。帝都の印刷工が始めたストはたちまち広がり、ポーランドとコーカサスでは鉄道が、全土の都会では電気が止まった。水道は時間給水となり、新聞も数日ほど発行されなかった。国家の検閲印が押された原稿は印刷を拒否され、検閲制度は実質的に停止した。近代国家としてのロシアは全身麻痺のような状態になっている。

サハリンとの交通もなかなか回復しない。ブロニスワフは焦《じ》れるような日々を送っている。

秋の冷たい風が街路樹を色付かせる十月、毎日のとおり形だけは規則正しく博物館へ出勤すると、二階にある自室の扉の脇に備えられたポストに一通の手紙が入っていた。イギリスからの国際郵便で、差出人に覚えはなかった。

部屋に入り、ペーパーナイフで封筒を開ける。中には日本の函館からイギリス宛ての封筒があった。不思議に思いながら開けると読めないが日本語の表書きの封筒が入っていて、その中からやっとロシア語の手紙を見つけることができた。

差出人はアイ村の頭領、バフンケだった。

千徳太郎治が代筆する、サハリン駐屯の日本軍の軍事郵便から中立国を経由してこの手紙を届ける、と述べたあとの字句の上で、ブロニスワフの目はしばし止まった。チュフサンマも息子も無事であるという。戦闘も終了して目下の危険は去り、食糧事情も徐々に回復していると書いてあった。

「よかった」

つい声になった。二十回ほど手紙を読み返し、小躍《こおど》りするように部屋を歩き回り、しまいには飛び跳ねた。

安堵と歓喜にひとしきり身を委ねると、仕事への情熱がふつふつと沸いて来た。博物館の倉庫に泊まり込み、梱包《こんぽう》したまま放置していたサハリン島での収集品を取り出し、目録を作り、きちんと収蔵し直す。数日でやり遂げると、次は論文の執筆に取り掛かった。

いずれサハリンには帰れる。それまでに一通りの仕事を片付けておきたい。ブロニスワフはそう思って休日返上で仕事に励んだ。いっぽう街では、兵士や労働者の集会や小さな事件が増えていた。

潜熱《せんねつ》めいた不穏なエネルギーが街を沸騰させたのは、十月の最後の日、日曜日のことだった。

博物館の自室の机に突っ伏していたブロニスワフはその日、昼前に目覚めた。論文の原稿に涎《よだれ》がついていないことを確かめ、トイレで顔を洗うと、気分転換と食事のために外套をひっかけて外へ出た。

外は晩秋の澄んだ青空が広がり、日々増す肌寒さも今日は穏やかだった。博物館が面している目抜き通りでは日曜日恒例のバザーが開かれている。終戦を聞いて戻ってきた市民や商機を求める行商人で、街はかつてほどではないが活気を取り戻していた。どこか店に入ろうか、それとも屋台で買い込んで済ませるか、どちらにしても気晴らしに少しぶらつこう、などとのんびり考えながら街を歩く。

やがて、異変に気付いた。思い思いに行き交うはずの雑踏が、ブロニスワフを押し返すように一方向に流れてくる。すれ違う人々の顔には怯えや警戒がこびりついている。

何かあると直感し、流れに逆らって進む。荒々しい足音や怒鳴り声が耳を打つ。ちょうど交差点のあたりで人が途切れた。石や煉瓦造りの高層建築の谷間で、群衆と警官隊が対峙している。

俺たちを家に帰せ、仕事を用意しろ、飯をよこせ、ひっこめ官憲、給料を払え。兵士と労働者が入り混じった群衆は蠢《うごめ》きながら叫ぶ。黒い制服の警官隊は古城の壁のように静かに、だが堅固に整列して立ちはだかっている。

そこへ、石畳を叩く無数の軍靴の音が割り込んできた。憲兵たちが駆けつけ、警官隊の前に出る。

さすがに群衆は静まり返った。不気味な沈黙を破ったのは調子はずれの歌声だった。

――古い世界を破棄しよう、足に付いた埃を払おう。

『労働者のマルセイエーズ』《ラボーチャヤ・マルセリイエザ》。フランスの革命歌にロシアの革命家が新たな詞をつけたものだ。唐突に始まった歌に次々と野太い声が合流し、急速に膨らんだ。勇壮な旋律に乗った闘争的な言葉が人を駆り立てるのが、遠巻きに眺めるブロニスワフにもわかった。

――進め《フペリョード》！

簡潔きわまる歌詞に合わせ、群衆が一斉に足を踏み出した。警官と憲兵は仰《の》け反《ぞ》るように一歩下がる。

――進め、進め、進め、進め！

リフレインの終わりは、空へ向けられた憲兵隊の一斉射撃に彩られた。

「解散しろ！　さもなくば逮捕する」

憲兵隊長の命令は、激昂《げっこう》して襲い掛かる群衆、いや暴徒の喊声と歌声に掻き消された。さすがに銃やサーベルは使われなかったが、警棒や鞭《むち》が遠慮なく振るわれている。くぐもった打撃音に悲鳴や罵声が交じる。遠巻きに見守っていた市民たちは逃げ出し、あるいは乱闘に飛び込んでいった。

間近で、別の音がした。思わず首を巡らせる。街路に面した店のガラスが割られている。続いてドアが破られ、犯人たちは喚声を上げて駆け込んだ。暴徒とも犯罪者ともつかぬ者たちが続々と湧き、破壊と略奪が始まる。

危険を感じたブロニスワフは博物館へ戻ろうと身を翻した。とめどなく増え続ける群衆を掻き分けて進む。

突然、人が途切れた。広い空間に一人で飛び出したブロニスワフは戦慄した。

銃を担った軍隊が、街路いっぱいに横隊を組んで近づいている。軍靴の束が威圧するように石畳を叩き、銃剣が白く光る。

——まるで戦争ではないか。

おびえる人々の悲鳴の中、ブロニスワフは呆然と立ち尽くした。

号令から二歩だけ進んで停止した横隊が、次の号令で一斉に銃を構える。群衆の声の質が変わる。ブロニスワフは我に返って左右を見渡す。打ち壊された露店の瓦礫が並んでいて、走って飛び込む。

撃て、という声が聞こえたのは、身を潜めながらそっと頭を上げたときだった。右から激しい銃声が上がる。見えやしないが目の前を無数の鉛弾が掠めていったはずだ。左の間近から肉体に着弾する鈍い音が続いた。叫びや喚《わめ》きが続く。混乱と、たぶん即死体が石畳を叩く。

それから、殺戮《さつりく》が始まった。横隊は機械のように無機質な一定間隔で発砲を続ける。群衆は泣き叫びながら潮のように引いていく。号令と共に射撃が止み、横隊は前進を再開する。慌てて頭を引っ込める。通り過ぎる軍靴の音は、さっきまで群衆がいた辺りでやや乱れ、小さくなっていく。

瓦礫から頭だけ出す。まず硝煙と血の入り混じった匂いが鼻を衝く。街路には様々な姿勢の死体が横たわり、破壊された商店が並ぶ。群衆が連れて行ったのだろうか、生きている負傷者はいなさそうだった。立ち込める不気味な静寂の奥から、遠くの喧騒と銃声、『労働者のマルセイエーズ』が漏れ聞こえる。

冷涼な秋の空気はどこかへ消え去っていた。汗が噴き出す。瓦礫から飛び出し、走り出す。

五分ほどすると博物館が見えてくる。通りに沿って続く鉄の柵の向こう、博物館の庭は出てきた職員たちで騒然としているが、まだ暴動はここまで波及していないようだった。柵と門柱だけで扉の無い門に辿り着くと、塞ぐように椅子や机が乱雑に積み上げられつつあった。その脇から中へ駆け込む。

「やあ、お帰りかね」

腕まくりしたシャツ一枚という出で立ちのコヴァルスキが、陽気に手を上げてきた。

「こういう感じは久しぶりだ。高揚するね。騒ぎを聞いてホテルから飛んできたよ」

小説家兼革命家は楽しそうに言いながら慣れた様子で、物を運ぶ職員たちに指図している。

「何をしてるんです?」

「バリケードだよ。市街地の暴動はこれがないと盛り上がらない」

どこまで本気かわからないことを、コヴァルスキはさらりと言う。

「もちろん冗談だが、暴徒から博物館を守らないとな。ここにあるのは金銭的には何の価値もないが、とてもそうは見えない立派な建物だ。きみも手伝ってくれたまえ」

否も応もない。ブロニスワフは他の職員たちに交じって古机や使われていない什器《じゅうき》を運び出し、積み上げていく。コヴァルスキは職員たちと「銃はないのか」「ここは博物館ですよ！」などと妙な問答をしている。

しばらくすると、博物館にも暴徒が現れるようになった。職員たちは暴徒が来れば追い返し、避難者が来れば収容した。街のほうぼうから細い煙が立ち上り、いくつかは巨大な炎に変わった。

『労働者のマルセイエーズ』も止まなかった。起こす者たちにとってはこの暴動が、大衆の権利と尊厳を取り戻す革命であるらしかった。

歌声と炎に煽られた暴動と略奪は夜通し続き、翌朝にやっと収まった。疲れ切った職員たちは博物館の庭や廊下に座り込み、配られた軽食やお茶で一息入れる。

「ここには金目のものなど、何もないのにな」

垢《あか》じみたシャツの襟ぐりに指を突っ込んで、コヴァルスキが苦く笑った。

「コヴァルスキさん、ちょっといいですか」

ブロニスワフは呼ぶと、返事を待たずに門へ歩いて行った。でっぷりした足音がついてくる。バリケードをよじ登って街に降りる。静かな朝の冷気には、焦げ臭さがまだ濃厚に立ち込めている。

「ひどいもんだな」

器用にバリケードを降りてきたコヴァルスキの声が聞こえる。やはり待たずにブロニスワフは歩き始める。街路に人気《ひとけ》は全くなく、煤《すす》けた壁、破られた扉や窓が並んでいる。石畳にはガラスや木切れが散乱している。

死体もあちこちにちらばっている。市民のそれは撃たれたままの姿だったが兵隊、特に将校のものは例外なく、恨みを叩き付けられたような損壊があった。

「コヴァルスキさん」

ブロニスワフは立ち止まり、振り向いた。

「力とは、こういうものではありませんか。破壊や死を伴い、どこかで歯止めが利かなくなる。ユゼフがやろうとしている事業の結果を、いま私たちは目の当たりにしているのではありませんか」

「一緒にするな」

コヴァルスキは顔を顰《しか》めた。

「この街で失われた命の尊厳を傷つけるつもりはないが、ユゼフと我々がやりたいのは無思慮な暴発じゃない、祖国の独立だ」

「私が心配しているのは、ユゼフの事業の目的ではありません。結果です。リトアニアが、ポーランドが、この街のようになってしまわないかということです」

「なら我々は、誇りと独立を失ったまま、ただ宗主国の言いなりになるべきなのか」

「私たちの祖国と誇りは、別の手段によって取り戻されるべきです。帝政が動揺している今なら、力によらずとも可能かもしれない」

ロシア帝国は民衆を抑えきれない段階に来ていることを、ブロニスワフは目の当たりにしている。一方で、この街で起こったのは単なる暴力だ。今こそ、〝人民の中へ〟の理念に立ち戻るべきではないか。そこまで考えてから、しまったと思った。

聞いたコヴァルスキは「ほほう」と顔を上げ、「つまりは」と笑った。

「今は祖国を取り戻すチャンスだと、きみも同意するのだろう」

さっきから聞いているはずのコヴァルスキのポーランド語が、今は何か抗しがたい引力を持っていた。

「もう一度言う。我々の目的は祖国の独立だ。それはきみの願いと同じはずだが」

思わず、頷いていた。

「方法論は、それこそユゼフと相談したまえ。彼は我々にとってはカリスマだが、きみにとっては弟だ。もし彼を止めるべき理由があるなら、それを説き得る者は世界できみだけだろう」

コヴァルスキは試すような目をする。

「つまり、故郷を救えるのはきみだけだ」

「そんな口説き方でよいのですか」

「ぼくがユゼフに頼まれたのは、彼の兄御を連れて帰ることだけだ。その兄御が何を考えていようと、それはぼくの関知するところではないよ」

コヴァルスキは、丸っこい手を差し出してきた。

「帰ってきたまえ、ブロニシ」

赤い屋根と迷路のような石畳の街路、古城の尖塔。取り戻した故郷の景色に、アザラシの皮の衣を纏《まと》った妻が、赤子を抱いて佇んでいるのが見えた。その口元には入墨が、鮮やかな青黒さで映えている。

気が付けば、ブロニスワフはその手を握り返していた。

十

曇った空の下。張り始めた薄い氷を割って、ブロニスワフ・ピウスツキを乗せた船が進んでいる。行く手にはサハリン島の森林の深緑が横たわっている。

十八年前に爪と未来を失って二十歳でやってきた時と変わらぬ景色を、三十九歳になった今は焦がれるように見つめている。妻と子が、今はそこにいる。

少し前、暴動の直後のヴラジヴォストークに、事情を知らぬサハリンからの船がのんびりと入港してきた。日本に引き渡される南サハリンから退去した住民を運んできたそうで、タタール海峡が結氷する前にもう一往復するという。急いで手続きをして便乗した。

かつて懲役囚として上陸したサハリンの中部西岸、アレクサンドロフスクの港に今回も上陸する。日本の兵士がうろうろする海岸に張られた天幕の下で机を並べるロシア人の事務官に、自由なロシア帝国臣民の旅券を突き出すように示す。じれったい問答の末に上陸を許可される。馬車を頼み、積もったばかりの雪道を越えて帰り着いたアイ村は点在する夏の家も大きな屋敷もそのままで、戦火の影はなかった。無事だと手紙で知っていたものの、目の当たりにして改めて安堵した。

立派な犬たちが繋がれたバフンケ邸の前には、よちよち歩く幼児と一人の女性がいた。

「チュフサンマ、ぼくだ」

馬車から飛び出し、走り出す。入墨の鮮やかなチュフサンマが目を見開いている。その表情が変わる前には抱き付いていた。

「待たせてすまない、帰ってきた」

妻の細い肩が震え、愛しさを掻き立てられる。より強く抱きしめようとした時、妙な感触を覚える。思わず体を離して目を落とすと、チュフサンマの腹が膨らんでいた。

「まさか」

チュフサンマの入墨が、はにかむように動いた。

「二人目か。二人目なのか！」

頷く妻を、夫は再び抱き締めた。それから子供を抱え上げ、家に入る。夫婦の部屋でベッドに座り、まだ名前のない子供とじゃれあう。チュフサンマがティーポットとカップを載せた盆を掲げて、部屋に入ってくる。

「今回は、しばらくいられるの？」

紅茶を注いだカップを渡してきながら、チュフサンマが聞いてきた。

「そうだな」

苦笑しながら曖昧な返事をする。ヴラジヴォストーク行きを除いても、学術調査や学校で家を空けることが多かった。夫として好ましくないという自覚は、ブロニスワフにもあった。

「けど、これからは一緒だ。しばらく調査旅行にはいかない」

努めて明るく言った。

「私は故郷に帰る。ついて来てくれるね」

「学問の仕事で？」

チュフサンマは自分のカップを持って、ベッドの脇の椅子に座った。

「いや」ブロニスワフは胸を張った。

「革命だ。私は祖国を取り戻す」

そっと窺った妻は、微笑みつつも戸惑いの色が差していた。その場では諾否《だくひ》は言わず、ブロニスワフも強いては聞けなかった。

夕方にはフロックコート姿のバフンケと、外で琴を弾いていたというイペカラが帰ってきた。居間の隅でイペカラが子供をあやし、頭領と姪とその夫はソファに座って卓を囲んだ。

お互いの無事を喜び合ったあと、

「もうすぐ二人目も生まれる。しばらく遠出は控えてくだされよ」

顔こそ朗らかだったが、牽制するようにバフンケは言った。

「そのことなんですが――」

祖国の独立のために働きたいと説明すると、バフンケの顔はみるみる曇った。

「ピウスツキ先生」

当初から変わらぬ呼びかたで、バフンケはブロニスワフを呼んだ。

「お気持ちはわかる。故郷も家族も大事だろう。だがあなたの場合、両方は取れぬ」

冷厳とした声で村の総頭領は告げた。

「ここにいる限り、チュフサンマもその子も安全なのだ。先生はかつての仲間がいかなる罪で捕まったのか、覚えていないのか。実行犯の恋人というだけでひどい拷問を受けたのだろう。当のあなたも、首謀者の友人であることが罪だったな」

バフンケは畳みかける。

「子供はまだ一歳だ。さらにチュフサンマも二人目を腹に抱えている。旅行すらおぼつかぬ身を異国の、しかも危険な暮らしに連れて行こうとは、どういう了見なのか。チュフサンマが承諾しても、わしが許さん」

その声には、みるみる怒気が混じっていった。

「わしの大事な一族を乱暴に扱うやつは、絶対に許さん。あなたの選択肢は二つだけだ。妻子とこの島で生きるか、一人で革命ごっこにうつつを抜かすか」

バフンケは立ち上がる。「話は以上だ。わしは寝る」と言い捨て、不機嫌そうな足音と共に出ていった。

総頭領の背中を見送ったあと、ブロニスワフはそっと妻の様子を窺う。チュフサンマは、顔に戸惑いの色を浮かべながら、イペカラにあやされて床を這う息子を眺めていた。

「きみは、どう思う」

「わたしは」少し俯いたチュフサンマが顔を上げたとき、その表情は決然としていた。

「あなたの妻です、ブロニスワフ・ピウスツキ」

その瞳を見て、自分は彼女を守らねばならぬ身であると悟った。

いい考えがあるよ、という声のほうへ振り向く。胡座の膝の上に幼子を抱いたイペカラが得意げに胸を張っていた。

「駆け落ちしたらいいんだよ。手は考えてあるから、あたしが手引きしてあげる」

夫婦は顔を見合わせる。「どんな手か教えてくれる？」と促したのはチュフサンマだった。

「あのね――」声を潜めてイペカラは話し始める。

ブロニスワフはチュフサンマを捨てて祖国へ帰るふりをして箱馬車で村を出発し、こっそり森の所定の場所で待機する。チュフサンマはバフンケの目の前で、夫の出発を見送る。安心したバフンケがいつもの役人詣でやら漁場回りやらで家を空けた時を狙って、イペカラがブロニスワフを呼びに行く。ブロニスワフは急いで戻り、チュフサンマと息子を連れて、今度こそ村を出発する。

「いい考えだと思う」

真っ先に言ったのは妻だった。ブロニスワフは、いい考え、と言うほど巧緻な印象は受けなかったが、手堅いとは思った。

「いつ考えついたんだね」

ブロニスワフが何気なく尋ねると、イペカラの目に一瞬だけ寂しげな光が差した。

「昔ね、もしもの時にあたしが使おうと思ってた手なの」

どんな時に使うのかわからなかったが、ともかく礼を言った。

「だが、チュフサンマはいいのか。叔父上を裏切ることになるんだよ」

　ブロニスワフが尋ねると、一瞬の迷いも見せずにチュフサンマは頷いた。

「別れるか」翌日、話を聞いたバフンケは忌々しげに言った。「では早く出ていけ、人でなしめ」

　虚偽とわかっていながらブロニスワフには応えた。万事が不便なサハリンであるため、総頭領の手を借りずに馬車を手配するのに二日かかり、その間、いたたまれない思いを抱きながらバフンケ邸で過ごした。

　二頭立ての馬車が到着したのは、昼を少し過ぎたころだった。荷物をまとめたブロニスワフはバフンケ邸を離れて馬車で十分ほど、徒歩なら三十分くらいの距離を走って森へ入り、小川沿いの大きな倒木がある辺りで止まる。山菜や果実取りならともかく、バフンケが普段の用事で来ることはまずない場所だ。

「動くときに起こしてください」

　そう言ってのんびり居眠りを始めた御者は、ロシア人だった。日本領となっても住み続ける選択をしたロシア人は少なくない。まだ日本の統治が行き届かない南サハリンを支えているのは、ロシア領時代と変わらず生業を継続する彼らのような人々だった。

　ブロニスワフは一人、馬車の中で座っている。歓喜にも似た焦燥に駆られ、落ち着かない。

　サハリンへ閉じ込められて十八年。いよいよ故郷へ、独立運動に舞い戻る。まずはユゼフを説得し、旧〝共和国〟の人々を糾合し、刹那的な暴発よりずっと着実な道を歩む。祖国を、誇りを奪還する。

る。当分はヴィルノに居を置こうと考える。育った街だから住み慣れているし、愛着もある。赤い屋根と象牙色の壁、迷路のような石畳の古都。

その中を、サハリンから来た妻子が歩いている光景を想像した。異郷の地でも妻の佇まいは美しく、小さな我が子の手を引いているのだろう。

そこまで考えたとき、黒い霧のような何かが湧き上がる。

刑死した友人、冤罪めいた微罪でサハリンへ流された自分、〝人民の意志〟や独立のための蜂起が呼んだ苛烈な弾圧、ヴラジヴォストークで見たばかりの景色。

それら過去の記憶が、様々な姿に変じて夢想に割り込んできた。

ヴィルノの街路を、長靴《ちょうか》が荒々しく叩く。警笛とともに黒い制服の官憲が駆け寄り、妻の肩を掴む。泣きわめく幼子もろとも、護送の馬車に放り込もうとする。辻々から銃や棒切れを持った労働者や学生が次々と飛び出し、官憲と揉み合う。街路を塞いでバリケードが築かれる。雄々しい演説と歌声が始まり、鎮圧の砲声に吹き飛ばされる。妻子の行方は、火と喧騒の彼方に掻き消える。

――ユゼフを止められるのは君だけだ。

コヴァルスキは言った。必ず止められるとは思わないが、止めねば故郷が保たれない。

――あなたの選択肢は二つだけだ。

バフンケ氏は宣告した。確かに、自分は選ばねばならないのだろう。

馬車の戸をノックする音が聞こえた。走って来たのか、肩を上下させたイペカラの姿が窓越しにあった。ブロニスワフは恐る恐る立ち上がり、扉を開ける。

「早く行こう、日暮れ前には帰るってバフンケのおじさんが言ってた」

ブロニスワフの体が勝手に動いた。馬車に乗り込もうとするイペカラの前に立ち塞がるように立つ。

「何？」

イペカラが怪訝な顔で見上げてくる。

「私は――」

自分の顔からは血の気が引いているのだろうとブロニスワフは思った。

「一人で行く。私は故郷に帰らねばならない。だが故郷では、チュフサンマと我が子を守れない」

「待って。難しいことはわかんないけど、ちょっと待って」

イペカラが慌てた様子で口を挟む。

「あんたまさか、チュフサンマと子供たちを捨てるの？　今になって？」

「そうだ」

答えた瞬間、胸がつぶれるかと思った。なんと困難な人生か、などという嘆きは生じてすぐに擲《なげう》った。自分に、そんな悲壮感に浸る資格はない。

「黙ってどっかに行くのは卑怯だよ。せめて自分の口でチュフサンマに言いなよ」

「会わない。会えば私は、行けなくなる」

ブロニスワフは正直に言い、首を振った。確かに卑怯だと思う。

「訳がわからないよ、どういうつもりなのさ」

イペカラは怒りと軽蔑の目を向けてくる。当然だと思う。

「故郷を取り戻し、無用な死と破壊を避け、妻子を守る。全てを満たすには、こうするしかない」

答えると、イペカラの表情が変わった。怒りの色はそのままだが、責めるような眼差しは矛先を失ったように見えた。

「私も、こんな選択を迫られる日が来るとは思っていなかった。だが故郷を取り戻したら必ず、この島に帰ってくる。私が生き直すための熱をくれた、私にとって第二の故郷に。チュフサンマに詫びるのは、その時だ。詰《なじ》られるのも殴られるのも、その時だ。そう言っていたと伝えてほしい」

「勝手だね」イペカラはむしろ憐れむように言った。「けど、決めたんだね」

ブロニスワフは頷く。もう一度妻に会いたい、などという感情が図々しくも今さら湧いてくる。

「――出してください！」

急に言われた御者が、慌てて手綱をしならせる。車軸が軋み、馬車は動き出す。

「馬鹿《ハイタクル》！」というイペカラの声を振り切るように扉を閉める。

揺れる馬車の中、ブロニスワフは座席に身を投げ出した。

あらかじめ故郷を奪われて生まれた自分は、次に半生を奪われた。自由の身となってからの一連の選択で、結果的に妻子を捨てた。

「ならば故郷の一つや二つ、取り戻さねば甲斐がない」

勇ましく言ったつもりの言葉は、涙とともに零れた。

十一

またもブロニスワフは旅の中にある。

広がる田園の向こうに、凍っていない海が青く光っている。

妻子と別れて一か月半ほど後、ブロニスワフは生まれて初めて雪のない冬の中にいる。

「日本へ行ってくれないか」

サハリンからヴラジヴォストークに戻ったブロニスワフに、コヴァルスキは独立運動の最初の仕事を頼んできた。

「弟に会わせてくれないのですか」

何のために妻子と別れたと思っているのだ。怒りに任せて憤然と抗議するブロニスワフに「心配しなくていい、ユゼフも今すぐには決起できない」と妙な説明を始めた。

曰く、ポーランドの独立闘争はユゼフ率いる社会党と、ドモフスキという人が率いる国民民主党が主導権を争っている。相変わらずロシア帝国は不安定で、旧〝共和国〟のロシア領ではテロやデモが頻発しているが、一気呵成に決起や独立戦争まで至れる状況ではないという。

「ドモフスキ氏はロシアにすり寄って自治権を獲得しようとしている。我々社会党とは相容れない」

コヴァルスキは珍しく苦々しい顔で言った。

ロシアが日本と開戦した時、ユゼフはポーランドでの蜂起を計画し、利害をともにするはずの日本の協力を得ようと考えた。日本側もロシアが支配する地域の独立運動家たちと積極的に接触しており、その紹介でユゼフは日本に行き、日本陸軍の参謀本部で直接、交渉する機会を得た。

ところが政敵のドモフスキが先に日本で参謀本部メンバーと面会していた。ロシアとの融和を目指すドモフスキにとって蜂起は忌むべきことであり、日本の軍人たちにコヴァルスキ曰く「ユゼフの悪口をあることないこと」言い立てた。おかげでユゼフの交渉はうまくいかず、多少の武器と金銭を得るに留まった。ちなみにユゼフとドモフスキは東京でばったり出会ってしまい、たいへんな喧嘩になったという。

「それで、日本で何をすればよいのです」

「ドモフスキ氏の悪口をあることないこと言いふらしてほしいんだ」

何の冗談かと思ったが、半分くらいは本気の話だった。ドモフスキと日本の関係が今も継続しているか探り、もし具体的な支援があるような関係なら工作して潰してほしいという。

「嫌です。私には向いていません」

「そういうと思った。きみは人がいいからな」

さも愉快そうにコヴァルスキは笑う。掴みどころのなさに腹が立った。

「ポーランドの独立について、ドモフスキの手が伸びていない日本の要人に支援を頼んでくれないか。前にユゼフが行ったときはそこまで時間が取れなかった。参謀本部だけが日本ではないからな。それならできるだろう」

「誰に会えばいいのです」

「好きにしていい。日本側で仲介者を頼んであるから、その人と相談して決めてくれ。ポーランドへ行ってもらう時期は、追って知らせる」

「本当に好きにしていいのですか」

「ぼくは人を使うに当たって、自主性を重んじるほうでね」

それならば、とブロニスワフが承諾しようとした時、コヴァルスキは人差し指を立てた。

「ひとつ条件がある。ユゼフを裏切るな。考えが違えば兄弟でゆっくり話し合えばいい。こっそり後ろから撃つなんてことは絶対にするな」

その時だけ、コヴァルスキはぞくりとするほど冷たい眼光を放った。

かくしてブロニスワフはヴラジヴォストークを船で発つ。このころにはロシアと日本の往来も再開されていて、敦賀《ツルガ》という日本海側の港町から入国した。そこから列車に乗り換えて新橋《シンバシ》なる駅に降り立った。

首都の東京と国土の西側を繋ぐ幹線の終着駅は、乗降する旅客や出迎えの人々でごった返している。大戦争をやり遂げたその顔は、一様に明るく、自信に溢れて見えた。

手配してくれたコヴァルスキによると、革命家の世話に凝《こ》っている日本人が出迎えてくれるはずだったが、まだ来ない。雑踏の中でぼうっと突っ立っていると、少し離れたところから一人の男がじっとこちらを見つめているのに気付いた。

中折れ帽と小さな眼鏡、毛を束ねてインクに浸す東アジアのペンで左右に払ったような口髭、扁平な容貌。黒い外套。

その表情は、眼鏡が光って読み取れないが、目線はほとんどブロニスワフと同じ高さにある。比較的短軀《たんく》の日本の人々の海に浮かぶ浮標のように見えた。わずかに瘦《こ》けた頰は青白い。かつてコヴァルスキ、千徳太郎治と旅行した北海道でつきまとってきた陰険な日本の役人を、不気味さとともに思い起こす。

体を硬くしながら見つめ返すと、男はつかつかと歩み寄って来た。目の前に立たれて気付いたが、堂々と胸を張る外套の表面は、恐ろしく毛羽立っている。まるで清貧を誇っているように見えた。すくなくとも官憲のたぐいではなさそうだった。

「きみがピルスドスキー氏かね」

男のロシア語は見事だったが、詰問調だった。反射的に「はい《ダー》」と頷こうとして、思い直した。

「ブロニスワフ・ピウスツキです」ゆっくり、そして力強く名乗った。「そう呼んでいただきたい」

ホネノアリソウナオヒトダ。男は地の言葉でつぶやいた。意味はわからない。

「日本には何をしに来られた。ほかのお仲間と同じく、革命ごっこかね」

自分を迎えにきてくれたらしい男は、いまいましげな口調で一方的に言い立てた。

「私は、きみらに肩入れしたことを後悔している。きみらは社会主義を本当に理解しているのか。持て余した若さの捌《は》け口、あるいはいつまでも青春を引きずって老境を過ごすための道具と勘違いしちゃいないかね」

自分はもう社会主義者ではないが、辛辣《しんらつ》さにさすがにブロニスワフは腹が立った。

「なら、どうして私を迎えに来てくれたのです」

「〝シン〟のためだ」

毅然《きぜん》と答えた男の顔に、わずかな自嘲《じちょう》があった。

「シン？」

別れた妻との息子に付けたかった名前を思い出し、胸に鈍い痛みを覚えた。相手がつらつらと話し続けたのは無論、ブロニスワフの事情を知らないからだ。

「信義に違《たが》わぬ行いを指す、儒《コンフツィアンストヴォ》教の徳目の一つだ。私は、そいつを骨の髄まで叩き込まれた最後の世代でね。きみらの浅薄さにはほとほとうんざりしているが、それでも私の朋友だ。極東の異国に一人でやってくる人間の世話を頼まれれば、断れない」

面倒なことになったな、とブロニスワフは胸の内で嘆息した。今回の日本滞在は、居心地が悪いものになりそうだ。

「きみはロシア文学に親しんでいるかね」

男は急に話を変えた。

「さっぱりです。サハリンでは本などなかなか手に入るものでもなく」

「嘆かわしい」

さも残念そうに、男は首を振った。

「敵の事情に精通すれば百戦しても危なげはない、という格言が東洋にはある。きみも読むべきだ。サハリン島のルポルタージュを出したチェーホフという短編の名手がよかろう。小説が描くべき人の苦悩を彼は見事に活写している」

男の話は止まらない。

「我が国ではまだ訳出されていないが、いずれ出るだろう。いや、私が出そう。私以外に適任はいない。他のものに渡してなるものか」

男は自分自身との対話を始め、言葉も日本語に変わった。俯き、大げさな手振りで虚空へ向かって話すさまが面白く、ブロニスワフはしばらく見入ってから口を開いた。

「翻訳をなさるので？」

「金のためにな」

急に男は不機嫌になった。

「私の小説など文壇の汚穢《おわい》、芸術への侮辱にしかならない。それでも食っていくために筆も折れず、敬愛する大作家の偉業をこの日本で、無断で切り売りしているのだ」

「小説も書かれるので？」

聞いてから、ブロニスワフは後悔した。「敵対的」から「面倒」を経て、男の態度は「絶望」に変わった。

「私など、くたばってしまいたい。ずっとそう思っている」

「ともかく」

ブロニスワフは慌てて手を差し出した。

「しばらく、お世話になります。お名前を聞いても？」

男は「ああ」と帽子を取った。頭髪は新兵のように短く刈り込まれている。

その青白い頬が、ブロニスワフのある記憶を刺激した。彼を絶望から救ってくれたインディン少年も、ごく短い人生の晩年は同じ顔色をしていた。肺結核を患った者の特徴だ。

凝視していると、男も右手を差し出して来た。

「長谷川《はせがわ》辰之助《たつのすけ》だ。以後、よろしく」

消える直前の蠟燭《ろうそく》のような明るい声で、男は名乗った。

十二

長谷川は、不思議な人物だった。

日本人が明治維新《メイジイシン》と呼ぶ革命の前に存在した戦士階級の出身で、ロシアの帝国主義に強い警戒心と反感を持っていた。祖国を守りたいと士官学校を三度受験するが、近視のために入れなかった。しかたなく外国語学校でロシア語を学び、しだいにロシア文学に惹かれるようになった。二十年近く前に上梓した小説は日本の文壇で脚光を浴びたが、本人は自分の文学的素養に絶望した。二葉亭四迷《フタバテイシメイ》なる長谷川の筆名は、くたばってしまいたいという鬱屈した自嘲が由来らしい。たった一作で創作の筆を折り、以後は翻訳やら政治趣味やら外国語教員やら、書く気のない原稿料の前借りやらで身過ぎ世過ぎしてきたという。

意地悪く言えば長谷川は、ロシアの文学と政論に焦がれながら、異常なまでに内省的な自嘲癖からどちらにも近付けず、周囲をうろうろし続けるような人生を送っている。ただ妙に社交性があるようで、うろうろする過程で各界に広く知己《ちき》を得ていた。

また日本はこのころ、母国を憂う人々の海外拠点の一つになっていた。主にはロシアと、そして中国の革命家が、極東の島国で暮らしている。

もと国事犯の革命家にして気鋭の民族学者という触れ込みのブロニスワフ・ピウスツキは、東京での日々を忙しく過ごした。長谷川に国籍を問わず様々な人物を紹介され、その伝手《つて》でさらに別の人に出会う。

長谷川は二日と置かず、ブロニスワフが滞在する日本式のホテルにやって来た。とりとめのない話をして酒を酌み交わし、帰っていく。またブロニスワフが滞在費に事欠くようになると、銀座という繁華街の隅に下宿も世話してくれた。

「ロシアはいずれまた、日本と戦争を始める」

酔うたび、長谷川はそう言った。そんな余裕を帝国に持たせないようにロシアの革命家を支援しているのだという。

雪のない冬が過ぎ、ぽきぽき折れる枝に咲いていた梅《ウメ》なる花の香りが薄まったある日、長谷川は早朝からブロニスワフを連れ出した。

「今日は早稲田《ワセダ》という所へ行く。その前にちょっと寄り道していこう」

二人は徒歩、市電、人力車を乗り継いでゆく。近代化の殷賑《いんしん》極まる東京は次第に寂《さ》び、枯れた佇まいを帯びる。

木、土、それと紙でできた背の低い淡色の町並みが現れ、緑を基調にした田園にだんだん変わっていく。石造りの古都で育ち、壮麗な建築の並ぶ街で学んだブロニスワフの目には、まさに異世界だった。

遠くの地表に、薄桃色の雲がたなびいている。近づくと雲は、広げた枝いっぱいに満開の小さな花をつけて並ぶ樹木に変わった。

「〝サクラ〟の花だ。この辺りは名所でね」

歩きながら長谷川が説明し、川岸に降りた。ブロニスワフも似たような花を知っている。ロシア語の語彙《ごい》にあるはずの花の名に、長谷川はなぜか日本語を使った。

サクラの雲の下を、二人はさらに歩く。頭上を、いっぱいに花をつけた太い枝が覆っていて、淡いピンク色の雲に包まれたように感じる。隙間から陽光と空の青色が見え隠れする。広い川の水面《みなも》には水運か見物か、細く小さな舟がいくつか浮かんでいる。護岸の苔むした石垣が緑に光る。

川に沿って並んだ軽食や菓子を売る露店が、思い思いに開店の準備をしている。紙で作った小さな風車《ふうしゃ》をいっぱいに並べた店は、もう営業を始めている。

「ダンナ、ケッコウナオヒガラデ」

中年の店番が、険しく切り削った顔を人懐こく歪ませる。長谷川が「アア、ソウダネ」と応じて中折れ帽を持ち上げようとしたとき、一陣の風が吹いた。

長谷川の手が空を摑む。舞い上がった帽子は、樹木から解き放たれて舞う花弁に霞む。

からからと音を立てて風車が一斉に回る。ヒャア、ウワァ、などと見物客が楽しそうな悲鳴をあげる。マテッと慌てて長谷川が帽子を追いかける。

舞う花弁は密度を増し、ブロニスワフの視界は薄桃色の霧に塞がれた。

初めて見る景色に、なぜか胸が締め付けられるような郷愁を感じ、ブロニスワフは戸惑った。

日本。かつて勇猛な戦士階級を擁し、近代戦でも中国やロシアと戦い抜いた尚武《しょうぶ》の国。そのイメージを再び想起させるものは何もなかった。ただ淡い色彩の中で、人が穏やかに行き交っている。肌の色や使う言葉、骨の寸法を超えて、あまねく人類に共通の光景だ。

薄桃色の霧が晴れた。無事だったらしい中折れ帽を目深《まぶか》にかぶった長谷川が、目の前で小さな眼鏡を光らせている。

「どうだね、ここの景色は」

「美しい」

素直に、ブロニスワフは称賛した。

長谷川が川の方へ体を向けた。釣られて目をやった先では舞った花弁が次々と着水し、川面を染めながら流されている。

「先の戦争で、九万人近い日本の兵隊が死んだ。戦傷は十五万人を超える。彼らはきっと、かくも美しい景色や、そこに住まう人々を守るために戦ったのだろう」

およそ景色に似つかわしくないことを、長谷川は淡々という。風を失った花弁は、なお川へ降り続けている。

「ロシアも、同じくらいの人が死ぬか傷付くかしただろう。だがね、戦場に斃《たお》れたロシアの兵隊たちは、日本のサクラを残らず切り倒し、川を全て埋めてしまおうなどと思っていたのだろうか」

　僅かだが、長谷川の声は震えていた。

「私は日本人だ。戦勝は嬉しいし、忠勇なる我らが将兵に感謝と尊敬の念は尽きない。同時に、私は人間だ。冷たい荒野の地平線まで埋め尽くす敵味方の死体を思うと身が竦《すく》むし、その膨大な死によって生きながらえた自分が心底疎ましい」

「あなたが考えるべきことではない」

　とっさに、ブロニスワフは口を挟んだ。

「あなたが始めた戦争ではない。止める力があったわけでもない。惨禍《さんか》、あえてそう言うが、この惨禍についてあなたが負うべき責任は何もない」

　長谷川は、流される花弁をじっと見つめたままだった。

「かくせねば、日本は生き残れなかったのだろうか。両軍あわせて四十万くらいだろうか、それだけの戦死、戦傷を出さねばならなかったのか。では座して滅びるべきだったのか。それは断じてできない。とすると結句、やはり四十万の戦死戦傷が、我が国の生存に必要だったということになる」

　背後、あの風車を並べた露店の方から、子供のはしゃぐ声が聞こえた。言葉はわからないが母親だろうか、婦人の声が混じる。中年の店番が優しく応対している。

ブロニスワフは足元を見失ったような心細さを覚えた。

「私たちが生きる世界は、かくも酷《ひど》いものなのか。我ら日本人が参加しようと、その中に名誉ある席を占めようと憧れ続けてきた文明世界とは、こんなものだったのか」

長谷川が振り向いた。

「なあ、ピウスツキ氏」

十三

サクラに心を奪われながら、徒歩で川を遡《さかのぼ》る。二十分ほど歩いたあたりにあった橋のたもとで長谷川の親友だという、横山源之助《ヨコヤマゲンノスケ》と落ち合った。

横山にはこれまでも何度か会ったことがある。新聞記者をしながら東京のプロレタリアートのルポルタージュを熱心に書き綴っている男だ。政治活動には熱心ではないが、思想的には根っからの社会主義者だった。なぜか和装を好み、今日も灰色の、またかなりくたびれた着物《キモノ》に、色もくたびれ具合も同じくらいの上着を羽織っている。

川岸と思っていた一帯はいつの間にか、鄙《ひな》びた田園になっていた。まだ苗を植えていない田と、ひょろ長い芽が整然と並んだ畑が広がっていて、遠くには、どこかの森から千切って投げ落としたようなこんもりした深緑が点在している。ひとかたまりになった家屋や商店、二階建ての長屋が時折、思い出したように現れる。

「ここ早稲田の地に大学がある。隣接して創設者の大隈《オオクマ》伯爵のお住まいがある。我々はこれから大隈伯に面会する」

歩きながら説明する長谷川は、川辺の様子が嘘だったかのように嬉々たる表情を浮かべている。政論をぶち上げる時の顔だ。

「伯爵は我が国の外交、財政の要職を歴任され、また立憲制の確立にも尽力された。いまは議会第二党の党首を務めておられる」

横山が勤めていた新聞社の社主が伯爵と古い付き合いで、その伝手で今日の訪問が実現したのだという。

やがて、白く高い塀が見えてきた。広大な敷地を田園と画《かく》するように、塀は長く続いている。学校かと思いきや、それが伯爵の屋敷だという。

欧州風の大きな門の前には、黒い制服の老いた守衛がいた。横山が来意を告げると門はすんなり通れたが、脇にあった赤い屋根の守衛所で三人は入念に身体を検査される。

「伯爵は外務大臣だったころ、テロルに遭って片足を失っておられる」

老守衛とその同僚たちにぱんぱんと全身をはたかれながら、長谷川が説明する。

「しぶとさも、伯爵の才能のひとつだろうな」

守衛たちがロシア語を解さないとたかをくっているのか、長谷川は遠慮がない。

「テロル。刀剣でやられたのか？」

今のロシア皇帝は皇太子のころに日本を訪問し、理由は知らないが日本の警官に斬りつけられている。革命前のサムライなる戦士階級の印象もありブロニスワフはつい問うたが、長谷川は「いや」と応じた。

「爆弾だ」

ブロニスワフは妙に感心してしまった。社会生活や家族愛や宗教心と並んで、爆弾でのテロルも人類に共通する様式のひとつかもしれない。

身体検査が終わると、さっきの老守衛が案内に立ち、三人は守衛室を出る。砂利が敷き詰められた広大な敷地は、美しく見えるよう注意深く植えられたさまざまな樹木で区画されていた。かなりの時間をかけて大きな洋館と日本家屋の前を横切り、裏へまわる。

そこは、見事な庭園になっていた。静かに広がる芝生を基調に、様々な色合いの緑が幾重にも折り重なる。その隙間から控えめに、赤や黄色の花、そしてサクラが姿を覗かせていた。

顔こそ穏やかだが権柄《けんぺい》ずくな態度の守衛、褪せた和装の貧乏ジャーナリスト、鬱屈した寡作《かさく》の作家、黒い外套の異国人。爽《さわ》やかな草の香りが春の陽気にゆらめく中を、あまり似つかわしくない四人が歩く。

広い庭園にぽつんと佇むガラス張りの温室から、園丁らしき二人の男が出て来た。共に日本式の野良仕事の衣服を纏《まと》っている。片方は中背の若者で、もう片方はブロニスワフより背の高そうな大柄な老人だった。老人は跳ねるような不思議な足取りで、和やかに若者と談笑している。

やや前を歩く長谷川と横山が日本語で短くささやき合ううちに、ふたつの集団は接近した。守衛が老いたほうの園丁に深々と腰を折る。長谷川と横山も慇懃《いんぎん》な口調で挨拶している。そのたびに老園丁は輪郭のはっきりした声で応じる。

「ピウスツキ氏」

ぼんやり眺めていると、長谷川がやや緊張した声で言った。

「こちらが大隈伯爵だ」

紹介されてブロニスワフは少し面食らった。伯爵だという野良着の老園丁が、はきはきと話しかけてくる。英語だろうと音韻でわかったが、ブロニスワフは話せるほどには詳しくない。ロシア語、ポーランド語、リトアニア語、あと学会に出るためのフランス語、そしてサハリンのギリヤーク語とアイヌ語。これまでの人生で覚えた言語の全てが、目の前の老人には伝わらない。

ブロニスワフは、サハリンで異族人の村々を訪れていたころを思い返しながら、大げさな身振り手振りとロシア語の単語、目と表情で、出会えた喜びを伝えようとする。

不思議なものを見るような目をしていた老人は、やがて筋張った四角い顔を親しげに歪めて手を差し出して来た。

「ワタシガ、大隈デアルンデアル」

通じた。

手を握り返しながら、ブロニスワフはやはりサハリンの景色を思い起こした。

伯爵は自慢げに庭園をぐるりと案内した後、着替えるといって屋敷に戻った。茅葺《かやぶ》きの屋根の下に床板を張った四阿《あずまや》があり、ブロニスワフたちは靴を脱いでそこで待つ。それほど間をおかずに、こざっぱりした着物姿の伯爵が現れた。後ろには、箱型の椅子をささげ持ったタキシード姿の使用人を引き連れている。

使用人が四阿に椅子をおくと、伯爵は慣れた様子で長身を動かして四阿に上がり、椅子に腰を下ろした。まるで床に座る客人たちに君臨するような恰好になったが、伯爵は気さくに何か言った。

「足が悪いから失礼する。伯爵はそうおっしゃっている」

長谷川が低い声でロシア語に訳してくれた。平民のような、それもだいぶ気さくなほうに属する伯爵の挙措《きょそ》に、ブロニスワフは好感を持った。

「横山クン」

伯爵が呼ぶ。横山は「ハイ」と応じるが、社会主義者の矜持《きょうじ》だろうか、胡座《あぐら》を組んだまま堂々と伯爵を見返した。ちなみに長谷川は両膝を揃えて曲げ、脛《すね》で床に接する姿勢で座っている。ブロニスワフには明らかに辛い姿勢に見えるのだが、正座《セイザ》と呼ばれる日本の礼式なのだという。彼が自嘲混じりに回顧する儒教式の教育の、これも成果かもしれない。

「きみの本は読んでおる。なかなか勉強になった」

通訳する長谷川のボソボソとした声の向こうで、横山は傲岸《ごうがん》とも思える仕草で頷いた。伯爵はその態度をむしろ気に入ったらしく、東京府下のプロレタリアートの実情について横山に詳しく説明を求めた。横山は熱心に説明し、伯爵もウンウンと頷きながら聞く。

「サテ、二葉亭サン」

伯爵は筋張った顔を長谷川に向けた。伯爵が使った敬称に、長谷川の筆名が日本でそれなりの尊敬を集めていることをブロニスワフは改めて知った。

伯爵は大きな口を縦横に動かし、話し始める。長谷川はひたすら恐縮している。通訳を失ったブロニスワフは、伯爵の話し声に意識を集中する。

「デアルンデアル」

伯爵が多用する不思議な言葉は、どうも伯爵の口癖らしい。

もう無理だろう、というくらいに長谷川の体が小さくなった頃、さっきの若い園丁が銀製の盆を捧げてやって来た。彼も着替えていて、こちらは質素だが清潔そうな白いシャツとベージュのズボンといういでたちだった。

園丁は盆を四阿の隅に置き、切り分けられたメロンが載った小皿を、まず伯爵に捧げるように渡した。続いて客人たちにも小皿を配膳する園丁に親しげに話しかけながら、伯爵は緑色の果実をうまそうに頬張る。

伯爵はメロンが好物で、年中食べられるように庭園に温室をしつらえたらしい。時間があるときは今日のように、園丁の手ほどきを受けながら伯爵自ら世話や収穫もしているという。

果物をつまみながら、ブロニスワフはさっきの話の内容を長谷川に聞いた。

「一冊しか書いていない私の小説を、たいそうお褒めいただいた。東洋の精神性と西洋の哲学性の相克《そうこく》が見事であると。早く次を書けとも」

辛そうに長谷川は答えた。褒められて傷つくという男の鬱屈はいつ晴れるのだろう、とふと心配になり、ここまで心を悩ませる文学というやつに縁のない人生でよかったと安堵も覚えた。

「ピウスツキサン」

食べ終わった小皿を園丁に返しながら、伯爵は朗らかに話しかけてきた。

「民族学者と聞いているが、あなたの細君は〝カラフト〟のアイヌだそうだな」

長谷川はロシア語を使うときも、サハリン島は必ず日本の呼び名で呼ぶ。日本人たちはサハリンをロシアに奪われた自国の一部と観念していた。

ブロニスワフが頷くと、伯爵は「結構けっこう」とからから笑い「この前、イギリスの小説を読んだ」と脈絡のない話を始めた。

「火星に、地球より優れた文明を持っている異人種が住んでいて、彼らが進んだ科学力で地球を征服しに来る、という筋書きでね。たいそう面白かった」

伯爵は両腕を持ち上げて交差させ、腕を組むように袖の中に突っ込んだ。

「その冒頭がふるっておった。火星人が地球の人類を見下すのは、ちょうど我々が猿を見下すのと同じだと、その小説は言う。また火星人が地球人類を滅ぼそうとするのも、地球人類の所業とさして異ならずと。人類は多くの生物種を絶滅させた。野牛や希少種の鳥、それと――」

言い淀んだのは伯爵でなく、長谷川だった。

「我々より劣等な人種を」

伯爵は挑戦的にも見える微笑を湛えて、興味深そうにブロニスワフを見つめている。

「小説は続ける。タスマニア島の種族は、人間によく似ていたにもかかわらず、欧州から来た移民に根絶されたと」

ばん、という音がした。伯爵が右の腿を叩いていた。肉体同士の衝突にしては硬質な音。確かその脚は義足だった。

「我が国は、我が国内で罪を犯した欧州人を裁けなかった。欧州人が持ち込む物品に関税もかけられなかった。欧州人を裁けないのは、我らが文明を知らぬ野蛮人だったからだそうだ。関税の自主権を失ったのは、我らに力がなかったからだ」

伯爵は、微笑を絶やさない。まるで白人種のブロニスワフを試しているようだった。

「イシンと呼ぶ革命のあと、我らはかかる不平等の是正《ぜせい》に心血を注いだ。夜な夜な西洋式の宴会に興じてみせるなどという、馬鹿げたこともした。わたしは外務大臣の時に右足を失った。日本の臣民は関税を補う重税に喘《あえ》ぎ、沈没船から救われず溺死し、検疫を拒否した外国人が持ち込む疫病に怯えた。そうやって我が国は、二度の対外戦争に勝利した」

風がそよぎ、草の擦れる音がした。

「学者として人類の真理を探究するピウスツキ氏に問いたい。我々は劣っているのかね。白人種以外は根絶されてしかるべきかね。人間によく似た別の種族なのかね」

ブロニスワフは首を振る。人種の優劣を見出そうとする世界であがいてきた日本が、哀れにも健気《けなげ》にも思った。だが、続いた伯爵の言葉は予想外だった。

「わたしは、どちらでもよいと思っている」

伯爵は、もう笑っていなかった。

「幸いなのは、この世界が弱肉強食であるということだ。強ければよいのだからな。白人諸君が強者を自認し、食らいたい相手が弱者である理由なんぞを真面目くさって論じている間に、我らはより強くなる。いずれ欧州の列強も凌駕《りょうが》する」

「なぜ、その話を私におっしゃるのです」

尋ねてから、ブロニスワフは喉が渇いていることに気付いた。

「力が足りぬから、あなたは故郷を失った。そう言っている。これは無くなるかもしれなかった極東の小国で、四十年近く政界をうろついていた老人からの助言だ」

伯爵は挑戦するようにサテ、ピウスツキサンと身を乗り出した。

「弱肉強食の摂理《せつり》の中で、我らは戦った。あなたたちはどうする」

「私たちは、いや私は――」

俯き、考え込む。サハリンの妻子と友人たちの顔が浮かぶ。やがて気付き、顔を上げる。

「その摂理と戦います」

伯爵は量るように目をすがめる。ブロニスワフは続けた。

「弱きは食われる。競争のみが生存の手段である。そのような摂理こそが人を滅ぼすのです。だから私は人として、摂理と戦います。人の世界の摂理であれば、人が変えられる。人知を超えた先の摂理なら、文明が我らの手をそこまで伸ばしてくれるでしょう。私は、人には終わりも滅びもないと考えます。だが終わらさねばならぬことがある」

あの島の人々に分けてもらった熱が、ブロニスワフに言葉と決意を与えている。彼ら彼女らが食われる世界、熱が途絶えてしまう世界を、自分は望まない。

今度は伯爵が考え込んだ。やがて破顔し、磊落《らいらく》に笑った。

「我らは摂理の中で戦う。あなたは摂理そのものと戦う。結構けっこう」

大隈伯は立ち上がり、跳ねるような足取りで去って行った。

「我らは、より強くなる――」

長谷川の呟く声は、掠れていた。

十四

長谷川と再会を約して、ブロニスワフが東京を発ったのは夏至を少し過ぎたころだった。船に乗り、アメリカを鉄道で横断し、また船でヨーロッパへ。そこからは馬車や鉄道を乗り継ぎ、避暑地で有名なザコパネへ向かう。

ザコパネは旧ポーランド領にある山間の街で、いまはオーストリア＝ハンガリー帝国領だ。金や赤に色付く森を抜け山を越え、到着したのは秋も終わろうとする頃だった。指定されたホテルの、壁も調度も素朴な淡褐色の木材で統一された広めの部屋で、旅装を解く。

手違いで会えないのではないかと思い始めた宿泊三日目の夕食後、ノックの音が聞こえた。ドアを開けると、黒いキャスケットを被った男が立っている。

「老けたね、兄さん」

弟、ユゼフ・クレメンス・ピウスツキは兄によく似た容貌を懐かしげに崩した。一勢力の領袖《りょうしゅう》のくせに、身軽にも一人で来ていた。

部屋に入ってもらう。蜂蜜酒《ミード》を出し、乾杯する。暖かく仄かなランプの明かりと思い出話が室内に溢れる。

国禁書を集めた秘密図書館を作ったこと。著名な革命家に会ったと嘯《うそぶ》く、自身では何もしていない男の話をありがたがって聞いていたこと。ポーランド独立運動の闘士と握手して舞い上がったこと。父母の思い出、兄の淡い初恋の話。

「コヴァルスキ氏は、面白い人だったよ」

北海道でのアイヌ調査のことを話すと、ユゼフは整えた口髭を苦笑するように動かした。

「コヴァルスキには助けられている。けど少し先回りが過ぎる。文才は得がたいが、大役を委ねられる人物ではないね」

弟は人を、淡々と値踏みしている。

「日本は、東京はどうだった。美しかったろう」

覚えた違和感から逃れるように、ブロニスワフは話を変えた。

「失望したね、なにもかも」

いまいましげに、ユゼフは吐き捨てた。

「日本の軍人も政治家も、日和見が過ぎる。彼らはぼくらを、ロシアを牽制する道具としか見ていなかった。腰抜けのドモフスキには援助を約束したくせに。現に日本は、戦争が終わればすぐにロシアと手を握った。いまごろは中国へ野心を起こしているだろう」

より強くなる。そう言っていた大隈伯爵の筋張った老顔を、ブロニスワフは思い起こした。

「それでも、やっと機は巡ってきた」

寒い夜は、いつのまにか白みはじめている。呼応するように、弟の声に力が宿っていく。

「ロシアはかつてないほど動揺している。いまこそ革命の好機だ。立ち上がればきっと人民はついてくる。ポーランドは独立し、労働者は搾取から解放される」

いまこそ。二十年近く前サンクトペテルブルグで聞いた覚えのある言葉だ。

「ぼくらが捕まった時とは、状況が全く違う」

見透かすようにユゼフは言う。

「あの時は兄さんを入れても同志はたったの十五人だった。いまぼくの元には、訓練された武装組織と数万人の党員がいる。これから起こる独立戦争を経て、ついに〝共和国〟は復活する」

戦争。ユゼフははっきりと言った。

「ロシアに勝てるのか」

ブロニスワフは不安になった。日本に敗れてなお、ロシア帝国は巨大な陸軍を擁している。

「支配には見合わない対価を払わせることはできる」

自分と似ているらしいユゼフの目鼻には、魅入られたような恍惚《こうこつ》とした表情が浮かんでいる。その背後には燃える街と無数の焦げた骸《むくろ》が見えた。

「兄さんの考えはコヴァルスキ氏から聞いた。是非はともかく兄さんらしいと思ったよ。だが独立は、〝共和国〟の再来はもうすぐそこなんだ。ドモフスキを倒し、ロシアを追い払い、ぼくらはようやく祖国を持つ。だから兄さん、ともに戦おう」

ブロニスワフは酒でなく、温《ぬる》くなった水を一口飲んだ。

「暴力に訴えるなら、手伝えない」

はっきり伝える。

「臆《おく》したか」ユゼフの顔が歪んだ。「それとも呆《ほう》けたか」

「どちらでもない。確かに勇に優れるという自負なんてないが、少なくとも頭ははっきりしているつもりだ」

ユゼフは嘲笑《あざわら》うような声色で言ったが、顔は悲しみに怒りを振りかけたような複雑な陰影を帯びていた。

「なら、魂が腐ったな。誇りを失ってしまったようだ」

「力に頼る限り、終わらない競争が続くと言っている」

「ばかばかしい」

ユゼフは卓を叩いた。上のグラスと瓶が悲鳴を上げる。

「ならどうすればロシアは出ていく。ヒューマニズムなんかでぼくたちの故郷は帰ってこない。弱者は強くなるしかない、もし強者が弱れば全力で叩くしかない」

「日本の政治家にも、同じことを言う人がいた。だが、あれを勝利と呼べるのか」

ブロニスワフは身を乗り出す。

「まるで川を染めるサクラのごとく戦場を骸で埋め、やっと生き残る。故郷には、そんな残酷な奇跡が必要なのか。〝共和国〟にも、サハリン島にも」

そこまで言ってから気付いた。

自分には故郷が二つある。そのどちらとも、力の摂理の下では凍てついたままだろうと思った。

「つまらない」ユゼフは、ぞっとするほど冷たく笑った。

「アイヌだったか、ギリヤークだったか。手紙で教えてくれた兄さんの友人たちだって力があれば、兄さんの厭味ったらしい助力なんか必要なかっただろうよ。弱肉強食の生存競争。それが世の摂理だ」

「私は摂理と戦う。そう決めたんだ。それでこそ、故郷は戻ってくる。在り続ける」

言い切った時に弟の、兄と同じ紺色の瞳がひどく悲しげに光った。

「ならこれからは」

ユゼフの顔付きが、徐々に変わっていく。自信と情熱に張りつめた頬と口元。攻撃的な眼光。

「ぼくと兄さんの競争だな。おそらく仲間たちを鼓舞し、政敵たちが嫌悪してやまないだろう顔。どちらが正しいか。それは歴史が白黒つけてくれる」

かつての弟は、立ち上がる。

「兄さんの邪魔立てはしない。だが立ちはだかるなら、その時は」

ユゼフは言い淀んだ。

「容赦できない」

しない、とは言わなかった。ユゼフなりに、最後まで弟でいてくれようとしたらしい。

第五章　故郷

一

朝は霧となって湖と森を漂っていたこの島特有の湿気が、昼前の今は蒸すような熱気に変わっていた。珍しく晴れた空は、青く抜けている。

樺太は、短い夏を迎えている。

「あれあれやあ、副総代さんじゃないか」

ヤヨマネクフがオチョポッカ村《コタン》に足を踏み入れると、通りがかった老婆に親しげに声をかけられた。

「ああ、こんにちは。お元気ですか」

しおらしく返事をすると、老婆は色あせた入墨《シヌイエ》を動かして「おかげさまで」と答える。

会釈をして、村内を歩く。竿につながれた犬たちは、ヤヨマネクフを見つけてももう何も言わない。慣れてくれたのなら嬉しいが、仲間と思われているかもしれない。

島の南が日本領樺太になって、もうすぐ二年になる。

統治を軍から引き継いだ樺太庁はアイヌの村々に「土人部落総代」という役職を置き、役所と村民の仲介をさせた。ヤヨマネクフは嫌がったが周りに推されて、住まうトンナイチャ村《コタン》と合わせて四か村の副総代となった。今日、トンナイチャ村から海沿いに半里（約二キロメートル）ほど北にあるオチョポッカ村には、その副総代の用事で来ている。

まずは挨拶と村の総代の家に向かう途中で、見慣れない光景に気付いた。わいわいと村の子供たちが騒いでいて、その中心には腕まくりした白いシャツを着た男がいる。

「何《ヘマタ》！　何！」

男は甲高い声で絶叫しながら、四方八方をぴしぴしと指差している。

ここ数日のうだるような熱気をヤヨマネクフは思い出した。あの男は暑さにやられてしまったのだろうか。子供に妙な手出しをされでもしたらかなわない。ヤヨマネクフはしばし立ち止まり、様子を窺う。

「何！　何！」

男が絶叫するたびに子供たちははしゃぎ、「草《ムン》！」「山《ヌプル》！」「空《ニシクル》！」と声を張る。

「何！」

男は仰け反るように胸を張って、自分の顔を指差した。子供たちの歓心を買うためか動作は大げさで、顔を面白げに引き攣《つ》らせている。元の顔はわからないが和人《シーサン》のようだった。白い肌には若々しい艶があり、たぶん面立ちは細い。

「顔《ナン》！」

一斉に上がった叫びにわずかに遅れて、誰かが「おばけ《オヤシ》！」と言う。どっと笑いが起こった。おばけだ逃げろ、いややっつけろ、などと楽しげに騒ぎ出す子供たちに囲まれて、若い男は潮が引くようにまともな顔になり、次に戸惑いの色を見せた。

「カオ、だったんだが」

探るような日本語が聞こえた。困っているようだが明晰で、おかしくなってしまった様子はなかった。

ヤヨマネクフは歩み寄る。子供たちが両手を振り回しながら男の周囲を走り回っている。男はシャツの胸ポケットから小さな手帳を抜き、ページに頭を突っ込みそうな勢いで読み始める。誰もヤヨマネクフに気付かない。

「ナン。オヤシ。どっちだろうか」

「ナンだよ、顔は」

近付いて言ってやると、男はがばりと顔《ナン》を上げた。

「では、オヤシは」

食い入るように男は聞いてくる。誤解を生みそうでちょっとためらったが、結局ヤヨマネクフは答えた。男の目は、それほど切実だった。

「化け物、かな。和人の言葉で言うなら」

男は「なるほど」と言って、若い頬を苦笑するように吊り上げた。

「で、あんたは誰だ」

不審者への尋問が副総代の役回りに入るのか不明瞭ではあったが、ヤヨマネクフは一応尋ねた。男は手帳を胸に突っ込んで、ヤヨマネクフに向き直った。

「キンダイチ」

日本語に不自由しないヤヨマネクフにも聞き慣れない単語だった。

「金田一京助《きょうすけ》といいます。金銀の金に田んぼ、それとイチニイサンの一、と書きます。東京帝大の学生です」

かたや金田一は、慣れたように漢字まで説明してきた。

「学生さんか。で、なにをしてる」

「アイヌの言語を研究しています。いまは村の子供たちに単語を教えてもらっていました」

「そんな学問があるのか」

ヤヨマネクフにとって学問とは、科学や医学、語学などの実用か、天下国家を論じるためのもので、言葉などという卑近なものがその対象になるとは思ってもみなかった。ところが学生は「あるのです」と誇らしげに頷く。

「去年は北海道に行って、そこに伝わるアイヌの〝ジョジシ〟を知りました。樺太にも伝わっていないか調べたくて来たのですが、北海道で覚えたはずのアイヌ語がここではさっぱり聞き取れず、まず今は樺太の言葉を覚えています」

とめどなく話す金田一に、紺色の瞳の友人がふと重なる。

「〝ジョジシ〟ってのは、なんだ」

「昔の英雄の物語を歌にしたものです。世界でもこれを持つ民族はごく少ないのです」

世界。民族。ヤヨマネクフは剃り上げた顎を撫でながら、ふと考える。

「あなたは、和人の方ですか？」

聞き流せない問いに、手と考えが止まった。

「そう見えるかね、俺が」

顎髭を蓄えず、鳥打帽を被り、漁場の印半纏《しるしばんてん》を羽織る自分は、確かに和人にしか見えないだろう。

「いいえ」金田一は首を振った。「アイヌ語にお詳しいですし、そうは見えなかったのですが、いちおう」

「もし和人なら、アイヌに間違えられたら怒る。だからかね」

再び困り顔をした金田一を見て、ヤヨマネクフは少し後悔した。はしゃぎ続ける子供の声がなければ、もっと雰囲気は殺伐としたものになっていた。

「オチョポッカ《こ》に泊まっているのか」

話を変えると、金田一は申し訳なさそうに「はい」と答える。少なくとも悪い奴ではないとヤヨマネクフは思った。

「昔話の歌なら、俺の村に得意な老人がいる。今度連れてきてやる」

「本当ですか！　いいのですか！」

金田一の顔が、ひっくり返したように明るくなった。

ああ、と頷きながらヤヨマネクフは懐かしさを覚えた。あの紺色の瞳の学者は、今どうしているのだろうと思った。

それからしばらく、ヤヨマネクフは金田一の研究に協力してやった。自分を生み育てた言葉を教えてやり、歌や昔話に詳しい古老を紹介した。そして金田一が日本の内地へ発つ前日、トンナイチャ村の総代を務める老人を連れて行った。

金田一が寝泊まりしている家で、老人は見事な声で〝ハウキ〟を披露した。節をつけて謡《うた》われる、英雄の冒険譚だ。炉端に寝転がり腹を打ちながら、神がかった抑揚で謡われる長大な物語は終えるのに一晩を要した。謡い切った老人はそのまま寝入ってしまったが、金田一は発音をひたすら書き留めていたノートを忙しく読み返す。不明な語の意をヤヨマネクフに問い、理解を深めていく。窓から差す仄かな朝日が、熱心な学生の顔に浮いた隈を照らす。

「山辺さん」

やがて金田一は顔を上げた。表情には疲れと、それを上回る興奮が浮いていた。

「ぼくは確信しました。このおじいさんが伝える、ええとハウキでしたっけ。これは北海道のアイヌのユーカラと同じもので、そして共に世界に冠たる高尚な文化です」

「高尚、か」ヤヨマネクフは苦笑した。「大げさだな」

「大げさではありません」

金田一は真顔で身を乗り出した。

「叙事詩を持つのは、西洋でもギリシャやローマのような優秀な民族だけです。失礼ですがアイヌは今まで、未開で野蛮な民族と見られてきました。けどハウキやユーカラは、アイヌが野蛮どころか偉大な民族である証です」

金田一の賞賛を、ヤヨマネクフは複雑な気持ちで聞いていた。たとえ偉大だとしても、それはアイヌの全員ではなく、この鼾《いびき》のやかましい老人か、彼が伝えるハウキを最初に作った誰かだろう。

「ぼくは、間違っていなかった」

金田一は、陶然と呆然を溶《と》き混ぜたような顔で遠くを見つめていた。

「ぼくはこの旅で、生涯を賭するに足る事業に出会えた。アイヌ民族の優秀性を解き明かし、もって人類の深淵に少しでも迫る。だからぼくはアイヌの人たちの歌を、言葉を、余さず漏らさず記録したい。失われてしまう前に」

「失われる」ヤヨマネクフは聞きとがめた。

「そうなのです」つい、金田一が身を乗り出してくる。

「北海道では、アイヌの人々が減り続けています。世界に例が少なく、とても貴重な文化を、失われる前に遺さねばなりません」

「なあ、学生さん」

ヤヨマネクフは顎を撫でた。

「俺たちは滅びる定めなんていわれているらしいな」

太郎治が北海道で聞いて来たという話、少年時代に自分が感じた不気味な不安。それらが胸をよぎる。

「それが本当なら俺たちの居場所はもう、あんたが持ってるそのノートの中にしかないのかい」

それは、ぼくには。金田一は何かを言おうとして口をつぐんだ。滅びは、この無邪気でひたむきな和人にとっても当然のことらしい。

物音と、「船が来たよ、金田一さん」という声が聞こえた。役所の用船に便乗して金田一は帰ることになっていた。

金田一は沈痛な面持ちのまま、腰を上げない。意地悪な質問をしたとヤヨマネクフはやっと気付いた。「すまない」とだけ言って立ち上がり、家の隅に置かれていた方形の旅行鞄を摑んだ。

「送るよ。また来るといい」

俺たちがまだいるうちに、とまではさすがに言わなかった。

二

樺太は急速に「日本《ニッポン》」になりつつあった。住む人ももう先住民より和人の方が多い。街には和洋折衷《ワヨウセッチュウ》なる様式の建物が並ぶ。日本の言葉、風俗、慣習が島を着々と染め上げている。

副総代になって二年後、明治四十三年（一九一〇年）の夏。トンナイチャ村のはずれにある真新しい日本式の建物の前に、老若男女が集まっていた。

これから、島で初めての「土人教育所」の開校式典が行われる。近辺の大人たちが生業の合間に木材を運び、土台を作り、校舎が竣工したのは前年の末。授業はすぐに始められたが、多数の来賓を招く式典は雪深い時期を避けて今日になっていた。

「もうちょっとなんとかならないのか」

シシラトカに呆れられて、ヤヨマネクフは首を傾げた。

「お前の恰好だよ。まるで漁場からの帰りじゃないか」

鳥打帽と印半纏。確かに言われた通りの恰好をしていた。対してシシラトカは来賓らしく草皮衣を涼しげに着こなしている。

「この学校を作ったのはお前だぞ、ヤヨマネクフ。威張れとは言わないが、それらしくしたらどうだ」

「俺は金と先生を集めて、みんなに手伝いを頼んだだけだ」

「十分だよ。一番、いや唯一の功労者じゃないか」

呆れることに飽きたのか、シシラトカは笑い出した。

当初、ヤヨマネクフは戦争で失われた寄宿学校の再建を考えていた。日本の樺太庁が早々に学校設立の意向を明らかにしたため待つことにしたが、それから話がなかなか進まない。結局、ヤヨマネクフは自ら動いた。心ある和人たちから寄付を募り、自分の住居を校舎にして私設学校を作ったが、アイヌの大人に運用資金を着服する者が出た。和人の役人から悪しざまに思われるのも癪だから学校は廃し、寄付集めからやり直し、今度は役所の公認も得て、やっとこの教育所の開校に漕ぎつけた。

ヤヨマネクフは周囲を見渡した。和人とアイヌが入り混じって談笑している。和人たちは職業に応じて着飾っていて、アイヌは半分くらいが着物《キモノ》姿だった。

「そういえば南極なんとかの話、聞いたか。副総代どの」

茶化すような一言をつけて、シシラトカが話を変えた。

「犬集めの話なら、役所から聞いた」

ああそれだ、と頷いたシシラトカの面倒くさげな表情に、ヤヨマネクフも同感だった。

南極探検隊なるものが組織されるという。まだ世界の誰も辿り着いたことがない南極点の一番乗りを目指すそうで、現地での足に樺太の犬を集めたいのだという。ヤヨマネクフは役所から、犬集めへの協力を村人に説くよう依頼されていた。

「前人未到の地を目指す今次の探検は、世界人類の注目を集める壮挙であり、日本の威信をかけた一大事業であるから、土人一同も奮って協力するように。――だとよ」

命じてきた役人を真似たのか、しかつめらしい口調でシシラトカが言う。

「トンナイチャでは集まりそうか」

「難しいな」

島のアイヌにとって犬は大事な財産であり、家産を傾けても養う誇りでもある。探検隊への供出は任意で、かつ買い取りということだったが、快諾されるとも思えなかった。とはいえ役所からの話に全く応じないわけにもいかず、気が重い話だった。

「探検隊とやらは、肝心の人も集まってないらしいぜ。なんせ世界で一番寒い所、まだ誰も行ったことがない所へ行くんだ、死ぬかもしれないからな」

他人事のようにシシラトカは言う。実際、和人たちだけが一喜一憂する他人事だ。

シシラトカが、おおい、と手を振る。白い立襟のシャツを着た太郎治が歩み寄ってきた。

「先生らしい恰好じゃないか」

功労者への嫌味のようにシシラトカが言い、太郎治は照れを混ぜながら笑った。地元の漁場で、不慣れながら網を手繰《たぐ》っていた教員志望の幼馴染を誘ったのは、ヤヨマネクフだった。和人の教師もいるが、それだけでは不安だった。

「寄宿学校の時とおなじ景色だ。嫌な予感がするな」

太郎治なりの冗談なのだろう。表情は嫌な予感どころか感慨深げだった。

「もう戦争はねえよ」

シシラトカが笑い飛ばした。

校庭での開校式典でまずあいさつに立ったのは、寄付を弾んでくれた軍の高官だった。型通りの祝辞を述べた後、軍人の声は熱を帯びはじめた。

「我が日本帝国は二つの戦役で清国、ロシアに勝利しました。これは忠良《ちゆうりよう》なる帝国臣民の努力の証であり、ひいては日本民族の優秀さを示すものであります」

ヤヨマネクフは功労者面《づら》をするのが性に合わず、少し離れたところから様子を眺めている。シシラトカは、犬集めへの愚痴が止まらないまま式が始まってしまい、そのまま一緒にいた。

「北海道のアイヌは、国家の保護を受けて順調に発展しております。先の日露戦役にも多数の青年が出征し、アイヌながら金鵄《きんし》勲章の栄誉に与《あずか》る者も出ました」

子供たちは日本語がわからず、きょとんとしている。

「生徒諸君、すべからく勉学に励むべし。もって東洋の優秀民族たる日本人に同化し、未開な蛮習《ばんしゅう》を捨て、文明に参加すべし。それが可能なことは北海道の同族諸君が証明しております」

ヤヨマネクフは愕然とした。

アイヌとして文明の中で生きていく知識を広めるために作った学校が、アイヌを日本人に作り替える場所にされようとしている。

高官の横でアイヌの子弟に通訳する太郎治が、真っ青な顔をしている。北海道にいたころの不安を思い出しているかもしれない。

アイヌを滅ぼす力があるのなら、その正体は生存の競争や外部からの攻撃ではない。アイヌのままであってはいけないという観念だ。いずれ、その観念に取り込まれたアイヌが自らの出自を恥じ、疎み始める日が来るかもしれない。

学校が、アイヌを滅ぼすのかもしれない。

「シシラトカ」

声を殺して呼んだ。でないと叫び出してしまいそうだった。

「南極点とやらは、まだ世界の誰も行ったことがない。そうだったな」

「そう聞いてるな」

怪訝《けげん》な顔で答えたシシラトカは、次に目を丸くし、それから笑った。

「教科書にでも載りたいのか？　アイヌにも偉い人がいましたよってな感じで」

昔からそうだった。この親友は自分より少し不細工で、自分よりずっと勘が鋭い。

「死ぬかもしれねえぞ」

「こう見えても悪運は強い」

故郷を帰る前に失った自分は今度こそ行かねばならない、とヤヨマネクフは思った。

アイヌがアイヌとして生きているうちに。

三

犬の世話役と橇の御者として南極探検隊に参加したい、というヤヨマネクフの希望はすんなり聞き入れられた。仲介してくれた樺太の役所から聞いたところによると、探検隊のほうでも犬に慣れた者がおらず、不安があったらしい。

ヤヨマネクフが東京へやって来たのは十一月六日のことだった。

文明輝く帝都の海辺、芝浦と呼ばれる一帯へ行く。そこは海を埋め立てたばかりの土地で、ただ白っぽく乾いた土が続く広漠たる空き地だった。

他に空と海しかないような世界に、青い天幕がぽつんと張られている。脇に立てた旗竿には赤い十字を配した紺色の旗が、広がるでもなく揺れている。

これが二度の戦争に勝利し、世界の一等国に躍り出たと自負する国家の、その威信をかけた大事業なのだろうか。

不安を感じながら振り向く。木箱を満載した三台の大八車があり、雇った車引きたちが気の毒そうな顔でこちらを見ていた。箱には、樺太で苦労して集めてきた二十頭の犬が数頭ずつ押し込まれている。

ともかく犬たちを早く出してやらねばと思い、ヤヨマネクフは歩き出す。張り切って着てきた草皮衣の裾が、うら寂しい秋風に翻る。

埋立地の天幕の前には二人の男がいた。一人は眼鏡をかけていて、敷物の上にいろいろな器具を広げて点検するようにいじくり回していた。もう一人は机と椅子を屋外に引っ張り出していて、算盤を使いながらせかせかと書き物をしている。

「あのう――」

机を使っているほうの男に声をかける。敷物のほうの男が先に顔を上げ、眼鏡を光らせた。

「武田《たけだ》くん」

机の男は、ヤヨマネクフに気付かないのか別人の名を呼んだ。敷物の男がヤヨマネクフに済まなそうに目礼してから「はい」と答える。

「やっぱり金が足りない。言わずもがなではあったが、やはり足りない」

机の男は、話し方もせかせかとしている。ヤヨマネクフには、やや伸びた坊主頭のつむじしか見せてくれない。

「やりくりはお得意でしょう。輜重兵《しちようへい》だったんですから」

武田と呼ばれた男は、なだめるような優しい口調だった。

「そりゃ自信があるが、ないものはどうにもならん」

それから机の男は鉛筆と算盤を忙しく持ち替えながら、ぶつくさと呟き出した。愚痴ではなく人名のようだ。金策のあてだろうか。

「あのう」

再び、声をかけてみる。見かねたものか武田が「お客さんですよ」と声を張ると、机の男はやっと顔を上げた。しげしげとヤヨマネクフを見つめたあと、跳ねるように立ち上がった。

「寄付ですか。現金ですか、小切手ですか」

摑みかからんばかりの勢いで男はまくし立てる。立襟の白いシャツに砂色のズボン。あの戦争の折に何度か見かけた恰好だったから、軍人かもしれない。

顔は茹《ゆ》でた玉子のようにつるりとしていて、瞼が眠たげに垂れている。声はそこそこの歳に聞こえたが、まるで赤ん坊のような顔つきだった。

「それとも何か現物ですか。であれば缶詰、ライムジュース、医薬品が特にありがたい」

赤ん坊がまくし立てる。

「寄せ書きの類なら、こちらには用がないんで後援会にお持ちください。酒は飲ませませんから、いまある分で間に合ってます。激励やご訓戒《くんかい》はもう十分ですから、どうしてもとおっしゃるなら、そちらも後援会へお寄せください」

「ちょっと」さすがにヤヨマネクフも声を張った。「ちょっと待って下さい」

「そういえばお客人、めずらしい恰好をなさっている」

赤ん坊は彼なりに相手に気遣いだしたらしいが、一方的なことは変わらなかった。

「アイヌのお大尽《だいじん》ですかな。写真で見たことがあります。こうしてお召し物を目の当たりにすると高雅《こうが》な野趣《やしゅ》と申しますか、天地の悠久《ゆうきゅう》を思わせる佇まい。万事が忙《せわ》しい東京ではとてもお目にかかれません」

「山辺安之助です」

割り込むしかないと思い、ヤヨマネクフは唐突に名乗った。

「樺太から来た犬係です」

「おお！」

男の目に、別のきらめきが宿った。

「山辺くんか、待っていた。犬橇は今回の探検で最も重要となる。きみの参加の希望を電報で知った時、これほど心強いことはないと思ったものだ。すぐにゼヒタノムと返事したよ。ところで犬は」

「全部で二十頭です。あちらに」

背後を手で指し示す。車引きたちは大八車から箱を下ろし始めていた。

「おお！」

赤ん坊は再び叫び、大八車に駆け寄った。檻《おり》を一つ一つ覗きこんで「かわいいなあ」「たくましいなあ」「面構《つらがま》えができとるなあ」と忙《せわ》しくため息を吐《つ》いて回る。

「隊長にお目にかかりたいのですが」

「隊長は、ぼくだ」

赤ん坊は箱を覗き込みながら平然と言う。

やがて立ち上がり、埃《ほこり》を払うと手を差し出してきた。

「陸軍輜重兵予備役中尉、白瀬《しらせ》矗《のぶ》だ。樺太の犬と橇で、ぜひぼくたちを連れて行ってくれ」

「どこへ行きたいのですか」

何気ないはずの白瀬の言葉が、別の記憶と結びつき、妙な質問が出た。愚鈍な未開人の質問に思われたかもしれない。

「南極点。誰も行ったことがない、無主の地だ」

白瀬は嘲るどころか胸を張った。よくぞ聞いてくれたという気概に満ちていた。

「雪と寒さには慣れています」ヤヨマネクフは淡々と答えた。「必ず、お連れしましょう」

無主の地。そんな所があるなら、それこそ行ってみたいと思った。

故郷も、かつてはそうだった。

四

制服が支給された。金ボタンが五つ並んだ紺の詰襟《つめえり》、同色の制帽とズボン、黒の革靴。服の寸法はぴったりだったが、靴はぶかぶかだった。

「山辺さんは、私を手伝ってくれ」

白瀬と共にいた武田が、同じ紺の制服姿でヤヨマネクフを連れ出した。武田は隊でたった一人の探検隊学術部の部長で、観測や調査を一手に担うという。

「ただし今日は観測じゃない。寄付を募る講演会に行くんだ」

武田にあらましを聞きながら品川駅まで歩く。「贅沢はできないけど、今日は体力勝負だから」とのことで、駅からは人力車を使った。靴の寸法が合わず歩きにくいヤヨマネクフは、正直助かった。

東京の街の景色は、まるで別世界だった。様々な建材や様式の建築が高々と、そして所狭しと立ち並ぶ。熊より大きな市電が行き交い、ひしめく人は華やかで、足早で、自信に満ちている。

脳裏をよぎったのは対雁《ツイシカリ》の総頭領、チコビローのことだった。樺太から自発的か強制か曖昧《あいまい》な経緯で渡ってきたアイヌを束ねた聡明で若き頭領は、この東京で何かを感得した。それから同族たちを日本の中で自立させようと奮闘し、コレラに斃《たお》れた。

自分はきっと、自分なりにその志を継ごうとしている。だが、正しく継げているのだろうか。与えられた革靴より小さな足が、乗り慣れない人力車に運ばれる自分が、もどかしく思えた。

「あそこだよ」

前を行く人力車から武田が身を乗り出している。

モルタルの瀟洒《しょうしゃ》な外壁が右手に流れて行く。壁を断ち切るように現れた門柱の前で、人力車は停止する。

――白瀬南極探検隊　武田輝太郎《てるたろう》学術部長講演

たどり着いた学校の校門には、そう大書された看板が掲げられていた。講堂には子供から大人までが詰めかけている。

演壇に立った武田は、自己紹介を終えると朗々と語り始めた。

「前世紀より飛躍的に発展したる科学文明の光は、我々の住む世界をあまねく照らし出そうとしております」

講堂の隅には、「募金箱」と書かれた箱を置いた長机があり、ヤヨマネクフはその脇に立っている。箱の番と、募金者には大きな声で礼をいうこと、その二つを武田に頼まれている。

「茫漠《ぼうばく》たる大宇宙、顕微鏡にも映らぬ微小な病原体、万物の生成消滅の理、人類の進歩の仕組みと歴史。新たな事実、普遍の原理、永遠の真理が次々と発見されております。不肖《ふしょう》ながら科学を学び、人生を捧げたわたくしも、瞠目《どうもく》する日々でございます」

もう少し内気な性格を勝手に想像していたが、武田は弁舌の才があるようだった。

「人類の活動範囲もますます広がっておりますが、未だその足跡が刻まれておらぬ処女地があります。それすなわち、南極点であります。その途上には想像を絶する極寒、分厚い氷、まだ見ぬ生命、大いなる未知が、我ら人類を待っております」

聴衆は静まり返り、武田の演説に聞き入っている。

「南極点到達。それは人類発展の大いなる一歩であり、その叡智《えいち》の精華《せいか》たる科学文明の一大画期となろうこと、疑いはありません」

静寂の中、熱気が圧縮されて行くような感覚をヤヨマネクフは覚えた。

「ここに宣言します」

南極について細々と説明したあと、武田は拳を振り上げた。

「我ら白瀬南極探検隊の使命は、人類の征《ゆ》くべき道に日章旗を掲げることであります。全日本人を代表し、我らは決死の覚悟で、南極へ行ってまいります。誓って、日本の名を上げてまいります」

割れんばかりの拍手喝采が湧いた。武田学術部長が手を上げ、それに応える。

「最後に、皆さま国民各位のご同情に期待しまして、寄付を募っております。もちろん、いくらでも結構であります。我こそはと思われた際はぜひあちらの――」

武田が募金箱を手で示した。満場の視線が集中し、思わずヤヨマネクフは背筋を伸ばす。

「あちらの箱に、お気持ちを賜りますよう、伏してお願いいたします」

ご清聴ありがとうございました、と続いた武田の声が合図になって、聴衆は一斉に立ち上がった。興奮とともに押し寄せる人の波に、ヤヨマネクフは身の危険を感じつつ、募金箱にしがみつく。紙幣や硬貨を握りしめた手が殺到する。

「ありがとうございます、みなさま、ありがとうございます」

壇上から武田が叫ぶ。ヤヨマネクフも箱を必死で支えながらアリガトウゴザイマスアリガトウゴザイマスと絶叫する。しまいにはヤヨマネクフ自身も、肩を叩かれたり抱きつかれたり、揉みくちゃにされる。

暴動のような騒動が徐々に引け、誰もいなくなってから武田とヤヨマネクフは募金箱を開けた。周囲に散らばった硬貨も合わせて、二十円ちょっとが集まっていた。

「いままでで一番集まった。山辺さんが手伝ってくれたおかげだね」

武田は嬉しそうに、金を鞄にしまい込む。

役に立ったと言われれば嬉しいが、抱いていた薄い不安は強烈な違和感に変わっていた。

これでは、物乞いではないか。

五

「しかしびっくりしました。山辺さんが南極探検隊に入ったなんてね」

金田一京助はヤヨマネクフに向かって柔和に笑った。

樺太で出会って以来、金田一とは何度か手紙のやりとりをしていた。隊務の合間、その封筒の裏書を頼りに思い付きで家を訪ねると、金田一はたいそう喜んでくれた。

通された茶の間で、ヤヨマネクフはまず、上京している理由を話した。金田一は熱心に聞いてくれたが、去年一緒になったという細君が出してくれた湯呑みには、お茶ではなく白湯が注がれていた。

「暮らし、苦しいのか」

自分の話を終えてから、そっと尋ねると、金田一はやはり笑顔を作った。

「仕事も薄給なのですが、友人の面倒を見ていまして。妻には苦労をかけています」

詩の才を持つ石川という同郷の友人がいて、たびたび金を無心に来るという。

「去年にロシアからの帰国途上に客死《かくし》した二葉亭四迷という作家がいまして、石川はその全集の校閲をやっていたんです。仕事もきちんとできるし収入もぼくよりはるかによさそうなのに、どうも身持ちが良くないのです」

金田一はため息をついた。

「もうすぐ出す歌集にはぼくへの献辞も入れてくれたのですが、それより生活をきちんとして欲しいのですがね。ワレナキヌレテ、カニトタワムルなんて詠まれても、こっちが泣きたいくらいで」

石川なる友人の歌らしい言葉の意味はわからなかった。ヤヨマネクフは日本語に不自由はしないが、それは日常の便のための道具で、情感を掘り出し、探り当てるほど馴染んだものではない。

「探検隊は、金がないらしい」

単刀直入に言うと、「ぼくと同じですね」と金田一は寂しげな相槌を打った。

「隊長と手空きの隊員は、金策に駆けずり回っている。来たばっかりの俺もだ。連れて来た犬に飯を食わせてやれるかもわからない。俺はてっきり国の事業だと思っていたのだが、違うんだろうか」

「違うらしいですね、聞くところによると」

金田一は頷く。

「白瀬さんという人はどうしても南極に行きたくて、まず議会に経費をくれるように請願したんだそうです。で、議会は通ったのですが別に予算がついたわけじゃない。役所のたらい回しにあって、結局、国からは金は出なかった。そこで民間の名士を回って賛同してもらい、ついには大隈伯爵に後援会長になってもらった。そしたら国民が熱狂して、やっと寄付金が集まり出したそうです」

「オオクマ？」

「維新のころからの政界の大物ですよ。総理大臣をやったこともあります。いまは政界を退いて、文化事業に熱心なんだそうです」

「詳しいな」

「職場に置いてあるおかげですけど、新聞くらいは読みますから」

そう言ってから、金田一は身を乗り出した。

「こんなことを言っては何ですけど山辺さん、やめといたほうがいいのではないですか。今申した通り、南極探検は国家でなく私人による事業です。大隈伯という有名人の後援もあって国民の注目を集めていますが、思わぬところで失敗が、いや危険があるかもしれません」

ヤヨマネクフはすぐには答えず、顎に指先を這わせる。

命が惜しいとは思っていなかった。ただ死に急ぎたいわけでも失敗したいわけでもない。

「そういえば、アイヌ語の研究はまだ続けてるのか」

考えあぐねて、話を変えた。金田一は「もちろんです」と力強く頷いた。

「大学の嘱託講師と出版社の校正の仕事をしているのですが、他の時間はずっと研究にあてています。樺太に行ったときには山辺さんに窘《たしな》められましたが」

言葉を探すように金田一は目を泳がせてから、続けた。

「時代の流れがアイヌの文化や記憶を失わせていることは、やはり確かです。それに、こう言うと口幅《くちはば》ったいですが、ぼくは北海道と樺太で情熱を捧げたいものを知ってしまった。食えなくても、学問では傍流であっても、研究をやめるつもりはありません。失われては惜しいと思ったものを書き留める。それがそんなにいけないことですか」

一気に言い切ってから、金田一は「すいません、なぜか興奮してしまって」と詫びた。

その頬には赤みが差している。

「な、学生さん」

「もう卒業しています」

「俺は南極へ行く。行くと探検隊の隊長に約束したから、いまさら違約したらアイヌ全員が馬鹿にされる」

「お覚悟」金田一は姿勢を正した。「承りました」

「それで、一つ頼みがある」

「ぼくにできることでしたら、何なりと」

「俺が帰ってきたら、書き留めてくれないか。俺の人生を。俺の言葉で話すから」

「樺太のアイヌの言葉を記録するということでしたら、ぼくにとっては願ってもないことです。ですがどうして」

「念のためだよ」

遠い未来、あるいは近い将来、同族たちがそのままではいられない時代が来たとする。それでも出自を思い出そうとする者がもしいれば、一人のアイヌの生きざまを、アイヌの言葉で語ってやりたい。金田一のノートを通してなら、それができるように思えた。

芝浦の野営地に帰り着いたころには、日がだいぶ傾いていた。

天幕の前には隊員たちの人だかりが出来ている。近づきながら目を凝らすと、草皮衣をまとった男が、周囲と陽気に話している。樺太のアイヌから犬係がもう一人増えると聞いていたから、そいつが到着したのだろうと見当をつけた。そっと人だかりに加わると、新しい犬係は目聡く近づいて来た。

「ハナモリ・シンキチ、三十三歳です。以後よろしくお願いします」

しおらしく日本語で挨拶する相手にヤヨマネクフは呆れ、顔を顰《しか》めた。

「お前は俺と同じ四十四歳だ、シシラトカ。どうしていつも歳をごまかすんだ」

いちおう、アイヌの言葉を使ってやる。

「若いほうが嫁を探しやすいだろうが」

シシラトカは悪びれる様子がない。歳を若く言う癖の理由を、そういえば初めて聞いた。

「ちょっと違う。有名になりゃあ、探さなくても女のほうから寄ってくるだろうと思ってな」

「嫁探しで南極に行くのか」

花守信吉。派手にも思えるシシラトカの日本名は、そのために付けたらしかった。

六

「臣、白瀬矗。誠惶誠恐《せいこうせいきよう》、頓首《とんしゅ》三拝し、今上天皇陛下の闕下《けつか》に伏奏《ふくそう》し奉《たてまつ》る。臣、矗、ここに今日を期し南極探検の途に就かんとし――」

十一月二十八日、午前七時過ぎ。

藍色の襟章が付いた砂色の軍服を纏い、軍刀を提げた白瀬隊長が天皇陛下《モシリカムイ》への奉告文を朗々と読み上げる。胸にはいくつかの勲章がぶら下げてあった。

東京の中心にある城の外、二重橋《ニジユウバシ》と呼ばれる橋梁の前に、南極探検隊は整列している。上陸隊員は金ボタンが並んだ紺の詰襟服、船員たちはセーラー服、船長ほか数名が蝶ネクタイに黒のダブルの礼服を着ている。

探検隊は本日、南極へ向け旅立つこととなった。資金は潤沢ではないが、航海に要する分はなんとか集まった。大隈伯爵が会長を務める後援会が引き続き募金に努め、南極の手前にあるオーストラリアのシドニーへ送金する手筈となっていた。

今から行ってきます、という挨拶を、小難しい言葉で白瀬は続ける。

「――今上陛下克《よ》く臣らの微衷《びちゅう》を嘉納し給わんことを誠惶誠恐、頓首百拝して白《もう》す。予備陸軍輜重兵中尉、従七位勲六等、白瀬矗」

そこまで言うと、白瀬は読み上げていた紙を折って脇に挟み、深々と一礼した。隊員一同も倣《なら》う。

午後一時、戻ってきた芝浦埋立地の様子に、ヤヨマネクフは目を見張った。

うら寂しかった一帯は見渡す限り人で埋め尽くされている。到着した探検隊を歓声で迎えて、持った小旗を一斉に振る。旗は紺地に白い星と赤い十字を描いた探検隊旗の意匠で、まるで波打つ海のようにさざめいている。

送別式の式典が、これから始まる。埋立地は、いつのまにか巨大な会場に変わっていた。

「三万人が集まりました」

どう数えたか知らないが興奮した声で告げる案内役に先導され、探検隊は群衆を横切って進む。揉みくちゃになりながら真ん中に設営された屋根付きの演台の脇へ行き、椅子が並んだ席に着席した。

すぐに式典は始まった。名士然とした人たちが次々に演台に上がり、勇ましい演説をぶち上げる。何人目かに、大きく体を揺らして歩く老人が演台に立った時、ひときわ大きな拍手と歓声が起こった。あれが後援会長の大隈伯爵という人らしい。

「一発の実弾は百発の空砲に勝る。探検の不可能なるを言い立て白瀬中尉を冷笑せし意志薄弱者どもへの、これはまさに銃弾である」

老人はよく通る声で、物騒な演説をぶった。

「南極点一番乗り。その偉業を達成するのは白瀬中尉率いる日本人である。今回の探検は日本民族の世界的なることを知らしめる、すこぶる男らしい愉快な大事業であるんである」

奇妙な語尾で締めくくった老人は、万雷の拍手の中に両手を上げて応える。しばしのち、その手は制止するようにゆっくり揺れる。歓声はみるみるしぼみ、静寂が訪れる。

白瀬に促され、ヤヨマネクフも隊員一同も立ち上がる。

眼の前で、樺太のアイヌの全部よりはるかに多い人数が沈黙している。ただ静かなだけではない。刻々と熱気が充塡《じゆうてん》され密度を増して行くような不思議な時間だった。

「天皇陛下《テンノーヘイカ》ァ――――」

伯爵の大音声は、聴衆の群れを抜けて海にまで届きそうだった。

「万歳《バンザイ》！」

「バンザァーイ」

溜め込んだ三万人の熱気が、一気に解放された。一斉に上がった声と無数の手。ヤヨマネクフは耳が潰れるかと思いながら、両手を上げた。日本でアイヌの名を上げる。日本に呑み込まれる。これからの旅はどちらになるのだろうか。疑問を抱きつつも、行くからには必ず行ってやろうとも思う。まだ誰も踏んだことがない地へ。

「万歳！」

「バンザァーイ」

「万歳！」

「バンザァーイ」

続いて会場は陽気で勇ましい喧騒に包まれる。大隈伯爵は演台を降り、探検隊は案内役に促されて桟橋へゆく。

雄々しい吹奏楽とひしめく人々に見送られ、沖合に小さな船体を休めていた開南丸という帆船に乗り込む。その日は荷物の積み込みに充てて翌日の午後零時二十分、煙突から黒煙を吹き上げた開南丸はゆっくりと動き出す。寄り集まっていた大小の船から手が振られ、バンザイとかフレーフレーシラセとか、いろいろな声援が飛んでくる。

隊員たちは制服姿で甲板に整列し、制帽を振り回している。

「樺太より寒いらしいな、南極。凍っちまうかもしれねえ」

横からシシラトカが、楽しそうに聞いてきた。

「ならきっと――」

盛大な見送りを眺めながら、様々な迷いを断ち切るようにヤヨマネクフは答えた。

「熱《セーセへ》いよ」

予想というより、それは願望だった。

七

「寒《メーライキ》い」

激しい風雪の中、隣でシシラトカが叫ぶ。

雪まみれで、髭には凍った呼気が白くまとわりついている。

分厚い鉛色の雲の下、帆を展《ひろ》げた開南丸が氷海を進んでいる。

背後から雪混じりの強風が叩きつけてくる。小さな船は必死で氷を割って氷原を進む。

ヤヨマネクフとシシラトカは揺れる船首で手すりにしがみついて、前方を睨んでいた。

喚《わめ》き散らす親友に答えず、ヤヨマネクフは凍った海の向こうから目を離さない。そこには白い大地と山脈が風雪に霞んでいる。

南極。地球を南北に縦断する三か月半の航海の末、白瀬探検隊はその姿を目視できる距離まで迫っている。だが南半球では冬へ向かう三月に入っていて、分厚い氷が行く手を阻んでいた。

やがて開南丸は、氷に乗り上げるように船首を大きく持ち上げて停止した。風はますます強くなり、木造の船体が不気味に軋《きし》む。このままでは、船は押し潰されてしまうだろう。

「畳帆《じょうはん》、急げ」

船長が絶叫し、船員たちが慌ただしく駆け出す。犬係の二人も凍る甲板に足を滑らせながら走り、船員と共に帆に繋がる綱を掴む。

「めちゃくちゃ重いぞ」

シシラトカが珍しく切羽詰まっている。男が三人掛かりで引っ張っても、帆が強風に捉えられ、綱はびくともしない。

「罐《かま》は目一杯焚いとけ。縮帆《しゅくはん》したら汽走《きそう》で後進する」

船長の声が風に吹き飛ばされる。船体の軋みはほとんど悲鳴になっている。氷の上に投げ出されるか、氷と風に押しつぶされるか。二つの未来しかないようだった。

数瞬だけ、風が弱まった。つんのめりそうになりながら一気に綱を引く。がらがらと帆が巻き上げられた時には、ヤヨマネクフたちは転倒していた。

「後進《ゴースターン》」

船長が叫ぶ。がきりと歯車の入る音がし、唸り続けていた機械音の質が変わった。木造の小船に無理やり取り付けた十八馬力のひ弱な機関が喘ぎながら全力を上げる。だが、船は動かない。開南丸は叫ぶように軋み続ける。

「後ろも氷で塞がれています」

見張り役が叫ぶ。ヤヨマネクフは船尾へ急ぎ、身を乗り出す。割れた氷が集まっていて、後進しようとする船を押し留めている。どこにも進めない開南丸は刻々と激しくなる吹雪になぶられ続ける。

――死ぬ。

ヤヨマネクフがそう感じたのは、三度目だった。一度目は北海道での流行病で、二度目は故郷での戦争で。

上下に揺さぶられる船上で、ヤヨマネクフは振り返る。甲板に並んだ箱状の檻に、一頭だけ残った犬が四肢を突っ張っている。ほかの犬は不慣れな航海に耐えられず、途上の海で次々と水葬に付されていった。布に包まれた犬の体を海に沈めるたびに、胸が痛んだ。

幼いころ、チコビローに手を引かれて離れて以来、自分は故郷に帰還できていない。近づくほど、取り戻そうとするほど故郷は遠のいた。

それでも、進むしかない。生きている以上は。進んでこそ、失った故郷に代わる新たな大地が見つかるかもしれない。

「動け！」

ヤヨマネクフは叫んだ。甲板を踵《かかと》で蹴る。

「動け、俺は死んでる場合じゃないんだ。まだ行くべきところがあるんだ」

頭領が作ろうとした、あるいは妻を連れ帰るべき故郷は、未来にしかないのだ。

突如、足元が持ち上がった。違う。船首が落下するような速度で沈み込んだ。反動で今度は船尾が落下する。甲板の下から梁が折れるような音が響く。

やはり死ぬか。そう思った時、船は前後に動揺しながらも這うように後進を始めた。

「助かった」

シシラトカのアイヌ語の叫びが伝わったのか、隊員たちも一斉に歓喜の声をあげた。

ヤヨマネクフは船首の方を睨む。目に捉えた南極が徐々に小さくなり、風雪に霞んでいく。

開南丸はそれから二日を掛けて周囲をさまよったが、どこも海氷に塞がれていたため、南極への上陸は断念された。探検隊は再起を期して北上し、五月にオーストラリアのシドニーに寄港した。開南丸は修理と改修のため船渠《せんきょ》に入れられ、隊員たちは篤志家が無償で貸してくれた私設の公園で野営生活を始める。三十名近い隊員を収容できる露営小舎が建てられ、庭めいた露地には食事や日用に使う長い卓が二つ据えられた。ただし、樺太のアイヌ二名は外に張った天幕で寝起きした。

隊員たちは野外での訓練や座学に励み、船長と書記長は後援会への報告と再挑戦への支援要請で帰国した。

短く暖かいシドニーの冬を超え、春にしては暑い十月のある日の夕刻、食事に集まった隊員たちは一様に声を上げた。露地の二つの卓には和洋の豪勢な料理が並べられて、珍しく酒もある。帰国していた船長が持ってきた日本の清酒だった。

白瀬の方針と、それ以前に隊の懐事情で粗食と禁酒を続けていた隊員たちはがやがやと席に着く。

「諸君、いよいよ再挙の時が来た」

立ち上がった白瀬隊長の赤ん坊のような顔が、僅かだが紅潮している。

「開南丸の改修も完了した。後援会から資金と物資が送られ、来週には補充の犬も来る」

卓の一番隅で話を聞いている犬係二人は、そっと顔を顰《しか》めた。

「物みたいに言うよな、犬を」

声を殺したアイヌ語でシシラトカが珍しく憤慨する。ヤヨマネクフも同感だったが、言って改められるものでもない。それより、犬の補充に当たっては出発前に獣医の診察があり、大量死の原因に想定された寄生虫対策で投薬もされたらしい。おかげでシドニーへ向かう船上にいる補充の犬たちは全頭が元気だと電報で伝わっている。和人なりに犬を大事にしてくれている。いまシシラトカを憤慨させた白瀬も、犬の水葬のたびに涙を浮かべていた。ものの感じ方は人それぞれだ。

今度こそ南極点へ行く。和人と共に世界初の偉業を成し遂げたアイヌは日本の中で確固たる地位を得る。

無邪気に過ぎる想定かもしれないが、それでもヤヨマネクフの胸は高鳴っていた。

「今回の挑戦の目的は、学術探検である。気象天文を観測し、鉱物生物の資料を収集し、科学の発展に寄与せんとするものである」

いっそう声を張った白瀬の顔が、なぜか硬くなった。

「ゆえに、南極点は目指さない」

聞こえた途端、ヤヨマネクフの頭が真っ白になった。なんだそりゃあ、とシシラトカがつぶやく。隊員の騒《ざわ》めき、言い訳のような白瀬の話が耳を抜けていく。

「おい、どうした」

親友の慌てた声が聞こえたときには、ヤヨマネクフは立ち上がっていた。

「隊長、俺は承服できません」

言いながら、自分はどうしてしまったのだろうかと思う。だが止まらない。

「俺たちは世界で初めての偉業を成し遂げるんじゃなかったんですか。南極点に行かないなら、今までの苦労や死んだ犬たちは何だったんです。再挙と言って、何をやるんです。俺たちはどこへ行くんです」

隊員たちは少し騒めいたが、止めようとする声はなかった。みな、同じ心境らしい。白瀬の顔も表情がない。南極点を諦めたのは彼の意志ではなさそうだった。

「私も、辛い」

白瀬はぽつりと言った。

「我々より装備も経験も優るイギリスとノルウェーの探検隊が、すでに南極に上陸している。後から追いかける日本隊が一番乗りできる可能性は低い。それが後援会の見解だ」

「隊長、あんたはどうなんです。南極点に行きたくないんですか」

「行きたいさ!」

白瀬は叫んだ。

「不肖白瀬、明治二十三年に北極探検を志して以来、その実現に邁進《まいしん》してきた。初めて探検した千島で同僚を失い、北極点では米国人に先を越され、万難超えての今回の南極行である。行きたい。どうしても行きたい。だが私は隊長だ。一番乗りという事実のみしか価値のない南極点へ自分一人が行きたいがために、隊員たちを死なせるわけにはいかない」

死。

前回の南極の海での経験が、それは脅しでも無根拠の空想でもないと告げている。

ヤヨマネクフもこれ以上言えることはなかった。不躾《ぶしつけ》な話をしてしまった詫びだけ口にし、座る。

「今日は出発前の宴会だ。存分に飲んでくれ」

白瀬が酒を満たしたコップを掲げる。隊員たちも「乾杯」と声をそろえたが、どこかむなしい響きがあった。

そして十一月十九日。南半球の夏の日差しが跳ねる海へ、開南丸は再び出航する。桟橋や船に集まった人々が拍手や口笛、あるいはバンザイの連呼で、すれ違う船も汽笛や信号旗で見送ってくれる。

ヤヨマネクフは甲板の上から、光る海の先を眺め続けた。

八

ふいに、ヤヨマネクフは覚醒した。

ぱちりと目を開けた時、視界は真っ暗だった。

息苦しい。全身にのし掛かるような重みを感じる。寝転んだまま、頭からひっかぶっていた毛布を下からめくり上げる。

とたんに視界に光が溢れた。眩しさに思わず目を閉じる。雪盲病《せつもうびょう》（雪目）が治ったばかりの目には刺激が強すぎたらしく、滲《し》みるような鈍痛があった。

目をつぶったまま寝嚢《しんのう》（寝袋）から這い出す。俯き、ゆっくりと瞼を開く。徐々に目が慣れる。使っていた寝嚢は、寝ている間に積もった雪に埋もれていた。さっきまでかぶっていた毛布の端を摑み、乗っかった雪を振り払いながら剝ぎ取る。

毛布の下には、雪焼けしたシシラトカの顔があった。犬係は二人で一つの寝嚢を使っていた。シシラトカは明るさに顔をしかめて、新鮮な空気をうまそうに吸い込み、しかし起きない。

よく窒息しなかったものだ。妙な感心をしながら立ち上がる。

頭上には、青い空が広がっている。風もなく、穏やかな静寂だけがあった。

一昨日までは断続的に雪が吹き荒れ、収まった昨日もまだ雲が居座っていた。久しぶりに空を見た気がした。

いまヤヨマネクフがいる世界には、ほとんど夜がない。昨夜と言うべきか午前二時に就寝した時も、世界は薄ぼんやりと明るかった。

南極。そこでは凍りついた光が、雪と氷に反射して溢れ続けていた。

「おはよう」

声がした。すこし離れたところに、もこもこと防寒着を着込んだ武田学術部長が、観測機器の木箱をいっぱいに広げて座っていた。細く温厚な顔は髭が伸び放題で、吐息が凍ってまとわりついていた。書き物をしていたらしく帳面と鉛筆を握っている。

武田の背後には小さな天幕がある。そこでは寄り添うように白瀬隊長と三《み》井《い》所《しょ》衛生部長が眠っている。

今回、上陸適地の捜索中にシシラトカが氷の亀裂に落ちて死にかけ、同行の隊員に助けられるなどの困難はあったが南極への上陸には成功した。白瀬、武田、三井所、犬係二名と二台の犬橇、新たに調達された三十頭の犬が「極地突進隊」となり、南極の雪原を行けるところまで行くこととされた。

出発してから、今日で確か九日目だったか。昼夜のない世界で、時間でなく天候によって活動する日々を過ごすうちに、日数の感覚がなくなってしまった。

風に阻まれ、雪に叩かれ、蜃気楼《しんきろう》に惑い、凍りそうな体を引きずって進んできた。人も犬も死にこそしなかったが死にそうな思いは何度もし、犬は一頭が足に凍傷を負った。

「何時ですか」

起き抜けに愛想が思いつかず、短い問いになった。武田は左手を持ち上げ、右手で防寒着の袖をくいと引っ張る。はずみに僅かに顔をしかめた。数日前に手に凍傷を負っていて、それが疼《うず》いたようだった。

「午前十一時前だね。まあここでは朝も夜もあったものではないが」

ぐうう、と獣の唸り声が聞こえた。犬たちはもう起きているらしい。

風力計を組み立て始めた武田に礼を言うと、ヤヨマネクフは雪を踏んで大股に歩く。橇に積まれた荷物から干魚を引っ張りだし、ちぎって放る。犬たちは敏捷《はしこ》く駆け寄ってくる。騒ぎながら干魚のかけらを拾い、合間に雪を喰う。

「飯、まだかな」

シシラトカが眠そうな顔でやってきて、餌やりに参加する。

「元気だな、こいつら」

親友の犬係が、角ばった顔をほころばせた。

「まだまだ行けそうだ。さすが樺太の犬だ」

ヤヨマネクフも同感だった。まだまだ行ける。

犬たちに起こされたのか、天幕から白瀬が出てきた。

「快晴だな。どこにいても青空はありがたい」

快活な声は、どこか白々しい。白瀬は「残念だな」とぽつりと呟き、空をじっと見つめていた。

遅れて三井所が石油コンロを持って天幕から出てくると、白瀬は何かから逃れるようにきびきびと動きはじめた。火を起こし湯を沸かし、鯛味噌を投じて味噌汁を作る。

食事の間、誰も話さなかった。ただ味噌汁をすすり、ビスケットを咀嚼《そしゃく》する音だけが通り過ぎる。白瀬はいち早く食べ終えると、雪で洗った鍋で再び湯を沸かして茶を淹れた。茶を喫する間も、やはり誰も話さなかった。

何度も腕時計を確認していた武田が、立ち上がった。大股に五歩ほど雪を踏んで観測機器を並べてあったところへ行き、六分儀《ろくぶんぎ》を右手に引っ掛けて再び左手首に目を落とす。続いて腰を上げた白瀬が、その脇に立った。

「正午です――」

告げた学術部長は慣れた動作で六分儀を構えて覗き込む。何の目印もない雪一面の世界では、彼の測量だけが位置を知る手がかりだった。毎日、午前四時と午後八時に経度を、正午に緯度を測る。南極点は南緯九十度、東経または西経ゼロ度にある。

武田は六分儀の示す角度を確認し、観測ノートに書き込む。みな金属のコップを両手で包みながら、その様子を見つめている。白瀬が武田からノートを受け取る。

三井所がコップを置いて腰を上げ、隊長に向かって背筋を伸ばした。ヤヨマネクフとシシラトカも倣う。

「本日、明治四十五年（一九一二年）一月二十八日。我が隊の位置は南緯――」

白瀬は一度言いかけ、逡巡するように口を閉ざした。無念を示すように目を雪原に落とす。少しの、だが長く感じる時間のあと、白瀬は目を上げた。

「位置は南緯八十度五分、西経百五十六度三十七分」

白瀬の顔は、苦渋に満ちている。隊員に初めて見せる表情だった。

「ここを、〝突進〟の最終地点とする。みな、ご苦労さまでした」

誰も、何も言えなかった。

わかっていたことだった。それでも皆、どこかで念願していた。行けるものなら南極点へ行きたいと。

「仕方がない」

シシラトカが、ため息を混ぜて囁いた。

「武田さん」

努めて静かに、ヤヨマネクフは聞いた。

「南極点は、どっちの方角ですか」

武田はポケットからコンパスを取り出し、蓋を開けて覗き込んだ。

「だいたい、あっちだろうね。直線距離で千百キロほどだ」

学術部長が指差した先は、ただ平坦な雪原だった。

ヤヨマネクフは頷くと、橇の方へ歩いた。「おい」というシシラトカの声を無視して、橇の積荷に手を掛ける。風が凪《な》いだ南極の雪原は、それでも骨まで寒さが染みる。

一気に積荷を突き落とす。残った物は腕で薙《な》ぐように払う。がらがらと盛大な音を立てて、橇は空っぽになる。手綱を手首に掛け回すと、橇の後端に回り込む。

「進《ト》め《ゥ》！」

手綱を鋭くしならせ、橇を押す。先導犬が吠え、続く犬たちは走り始める。犬と橇、そしてヤヨマネクフは一塊になって加速して行く。

橇に飛び乗ろうと雪を蹴る。

その時、体が横から突き飛ばされた。手綱を腕に絡ませたまま、ヤヨマネクフの体は雪の上を転がった。急な制動に先導犬が悲鳴をあげ、軽い橇はひっくり返る。

仰向けになった体に、シシラトカが覆いかぶさってくる。

「何をしてる、どこへ行く気だ」

「決まっている。南極点だ」ヤヨマネクフは叫んだ。

「このまま帰っても元のままだ。俺たちは無力を蔑まれ、憐れまれ、滅びると決めつけられる」

「そのために死んでもいいのか」

「構わない。でないとアイヌが滅びちまう」

ヤヨマネクフは断言した。

「ノルウェー隊でもイギリス隊でも誰でもいい。そいつらが一番乗りと思った南極点には、俺がいる。死にそうに凍えてるか、死んで凍ってる俺がな」

「先を越されてたらどうするんだ」

「挨拶してやるよ」

嚙みつくようにヤヨマネクフは答えた。

「先を越されても、世界で二番目か三番目に南極点に行ったたって世界に認められるのはアイヌの俺だ。今、そこいらで諦めてる和人たちじゃない。だから俺は南極点へ行くんだ。死に絶えるか〝立派な日本人〟なんてのに溶かされちまう前に、島のアイヌがアイヌとして生きられる故郷を作るんだ」

「その故郷ってやつは、南極点にあるのか」

「行けば作れる」

言い終わる前に、右の頰に衝撃が走った。思わずつぶった目を開ける間もなく、次は左の頰を思い切り打ち抜かれる。

「いい加減にしろ、ヤヨマネクフ！」

シシラトカが拳を幾度となく振り下ろす。

ヤヨマネクフは殴られながら鋭く両手を伸ばす。シシラトカの襟元を摑み、投げ捨てるように左に押し倒す。上体を起こして立ち上がると、シシラトカが飛びかかって来た。揉み合う。なんとか引き剝がす。拳を振るう。また、振るわれる。

「俺はチコビローの遺志を継ぐ。キサラスイとの約束を守る」

ヤヨマネクフは叫び、殴る。

「新しい故郷を作り、そこへ連れていく」

「死んでもか」

「そうだ、死んでもだ」

答えると同時にシシラトカの拳がもろに顎に入った。少年のころから何度も殴り合ってきたが、一番効いた。数歩よろめき、こらえきれずに雪の上に倒れてしまう。なんとか上体を起こすと、シシラトカは両手をだらりと下げて突っ立っていた。

「ヤヨマネクフよ、なら聞くが――」

その声は殴り合いの最中とは思えないほど、穏やかだった。

「誰かが死なないと作れないところで、誰が生きていけるんだ?」

雪を踏む音がする。

「チコビロー・アイヌは村を作るために死んだんじゃねえ。勘違いするな。それと」

シシラトカはしゃがみこみ、ヤヨマネクフに顔を近づけた。

「誰のものであっても、誰がいてもいなくても、何がどうなっていようと、俺たちの故郷はあの島だ。お前が連れて帰った息子の体の半分はキサラスイなんだから、約束は果たせたんじゃないか」

「果たせた、かな」

漏れた声は、つんつるてんの絣を着ていたころのようなか細さだった。

「半分はな。おれはそう思うぜ、親友よ」

石狩川の河原に立っているような顔で、シシラトカは頷いた。

「だからもう半分は、生きてやり抜け。のうのうと死んでる場合じゃねえぞ」

角ばった親友の顔を見て、ヤヨマネクフは気付いた。

いつか見た故郷、小さな木幣《イナウ》、たなびいた煙。悲しい経緯ばかりだが、それらに突き動かされてこれまで生きてきた。親友に今、なお生きよと諭された。

生きるための熱の源は、人だ。

人によって生じ、遺され、継がれていく。それが熱だ。

自分の生はまだ止まらない。熱が、まだ絶えていないのだから。

灼けるような感覚が体に広がる。沸騰するような涙がこぼれる。

熱い。確かにそう感じた。

「帰ろう」

涙もぬぐわず、宣言した。しゃがんでいたシシラトカが先に腰を上げる。差し出された手を摑んでヤヨマネクフは立ち上がると、ゆっくり拳を振りかぶる。「何の真似だ？」と目を丸くしたシシラトカの顔を思い切り殴る。すっかり油断していた親友は、ぶざまに雪に転がる。

「てめえ、何のつもりだ」

「シシラトカよ」

ヤヨマネクフは敢然と言い放つ。

「今日こそ決着をつけよう。お前と俺とどっちが強いか」

九

ヤヨマネクフは窓際の壁にもたれて、和やかな歓談を眺めている。

大隈重信伯爵邸の広大な洋館には和装や背広、フロックコートの後援会員たちが集い、そこかしこで制服姿の探検隊一同を囲んでいる。

昨日、六月二十日。開南丸は芝浦に帰還した。数万人の出迎えがあり、和人たちの万歳の声の中、隊員たちは探検隊旗を掲げて胸を張って上陸した。夜は提灯行列となった。

一夜明けた今日は、早稲田なる地にある大隈邸で探検隊の後援会向け報告会が行われた。大隈会長はじめ後援会の幹事連中の前に隊員たちが整列したが、儀礼的な会合だったようで時間をかけずに終わった。

これから庭で記念撮影があり、その準備を待つあいだに自然と歓談が始まっている。

老齢だが凛とした佇まいの大隈夫人が、白瀬隊長とシシラトカの話に微笑んでいる。シシラトカは南極鷹なる鳥の大きな羽を夫人に恭《うやうや》しく進呈し、それから白瀬も交えてずっと三人で話し込んでいる。

窓の外では、雨上がりの滴に濡れた庭園の緑が、暑気を浴びて力強く光っている。誘われたような気がしたヤヨマネクフは話し相手がいないのを幸い、洋室を抜けて、庭に出た。

青々と茂る芝生を歩き、立ち止まり、あたりを眺め、また歩く。何度めかに立ち止まっていた時、背後から声をかけられた。

「いい庭だろう。わしの自慢であるんである」

振り返ると、額の禿《は》げ上がった羽織袴の老人が立っていた。頬骨が高く、口は平仮名《ヒラガナ》の「へ」のような曲線を描いている。

大隈伯爵だった。

「どうだったね、南極は」

言いながら、伯爵は杖を器用に使って跳ねるように歩く。

「寒かったです」

短く答えると、「そうかそうか」と大笑された。

「山辺くん、だったか。雪深い地で育ったアイヌでも、やはり寒かったか」

「そりゃあもう」

「ご苦労だったな」伯爵は筋張った顔で頷いた。

「極点まで行けずとも、南極に立った人間は世界にもそうおらん。きみらアイヌが見直されるきっかけになるだろう」

「それはよかったです」

言葉に出してから、気のない返事になってしまったと少し後悔した。

「嬉しくないのかね」

伯爵は機嫌を損ねた様子こそなかったが、怪訝な顔をした。

「そう思ってたんですがね、最初は」

ヤヨマネクフは顎を撫でた。

「俺たちは滅びるんじゃないか、そんな心配をずっとしてました」

伯爵は黙ってうなずいた。

「けど自分のことを振り返ったら、なかなか死なないんですよ。病気が流行っても、戦争に巻き込まれても、南極へ行っても。だから他の同族たちの運命も、そう悲観するもんじゃないなと思いました。うっとうしいことは続くんでしょうが、生きていれば、仲間がいれば何とかなると。それに」

つい、と風が吹き、伯爵の袴がはためいた。ヤヨマネクフも被っていた制帽が飛ばされそうになり、押さえる。

「お言葉を借りれば、見直される必要なんかなかったんですよ、俺たちは。ただそこで生きているってことに卑下する必要はないし、見直してもらおうってのも卑下と同じだと思いましてね。俺たちは胸を張って生きていればいい。一人の人間だってなかなか死なないんだから、滅びるってこともなかなかない。今はそう思ってます」

「わたしの考えとは、少し違うようだな」

伯爵は面白そうに言う。

「弱ければ食われ、滅びる。だから我が国は強さを目指した。そして強くなった」

「俺たちを食って、ですか」

相手が大物なのを幸い、思い切り皮肉をぶつけてやる。命がけで南極まで行ったのだから、それくらいの役得はあってもいいだろう。

「それが世の、人類の摂理らしいからな」

伯爵は動じない。

「きみらはどうする。強くなるか？　日本を食うか？」

挑戦的な問いをする伯爵に、なぜかヤヨマネクフは不快感を抱かなかった。和人によくある蔑みの色は見えず、友人を焚きつける悪友のような無邪気ささえ感じる。

答えを探していると、伯爵は何かに気付いたように眉を吊り上げた。

「以前、同じような問いをしたことがある。その時の相手は樺太のアイヌを妻に持つポーランド人の学者だったな。日露の戦争が終わった次の年だ」

「へえ」つい間抜けな声が出た。「そいつはたぶん、俺の知り合いです」

「なら、なお聞きたい。きみはどうする。異国の友人と同じ道を歩むか、別の何かを目指すか」

「あいつが何を言ったか知りませんが――」

ヤヨマネクフは顎を撫でる。

「俺たちはどんな世界でも、適応して生きていく。俺たちはアイヌですから」

「アイヌ種族に、その力があると」

「アイヌって言葉は、人って意味なんですよ」

強いも弱いも、優れるも劣るもない。生まれたから、生きていくのだ。すべてを引き受け、あるいは補いあって。生まれたのだから、生きていいはずだ。

答えを聞いた伯爵は、しばし考え込んだ。やがて上がった顔は、得心したような笑みがあった。

「きみの友人は、摂理と戦うと言っておった。人の世界の摂理なら、人が変えられると」

あいつらしい、とヤヨマネクフはつい頷いた。

「人だから生きていける、摂理も変えられる。人とは、かくも自らを恃《たの》み得るものだったのだな。不肖大隈、教えられたよ」

からからと老人は笑うが、どこか寂し気でもあった。

「戦いは、どうなったのだろうな」

伯爵閣下は願うように呟き、跳ねるような足取りで去って行った。

ヤヨマネクフは空を仰いだ。まだ六分ほど重たい雲に覆われていたが、晴れ間からは力強い陽光が降り注いでいる。

これからも、同族たちにはさまざまな困難があるだろう。同化の圧力、異化《いか》の疎外、蔑視、憐憫、薄れる記憶。

もし祈りの言葉が忘れられても、言葉を奪われても、自分が誰かということさえ知っていれば、そこに人《アイヌ》は生きている。それが摂理であってほしいと願った。

「カメラの用意ができました。お集まりください。みなさん、お集まりください」

係員が呼ばわりながら歩き回っている。

いつ庭に出ていたものか、遠くでシシラトカが手を振っているところへ、ヤヨマネクフは歩き出した。

十

天井まである大きな窓から、パリの五月の陽光が差し込んでいる。

瀟洒な内装のレストランの個室ではポーランド独立会派の一つ、国民委員会のメンバーと、フランス共和国の軍人や官吏との昼食会が開かれていた。料理を並べた長テーブル越しに十人ほどの男性が向き合っていて、身振りを交えて話す一人の男に視線が集中している。

「ピウスツキ氏のお話はたいへん興味深い。世界とは広いものなのですな」

フランス側の人々に「将軍」と呼ばれている軍服姿の老人が、感嘆したように白い口髭を動かした。

「そうでしょう」

いましがた話し終わったばかりの国民委員会メンバー、五十一歳になったブロニスワフ・ピョトル・ピウスツキは、冗談めかして胸を張る。

「自慢ではないですが、北半球をうろうろしっぱなしの人生でしたからね」

ブロニスワフは今日のような懇談の場では決まって、流刑や異民族との交流など、サハリンでの生活を話す。欧州では珍しい内容だから、たいていの相手は今のように喜んでくれる。

「ただ、異民族たちの暮らしは文明との接触により脅かされています。時代の趨勢《すうせい》は変えられずとも、より穏やかな出会いのために我々ができることは、きっとあるはずです」

　この手の話の締めに必ず言うと決めていることを、今日もブロニスワフは口にする。たいていの相手は、ここで白けてしまう。今のように。

　ポーランド側の同席者が左右から、一斉に咎めるような視線を向けてくる。ブロニスワフは改める気もなく肩だけ竦め、ナイフとフォークを手に取り直した。

　焼かれた牛肉の端を、ぎこぎこと鋸《のこぎり》でも使うように切って口に放り込む。とっくに冷めていたが、人生の半分以上が囚人か貧乏暮らしだったブロニスワフには目を剝くほど美味に感じられた。

　そういえばサハリンの木工所では一度も鋸を使わなかったと思い返しながら肉を平らげ、それから、こんな食材がまだパリにはあるのかと反感めいた驚きを抱く。

「戦況はいかがです、将軍」

　食器の音だけが響く時間が少しあったのち、ブロニスワフの左隣から硬いフランス語が聞こえた。同僚で痩せぎすのポーランド人が身を乗り出している。

「ドイツ軍の侵攻を食い止めることはできそうですか」

　普段から恐ろしく不器用な同僚は、現状では明らかに不適切に思えることを言った。

「もちろんだ」

　案の定、将軍はわずかだが眉を顰めた。「反攻の準備は着々と整っている」

　今、一九一八年は世界戦争の真っ最中だ。文明を誇っていた欧州諸国は片やフランス・イギリス・ロシア・アメリカを主とする連合国、片やドイツ・オーストリア・トルコを主とする同盟国の二陣営に分かれ、各々が領有していた各地も巻き込んで戦い続けている。戦争は五年目を迎えているが、ロシア帝国が革命で倒れて脱落したのみで、終わる気配がない。もろもろの物資と若年男性が街から消えて長い。

そして二か月前、ロシアを片付けたドイツはフランス方面へ大攻勢をかけ、パリまで百二十キロあまりの地点まで侵攻していた。将軍にとっては面白い話ではないだろう。

「ポーランドのほうはどうかね」

お前らがだらしないから我々が苦しいのだ、と将軍は暗に責めているようだった。

旧〝共和国〟領域は、ロシアに代わるようにドイツがほぼ全域を占領していて、未だ独立を回復できていない。フランスに襲いかかるドイツの後背に位置するから、独立運動が盛り上がるほどフランスは有利になる。

「もうすぐですよ。どうか引き続きご助力を」

確信を持って応じたのは、ブロニスワフだった。

「ポーランドの独立を目指す勢力は無数にあり、その一つ一つは微力なままです。ですが全てが合同すれば、状況を変え得る大きな力となるはずです」

左隣の同僚が、不機嫌そうに咳払いをした。だからだめなのだ、と思う。

ブロニスワフが極東から欧州へ帰って来た十二年前、祖国は希望した独立には至らなかった。懸念した蜂起も起こらなかった。弟ユゼフが政敵ドモフスキ氏との抗争に足を取られてしまったからだ。ただし最終的に旧〝共和国〟領域の人々の支持を集めたのはユゼフだった。ロシアに融和的なドモフスキ氏は支持を広げられず、海外を転々としながらの執筆活動に運動の重点を移した。

ブロニスワフは、控えめに言っても不遇の日々を過ごした。早々にユゼフと袂《たもと》を分かってしまったから独立運動にはあまり関われず、革命家の知己を増やしつつも、食えない貧乏学者の身で欧州各国を転々として暮らした。

転機が訪れたのは去年の八月。再起を期したドモフスキ氏が設立した国民委員会から参加の誘いを受けた。ドモフスキ氏は政治的な行動力がある人で、生まれたばかりの国民委員会は連合国からポーランド国家の代表としての承認を取り付け、一気に独立の一大勢力となった。

ユゼフは世界戦争が始まって以来、自ら育てた武装組織を率いてロシアと戦っていたが、やってきたドイツ軍に逮捕された。独立の支援と引き換えに要求されたドイツへの忠誠を拒否したためらしかった。ブロニスワフに誘いが来たのは、その直後だった。

ピウスツキ派を切り崩すため、領袖が不在の間にその兄を取り込む。

国民委員会の魂胆は見え透いていたし、いまさら政治活動が器用にできるとも思わなかったブロニスワフは、それでも敢えて受けた。ピウスツキ派と国民委員会の合同を橋渡しするチャンスに思えたからだ。二大会派の合同を梃《てこ》に諸会派を糾合し、独立への大きな流れを作る。それがブロニスワフの目論見、あるいは希《ねが》いだった。

こうして、国民委員会の代表部があるパリでの生活が始まった。合同の説得はいつも聞き流されたが、異民族の集落に飛び込むうちに培われた人当たりの良さが買われ、今日のような友好を深める場に頻繁に駆り出されるようになった。

「ロシアがもう少し頑張ってくれたらよかったのですがな」

会食の場で、端の席に座っていたフランスの官吏が口を挟み始めた。帝政への悪しざまな批判、社会主義に対する迷信めいた脅威論を聞きながら、ブロニスワフの胸に別の感慨が湧く。

ロシアでは去年、二度の革命が起こった。一度目に帝政が倒れた。二度目に労働者、農民、兵士の評議会《ソヴィエト》が政権を掌握し、ドイツと講和して戦争をやめた。

世界初の社会主義国家を指導している男は、レーニンなる筆名を名乗っている。本名はウラジーミル・イリイチ・ウリヤノフ。ブロニスワフの大学の先輩で、皇帝暗殺未遂の罪で刑死したアレクサンドル・ウリヤノフの弟だ。

仲間の暴発を止められなかった兄、長い年月を耐えて革命を成就した弟。自分たち兄弟はどうなることやら、とふと思った。

「ロシアの社会主義化と併せて、日本の台頭もある。極東の情勢にも注意が必要です」

官吏は続ける。ポーランドに直接関わらないことに口を出さないと事前に申し合わせていた国民委員会のメンバーはみな、ただ頷いている。

「欧州各国が戦争で手が離せないのをいいことに、三年前には中国に侵略的な要求を突きつけた。野蛮極まる」

その話はブロニスワフも報道で知っている。当時の日本の首相はあの大隈伯爵だった。

「いずれ欧州の列強も凌駕《りょうが》する」と、新聞の紙面を通して伯爵に再び言われたような気分になった。

「日本と言えば、南極探検がありましたね」

明確な理由はないが弁護したい気持ちに駆られたブロニスワフは、事前の申し合わせを破って口を挟んだ。話題に選んだのは、あの島で出会った友人たちのことだ。

「極点到達こそなりませんでしたが、民間の寄付で行われ、一人の死者も出さずに帰還した。立派だと思います」

官吏が口にした野蛮という言葉に向けて、やんわりと反論した。

日本が挑戦した六年前の文化事業は欧州でも何度も報道された。あのころ、世界はまだ平和だった。少なくとも欧州ではナポレオンが敗れて以来ほぼ百年、大きな戦争は絶えていた。貧乏暮らしの中で手に取った新聞で、荒く印刷された探検隊員たちの顔の中に友人を見つけた時、少しずつだが世界は良い方向に動いているように感じた。

「彼らがのさばっていられるのも、今のうちだよ」

官吏はブロニスワフの話を無視するように言い放った。

さすがに話をする気が失せたブロニスワフに代わって、同僚たちが政治向きの話を始める。その全てを聞き流してチーズやデザートを楽しんで時間を潰す。

会が終わり、フランス人たちを見送った後、ブロニスワフは同僚たちにこってりと絞られた。異民族の話はするな、ポーランドの内輪の話もやめろ。いつも言われていることだが、面白くはない。勤労意欲を失ったブロニスワフは委員会の事務所に戻らず、自宅へ向かった。

初夏の陽光が、街路に整然と植えられた木々を緑色に光らせている。瑞々しい活気が溢れるはずのパリは、うすら寒いほど閑散としている。時折、軍の自動車か兵士が見え隠れするくらいだ。仰いだ空は青く澄み、大きな雲が浮かんでいる。その脇を三機編隊の軍用機が掠めていく。

視線を落とす。居並ぶ高層建築の一角が、えぐられたように欠けて煤に汚れている。最初は爆発事故か爆撃かと思われたが、現場の検分で砲弾の破片が見つかり、砲撃であると判明した。大砲の常識的な射程距離は数十キロメートルに過ぎない。百キロメートルをはるかに超えて砲弾を届かせるドイツの新兵器にパリ市民は恐怖し、続々と街を脱出した。

高層アパートの四階にある自宅に帰ると、鍵がかかっていなかった。訝しみつつドアノブを回して押しながら、迂闊《うかつ》だったと後悔した。誰かの恨みを買った覚えはないが、命を狙われていいくらいには活発な政治活動をしている。

「おかえり、ブロニシ。早かったね」

自宅の中から友好的な声のポーランド語が聞こえた。問答もなく殺されることはなさそうに思い、ドアを開き切ると、でっぷり太った背広姿の男が両手を広げて立っていた。ヴァツワフ・コヴァルスキ。北海道で調査旅行をともにし、自分を極東から連れ出した男。ずっと弟ユゼフと行動を共にしていて、ピウスツキ派の重鎮となっている。独立闘争の界隈では有名人で、それくらいの動向はブロニスワフも聞いている。

「フランスの高官との会食はどうだったね、きみの話でたいそうもりあがっていたが」

「よくご存じで」

見ていたように話すコヴァルスキの、人懐こい笑顔が不気味に思えた。警戒しながら、ブロニスワフはおとなしく椅子に腰掛ける。コヴァルスキはブロニスワフの正面に座るとさっそく身を乗り出してきた。

「ところで国民委員会はどうだ、忙しいかね」

「それなりにね。あなたは？」

「忙しい」コヴァルスキは悲しそうにいった。

「我々ピウスツキ派は頭領のユゼフを失ったから、まとめるのが大変だ。まさに東奔西走。そして今日は朝からきみの家に忍び込んでる」

「同情します。で、何の御用で」

「なあ、ブロニシ。ぼくたちはどうしてしまったんだろうな」

唐突なことをコヴァルスキは言った。

「ぼくは才能あふれる文学者だった。きみもまあ民族学者としてはよくやっていた」

「異論がないわけじゃないですが、それがどうしたんです」

「学者稼業は、もうやめたのかね」

「今はね。ただ、またやりたいと思っています」

「応援するよ」コヴァルスキは頷いた。

「困ったことがあればいつでも言ってくれ。ぼくが調査を手伝ってもいい」

「ありがとう。その時は相談します」

世間話と思ったが、コヴァルスキは真剣な顔をした。

「本気だ。きみは学者に戻ったほうがいい。政治的な活動は、きみには向いていない」

コヴァルスキが背広の内側に手を入れた。煙草を取り出すようなぞんざいな手つきで、ごつごつと黒光りする拳銃を引き抜いた。

「きみのために、いま我々は困っている」

「我々？」

不思議と、恐怖は感じなかった。あっさり想像を超えてきた現実が、どうも理解できない。

「ピウスツキ派だよ。ただでさえユゼフはドイツに捕まってしまって、組織が弱体化している。その上、実の兄を敵対勢力へ走らせたとなってみろよ、求心力はがたおちだ」

自分を誘った国民委員会の狙い通りだった。

「私にどうしろと？」

「二つ、考えてきたよ」

コヴァルスキは銃を向けるでもなく両手で弄びながら続けた。

「国民委員会をやめろ。ユゼフの味方になれとは言わないから。これはぼくの推奨するほうだから先に言う」

「もう一つは？」

「ここで、ぼくに殺される」

「物騒な手を考えたものですね」

答えは予想通りだったからブロニスワフは笑った。

「パリの市民は消えましたが、警察は残っています。いま殺人犯を出したりしたらピウスツキ派はなお困るのではないですか」

「死体を一つ自殺に偽装するくらいはわけないさ。きみが刑期のおつとめや学者道楽にうつつを抜かしている間、我々はずっと地下活動をやってきたんだぜ」

「コヴァルスキさん、聞いてもらえますか」

ブロニスワフは身を乗り出した。

「国民委員会は政府の要人気取りの知識人ばかりで、実体がありません。領袖《りょうしゅう》のドモフスキ氏はポーランド市民に人気がない。今なら他の会派に譲歩しても合同に賛成するかもしれません」

「合同はない」断固とした口調で答えられた。

「ロシアに媚《こ》びへつらった奴らと手は組めない」

コヴァルスキは頑なだった。ブロニスワフは諦めない。

「〝共和国〟を占領するドイツは戦争を継続せねばならない。イギリスとフランスはドイツの後背にあたる〝共和国〟地域に味方を作りたい。この現状を好機と言わずして、いつ独立できるのです。内輪でいがみ合っている場合ではない」

「ぼくはきみを日本へやる前、警告したはずだぞ。ブロニシ」

コヴァルスキの声は低く、重い。

「ユゼフを裏切るな。そういったはずだ。覚えているかね」

しばらくお互い、何も話さなかった。

「一つだけ、教えてください」

口を開いたのは、ブロニスワフの方だった。

「あなたはぼくの弟に命じられて、ここへ来たのですか？」

コヴァルスキは首を振った。

「ぼくの独断だ。きみに心残りがないよう言っておくが、これは誓って真実だ」

突如、目の前が光った。同時に爆音が窓ガラスを吹き飛ばし、ブロニスワフを押し倒す。床に叩きつけられた痛みで、ブロニスワフは自分の生存を知った。きっと向かいの建物あたりに、例の百キロメートルを超えて飛翔する砲弾が着弾したのだろう。転がった勢いで立ち上がり、駆け出す。

ドアノブへ手を伸ばした時、銃声があった。左の脇から右の肩へえぐられるような痛みが走り、手はドアノブに届かず空を切る。よろめき、開けられなかったドアに衝突し、跳ね返って再び床に転がった。体を起こそうと込めた力が、大量の血とともに左脇腹の穴から抜けて行く。

いいところに当たった。激痛に身を捩《よじ》らせながらブロニスワフは思った。銃弾の軌道は動脈を射ぬき、通りすがりに内臓を引き裂いたのだろう。

コヴァルスキはすでに立ち上がっている。右手に握った細い硝煙がたなびく拳銃はぴたりとブロニスワフを狙っている。

「弱肉強食の摂理と戦う。ユゼフにそう言ったそうだな」

言いながら、コヴァルスキは左手で額の何かをつまみ出そうとしている。ガラス片でも刺さっているのか、顔は血だらけだった。

「世迷言《よまいごと》だ。〝共和国〟はユゼフと我々によって、誰も侵せぬ強国として甦るんだ。妥協や政局で生まれる泡沫《うたかた》など国とは呼ばん。故郷にはいらん」

寒い、と感じた。体温ごと、体から血が抜けていっている。体が重い。

「故郷、ですか」

言われると疑問に思う。自分が帰りたかった故郷はどこなのだろう。既になかった母国、育ったリトアニアの田園、生み育ててくれるはずだった言葉が禁じられた古都。

胸にぽつりと、熱が生じた。薄曇りの空、深い雪、凍原、犬橇、友人、妻子。

血は、まだ止まらない。それでもなぜか力が湧く。

まだ、私は生きている。ならば生きねば。故郷に帰らねば。

上体を起こす。膝を曲げ、体重を前に掛ける。ゆっくりと立ち上がる。血が減った分か、さっきまで重かった体が軽く感じられた。

「不死身か、きみは」

呆れた言い方がコヴァルスキらしかったが、声には怯えるような震えがあった。

一歩踏み出す。左の脇腹から血が噴き出す。手で穴を押さえる。血は熱い。

「まだ大丈夫みたいですよ、私は」

笑いかけたつもりだったが、数歩先にある丸々とした顔は歪んでいる。

「きみを撃ちたくなかった」

コヴァルスキの声は上ずっている。

「詫びはしないが、後悔はしている。そう伝えたくて上げようとした右手はぴくりとも動かない。もう少し丈夫な体に生まれていればと思う。

「私も不本意ですが、あなたにお願いせざるを得ない」

声はまだはっきりしている。

「弟と、こっちの故郷は頼みます」

「こっち？」

「もう一つ故郷がありましてね、私には」

流刑で凍った魂に生きる熱を分けてくれた島。そこから出て何を成せたわけでもないが、生きているうちにもう一度帰りたいとずっと思っていた。

「いや、故郷と言うか——」

答えながら足を上げ、前に出し、踏み下ろす。いつもどおりとはとても言えないが、まだ歩けている。

「熱源、と言ったほうがいいですね」

次の足を踏み出す。ドアノブまで、あと一歩と少し。手を伸ばせば届く。視界が低く、暗くなっていく。

赤い屋根がひしめくヴィルノに、雪が降り始めた。

象牙色の壁が作る入り組んだ道、灰色の石畳の上で、妻が雪を見上げている。そのアザラシの衣の裾を、ビーズの額飾りを着けた二人の幼児が摑んでいる。手を振り声をかけ、歩み寄る。振り向いた妻の口元には、鮮やかな入墨がある。

その表情を、ブロニスワフは凝視している。

十一

森を縫う山道をがたごとと走っていたタクシーが、大きく跳ねた。

「すいませんね、このあたりは道が悪くて」

それまでも荒っぽいハンドルさばきだった運転手が、さすがに申し訳なさそうに詫びてくる。

金田一京助は後部座席に座り直しながら「ああ、いえ」と曖昧に返した。

久しぶりの樺太に、今回は一週間の予定で訪れている。薄曇りの空と濃い湿気、みっしりと繁る針葉樹の深緑は、何度訪れても変わらない。それでも島の開拓は着々と進んでいる。いま走っている道だって、金田一の記憶では野草が周囲より疎《まば》らなだけの、細い線だった。多少でこぼこしていても、草木を刈られ、白っぽく乾いた土が真っ直ぐ伸びる今の姿は立派な道だ。

「あと十五分くらいで着きますよ」

なぜか得意げに運転手に言われて、ちらりと左の手首に目を落とす。ロシア領時代はコルサコフと呼ばれた樺太の玄関口、大泊《おおどまり》の港を出発してから一時間も経っていないと腕時計が教えてくれた。さすがに驚いた。初めて樺太に来た時は同じ出発地から小蒸気《こじょうき》で海辺をぐるりと回って、霧や高波を凌《しの》ぎながら二日もかかった。まだ二十六歳、卒業間際の東京帝大の学生だった。

いま、金田一は四十八歳になっている。貧乏と共に飽かず続けたアイヌ語の研究が評価されて、去年、母校の助教授に就任した。

喜びより、忸怩《じくじ》たる思いが先に立った。

もう七年前になる。アイヌの少女、知里《ちり》幸恵《ゆきえ》が東京の金田一の家で死んだ。北海道で出会った彼女は、天分の語学の才と、自分を育てたアイヌ語への強い執着を持っていた。金田一は上京と本の執筆を勧めた。幸恵は心臓に疾患を持っていたが、厭《いと》わず執筆に邁進した。校正刷りに必要な事柄を書き終えたまさにその時、激務に耐えかねたのか心臓が動きを止めた。

残された原稿は、アイヌ語の神謡に透き通るような詩的な日本語訳を付したものだった。葬式を出し、出版を掛け合い、ようやっと落ち着いた金田一に自責の念がぽつりと芽生え、あっというまに心を絡め取っていった。

自らの研究のために彼女の命を食い潰した。東京に呼ばなければ、住み慣れた地で暮らすことができれば、彼女はもうすこし生き長らえたのではないか。人類の深淵に文明の光を当てようとした自分は、人々の生きた証や命そのものを、荒々しくもぎ取って陳列台に並べているだけではないのか。

自身の所業に疑念を抱きながら研究を続けてきたが、助教授を拝命した時についに耐え切れなくなった。新しい仕事や生活の出だしの諸々《もろもろ》が終わると船に飛び乗り、いま樺太でタクシーに揺られている。

突如、車内に光が溢れる。金田一は思わず目を細める。

森を抜けたらしい。光に慣れた視界に、色彩の異なる三つの青色が、ひしめくような距離感で現れた。奥にはオホーツク海があり、手前の右には日本で四番目の大きさを誇る富内湖《とんないこ》が、左には小ぶりな恩洞湖《おんどうこ》がある。幻想的な風光で有名な一帯を見下ろす丘の上を、タクシーは走っている。

恩洞湖の左右に一つずつ集落がある。右が富内村、左が落帆村《おちほ》。見つけた瞬間、金田一は懐かしさに数瞬だけ、知里幸恵にまつわる自責を忘れられた。

落帆村は、かつてはオチョポッカ村《コタン》と呼ばれていた。樺太アイヌの叙事詩《ハウキ》と出会った場所だ。富内村は、もとトンナイチャ村。山辺安之助、アイヌ名ヤヨマネクフが住んでいた村だ。

安之助が死んだのは知里幸恵の死の翌年、大正十二年（一九二三年）だった。日露の戦争と南極探検に挺身した男の、あの不機嫌そうな顔を金田一は今でも思い出す。

南極探検から凱旋した帰り、安之助は東京の金田一の家をふらりと訪れた。

――困窮する同族を救うのはただ、教育である。

大意、そのようなことを安之助は言っていた。金田一は彼の希望で樺太のアイヌ語で口述された自伝を書き取り、『あいぬ物語』という題名で刊行した。

その時のことを思い出すと、心が晴れない今でも無邪気なおかしみを感じる。自分か

ら語りたいと申し出た安之助は、いざ口を開くと恐ろしく淡白で簡潔なことしか言わない。しまいには、

――自分の自慢をするようでいやだからこんな話は此に止めておく。

などと言い出すから、一冊の本の形にするのには苦労した。

北海道から樺太へ帰還するときは妻と子、他の村人など十三人で船に乗ったと安之助は語った。一緒に樺太へ帰ったという妻を、そういえば金田一はまだ紹介されていない。

「どんな方なのですか」

と何気なく問うと、

「美《ピリカ》しい」

と端的な地の言葉で答えが返って来た。アイヌ語に時制はないから、日本語なら「きれいだった」とでも表現するような、若いころの話かもしれない。

樺太へ帰った安之助は落帆村の総代に就任し、農業と近代的な生活を導入しようと奮闘していた。今から十四年前に金田一が樺太を訪れた時には、安之助は別の女性と再婚していた。込み入った事情があるかもしれず子細を聞かなかったが、生まれ変わろうとする村で、夫婦は幸せそうだった。

タクシーはごろごろと音を立てて道を進み、落帆村に入る。十軒ほどの樹皮の家《チセ》が海を見つめて散在していた一帯は、整然と町屋が並ぶ日本風の景色に変わっていた。

学校の前でタクシーを止めてもらい、使丁《してい》（用務員）に用件を伝えて見学させてもらった。校舎の中ではちょうど午後の授業中で、着物や洋服姿の子供たちが端然とした佇

まいで教師の話を聞いていた。記憶にあるような、額にビーズの飾り物を垂らし、草の皮の衣や獣皮を纏って走り回る子はいなかった。

再びタクシーに乗り込み、樺太の東海岸に沿って一時間半ほど走ると、白浜《しらはま》という村に着く。もとは海辺の密林だったが、生活の便のために周辺のアイヌを集めて樺太庁が作った集落だ。

前金で支払っていたが心付けをさらに手渡し、運転手と別れる。集落の数軒を訪ね歩き、旧知の人々と挨拶や雑談をして回る。年配の村人は古式ゆかしいアイヌの装束だったが、壮年より下は男女とも和装か洋装で、入墨もなかった。日本語も達者だった。

樺太ではまだ日が高いが内地なら夕暮れくらいの時間になって、予約していた白浜旅館という名前そのままの旅館へ行く。

仲居に案内してもらい、二階の一室に通される。淹れてもらったお茶をすすりながら、窓に見えるオホーツク海を眺めた。

「失礼します」

障子が開く。旅館の若女将《わかおかみ》が流れるような挙措《きよそ》で一礼する。

「お久しぶりです、先生。お元気でいらっしゃいましたか」

「ああ――」

上がったその顔に、金田一は感慨を深くする。

「大きくなったね、キヨさん」

落帆村で安之助と再会した十四年前、その足で樺太東岸の大頭領バフンケ翁の屋敷も訪ねた。その時に出会った翁の姪の子という十歳の女の子の成長ぶりに、大人に言うことでないと知りつつ、つい思いが口になった。

「背と髪ばっかり伸びちゃいました」

キヨは人懐こい光を湛《たた》えて笑った。紺色の瞳に赤褐色の髪、白い肌。容姿の特徴は変わらないが、造りは大人びた美しさを帯び、また仕草は、全くの大和撫子《やまとなでしこ》だった。

「先生、帝大で助教授になられたとか。おめでとうございます」

「いやいや、あはは、まあ運というか、ちょうど空きがあったようでね」

自分でも呆れるくらい、金田一は言葉を濁した。

「そういえばキヨさん、こないだにポーランドからあんたを探しに来た人があったらしいけど、お会いになったのかい」

話の顚末を、金田一はさっき村人に聞いて知っている。だが本人がどう思っているか聞きたくて、あえて知らないふりをした。

キヨは首を振った。

「そりゃまた、どうして」

「静かに暮らしたいのです。新聞の記者さんも来られてたそうで」

そういう類の話を聞くたび、ジャーナリズムというやつの浅ましい一面に金田一は嘆息する。

ポーランド独立の英雄にして独裁者、ピルスヅキイ元帥には兄がいた。兄、同じ名前のピルスヅキイ博士はこの島でアイヌの女性と結婚し、キヨたちを残してヨーロッパへ帰って行った。快活にはしゃぎまわる幼いキヨを慈愛深く眺めるバフンケ翁に聞いたのはそこまでだ。

博士の死は先ほど、これも村人から聞いた。ポーランドからキヨを探しに来た人物はピルスヅキイ元帥の命を受けていたそうで、彼が語ったところによると、博士は祖国の独立を見ることなく、先の世界戦争が終わる直前にパリの下宿の四階から墜死したという。

元帥は兄の遺児を探すために、人を樺太に派遣したらしい。

樺太のアイヌとヨーロッパ人の混血児。人種の区別にやかましい二十世紀の中では、放っておいても奇異に見られるだろう。辺境で、育ててくれた人々の中に埋《うず》もれて生きるのが彼女にとっての幸せかもしれない。

「そうだ、先生。お渡ししたいものがあります。ちょっとお待ちになって」

キヨは立ち上がって素早く部屋を出て行く。間をおかず、ばたばたと部屋に入って来た女将に、十四年前を金田一は思い出した。バフンケ翁の大きな家を走り回っていた女の子。しおらしい大和撫子の仕草よりも、こちらのほうがキヨには似合っているように思えた。

「千徳さん、ご存じ？　千徳太郎治さん」

何度も会っている。内淵《ないぶち》で長く教師をしていて顔が広く、いろんな人を紹介してもらった。樺太のアイヌ語の辞書を作りたいと念願していて、こつこつ書き溜めていた原稿を見せてもらったこともある。ピルスヅキイ博士と識字教育に取り組んでいた思い出を聞いたこともある。

「先月に亡くなったんだけど」

唐突に言われて「えっ」と声が出てしまった。

「そうだったのか。存じあげなかったとは、とんだ失礼をしてしまった」

「その千徳さんが、本を書かれたの。お亡くなりになる前に」

キヨが卓に一冊の本を置いた。『樺太アイヌ叢話』という題名で、脇に「千徳太郎治著」と添えられている。

思わず手に取り、まず奥付を見る。先月、昭和四年八月十日に東京の会社から発行されている。定価は七十銭という。

「先生に差し上げます。読んでみて」

「キヨさんは読んだのかい」

「あたしには難しい字が多くって」

キヨは照れたように笑った。

「父のことが書いてあったら、教えてくださいまし。千徳さんは父と仲が良かったと聞いていますから」

キヨが父の顔すら知らないことを、金田一は思い出した。

「もちろんだ、しっかり読みたいからすこし時間をおくれ」

言いながら、金田一はぱらぱらとページをめくる。樺太のアイヌの習俗や逸話、集落ごとの成り立ちや説明がつらつらと書いてある。

脳裏によぎったのは、『アイヌ神謡集』の序に記された、知里幸恵の言葉だった。

——みんな果敢《はか》なく、亡びゆく弱きものと共に消失せてしまふのでせうか。

彼女の目には、同族たちはまさに「亡びゆく弱きもの」であったのだろう。

千徳氏の著書の序文に目を落とす。

——世は文明を越えんとして進々文明に向はんとする新世界となり、此の新世界幾多の先進後進の列国は知に富に相競ふて自国の領土を拡張せんとしつゝ、ある。

知里幸恵に比べて堅苦しい四角四面の文章に、千徳氏の苦衷《くちゆう》をまず感じたが、たぶん二人から見えていた世界は同じなのだろうと思えた。

みな、遺そうとしているのだ。子孫が己を振り返らねばならなくなった時のために。文明が、野心やら博愛やら様々な衣をまとって全ての境界を曖昧に煮溶かしていく時代のために。

「キヨさん」

金田一は、あるページを示した。六人の男女の子供と、二頭の犬が写った写真。右端のいちばん年長の女の子について、注釈がある。

——ポーランド人にして露国モシクワ大学教授とアイヌとの混血児で有ります　名は木村清子（キヨ）

どこか誤解と誤植があるようだが、いささかも問題ではないと思った。

「キヨさんだよ、これ」

写真の中のキヨは隣の女の子の手を握り、うつむいている。白黒で印刷の質が良くなく、注釈がなければ誰ともわからない写りだった。

それでも、キヨはページを凝視していた。

「これがあたし？　髪がぼさぼさね」

軽く言って微笑みながら、その目はページを離れない。

「ポーランド人にして――」

父について声に出しながら、恰好だけは立派な若女将のキヨの目から、ひとすじの涙がこぼれ、すぐにそれは滂沱《ぼうだ》といっていい流れとなった。キヨは瞬きもせず、ぬぐおうともせず、ただページを見つめ続けている。

研究を続けよう。

金田一は、強く誓った。無為に見られても、拱手傍観《きょうしゅぼうかん》に思えても。決して滅びぬと念じて生きた人々に出会い、その人たちが遺した子孫と共に生きる自分にすべきことが、しがない学究の徒にこそできることが、きっとあるはずだ。

終章　熱源

一

聞こえた微かなエンジン音は、すぐに禍々しい轟音へと変わった。

「空襲だ！」

誰かが叫び、白樺の森に拓かれた山道に溢れる避難民たちは恐慌に陥る。間髪を入れず機銃の着弾の列が路面と人の肉を抉《えぐ》っていく。土埃《つちぼこり》と血しぶき、悲鳴や雄叫《おたけ》びが一緒くたに舞い上がる。追いかけるようにエンジン音が一帯を掠《かす》めていく。

体力のあるものは左右の木立に走って飛び込み、ないものはその場に伏せる。諦めた者はへたりこみ、あるいは引き攣《つ》った笑い声をあげて空に手を振る。

ソ連空軍の印だという赤い星を両の翼に描いた敵機は、発砲しながらの急降下と上昇、旋回を三回ほど反復して去って行く。もう何度目かもわからない、嬲《なぶ》るような空襲が終わると人々はのろのろと立ち上がる。できたばかりの死体を避け、あるいは跨《また》いで、歩き出す。

嘆きや泣き声はよろめくような足音にかき消される。布団や家財道具など、せっかく持ち出したはずの荷物が道々に投げ捨てられている。八月十六日のぎらついた陽光と湿気が、もんぺや国民服を纏《まと》って昼夜兼行で歩き続ける人々を蒸し上げていく。

イペカラは白樺の木陰にしゃがみ込み、敵機が去った樺太の青い空を睨《にら》んだ。

ともかく生き延びた。安堵《あんど》を覚えつつ立ち上がると、膝に軽い痛みが走る。

無理もない。いまは昭和二十年（一九四五年）、イペカラも五十八歳になっている。

「馬鹿《ハイタクル》！」

小さくなるソ連機に、そして自分の膝に叫ぶ。

徒歩での避難行の四日目、元気が取り柄と思っていたイペカラも、さすがにくたびれて来た。荷物は、背負う五弦琴《トンコリ》だけに絞っていたが、それすら重く感じられる。

「いよいよ運の尽きかね」

なんとかやって来たこれまでを思い起こしつつ、溜息混じりに呟いた。

俯いた拍子に、自分の紺色のもんぺが目に入る。口元の入墨《シヌイエ》がなければ、どこにでもいる日本の老婦人だろう。

イペカラは一度だけ結婚した。相手は和人の漁夫で、気が合わずにすぐ別れた。その頃に漁場の宴で乞われて琴を弾いた。アイヌも和人も入り混じって喝采を送ってくれた時、身の振り方を決めた。漁場に出入りする旅の一座に入れてもらい、以後は琴を抱え、所属を変えたり一人で辻で弾いたりしながら、島を転々として暮らした。

養父のバフンケは咎めなかった。職業や身の振り方について和人のような感覚を持たないアイヌだったからか、それとも本人が文明的な個人の自由を尊重したものか、あるいは結婚の失敗に同情してくれたものか、養父が死んで二十五年も経った今となってはわからない。

もちろん暮らしは楽ではなかったが、なんとかやってこられた。人が、つまり客が絶えなかったからだ。

日本はロシアよりはるかに熱心に樺太を開拓しようとした。すぐに和人だけでは人手が足りなくなり、朝鮮と中国から望んで、あるいは望まざるままに人が島にやってきた。娯楽が希少な樺太では、イペカラの琴は重宝された。「土人の野趣あふれる演奏」などと腹立たしい紹介をされることもあったが、ともかく物珍しさは仕事を持って来てくれたし、琴が弾ければ不満はなかった。

身の自由や人生そのものを売るような、きわどい話やあくどい証文に捉《つか》まらず、イペカラは泳ぐように、漂うように生きて来た。

やがて、とても曖昧に中国との戦争が始まった。いつのまにかアメリカ・イギリスとも開戦し、日本軍が大勝利と巧妙な転進を続けるうちに、内地のあらかたの大都市は瓦《が》礫《れき》になっていたらしい。それでも樺太はまだ戦火が及ばず、言動が息苦しくなるほかは戦争の前と変わりがなかった。

慰問の仕事で西海岸中部の街、恵須取《えすとる》にイペカラがやって来たのは七日前の八月九日。この日、ソ連軍が突如、満州国へ侵攻した。樺太でも国境地帯で砲撃や小部隊の越境があり、日本領樺太の北部から順次、民間人の避難が開始された。十一日には国境で本格的な戦闘が始まったらしい。

恵須取に避難命令が出たのは十三日、焼夷弾で海辺の市街地が焼かれた翌日だった。鉄道駅がある東海岸の内路《ないろ》か、西海岸をさらに南へ行った久春内《くしゅんない》のどちらかまで徒歩でゆく。両方とも百キロ近い山道で、自動車の類は軍用になるか空襲で燃えてしまい、自分の足を頼りにするしかない。

日本軍には飛行機がないらしく、ソ連の戦闘機や爆撃機が我が物顔で樺太上空へ飛来してくる。空から見えないのか故意かは知らないが、避難民の列も遠慮なく襲われる。

再び、爆音が聞こえた。さっきは一機だったが今度は三機。見えたと思う間もなく機銃を乱射しながら急降下してくる。避難民たちは再び絶望と混乱に突き落とされる。

三機で襲いかかる余裕からか、ソ連機は森にも機銃を浴びせる。イペカラの周りで草と土、葉っぱや木屑が舞う。

死ぬよりましだ。

イペカラは勘の全く利かない森の中へ分け入っていく。夢中で走るうちに、足を踏み外す。柔らかい苔に覆われた斜面をずるずると滑り、転がる。老いを感じる体には過酷な体験だと他人事のように考える。滑落《かつらく》が止まってから、しばらく大の字に転がって息をつく。

体中の疲れと痛みが引くのをゆっくり待つ。呼吸が落ち着くと、さらさらと流れる水音が聞こえた。上体を起こすとそばに小川がある。這って行って水を啜《すす》り、顔を洗う。

意識が明瞭さを取り戻すと、慌てて背中に手を回す。肩に掛けていた帯を外し、縫い付けられた布の包みを開く。

「よかった――」

思わずため息が出た。琴の無事な姿が、安堵と活力を与えてくれた。

川の位置を見失わないように注意しながら森をふらふらと彷徨《さまよ》う。見つけた果実をもぎり、口に放り込む。様々な彩りの甘酸っぱさが口に広がる。食べられるものは大体わかる。アイヌの中で育ってよかったと思う。

再び小川へ戻る。果実の酸味で痺《しび》れた口をゆすぎ、琴を置いて苔の上に寝っ転がる。まばらな白樺が聳《そび》え、奥に青い空がある。いつもの島らしい曇りなら空襲もすくなかっただろうにと思うと、憎らしく思える。

この島はどうなってしまうのだろう。

かつてアイ村にいた自分を取り巻いていた人々は、もういない。今は彼らの子や孫の時代になっている。みんな元気でいてくれと願いつつ、死《し》に後《おく》れたような感覚もあった。

ここ三日の戦況はどうなっているのだろう。満州でソ連軍が雪崩《なだれ》のように侵攻していること、広島なる街に新型爆弾が落ちたこと、逃げる間際に見た燃える恵須取の街。そこから先のことを、イペカラは知らない。

あたしも、どうなってしまうのだろう。来た道はもうわからない。川沿いに歩けばいつか人家か集落にたどり着くかもしれないが、確証はない。

「死んじまうのかな、あたしは」

ふと思う。恐怖は全く感じない。ただ、凍えるような寂しさを感じた。

むくりと起き上がり、自分の肩を抱く。苔むした黒い岩肌を流れる川面を眺める。

四十年くらい前、アイ村にいたころ似たようなことがあった。吹雪の中で一人、凍えて死ぬかと思った。

「死なないな。あたしは悪運が強い」

明るく決めつける。かといって事態が変わる兆しはない。どうしたものかと再び川面に目を落とす。

水が流れる音の向こうに、苔を柔らかく叩く音が聞こえた。思わず顔を上げる。川の上流の方に、不思議な影がある。

影は、両手を広げたような大きな角を持ったトナカイだった。その背には人が乗っている。薄緑色の制服に軍帽を被り、肩には銃を掛けていた。顔だちは若い。

「日本人か、なにをしている」

珍しくもトナカイに騎乗する日本の兵隊が、鋭い声を上げた。

二

兵隊は、源田《げんだ》と名乗った。

国境付近でソ連軍と戦っていたが自分を残して部隊が全滅し、合流できる友軍を探しているのだという。

「道、わかるのかい」

イペカラが尋ねると、源田は下流の方を指差した。

「この川に沿っていけば、恵須取へ続く道へ出ます」

「詳しいね」素直に感心した。

「島の地理はだいたい頭に入っています」

切れ長の目の源田は、話し方に抑揚がないが、イペカラがはるかに年上と知ってから
は、口調をそれなりにあらためてくれた。

「あたし、道に迷っちまってね。連れて行ってもらえないかい」

「俺は恵須取へ行きますが構いませんか」

「構うよ」イペカラは慌てた。「あたしはそこから逃げてきたんだ」

「俺は軍務の途中で戦場へ行くんです。ついてくるのは構いませんが、あなたをどこか
へ連れて行くことはできかねます」

「川の上流に行けば、どこに着くんだい」

「百キロくらい行けば、俺の部隊が全滅した戦場にいきあたります」

ぶぉう、とトナカイが鳴く。

結局イペカラは、この若い兵隊について行くことにした。源田は無表情で頑《かたく》なだが悪
い人間ではないらしく、トナカイの後ろに乗せてくれた。いかにも重たげに呻くトナカ
イに、失礼なやつだと思う。

「戦争は、どうなってるんだろうね」

一時間ほど続いた無言の時間を持て余し、イペカラは尋ねた。

「さあ、どうでしょう」源田は前を向いたまま、淡々と答える。「俺も二日ばかり森を彷徨っていましたから」

わかりません、とは言わなかった。

「なんでまた戦場に行くんだい。せっかく拾った命なんだ。無駄にしないほうが」

言った端から、兵隊に対して失礼なことを口走ったとイペカラは後悔したが、源田は激するでもなく静かに答えた。

「俺はやっと兵隊になれたんです」

イペカラが首をかしげるのがわかったのか、源田は背中から「あなたはアイヌでしょう」と言う。

「俺はオロッコ（ウィルタ）です」

それでトナカイに乗るのか、とイペカラは納得した。オロッコはアイヌやニクブン（ニヴフ）と同じく島の先住民で、漁撈《ぎょろう》と狩猟、それとトナカイの放牧を生業《なりわい》とする。トナカイは食料にするほか、橇《そり》や騎乗にも使う。また銃の腕前は島でも名高い。

「俺たちは日本の戸籍がない。というよりシシャ、ええと和人のほか、この島で日本の戸籍を持つのはアイヌだけです。いつかは戸籍をもらえる立派な日本人になるように。俺たちは学校でそう教わってきました」

日本人。言葉の不思議さにイペカラは戸惑った。なら島のアイヌは立派な日本人なのか。

「三年前に一斉に召集令状をもらって、俺たちは兵隊になりました。戸籍のなかった俺たちは、天皇陛下の軍隊にやっと入れてもらえたんですよ」

その時、源田は手綱を引いた。緩慢に足を止めるトナカイを待たずに飛び降りる。

どうしたの、と言おうとするイペカラを見上げて、源田は自分の口元に人差し指を立てた。

「敵です。音を立てずにそっと降りて」

源田が声を殺しながら、両手を伸ばしてきた。トナカイの乗り降りなんぞに慣れていないイペカラにはありがたかったが、体重を預けた時に源田が堪《こら》えるように鼻息を漏らし、むっとした。

「伏せていてください」

源田はトナカイを座らせながらイペカラに言い、背負っていた銃を両手に持ち直すと数歩先の茂みに分け入った。

休憩でももらったような暢気《のんき》な顔でうずくまるトナカイの脇で、イペカラの肌は粟立《あわだ》った。敵。飛行機だけでなく、兵隊や戦車が間近に迫っているのだろうか。そっとあたりを見渡すが、木と苔、灌木《かんぼく》のほかは何も見えない。

銃声が響く。びくりと体が震えた。さらにもう一発を撃ってから、源田は茂みからがさがさと出てきた。

「敵は二人いました。一人は射殺し、もう一人は足を撃ちました。様子を見てきますから、待っていてください」

「やだよ、一人で待つなんて」

読み上げるような源田の言葉に、イペカラは慌てて立ち上がった。

「ついていくよ、足手まといにはならないから」

「仕方ありませんね。では決して上体を起こさないように」

源田は小走りに駆け出し、イペカラは後を追う。

「あたしには見えなかったけど、どうやって見つけたんだい」

「オロッコは狩りが得意なんですよ」

苔を踏みながら、僅かだが源田は得意げに答えた。

三

源田が撃った先には、二人のソ連兵がいた。

一人は仰向けにひっくり返っていて、微動だにしない。心臓を撃たれでもしたのか、分厚い胸板を中心に体中が真っ赤に濡れている。もう一人は右足を伸ばして座り込んで荒い息を吐きながら、やはり出血がひどい腿《もも》のあたりを、かばうように手で押さえている。

ここ数日の避難でもっとひどい死人や怪我人をたくさん見てきたイペカラだが、それでも慣れるものではない。顔を顰《しか》めようとした時、足を撃たれたほうの顔立ちにふと気付いた。

「女じゃないか」

思わず声が出た。

「ソ連では女の兵隊もいます。その女に向けておいてください」

と源田が銃を渡してくる。

源田は肩にかけていた雑嚢《ざつのう》から縄を取り出した。女の両手と、それから出血している右の腿の付け根を、手頃な長さに切った縄できつく縛り、次に、ナイフで血まみれのズボンを引き裂く。女性の腿を源田は素手で遠慮なく揉み、撫で回す。ただ手つきは、まるで機械の具合を確かめるような無機質なものだった。

「弾は抜けていますね。動脈も無事だ。血はすぐ止まると思います」

言いながら水筒の水で傷口を洗い、包帯を巻きつける。いろいろ道具を持っているものだな、とイペカラは感心する。「国境では遊撃戦（ゲリラ戦）をやってましたから」と説明するように源田は教えてくれたが、軍隊に詳しくないイペカラには意味がわからなかった。女性兵は時折痛みに顔をしかめながら、なすがままにされていた。

源田は彼女を捕虜にすると言い出し、背負って小川まで連れて行った。まだ日暮れには早いが捕虜の出血が止まるのを待って今日はここで野宿し、明日の早くに発《た》つこととなった。源田は魔法のような手つきと速度で火を起こした。川へ降りて三尾の魚を捕り、沸かした川の水と少しの乾パンで早めの夕食となった。空腹だったイペカラは貪《むさぼ》るように、捕虜は縛られた手で、もそもそと食べた。

「日本の兵隊さんてのは、なんでもできるんだね」

他愛ない話を、イペカラは始めた。夕食とはそういう場だと思っている。

「銃は上手だし、手当てもできる。ご飯も作れるし道も詳しく知ってる」

源田は魚を咀嚼《そしやく》しながら、考えるように視線を落とした。それから目を上げ、

「俺は、特務機関にいたんです」

と答えた。軍隊に詳しくないイペカラは首を傾げる。

「わかりやすく言うとスパイ部隊です。国境のあたりでソ連側の状況を探るために、俺を含めて若いオロッコが徴兵され、教育を受けました」

国境地帯は、未開拓の原野や凍原が広がっている。地形に慣れ、ソ連側にも住人のいるオロッコはスパイに適任だと思われたそうだ。

「スパイって言ってしまっていいのかい」

「もう諜報どころではないですからね。あとイペカラさんに知っていてほしいこともあるので」

「知ってほしいことって?」

「オロッコだって和人に負けない兵隊やスパイになれる、ということです。もし機会があれば、イペカラさんが出会う人にも伝えてください」

痛ましさを覚えたイペカラは、頷くしかできなかった。「頼みます」と言った源田は捕虜に目を移した。

「少し尋問してみましょう。戦況も知りたいですし」

源田は、捕虜にまず名前を尋ねる。

「アレクサンドラ・ヤーコヴレヴナ・クルニコワ伍長」

遅い樺太の夕暮れの光が、答えたソ連の女性兵を照らす。その顔は血を失って青ざめているが、低い声の輪郭ははっきりしていた。

「俺は源田だ。ではクルニコワ伍長、あなたがどうしてこの島にきたのか教えてほしい」

流暢《りゅうちょう》なロシア語で尋ねる源田の能力は尋常ではない。よっぽど立派な兵隊になりたかったのだなとイペカラは思った。

そういえば久しぶりにロシア語を聞いた。和人たちが日露戦争と呼ぶ出来事のあとも少なからぬロシア人が島に残ったが、人の数は和人のほうが多かったから、使われる言葉は日本語が主になっていた。

朝鮮人、中国人も多い。自分たちアイヌ、源田たちオロッコやニクブン、他の先住民も、日本という旗の下、この樺太で暮らしていた。

「国境の日本軍の後方を遮断《しゃだん》するため、今朝、塔路《トウロ》に上陸した」

クルニコワなる女性の口調は淀みない。

「塔路の街はすでに我が軍が占拠している。後続の部隊は陸路で恵須取へ進軍する予定だ」

「国境の戦況は？」

「詳しくは知らされていないが、まだ突破できていないようだ」

「サハリンでの作戦計画を教えてもらえるかな」

「八月二十五日までに南サハリン全域を制圧するスケジュールと聞いている。予定通りに進行しているかは知らない」

クルニコワは、隠すつもりが毛頭ないらしい。

「作戦の目的は」

「日本に占領された土地を奪い返す。そう聞いている」

奪い返す。イペカラは複雑な気分になった。もともとこの島は誰のものだったのだろう。

「私からも質問がある」

捕虜は、それまでうつむきがちだった紺色の目を源田に向けた。

「昨日、八月十五日に日本は国民に、降伏を発表した」

イペカラは息を吞んだ。それまで冷静だった源田も顔を凍り付かせた。捕虜は続ける。

「日本人はまだ戦うつもりなのか。なぜ戦いをやめないのか」

「嘘をつくな」

源田の声は震えていた。

「嘘をつく理由が私にはない」クルニコワは首を振った。「源田と言ったか、あなたは知らなかったのか」

「知らない。なぜなら、あなたの話は嘘だからだ。そうでなければ誤りだ」

頑なに否定する源田の声を聞くイペカラの胸には、アイ村に住んでいた頃に出会った大人たちの顔が浮かんでいた。あの時も戦争があった。その後、自分たちごと島の半分を呑み込んだ日本に適応しようと、あがいてきた。その日本は突然、煙のようになくなってしまった。

「あんたの言う日本の降伏がほんとなら、どうしてソ連こそ戦争をやめないんだい」

日本の勝ち負けにはイペカラは興味がなかった。それほど世話になった覚えがない。勝手に島にやってきて、勝手に始めた戦争に負けただけだ。

それでも、一人一人の和人に、避難の途中で撃たれるべき罪があるようにはとても思えなかった。

「私が決めることではない。それに日本は、世界を支配しようとしたファシストの国だ。当然の報いだ」

クルニコワの声に、何かの力が宿った。

「ファシストどもが戦争を始めなければ、私はただの学生だった。生まれ育った町で両親と暮らし、恋人と会い、大学で学ぶ。たったそれだけあればよかったのに、全てがなくなった」

「この島の人たちは、あんたにはなんの関わりもない」

「私に関わって来たのは、ファシストのほうだ」

「あんた、自分じゃ何も決められないのかい。何もできないのかい」

いままで彩りのなかった捕虜の顔に、初めて表情が現れた。困惑している。

「私に、何ができるというんだ？」

紺色の瞳には光がない。奈落へ続く冷たい穴に見えた。

それきり誰も話さなかった。日が沈み、夜闇が訪れる。

やがて源田が、のろのろと立ち上がる。「顔を洗ってきます」と言って燃える木切れから手ごろな一本を拾い上げ、その明かりを頼りに川へ降りて行った。

昼よりましとはいえ、夜は蒸し暑い。

しばらく口を噤んでいたイペカラは額に浮いた汗を拭い、それから捕虜の様子に気付いた。

「寒いのかい」

我ながら不思議なことを聞いた。表情のないまま、両肩を抱いていた捕虜は小さく頷いた。

「血が出すぎたんじゃないかね」

源田より適切な手当てができる気がしないイペカラは慌てたが、クルニコワは「心配ない、いつものことだ」とそっけなく答えた。

なんだ、せっかく心配してやったのに。腹立ちまぎれに、そっと手を伸ばした。布に包まれた琴を引き寄せ、取り出して抱き込む。

「ティ――」

手と声、そして耳で、自分自身を琴に移すように、ゆっくり調弦する。

ここ数日、いろいろなことが起こりすぎた。極めつけは今日だ。不安でたまらず、頼るように琴を弾き始める。

ずっと一緒にいてくれた母の形見の琴は、ふくよかに鳴る。新しい世界を生むように音を紡ぐ。

あたしは、大丈夫だ。イペカラは一つ弦を弾くたびに思い起こし、確信を深める。琴があれば、あたしはあたしでいられる。

「あなた――」

声に顔を上げる。捕虜がイペカラを見つめていた。

「なんだ、元気になったのかい」

琴を弾く手を止める。

「あなたは、サハリン・アイヌなのか」

そう聞かれて心楽しい展開になったためしがない。ただ囚われの怪我人にきつい態度に出るのは気がひけた。とりあえず頷いてやる。

「琴の音に覚えがある」捕虜は抑揚なく話す。「録音したレコードを大学で聞いたことがある」

へえ、とイペカラは応じた。琴は自分にとって大事なものだが、海を越えて興味を持たれるものとは思っていなかった。そんな珍しい人間は知る限り一人しかいない。

「それ、弾いたのはあたしかもしれないよ。ポーランドの学者に頼まれて録音したことがある」

懐かしい記憶を辿りながら冗談を言うと、クルニコワの目がわずかに開いた。その紺色の瞳には揺れる焚き火が映り込んでいる。

「ブロニスラフ・ピルスドスキー。録音した学者の名だ。たぶんポーランド人だ」

イペカラは抱いていた琴を取り落しそうになった。少し発音は違うが、自分が知る人間と別人には思えなかった。

「なら、本当にあたしだね」

声は思わず震えた。

「もう四十年くらい前のことだ。どうだい、あたしも少しは上手になってただろ」

驚きの次には照れくさくなって軽口をたたくと、捕虜は「わからない」と首を振った。

愛想くらい言いなよ、とイペカラは笑った。

「せっかくだし、何か歌っておくれよ。ロシアの歌でも」

「歌――?」

捕虜は、細い首をわずかに傾げた。

「あたしの琴はね、人の歌と一緒にやると、もっといいんだよ」

――お前の琴が奏でるのは、人と歌う音なんだ。

そう言ってくれた男の、鳥打帽を被った不機嫌そうな顔を思い出す。幼馴染の面倒なおじと南極に行ったと知ったのは、イペカラが琴一張りで島を漂い始めたころだ。

「歌は知らない。歌えない」

捕虜は読み上げるように答えた。

「なら、歌えるようになりな」

ごく簡単なことのように、イペカラは勧めた。たいていのことは始めれば何とかなるのだ。

「あたしだって生まれついて琴が弾けたわけじゃない」

「私は銃が撃てる」

妙なことをクルニコワは言った。

「戦争は続いている。銃の他に覚えるべきことがあるのか。戦争の他に、私は何をすればいい」

その紺色の瞳は、再び奈落のような暗闇に落ち込んでいた。捕虜は、自分が数日の空襲で見た以上の地獄を見たのかもしれない。イペカラは胸が締め付けられるような哀れさを覚え、次に世界の理不尽を憎み、そして一つのことに思い当たって安心し、最後には笑った。

「あんたが何をすべきか。それはきっと見つかるよ」

断言したが、願う気持ちが強いことをイペカラは自覚している。

「大学まで行ってたんだろ、なら大丈夫だ、安心だ」

学校について、出てれば偉いとか行けないやつは出来が悪いなどとは、露も思わない。けれど、学校というものに希望を託し、未来を信じ、駆けずり回った大人たちをイペカラは知っている。彼らが焦がれ、存在を信じていた恩恵が、本当にこの世にあることを願った。そしてできれば大学まで行ったらしい寒がりの捕虜にも、そのおすそ分けがありますように。

川のほうから、人と獣の間のような雄叫びが聞こえた。

あの男はどんな顔で泣くのだろう。源田の泣き声だろうなと見当をつけながらイペカラは考えた。今日は本当にいろいろなことがあった。それでもまだ、なんとか自分は生きている。

四

翌朝、靄《もや》の立ち込める森をイペカラたちは出発した。クルニコワをトナカイに乗せ、源田とイペカラは歩く。

誰も、何も話さない。昼時の休憩で「もうこれしかありません」と数粒の金平糖《こんぺいとう》を配る源田の声だけが、イペカラが聞いた人語《じんご》だった。

半日以上も歩くが、まだ日は空にある。樺太の太陽を恨めしく思ったとき、喧騒の残滓《ざんし》のようなかすかな音が耳を撫でた。昨日まで散々聞いてきた、避難民たちが弱々しく地を踏む音だ。

「道は近いですね」源田は淡々と腕時計を覗き込んだ。「いま十八時過ぎです。急げば日のあるうちに恵須取に着けるかもしれません」

この疲れた体でどう急ぐのか、とイペカラはうんざりした。

やがて川沿いに現れたきつい斜面を登りきると、人が溢れていた。

煤《すす》けた国民服の老人、もんぺ姿で風呂敷包みを背負う婦人、ただ泣くように顔を歪めた子供。頭に血が滲んだ包帯を巻いた男。みな一刻も早く逃れたいのだろうが、歩みは引きずるように遅い。酷暑に灼《や》かれて歩き通してきた疲れが、足を捉えているのだろう。

道端に突然現れたトナカイ、その上に跨るソ連の女性兵と曳く兵隊、寄り添うように立つアイヌの女は誰から見ても奇異なはずだが、避難民たちは見咎《みとが》める活力も失っているらしい。

「ではイペカラさん、ここでお別れです」

源田が振り返ってきた。「ここからは人の流れに乗って歩けば大丈夫です」

頷こうとした時、道向かいの草原に座り込む兵隊の一団に気付いた。避難民に劣らず疲れた表情で、ぼんやり地面や空を見つめている。

日本軍を見つけた源田は、一瞬だけだが目を輝かせた。トナカイを曳いて人の波を横切り、滑るように兵隊たちの下へ駆け寄る。

「敷香《しくか》特務機関の源田一等兵であります」

源田が敬礼する。軍刀を提げた将校がのろのろと立ち上がり、右手をぞんざいに掲げる。

「嵯峨《さが》少尉だ」

疲労を押し固めたような埃と脂にまみれた顔で、将校は答えた。

「こちらの隊を率いておられるのは、少尉どのでありますか」

「そうだが」

「では、お願いがあります」

源田は背筋を伸ばした。

「自分を少尉の隊に加えてください。自分はまだ戦えます。射撃にも自信があります」

決然《けつぜん》とした調子で言われた嵯峨少尉は、あからさまにうんざりしたような目をした。

「貴様は、今までどこにいたのだ」

「安別《あんべつ》です」西海岸の国境にある漁村の名を源田はあげた。

「自分の原隊は諜報《ちようほう》活動に従事しておりましたが、安別を奪取されたのちは付近で遊撃戦を実施、十四日に自分以外の全員が戦死したため、単独でここまでやってきました」

源田は他人事のように淡々と話す。為人《ひととなり》なのか軍人の習性なのか、イペカラには測りかねた。

「露助の捕虜も得ました。お引き渡ししますので、どうぞ尋問してください」

「捕虜」面倒ごとを、とでも言いたげな口調だった。

「なぜ戦うのだ、いまさら」

急に、少尉は怒鳴った。

「なぜって」淡々としていた源田の声に、わずかにとまどいの色が差す。

「戦争だからです」

貴様はまだ知らんのか、と少尉は嘆息した。

「日本は降伏した。戦争は終わったんだ」

源田の顔が、みるみるこわばっていく。捕虜の言葉は、虚偽でも誤りでもなかった。

「いつのことです」

確かめるように源田は聞いた。

「おとといだ」少尉は吐き捨てた。

「天皇陛下がラジオでおっしゃった。俺たちの所属する中隊は解散し、個々に南へ避難することになった。俺は直接の部下たちを引率しているだけだ」

「もう戦わないのですか」

「そうだよ」面倒くさげに少尉は頷いた。「しかたないだろう。戦争は終わったんだ」

「終わっていません！」

源田は声を荒げた。

「大日本帝国は聖戦を完遂するのではなかったのですか」

「その大日本帝国がなくなったんだ」

「なくなりません！」

源田はもう子供のようになっている。

「俺は立派な大日本帝国の臣民になりました。日本語を覚えて、兵隊にしてもらった。天皇陛下の名前も全部覚えました。軍人勅諭《ぐんじんちょくゆ》も戦陣訓《せんじんくん》も、みんな覚えました。俺は立派に戦えます」

「なんだ貴様、島の土人か」

「はい――――」源田の声がしぼんだ。「オロッコです」

「なら、家はこの島か」

少尉は急に、労わるような声色になった。

「はい」

「では帰れ。まだ何があるかわからん。これからは国ではなく、家族を守ってやれ」

源田の肩に少尉の手が置かれた。

「もういいんだ、源田一等兵。貴様は十分に戦った。もう日本なんてものに付き合う必要はないんだ」

それから少尉は腕時計を見る。「あと十五分で出発する」と兵隊たちに言って、どかりと腰を下ろした。源田は放心したように突っ立っている。

戸惑いは、イペカラも同じだった。

目の前を、避難民がのろのろと歩いて行く。本当に戦争は終わっているのか。この兵隊たちは避難民を守らないのか。突然放り出された源田は、どうしたらいいのか。

「なにがあった」

トナカイの上から聞いてきたクルニコワの顔は青い。血は止まったが容体はよくないようだった。

その時、ぶちまけるような銃声が響いた。

悲鳴と、胴体が地を打つ音がいくつか続く。避難民たちは恐慌《きょうこう》をきたしながら、それでも歩く速度は上がらない。彼らの体力は削られすぎていた。トナカイが暴れ始め、とっさにイペカラは手綱にしがみついた。道の、避難民が来た方角にはソ連兵の姿が見え隠れしている。

「ゴシプシエィ！」

源田が生き返ったように叫んだ。

「くるなら来い、俺は立派な日本の兵隊だ。全員、殺してやる」

流れるような動作で銃を構え、源田は立て続けに数発を撃った。弾を込め直す間も「ゴシプシエィ！」と連呼している。オロッコの言葉だろうか。

「逃げろ」

置くようにぽつりと、クルニコワは言った。

「でないと死ぬぞ」

身の危険はイペカラも感じている。ねっとりした汗が噴き出す。

爆発に、突き飛ばされる。砲弾か手榴弾か、体を起こすと道の真ん中に大きな穴ができていた。煙と埃が立ち込め、周りに数名の避難民が血まみれで寝転んでいる。振り向く。トナカイも胴を地につけて鳴くように首を上下させている。クルニコワの細い肢体《したい》が道端に投げ出されていた。駆け寄って抱き起こす。

「――大丈夫だ」

クルニコワが呻《うめ》く。

気配を感じて振り返る。さっきの嵯峨少尉が兵隊たちを引き連れて来ている。兵隊たちは銃を、少尉は抜いた軍刀を手に持っている。

「源田一等兵っ」

イペカラとすれ違いざま、少尉は叫んだ。振り向いた源田は戦意みなぎる隊を見て、瞠目する。

「貴様の言う大日本帝国、もう少し続けるぞ。手伝え」

はい、と源田も叫び返した。少尉は兵隊たちに命じる。

「避難民の後衛《こうえい》のため、ここを死守する。一兵たりとも通すな」

二十名くらいの兵隊たちは横一線に散らばってきびきびと伏せ、発砲を始める。その脇を転がるように、あるいは引きずるように逃げ延びて来た避難民がすれ違う。ソ連兵は遠巻きに姿を見え隠れさせながら、水を撒き散らすように短機関銃を射ちまくる。

「射程はこっちの方が長い。落ち着いて撃ち続けろ、近づけるな」

片膝立ちで声を張っていた嵯峨少尉が「源田」と軍刀を上げる。切っ先が示した先、道の脇の木々の間に回り込んだ数名のソ連兵が見え隠れしている。源田がたちまち二人を撃ち倒すと、残りのソ連兵は慌てて逃げ帰る。

すごい人だ。イペカラが驚嘆した時には、源田の左首から盛大に血が噴き出していた。狙い撃たれたのだろうか。源田はゆっくり仰向《あおむ》けに倒れた。イペカラは慌てて駆け寄る。老いた女の体には重い源田の頭を抱え上げ、膝の上に置く。

「源田さん、しっかりしなよ。大丈夫だよ」

必死で声を掛ける他になにもできない。噴き出す血の止め方もわからない。

少尉が「源田、源田」と呼ばわりながら走ってくる。

ニッポンジン、ヘイタイ、リッパ、ダイニッポンテイコク、バンザイ、ゴシプシエ。思考を摑まえる力が薄れてきたのか、源田はとりとめない言葉を血の泡混じりに吐き出す。

「そうだ。貴様は大日本帝国の立派な兵隊だ。だから上官の俺の命令をよく聞け。死ぬな。生きて家へ帰れ」

少尉が言い終わったころには、血の噴出は止《や》んでいた。

「小隊長どの」

伏せていた兵隊の一人が叫んだ。

戦車が、砂塵を巻き上げてゆっくりと進んでいる。弾丸を撥《は》ね返しているのか、緑色の車体の表面に火花が爆《は》ぜる。

「馬鹿《ハイタクル》！」

イペカラは思わず地の言葉で叫んだ。

どうして誰も、この島を放っておけないのだ。人が住んでいる。ただそれだけではどうしていけないのだ。どうしてこんな嵐が吹き荒れるのか。

イペカラは走る。兵隊たちの前に出て、避難民の死体を避け、道の真ん中に立つ。戦車が騒々しい唸《うな》りと排煙を吹き上げ、ソ連兵が続いている。

「やめろ《ハンカキー》」

叫ぶ。たちまち雨のような銃弾が足元に叩きつけられる。土埃が舞い、視界を霞ませる。

「やめろ」

なおイペカラは叫ぶ。慣れないロシアの言葉は紡《つむ》げない。生まれ育った言葉で、声を振り絞る。

もうこれ以上、故郷が爆弾や砲弾で掘り返されて欲しくはなかった。もう故郷で誰も死んで欲しくなかった。

戦車の砲口が舐めるように巡り、イペカラの方を向く。眩《まばゆ》い光に思わず目を閉じた瞬間、唸りがイペカラの体をかすめた。背後で爆発があり、悲鳴と爆風が続いた。右肩に激痛が走る。砲弾の破片が肩の肉をえぐったらしい。熱い血が噴き出す。体温が急速に下がり、身体の力が抜けていく。

馬鹿はあたしだ。

倒れながら、イペカラは可笑しくなってきた。なんの工夫も知恵もない。せっかく学校に通えたのに、もう一つ学びが足りなかったようだ。漂うように生きてきたつもりだったが最後の最後に捕まってしまった。へしあう文明に挟まれて、押し潰される。もう一度、雪を見たかった。もう一度、琴を弾きたかった。いままで当たり前だった全てが、決して叶わぬ願いに変わろうとしていた。

視界が暗くなった。凍えるほどの寒さを感じる。こうやって人は死んでいくのか。妙に感心した。

「痛っ！」

身体が地面に激突する痛みで我に返った。そうだ、あたしはまだ生きている。上体を起こそうとして、後ろの襟首を思い切り引っ張られた。

「死ぬぞ、あんた」

捕虜、クルニコワ伍長の低い声が激しい銃声に交じって聞こえる。

「離せっ」イペカラはもがく。

「あたしは死なない。そしてこんな馬鹿げたことをやめさせる」

「やめろ、無駄だ。ただの自殺行為だ」

「じゃあ誰が止めるんだ！」

「誰」

とても短い疑問が聞こえた。思わず振り返ると、クルニコワ伍長が呆然としている。

「人がやってることなんだ、人にしか止められないだろ。なら誰かが止めないと」

「それが、あなたか」

「ええい、まだるっこしい！　あたしでもあんたでも、誰でもいいよ」

「私でも、できるのか」

「戦争も何もかも、生きてる人間が始めたんだ。生きてる人間が気張らなきゃ、終わんないだろ。あたしもあんたも、まだ生きてる。なら、できることがある」

イペカラは立ち上がった。足は無傷のはずなのによろめき、気が遠くなる。血が減っているのだと思った。頭が働かない。

「黙って見てろ。あたしたちは滅びない。生きようと思う限り、滅びないんだ」

一歩踏み出す。戦車が轟音《ごうおん》を立てて近づいてきている。もう一歩踏み出す。運転席の窓にへばりついてやる。そんなことを考える。頭ががんがんと痛む。吐き気がする。

跳ねるような人影が、イペカラを追い越す。ふとこちらを振り向いた女性の目は、紺色に光っている。どこかで見た覚えがある。ずうっと昔、この島に来て生き直したと言っていた男。

再びイペカラの体は倒れる。頬に地面の感触がある。もう痛みは感じない。

「やめろ」

遠のく意識に、ロシアの言葉だけが聞こえる。

「やめろ。私は赤軍のクルニコワ伍長だ」

張り裂けるような声は、遠くなっていく。

五

「起床、起床——」

朝、立ち込める薄い靄《もや》を割って下士官たちの野太い声が響いた。

「移動だ。飯は歩きながら食え」

道や塹壕《ざんごう》に構わず、転がした丸太のようにその辺りの地べたに寝ていた赤軍の兵士たちが、のろのろと起き始める。投げつけるように黒パンが配られていく。

「そら行くぞ、立て。立て。早く」

兵隊たちは黙々と腰を上げ、銃器をきしませながらぞろぞろと歩き出す。

私は煙草をくわえたまま銃の負革《おいかわ》を肩にかけ、立ち上がった。拍子に右の腿が痛んだ。

だが歩けないことはない。少しなら走れる。

「止まったな」

始まった行軍の足音を聞きながら、つぶやく。

片腕を三角巾に突っ込んで座り込んだ女は「ふん」と鼻を鳴らしてから、傷がうずいたのか顔をしかめた。口元の入墨がうごめく。衛生兵が丁寧に手当てしてくれたはずだが、痛みはどうしようもないらしい。

「妙な帰還になったものだな、クルニコワ伍長」

昨日、ソ連軍部隊を指揮していたソローキン中隊長は薄く笑ったあと、私の提案を容れ、降伏を勧告してくれた。抗戦していた日本軍の小部隊は二時間の侵攻停止を条件に受諾し、戦闘は終わった。二時間後、サハリンの遅い日暮れを眺めながら中隊長は、

「敵地で夜の進軍は危険だ。ここで野営しよう」

などとわざとらしく言い出した。先頭に立たないくせに戦意だけは旺盛な政治将校《ポリトルク》が進軍を求めて抗議すると、「太陽に頼んでくださいな」と答えて取り合わなかった。その時間で、日本の避難民も多少は先に進めただろう。

サガといったか、日本軍の将校は堂々と胸を張って、腰の刀を中隊長に渡した。兵士たちとともに夜のうちにトラックで後方に送られた。捕虜は運が悪ければ銃殺、よければ強制労働だ。心配する義理も付き合いもないが、長生きしてくれればいいとは思った。

いま私の足元で座り込む女は民間人だから、捕虜にならずに済んだ。「赤軍の人道的態度を喧伝するのです」などと、これもわざとらしくいった中隊長は手当てと食事を彼女に与えた。

「どう、痛む？」

何気なく聞いてから、他人の心配をしたのは何年振りだろうと思った。

「――あたしは馬鹿だ」

妙に若々しい老女は、三角巾を見つめて寂しげにつぶやいた。

「立派だったよ、あなたは」

他人を称賛するのも、久しぶりだ。

気温はみるみる上がり、立ち込めていた靄はもう消えている。湿度が高いようで、気温以上の蒸し暑さを感じた。

女は、ぶつくさと一人で文句を言い続けている。

「これじゃあ〝トンコリ〟を弾けない」

「トンコリ？」

私が思わず聞き返すと、女は顔を上げた。

「琴だよ。昨日の夜にあたしが弾いてたやつ」

ああ、と頷く。それは確かに辛いだろう。もし傷が治っても神経をやられていれば、以前のようには弾けないかもしれない。女には痛ましさを、運命の残酷さには腹立たしさを感じる。こういうとき、どう言えばいいのだろう。世知を知らない子供のように考え込んでしまう。

「あなたは、まだ生きてる。ならきっと、また弾ける」

昨日、弾丸が飛び交う中で女に言われた言葉を引いて言うと、私の頰が勝手に引きつった。笑おうとしたのかもしれない。言った言葉が適切かどうか、わからなかったが、女の入墨が少しだけうごめいた。笑い返そうとしてくれたらしい。

「あなた、これからどうするの」

「さあねえ」

女は他人事のようにのんびりと唸ってから、無傷な方の腕を上げて私の顔を指差した。

「あんたは、歌を覚えときな。次に会えた時は琴と歌でいっしょにやろう」

「次って」

女の提案に、素直に戸惑う。

「また会えるかは、わからない」

「あたしだって、四十年前にあんたに会ってるなんて思わなかったよ」

心底からおかしそうに、女は言う。

「〝次〟とか〝また〟とか〝まさか〟ってのは、生きてる限り、あるもんさ」

――もしあなたと私たちの子孫が出会うことがあれば、それがこの場にいる私たちの出会いのような幸せなものでありますように。

大学の資料室で聞いた声が、今聞こえたように思えた。錯覚だとはわかる。おぼろげな記憶に残っている言葉だから、一字一句が正しいものではないだろう。終わらない戦争の最中で、たくさんの人が死に、女も傷を負った。

目の前に蹲る女と私との出会いが幸せだったとは、到底言えない。終わらない戦争の最中で、たくさんの人が死に、女も傷を負った。

それでも戦場の片隅の、小さな戦闘は終わった。終わらせられた。できることがあった。まだ生きているから。

「行くわ」

宣言するように、私は言う。女は入墨を歪めて「またね」と手を振った。

この戦争は、もう少し続く。ひどい光景がまた繰り返されるだろう。それでも生きよう。そう思った。生きたいと思えるまで生きてみよう。煙草を投げ捨て、踏み潰す。前を向く。

「今日は——」

戦場を望み、辿り着いた島。そこに漂う硝煙の残滓と砂埃、そして蒸すような暑さの中、私は二回目の生を歩きはじめる。

「熱い」

呟いてから、妙な産声だと私は笑った。

解説

中島京子

「近代」が大きな波のように、地球上の多くの地域に覆いかぶさってきた時代、アイデンティティと誇りを胸に極寒の地を生き抜いた人々の、群像劇と言ってもよい作品だろう。ただし、もっとも重要な人物は二人。樺太アイヌのヤヨマネクフと、ポーランド人の民族学者ブロニスワフ・ピウスツキだ。

第一章ではヤヨマネクフの物語が、第二章ではピウスツキの来歴が、交差することもなく描かれる。

一方は大日本帝国に、他方はロシア帝国に、むりやり故郷を奪われ「臣民」に組み込まれた。奪われたのは土地や統治権ばかりではない。まず言葉、そして名前だ。

ヤヨマネクフは、日本とロシアが勝手に結んだ「千島樺太交換条約」により北海道に強制移住させられる。日本の小学校では「八夜招（ヤヨマネク）」と妙な字をあてがわれ、北海道から故郷である樺太（この地名は和名で、そのころはロシア名でサハリンと呼ばれている）に帰るために、「山辺安之助」という日本名の旅券を作らなければならない。ピウスツキは帝政ロシアによって解体させられたポーランド・リトアニア共和国出身で、やはり母語を禁じられ、自分の名をロシア風に「ピルスドスキー」と呼ばれると胸に灼けるような怒りと痛みを覚える。

ヤヨマネクフにとって最大の悲劇は、美しかった妻キサラスイを天然痘で失ったことだった。「文明」は侵略者として彼らの前に現れ、搾取し、「野蛮」「未開」と貶めたが、種痘を拒んだ妻や多くのアイヌの無学はたしかに、彼らの命を奪うものでもあった。変わらなければ生き延びられない。アイヌがアイヌであり続けるためにはどうすればいいのかと、ヤヨマネクフは苦悶する。

ピウスツキは、帝都サンクトペテルブルグの学生だったが、皇帝暗殺を企てた仲間の運動に巻き込まれ、拷問を受けた末に流刑地サハリンに送られる。最果ての地で生きる意欲も失いかけた彼にもう一度情熱をくれたのは、その地に住むギリヤークとの出会いだった。その言葉、文化に瞠目しつつ、ピウスツキは人種や民族で優劣をつけることのできない「人間」の存在に改めて気づく。

ン」も、ギリヤーク語で「人間」という意味だ。

ヤヨマネクフとピウスツキは、第三章になってようやく出会う。録音機を携えてやってきたピウスツキの依頼にこたえて、ヤヨマネクフはサハリン・アイヌの歌を吹き込む。そしてロシア語で語り出す。

「私たちは滅びゆく民と言われることがあります」「けれど、決して滅びません。未来がどうなるかは誰にもわかりませんが、この録音を聞いてくれたあなたの生きている時代のどこかで、私たちの子孫は変わらず、あるいは変わりながらも、きっと生きています」

川越宗一の長編第二作は、作家がタイトルに込め、作中で何度も言及した「熱」に満ちている。

最初に書いたように、これは群像劇だから、登場人物の数も多い。彼らが、極寒の地でとにかく生きる、その強さが、氷を溶かさんばかりに熱く語られる。

ヤヨマネクフの親友シシラトカ、教育者となる千徳太郎治、ともに五弦琴《トンコリ》の名手である印象的な女性、キサラスイとイペカラ、たぶん登場人物の中でいちばんかっこいいアイヌの頭領チコビロー。

結核に倒れるギリヤークの若者、インディン。

そしてロシア・パートでは、「根菜のような顔」をしたアレクサンドル・ウリヤノフ（レーニンの実兄）が印象的だ。

最初のほうに登場して鹿児島弁でしゃべりまくる西郷従道をはじめ、金田一京助、長谷川辰之助（二葉亭四迷）、大隈重信、白瀬矗と、和人（と、あえて書いてみる）の登場人物も有名人ばかりで、華やか。後半になって、これらの人々が出てくるあたりになると、ちょっと史実が多すぎて疲れるくらいだ。生真面目に石川啄木まで出してこなくてもよかったんじゃないかと、つい思ってしまったりする。

それはともかくとして、読むほうも自然にこの「熱」に引っ張られるようにして読み進んでしまう。そして、かなり長い、七十年くらいの時間の流れる、そして登場人物の多いこの物語を、むさぼるように読んでしまうことになるのだ。

作家の「熱」は、史実じたいのおもしろさに鼓舞されたところもあるだろうけれども、一貫して、一つの問いに全力で「否」を突きつけるその意志にこそ感じられる。

「文明に潰されて滅びる、あるいは呑まれて自らを忘れる。どちらかの時の訪れを待つしか、自分たちにはできないのか」

という絶望的な問いに、ヤヨマネクフは「違う」と答える。

かつて、幼かったヤヨマネクフの「文明ってな、なんだい」という質問に、チコビローは答えた。「馬鹿で弱い奴は死んじまうっていう、思い込みだろうな」。

そう、それは思い込みだ。別の道はある、と、ヤヨマネクフは思う。「道は自分で見つけるものだ」と。文明に潰されず、呑み込まれず、しかし、その叡智は身につけて、自分の行くべき道を選び取る。そういうことができるはずだと。アイヌを「滅びゆく民」と呼び、組み敷かれる者たちと捉えるその考え方に、「熱」をもって抗おうとする。

ピウスツキはそれを、「摂理と戦う」と呼ぶ。「弱きは食われる」というのが「人の世界の摂理であれば、人が変えられる」ものだと。こうして二人の男は自分たちの生きる厳しい氷の世界を熱源に変えようとするのだ。

とはいえ、彼らが抱え込んだ問いは、一筋縄ではいかない。

二十世紀は、「戦争の世紀」と呼ばれた。それまでの戦争とは違い、兵士だけでなく一般市民が巻き込まれる総力戦で、大量殺戮を可能にする近代兵器を擁した世界戦争が二度も戦われた。圧倒的な「力」。たとえば、第二次世界大戦では、それは核兵器という形で具現化し、その後の世界を「核による冷戦」の時代に変えた。力を持つ者と持たざる者がある。持たない者は持つことでしか生き延びることはできないという、小説中で「無くなるかもしれなかった極東の小国で、四十年近く政界をうろついていた老人」大隈重信が言い放つ論理に、二十一世紀に入ったいまも強く賛同する人々は存在する。

二〇二二年二月にロシアがウクライナに侵攻した。作中でブロニスワフ・ピウスツキが、ポーランド共和国建国の英雄となる弟のユゼフと交わす会話は、まさに、彼の地で人々が交わし、世界を巻き込んで交わされている言葉に違いない。弟は武力を選んだ。では、兄は何を選んだのか。

ヤヨマネクフとピウスツキが選ぶのは、「人間」であること、道を自分で切り開く人間であることなのだが、そうした抽象的な言葉ではなくて、たしかに選ばれているものがある。

それは、キサラスイがヤヨマネクフに教えた五弦琴の調べだ。イペカラがヤヨマネクフの歌に合わせて奏でたものでもある。そしてピウスツキの妻となるチュフサンマが、夫の意思に反しても入れることを望んだアイヌの入れ墨だ。知里幸恵が残した『アイヌ神謡集』、千徳太郎治が書いた『樺太アイヌ叢話』、金田一京助が収集したアイヌ語そのもの。ヤヨマネクフにとっては、和人には扱えない樺太犬を率いて南極点に到達すること、でもあっただろう。ピウスツキにしても、自分にとっての第二の故郷であるサハリンの「文化」が、生涯かけて選び取るべきものの指標となった。

印象的なシーンがある。ヤヨマネクフが息子の八代吉といっしょにアイヌ伝統の刳舟を作る。北海道に移住させられ日本の小学校で教育を受けたヤヨマネクフは、自らの意思で樺太に戻ってからその作り方を覚えた。「昔からの暮らしを墨守しようとは、ヤヨマネクフは思わない。ただ樺太に帰って来たとき、古《いにしえ》から連綿と伝わる慣習や知恵を知らない自分を、恐ろしく寂しく感じた」。そして息子に語る。

「本当に帰るべき先を知りたかったからかもな」

わたしは、ある小説の背景取材で日本に住むクルド人について調べたことがある。国を持たない最大の民族と言われるクルド人たちは、トルコやシリアなどで、それこそ言葉を禁じられ、文化を禁じられ、迫害を受けて海を渡ってくる。彼らを受け入れる制度や態勢の問題は、いまは措くとして、ハッとさせられたのは、彼らが極東の地日本で、その言葉と文化を守り続けていることだった。母国では禁じられた伝統楽器やダンスが、遠く離れた日本で、演奏され、舞われる。

『熱源』はサハリン／樺太の地を題材にした歴史小説だけれど、そこで語られていることは、いまを生きているわたしたちに「故郷」について、失われていく「文化」について、人の「帰るべき先」について、考えさせる。わたしたちが知っているかのように思っている歴史を、角度を変えて見せてくれるばかりか、いま、この世界を生きていくうえで、考えなければならないことに気づかせてくれる。

そうした意味でも、『熱源』は、第一六二回直木三十五賞にふさわしい作品で、二〇一九年の文学界の大きな収穫である。

（作家）

主要参考文献

『金田一京助全集　第6巻（アイヌ語Ⅱ）』金田一京助全集編集委員会編（三省堂）
『樺太アイヌ叢話』千徳太郎治著（市光堂市川商店）
『新版　学問の暴力』植木哲也著（春風社）
『人類学的思考の歴史』竹沢尚一郎著（世界思想社）
『チェーホフ全集12　シベリアの旅　サハリン島』アントン・チェーホフ著／松下裕訳（筑摩書房）
『南極に立った樺太アイヌ』佐藤忠悦著（東洋書店）
『ユーカラの人びと』金田一京助著／藤本英夫編（平凡社）
『ゲンダーヌ　ある北方少数民族のドラマ』D・ゲンダーヌ口述／田中了著（現代史出版会）
『日本民俗文化資料集成23　北の民俗誌』谷川健一編（三一書房）
『一九四五年夏　最後の日ソ戦』中山隆志著（中央公論新社）
『対雁の碑　樺太アイヌ強制移住の歴史』樺太アイヌ史研究会編（北海道出版企画センター）
『ニコライ・ラッセル　国境を越えるナロードニキ』和田春樹著（中央公論社）
『近代アイヌ教育制度史研究』小川正人著（北海道大学出版会）
『サハリン・アムール民族誌　ニヴフ族の生活と世界観』E・A・クレイノヴィチ著／枡本哲訳（法政大学出版局）
『樺太アイヌ・住居と民具』山本祐弘著（相模書房）
『日露戦争とサハリン島』原暉之編著（北海道大学出版会）
『国立民族学博物館研究報告別冊　5号』加藤九祚・小谷凱宣編（国立民族学博物館）
『南極大陸に立つ　私の南極探検記』白瀬矗著（毎日ワンズ）
『南極記　デジタル復刻版』南極探検後援会編（南極探検後援会・白瀬南極探検隊を偲ぶ会）
「ポーランドのアイヌ研究者　ピウスツキの仕事：白老における記念碑の除幕に寄せて」研究会報告集
「ブロニスワフ・ピウスツキのサハリン民族誌　二十世紀初め前後のエンチウ、ニヴフ、ウイルタ」ブロニスワフ・ピウスツキ著／高倉浩樹監修／井上紘一訳編・解説（東北大学東北アジア研究センター）
「月刊シロロ」二〇一五年三月号〜二〇一八年四月号（アイヌ民族博物館）

取材協力：村崎恭子氏　鹿児島方言監修：桑畑正樹氏

この物語は史実をもとにしたフィクションです。

本作品中には一部、現代の社会通念や今日の人権意識に照らして差別的ないし差別的ととられかねない表現や語句がございますが、作品の時代背景を考慮し、また、作者に差別を助長、誘発させる意図はないことから、そのまま掲載しております。

なお、〈ブロニスワフ・ピウスツキ〉のロシア語読みに従った日本語表記は、〈ピルスツキー〉などが語感に近いですが、作者の意向で単行本刊行時のまま〈ピルスドスキー〉と表記しております。予めご了承ください。

単行本　二〇一九年八月　文藝春秋刊

文春文庫

熱《ねつ》 源《げん》

定価はカバーに
表示してあります

2022年7月10日　第1刷

著　者　川《かわ》越《ごえ》宗《そう》一《いち》

発行者　花田朋子

発行所　株式会社 文藝春秋

東京都千代田区紀尾井町 3-23　〒102-8008
TEL 03・3265・1211㈹
文藝春秋ホームページ　http://www.bunshun.co.jp

落丁、乱丁本は、お手数ですが小社製作部宛お送り下さい。送料小社負担でお取替致します。

印刷・萩原印刷　製本・加藤製本

Printed in Japan
ISBN978-4-16-791902-3

（　）内は解説者。品切の節はご容赦下さい。

風野真知雄
耳袋秘帖 眠れない凶四郎（四）
妻殺害の難事件はほろ苦い結末ながらなんとか解決した。が、名奉行根岸の温情により、不眠症がいまだ治らない凶四郎は江戸の闇を今夜も巡る。今度の江戸に巣食う魔物は一体何か？

か-46-41

門井慶喜
ゆけ、おりょう
「世話のやける弟」のような男・坂本龍馬と結婚したおりょうは、酒を浴びるほど飲み、勝海舟と舌戦し、夫と共に軍艦に乗り長崎へ馬関へ！　自立した魂が輝く傑作長編。（小日向えり）
か-48-7

梶　よう子
一朝の夢
朝顔栽培だけが生きがいで、荒っぽいことには無縁の同心・中根興三郎は、ある武家と知り合ったことから思いもよらぬ形で幕末の政情に巻き込まれる。松本清張賞受賞。（細谷正充）
か-54-1

川越宗一
天地に燦たり
なぜ人は争い続けるのか――。日本、朝鮮、琉球。東アジア三か国を舞台に、侵略する者、される者それぞれの矜持を見事に描き切った歴史小説。第25回松本清張賞受賞作。（川田未穂）
か-80-1

北方謙三
杖下《じょうか》に死す
剣豪・光武利之が、私塾を主宰する大塩平八郎の息子、格之助と出会ったとき、物語は動き始める。幕末前夜の商都・大坂を舞台に至高の剣と男の友情を描ききった歴史小説。（末國善己）
き-7-10

木内　昇《のぼり》
茗荷谷の猫
茗荷谷の家で絵を描きあぐねる主婦。染井吉野を造った植木職人。画期的な黒焼を生み出さんとする若者。幕末から昭和にかけ各々の生を燃焼させた人々の痕跡を掬う名篇9作。（春日武彦）
き-33-1

木下昌輝
宇喜多の捨て嫁
戦国時代末期の備前国で宇喜多直家は、権謀術策を縦横無尽に駆使し、下克上の名をほしいままに成り上がっていった。腐臭漂う、希に見る傑作ピカレスク歴史小説遂に見参！

き-44-1

木下昌輝
人魚ノ肉
八百比丘尼伝説が新撰組に降臨！　人魚の肉を食べた者は不老不死になるというが……舞台は幕末京都、坂本竜馬、沖田総司、斎藤一らを襲う不吉な最期。奇想の新撰組異聞。（島内景二）
き-44-2

木下昌輝
宇喜多の楽土
父・直家の跡を継ぎ、豊臣政権の中枢となった宇喜多秀家。関ヶ原で壊滅し、八丈島で長い生涯を閉じるまでを描き切った傑作長編。秀吉の寵愛を受けた秀才の姿とは……。（大西泰正）
き-44-3

木下昌輝・髙橋直樹・佐藤巖太郎・簑輪　諒・天野純希・村木　嵐・岩井三四二
戦国　番狂わせ七番勝負
戦国時代に起きた、島津義弘、織田信長、真田昌幸などの七つのストーリーを歴史小説界気鋭の作家たちが描く、想定外にして予測不能なスピード感溢れる傑作短編集。（内藤麻里子）
き-44-51

堺屋太一
豊臣秀長
ある補佐役の生涯（上下）
豊臣秀吉の弟秀長は常に脇役に徹したまれにみる有能な補佐役であった。激動の戦国時代にあって天下人にのし上がる秀吉を支えた男の生涯を描いた異色の歴史長篇。（小林陽太郎）
さ-1-14

早乙女　貢
明智光秀
明智光秀は死なず！　山崎の合戦で生き延びた光秀は姿を僧侶に変え、いつしか徳川家康の側近として暗躍し、二人三脚で豊臣家を滅ぼし、幕府を開くのであった！（縄田一男）
さ-5-25

佐藤雅美
関所破り定次郎目籠のお練り
八州廻り桑山十兵衛
河童の六と、博奕打ちの定次郎。相州と上州。二人の関所破りを追いかけて十兵衛は東奔西走するが、二つの殺しは意外な展開に……。十兵衛は首尾よく彼らを捕えられるか？
さ-28-24

佐藤雅美
怪盗　桐山の藤兵衛の正体
八州廻り桑山十兵衛
消息を絶っていた盗賊「桐山の藤兵衛一味」。再び動き始めたのはなぜか。時代に翻弄される人々への、十兵衛の深い眼差しが胸を打つ。人気シリーズ最新作にして、最後の作品。
さ-28-26